中国古典文学
读本丛书典藏

陆游选集

王水照 高克勤 选注

人民文学出版社

图书在版编目（CIP）数据

陆游选集/王水照，高克勤选注. —北京：人民文学出版社，2022
（中国古典文学读本丛书典藏）
ISBN 978-7-02-017441-6

Ⅰ.①陆… Ⅱ.①王… ②高…Ⅲ.①中国文学—古典文学—作品综合集—南宋 Ⅳ.①I214.422

中国版本图书馆 CIP 数据核字（2022）第 163425 号

责任编辑　高宏洲
装帧设计　陶　雷
责任印制　王重艺

出版发行　人民文学出版社
社　　址　北京市朝内大街 166 号
邮政编码　100705

印　　刷　三河市鑫金马印装有限公司
经　　销　全国新华书店等

字　　数　216 千字
开　　本　880 毫米×1230 毫米　1/32
印　　张　12.75　插页 1
印　　数　1—5000
版　　次　1997 年 11 月北京第 1 版
印　　次　2022 年 10 月第 1 次印刷

书　　号　978-7-02-017441-6
定　　价　43.00 元

如有印装质量问题，请与本社图书销售中心调换。电话:010-65233595

目 录

前言 1

诗 选

别曾学士 3
送仲高兄宫学秩满赴行在 4
夜读兵书 5
二月二十四日作 6
送曾学士赴行在 7
新夏感事 9
泛瑞安江风涛贴然 9
度浮桥至南台 10
溪行(二首选一) 10
东阳观酴醿 11
闻武均州报已复西京 11
喜小儿辈到行在 12
送七兄赴扬州帅幕 13
刘太尉挽歌辞(二首) 14
村居 15
晚泊慈姥矶下(二首选一) 16
望江道中 16
秋夜读书每以二鼓尽为节 17
游山西村 18

观村童戏溪上　18

霜风　19

闻雨　20

送芮国器司业(二首选一)　20

投梁参政　21

宿枫桥　23

晚泊　24

黄州　25

武昌感事　25

夜思　26

塔子矶　27

重阳　27

哀郢(二首)　28

晚泊松滋渡口(二首)　29

瞿唐行　30

入瞿唐登白帝庙　31

记梦(梦里都忘困晚途)　32

晚晴书事呈同舍　33

风雨中望峡口诸山奇甚戏作短歌　34

晚晴闻角有感　35

夜登白帝城楼怀少陵先生　35

夔州重阳　36

初冬野兴　37

饭三折铺铺在乱山中　38

蟠龙瀑布　38

岳池农家　39

山南行　40

南郑马上作　41

和高子长参议道中二绝(选一)　42

太息宿青山铺作(二首选一)　43

游锦屏山谒少陵祠堂　43

归次汉中境上　44

剑门道中遇微雨　45

剑门关　46

剑门城北回望剑关诸峰青入云汉,感蜀亡事,
　慨然有赋　47

即事(渭水岐山不出兵)　47

三月十七日夜醉中作　48

驿舍见故屏风画海棠有感　49

望云楼晚兴　50

登荔枝楼　51

醉中感怀　52

夜读岑嘉州诗集　52

八月二十二日嘉州大阅　54

九月十六日夜梦驻军河外,遣使招降诸城,
　觉而有作　55

闻虏乱有感　56

醉歌(我饮江楼上)　58

宝剑吟　58

观大散关图有感　59

金错刀行　61

言怀　62

胡无人 63

长门怨 64

晓坐 65

晓叹 66

雨后集湖上 67

东湖新竹 68

对酒叹 69

蒸暑思梁州述怀 70

秋声 71

五十 72

秋思(烈日炎天欲不禁) 73

观长安城图 73

龙眠画马 74

秋夜池上作 76

长歌行 76

秋夜怀吴中 77

江上对酒作 78

暮归马上作 79

涉白马渡慨然有怀 80

离堆伏龙祠观孙太古画英惠王像 80

登灌口庙东大楼观岷江雪山 82

弥牟镇驿舍小酌 83

楼上醉歌 84

午寝 85

喜谭德称归 85

花时遍游诸家园(十首选一) 86

雨　87

中夜闻大雷雨　88

三月一日府宴学射山　89

题醉中所作草书卷后　90

松骥行　90

过野人家有感　91

病起书怀(二首选一)　92

夏夜大醉醒后有感　93

合江夜宴归马上作　94

客自凤州来言岐雍间事怅然有感　95

夜读东京记　96

野外剧饮示坐中　97

剑客行　98

和范待制秋兴(三首选一)　98

岁晚　99

万里桥江上习射　100

关山月　101

出塞曲(佩刀一刺山为开)　102

战城南　103

读书(二首选一)(归老宁无五亩园)　104

楼上醉书　104

送范舍人还朝　106

浣花女　107

江楼　108

登城　108

感秋(西风繁杵捣征衣)　110

猎罢夜饮示独孤生(三首选一) 111

东郊饮村酒大醉后作 111

秋晚登城北门 112

遣兴 113

江楼吹笛饮酒大醉中作 113

晚登子城 115

草堂拜少陵遗像 116

醉中出西门偶书 117

大风登城 118

感兴(二首) 118

枕上 121

次韵季长见示 121

游诸葛武侯书台 122

龙兴寺吊少陵先生寓居 123

屈平庙 124

楚城 125

小雨极凉,舟中熟睡至夕 125

南楼 126

六月十四日宿东林寺 126

登赏心亭 127

冬夜闻雁有感 128

适闽 129

过灵石三峰(二首选一) 130

出塞曲(千骑为一队) 130

建安遣兴(六首选一) 131

前有樽酒行(二首选一) 132

雨夜不寐观壁间所张魏郑公砥柱铭　133

婕妤怨　134

忆山南(二首选一)　135

醉书　135

鹅湖夜坐书怀　136

枕上感怀　138

弋阳道中遇大雪　139

对酒(二首选一)　140

闻雁(过尽梅花把酒稀)　140

登拟岘台　141

五月十一日夜且半,梦从大驾亲征,尽复汉唐故地,见城邑人物繁丽,云:西凉府也。喜甚,马上作长句,未终篇而觉,乃足成之　141

冒雨登拟岘台观江涨　143

中夜起登堂北小亭　143

秋旱方甚,七月二十八夜忽雨,喜而有作　144

北窗　144

渔浦(二首选一)　145

小园(四首选二)　146

闻蝉思南郑　146

九月三日泛舟湖中作　147

书悲(二首选一)　148

灌园　149

日出入行　149

十月二十六日夜,梦行南郑道中,既觉恍然,揽笔作此诗,时且五鼓矣　150

冬暖 152

寄朱元晦提举 153

浡饥之馀,复苦久雨,感叹有作 154

夜闻秋风感怀 154

醉歌(往时一醉论斗石) 155

草书歌 156

夜泊水村 157

读书(读书四更灯欲尽) 158

哀北 159

三江舟中大醉作 160

悲秋(秋灯如孤萤) 161

军中杂歌(八首选二) 162

秋兴(二首选一)(白发萧萧欲满头) 162

秋雨渐凉有怀兴元(三首选一) 163

夜步庭下有感 163

月下 164

寄题朱元晦武夷精舍(五首选一) 164

长安道 165

舒悲 166

感愤(今皇神武是周宣) 167

作雪未成,自湖中归,寒甚,饮酒作短歌 168

春夜读书感怀 169

悲秋(病后支离不自持) 170

初冬杂题(六首选二) 171

题海首座侠客像 172

病起 172

夜步 173

书愤(早岁那知世事艰) 173

临安春雨初霁 174

纵笔(三首选一)(东都宫阙郁嵯峨) 175

老将效唐人体 176

书愤(清汴逶迤贯旧京) 176

夜登千峰榭 177

昔日 178

秋郊有怀(四首选一) 179

冬夜闻角声(二首选一) 179

估客乐 180

楚宫行 181

纵笔(二首选一)(故国吾宗庙) 182

感秋(会稽八月秋始凉) 182

塞上曲(四首选一) 183

北望 184

估客有自蔡州来者,感怅弥日(二首) 184

醉歌(读书三万卷) 185

予十年间两坐斥,罪虽擢发莫数,而诗为首,谓之"嘲咏风月"。既还山,遂以"风月"名小轩,且作绝句(二首) 186

夜归偶怀故人独孤景略 187

夜闻蟋蟀 188

书怀(老死已无日) 189

览镜 189

怀南郑旧游 190

梅花绝句(二首选一)(幽谷那堪更北枝) 191

叹俗 191

落魄 193

秋夜将晓,出篱门迎凉有感(二首选一) 193

老将(二首) 194

九月一日夜,读诗稿有感,走笔作歌 195

感旧(当年书剑揖三公) 196

夜读范至能《揽辔录》,言中原父老见使者多
  挥涕,感其事作绝句 197

十一月四日风雨大作(二首选一) 197

书巢冬夜待旦 198

落梅(二首) 198

稽山农 199

僧庐 201

春阴 202

书叹 202

读陶诗 203

书愤(山河自古有乖分) 204

秋晚闲步,邻曲以予近尝卧病,皆欣然迎劳 205

雨夜 205

溪上杂言 206

怀昔 207

冬夜读书有感(二首选一) 208

镜湖女 209

赛神曲 209

三月二十五夜达旦不能寐(二首选一) 210

山头鹿　211

题阳关图　212

看镜(二首)　212

明妃曲　213

忧国　214

秋晚(四首选一)　215

书室明暖,终日婆娑其间,倦则扶杖至小园,
　　戏作长句(二首选一)　215

十一月五日夜半偶作　216

新春　216

夜归　217

农家叹　217

野步　218

舍北晚眺(二首)　218

初冬感怀(二首选一)　219

读杜诗　220

小舟游近村,舍舟步归(四首选一)　221

闻雁(霜高木叶空)　221

枕上偶成　222

春望　222

寒夜歌　223

怀旧(六首选一)　224

感事(四首选二)　225

六月二十四日夜分,梦范至能、李知几、尤延
　　之同集江亭,诸公请予赋诗,记江湖之乐,
　　诗成而觉,忘数字而已　226

村饮示邻曲　227

书怀(萧飒先秋鬓)　228

闲居自述　229

九月二十八日五鼓起坐,抽架上书,得九域志,
　泫然有感　229

陇头水　230

书志　231

书愤(二首)　232

暮春　233

病中夜赋　234

忆昔　235

露坐(二首选一)　235

东西家　236

感秋(秋色关河外)　236

太息(四首选二)　237

秋获歌　238

午饭(二首选一)　239

三山杜门作歌(五首选一)　240

春日园中作　240

沈园(二首)　241

喜雨歌　242

牧牛儿　243

秋怀十首,末章稍自振起,亦古义也(十首选一)　243

东村(二首选一)　244

北望感怀　244

书感　245

冬夜读书示子聿(八首选一) 246

春日(六首选一) 246

甲申雨 247

东村 247

燕 248

十月二十八日夜风雨大作 249

追感往事(五首选一) 249

衡门 250

夏日杂题(八首选一) 250

立秋后作 251

闻角 251

白露前一日已如深秋有感(二首) 252

柳桥晚眺 253

秋晚寓叹(六首选一) 253

纵游归泊湖桥有作 254

不寐 254

寓言(三首选一) 255

客去追记坐间所言 255

追忆征西幕中旧事(四首选一) 256

读史 257

客去 257

岁暮贫甚戏书 258

梅花绝句(六首选一)(闻道梅花坼晓风) 259

感旧(四十三年梦) 259

湖上急雨 260

入秋游山赋诗,略无阙日,戏作五字七首识之,

以"野店山桥送马蹄"为韵(七首选一) 260

秋兴(二首选一)(拒霜惨淡数枝红) 261

秋思(三首选一)(乌桕微丹菊渐开) 262

感愤(形胜崤潼在) 262

记老农语 263

送辛幼安殿撰造朝 264

闻虏乱次前辈韵 266

书事(四首选二) 267

书事(北征谈笑取关河) 268

过邻家 269

孤云 269

残年 270

客从城中来 270

衰疾 271

稽山行 272

山村经行因施药(五首选一) 273

杂感(六首选一) 274

剧暑 275

老马行 276

记梦(久住人间岂自期) 277

春晚即事(四首选一) 278

感事六言(八首选一) 278

自贻(四首选一) 279

异梦 279

识愧 280

示子遹 281

春日杂兴(十二首选一) 282
即事(八首选一)(小阁凭栏望远空) 283
示儿 283

词　选

钗头凤(红酥手) 287
青玉案(西风挟雨声翻浪) 288
水调歌头(江左占形胜) 289
鹧鸪天(家住苍烟落照间) 290
鹧鸪天(懒向青门学种瓜) 291
木兰花(三年流落巴山道) 291
秋波媚(秋到边城角声哀) 292
清商怨(江头日暮痛饮) 293
蝶恋花(桐叶晨飘蛩夜语) 294
汉宫春(羽箭雕弓) 295
夜游宫(独夜寒侵翠被) 296
渔家傲(东望山阴何处是) 297
双头莲(华鬓星星) 298
夜游宫(雪晓清笳乱起) 299
感皇恩(小阁倚秋空) 300
鹊桥仙(茅檐人静) 301
南乡子(归梦寄吴樯) 301
乌夜啼(纨扇婵娟素月) 302
诉衷情(当年万里觅封侯) 303
诉衷情(青衫初入九重城) 303
点绛唇(采药归来) 304

恋绣衾(不惜貂裘换钓篷)　305

好事近(秋晓上莲峰)　306

鹊桥仙(华灯纵博)　307

鹊桥仙(一竿风月)　307

谢池春(壮岁从戎)　308

卜算子(驿外断桥边)　309

桃源忆故人(中原当日三川震)　310

文　选

烟艇记　313

代乞分兵取山东札子　315

入蜀记(十一则)　319

东屯高斋记　334

答王樵秀才书　337

跋岑嘉州诗集　342

铜壶阁记　343

祭富池神文　346

书巢记　347

跋傅正议至乐庵记　349

跋李庄简公家书　351

师伯浑文集序　352

姚平仲小传　355

书渭桥事　358

南园记　360

祭朱元晦侍讲文　364

居室记　365

何君墓表　367

跋曾文清公奏议稿　369

放翁自赞（四首选一）　371

跋傅给事帖　372

书通鉴后（二首选一）　373

书浮屠事　375

老学庵笔记（七则）　377

前　言

　　陆游是我国南宋时期最著名的爱国诗人,也是我国历史上诗作数量最多的诗人之一。陆游字务观,号放翁,越州山阴(今浙江绍兴)人,生于宋徽宗宣和七年十月十七日(公元1125年11月13日),卒于宋宁宗嘉定二年十二月二十九日(公元1210年1月26日)。他十二岁就能写诗作文,从此笔耕不辍,直到生命的结束。在七十馀年的文学创作生涯中,陆游留下了九千馀首诗、一百馀首词及各种体裁的散文作品,以其杰出的文学成就彪炳于中华民族的史册之中。

　　陆游出生在一个富有文学创作和学术研究氛围的士大夫家庭。祖父陆佃,从学于北宋著名政治家、思想家、文学家王安石,为著名经学家,曾任礼部侍郎、尚书左丞等职。父亲陆宰,北宋末年曾任转运副使等职。南渡后,他由于坚持爱国思想,与主战派人士交往,而为执政的投降派秦桧所嫉,在政治上受到压抑,未能有所作为。陆宰也能诗文,喜藏书。父祖两代之学和平生志行,对陆游爱国思想的形成、诗文之学的积累,具有一定的影响。

　　陆游的一生,始终处于民族危机极为严重的年代。他出生的那年冬天,金兵大举南侵,次年攻陷汴京,北宋王朝遭到覆亡。宋宗室康王赵构在南京(今河南商丘)即位,是为宋高宗,建立了南宋政权。但是,赵构没有积极抗战恢复失地的志向,反而奉行妥协投降政策,最后定都临安(今浙江杭州),从此造成了南宋屈辱可耻的偏安局面。陆游在襁褓时就随父亲流亡,六岁时又随父避居东阳(今属浙江),直到九岁才回到故乡山阴。这一段战乱中颠沛流离的生活,在陆游幼小的心灵中留下了深刻的印象,正如他在诗文中屡次说到的:"我生学步逢丧乱"(《三山杜门作歌》),"儿时万死避胡兵"(《戏遣老怀》)。陆游从小就受到父辈爱国精神的熏陶,少年时"亲见当时士大夫,相与言及国事,或裂眦嚼齿,或流涕痛哭,人人自期以杀身翊戴王室,虽丑裔方张,视之蔑如也"(《跋傅给事帖》),因此从小就仇恨敌寇,立下了恢复失地的抱负,自言"丈夫不虚生世间,本意灭虏收河山"(《楼上醉书》),向往过"上马击狂胡,下马草军书"(《观大散关图有感》)的军旅生活。

陆游从踏上文坛、步入仕途开始,就始终如一地站在了爱国的主战派一边。他十八岁从爱国诗人曾几学习诗文,二十九岁赴临安考进士,省试第一,由于名列秦桧的孙子秦埙之前,触怒了秦桧,次年殿试便以"喜论恢复"的罪名遭到黜落。秦桧死后,绍兴二十八年(1158),陆游才开始步入仕途,出任福州宁德县主簿,次年调为福州决曹掾。绍兴三十年(1160),陆游调临安担任敕令所删定官,次年调任枢密院编修官,官位虽然不高,但是身处朝廷中枢地位,得以一展身手。绍兴三十二年(1162),宋孝宗即位,赐陆游进士出身。隆兴元年(1163),主战派张浚为枢密使,陆游时为张浚部下,写了《代乞分兵取山东札子》、《代二府与夏国主书》等一系列奏议、文书,鼓动抗战。这年张浚仓促发动的抗金战争遭到失败,宋与金再度议和。陆游这时调任镇江府通判,改任隆兴府通判。乾道三年(1165),他以"交结台谏,鼓唱是非,力说张浚用兵"的罪名被罢官,回家乡山阴闲居。这是陆游在仕途上受到的第一次挫折。他虽然对"箫鼓追随春社近,衣冠简朴古风存"(《游山西村》)的农村生活十分欣赏,但始终牵挂着国家大事和抗金大业,"夜阑闻急雨,起坐涕交流"(《闻雨》),不愿蹉跎岁月。

乾道六年(1170),陆游赴夔州(今重庆奉节)任通判。乾道八年(1172)初,他赴邻近宋金交界线的南郑(今属陕西汉中市)前线任四川宣抚使王炎的幕僚官。王炎当时正在准备收复长安,与陆游宾主相得。在南郑半年多的军旅生活,是陆游生平最感快意的时期,如同他在诗词中描写的:"貂裘宝马梁州日,盘槊横戈一世雄"(《忆山南》),"诗情将略,一时才气超然"(《汉宫春·初自南郑来成都作》)。军旅生活使陆游的思想境界和创作题材日益拓展,成为他一生创作道路上一个突出的标志,正如他在诗中所说:"诗家三昧忽见前,屈贾在眼元历历。天机云锦用在我,剪裁妙处非刀尺。"(《九月一日夜读诗稿有感走笔作歌》)从此他作品中洋溢的爱国情感更加充沛深切,雄奇奔放的艺术风格更趋突出鲜明。这段军旅生活也是其后几十年中他一直回忆、吟咏的题材。乾道八年冬,王炎被调回京,陆游也改任成都府安抚司参议官。以后四年中,他辗转在蜀州(今四川崇庆)、嘉州(今四川乐山)、荣州(今四川荣县)、成都等地,担任通判、摄知事等职。淳熙三年(1176)被言官以在摄知嘉州事时"燕饮颓放"的罪名弹劾而免职。这是陆游在仕途上受到的又一次挫折。他愤愤不平地说:"何嫌流俗之见排,加之罪其无辞乎,至以虚名而被劾。"(《福建谢史丞相启》)于是,他干脆自号"放翁",表现出以狂放自傲的洒脱态度。

淳熙五年(1178),陆游奉诏离蜀东归,被任命为提举福建路常平茶事,次年改任江南西路常平茶盐公事。时江西水灾,他拨义仓赈济灾民。后又以"疏放"的罪名被言官所劾免职,回到家乡。从淳熙七年(1180)岁暮到淳熙十三年(1186),陆游在家乡过了六年闲居生活。淳熙十三年他被起用为严州(治今浙江建德)知州。两年后任满,又入京为军器少监,次年改任礼部郎中兼实录院检讨官,是年冬又被谏议大夫何澹以作诗"嘲咏风月"的罪名弹劾罢归。十年间,陆游两次遭到弹劾免官,名义上的罪名是"嘲咏风月"之类,实际上的原因还在于他直言敢谏、主张抗战、为民请命的精神为统治者所不容。陆游对此非常愤懑,他回故乡后干脆以"风月"两字命名自己在镜湖的小轩,以示对迫害他的权贵的抗议。

从淳熙十六年(1189)冬回家乡到逝世为止二十年中,陆游除了嘉泰二年(1202)夏入都修国史一年外,其馀时间都退居家乡。在这漫长的岁月中,他写下了大量的诗作,现存诗作的四分之三就作于这段时间,表现了陆游爱国爱民的精神。这些诗绝大部分描写农村生活,其中不少反映了百姓疾苦,揭露了社会弊端。他虽退居田园,仍时刻关心国事,不忘恢复失地。临终前他还嘱咐儿辈:"王师北定中原日,家祭无忘告乃翁。"(《示儿》)真是"寸心至死如丹"(《感事六首》之一)。

陆游的一生,是作为一个伟大的爱国主义诗人的一生。他毕生坚持恢复失地、统一祖国的信念,爱国主义精神贯穿于他生命的始终,并成为他诗歌中永恒的主题。清人赵翼指出,陆游诗中"言恢复者,十之五六"(《瓯北诗话》)。近人梁启超更强调指出:"集中什九行军乐,亘古男儿一放翁!"(《读陆放翁集》)陆游诗内容丰富,题材广泛,"凡一草一木,一鱼一鸟,无不裁剪入诗"(《瓯北诗话》)。其诗早年受江西诗派的影响,未脱模仿藻饰的痕迹;中年入蜀后境界开阔,形成了自己雄健奔放的风格;晚年诗风渐趋平淡。因此,诗风先后不一,而以雄健奔放和清新圆润为主。陆游的诗是对我国自屈原、杜甫以来的爱国主义和现实主义传统的继承和发展,同时他的诗篇也常具有一种浓重的浪漫主义色彩,感情热烈奔放,境界雄伟壮阔,想象丰富奇特,以致时人甚至誉他为"小李白"。由于作诗数量多,陆游诗也不免有题材重见、句法雷同、词语彼此套用的毛病,有时稍嫌直露。

陆游以诗名世,其词作和散文也有较高的成就。其词作与诗相较,虽然数量不多,但同样题材丰富,风格多样,既有婉丽细腻之作,也有慷慨激昂、飘逸高妙之作,明人杨慎评陆游词曰:"纤丽处似淮海(秦观),雄慨处似东坡(苏轼)。"毛晋又云:"超爽处更似稼轩(辛弃疾)耳。"(毛刊《放翁词》跋)在南宋词坛上具有重要的地位。陆游的散文数量众多,主要见于《渭南文集》,此外还有《南唐书》、《老学庵笔记》等。他擅长写记叙文和笔记题跋,文笔精练自然,笔调自由活泼,透露出作者敏锐深刻的思想和很强的剪裁结构能力。

陆游现存的作品有《剑南诗稿》八十五卷（另有遗稿二卷）、《渭南文集》五十卷（包括词二卷、《入蜀记》六卷）、《南唐书》十八卷和《老学庵笔记》十卷等。本书选注了陆游各个时期各种文体的代表作共四百馀首，目的在于为读者提供一个比较全面的陆游作品的读本。入选作品按诗、词、文各体分列，各体作品以年代编次，无法编年者或依"以类相从"的原则置于适当篇目之中，或置于编年部分之后。诗选部分以《剑南诗稿》为底本，词选、文选部分以《渭南文集》和文渊阁《四库全书》所收《老学庵笔记》为底本，间以他本参校，择善而从；遇有重要异文，则在注中说明。选注过程中，参考和吸取了前人、时贤的不少研究成果，其中主要的有朱东润先生的《陆游选集》、钱仲联先生的《剑南诗稿校注》、夏承焘与吴熊和先生的《放翁词编年笺注》、于北山先生的《陆游年谱》等，书中未能一一注明，特此说明并致以深切的谢意。

限于水平，选注工作定有不当之处，敬请读者指正。

王水照　高克勤
1994年12月

附记：本书成于二十多年前。趁这次重排新版的机会，对注释略作订补，特此说明，并希望继续得到读者的指正。
2021年12月

诗 选

别曾学士〔1〕

儿时闻公名,谓在千载前。稍长诵公文,杂之韩杜编〔2〕。夜辄梦见公,皎若月在天。起坐三叹息,欲见亡繇缘〔3〕。忽闻高轩过〔4〕,欢喜忘食眠。袖书拜辕下,此意私自怜。道若九达衢〔5〕,小智妄凿穿。所愿瞻德容,顽固或少痊。公不谓狂疏,屈体与周旋。骑气动原隰〔6〕,霜日明山川。鲍系不得从〔7〕,瞻望抱悁悁〔8〕。画石或十日〔9〕,刻楮有三年〔10〕。贱贫未即死,闻道期华颠〔11〕。他时得公心,敢不知所传。

〔1〕曾学士:指曾几(1084—1166)。曾几字吉甫,号茶山居士,河南(今河南洛阳)人,其先居赣州(治所在今江西赣县)。南宋著名诗人。主张抗金,为秦桧排斥。后官至敷文阁待制。卒谥文清。曾官校书郎,时称校书郎等入供馆职之臣为学士。陆游于宋高宗绍兴十二年(1142)十八岁开始从他学习诗文,本诗就作于是年在山阴(今浙江绍兴)时。

〔2〕韩杜编:指唐代诗人韩愈、杜甫的作品。

〔3〕亡繇:通"无由"。

〔4〕轩:古代一种供大夫以上官员乘坐的轻便车。高轩过,唐代诗人韩愈、皇甫湜曾访青年诗人李贺,李贺作《高轩过》诗。陆游在这里自比李贺,以韩愈、皇甫湜比曾几。

〔5〕九达衢(qú):四通八达的道路。

〔6〕骑气:古代望气术语。比喻云气如骑兵之阵。《史记·天官书》:"骑气卑而布。"原隰(xí):原野。

〔7〕匏(páo)系:比喻不得出仕,或久任微职不得迁升。语出《论语·阳货》:"子曰:吾岂匏瓜也哉,焉能系而不食。"

〔8〕悁(yuān)悁:忧闷貌。

〔9〕"画石"句:语本杜甫《戏题王宰画山水图歌》:"十日画一水,五日画一石。"

〔10〕"刻楮"句:语本《韩非子·喻老》"宋人有为其君以象(象牙)为楮叶者,三年而成",放在楮叶中,可以乱真。楮(chǔ),木名。此指技艺的工巧。

〔11〕华颠:犹白头,年老。颠,头顶。

送仲高兄宫学秩满赴行在[1]

兄去游东阁[2],才堪直北扉[3]。莫忧持橐晚[4],姑记乞身归[5]。道义无今古,功名有是非。临分出苦语,不敢计从违。

〔1〕仲高:即陆升之,字仲高,陆游的从祖兄,绍兴十九年(1149)为诸王宫大小学教授。本诗作于升之宫学秩满之时,在绍兴二十一二年间,时陆游居山阴。宫学:《咸淳临安志》:"绍兴四年,始置诸王宫大小学教授各员,专以训迪南班子弟。"行在:天子行幸所至之地。南宋时称临安(今浙江杭州)为行在,表示不忘旧都汴梁而以临安为行都之意。

〔2〕东阁:指丞相府。仲高时往投丞相秦桧门下,故陆游在本诗中予以规儆。

〔3〕北扉:指学士院。

〔4〕持橐(tuó):即"持橐簪笔",指近臣在皇帝左右以备顾问,或有所记事,故持袋备笔。橐,袋子。

〔5〕乞身:古代官员请求退职。

夜读兵书〔1〕

孤灯耿霜夕〔2〕,穷山读兵书。平生万里心,执戈王前驱〔3〕。战死士所有,耻复守妻孥〔4〕。成功亦邂逅〔5〕,逆料政自疏〔6〕。陂泽号饥鸿〔7〕,岁月欺贫儒〔8〕。叹息镜中面,安得长肤腴〔9〕?

〔1〕本诗作于绍兴二十五年(1155),时陆游居山阴。前一年,陆游参加礼部考试,名列第一,因论及恢复中原之事而触犯权臣秦桧,被黜落回乡闲居。诗中自述研读兵书,决心以身报国,感叹岁月蹉跎,壮志未酬。

〔2〕耿:照明。霜夕:秋夜。

〔3〕"执戈"句:语本《诗经·卫风·伯兮》:"伯也执殳,为王前驱。"

〔4〕妻孥(nú):妻子和儿女。

〔5〕邂逅(xiè hòu):偶然碰到。

〔6〕逆料:预料。政:同"正"。疏:疏阔。意谓事前推测不免迂阔疏于事理。

〔7〕陂(bēi)泽:地势低洼积水处。喻指恶劣的处境。饥鸿:喻指饥民。

〔8〕贫儒:作者自称。

〔9〕长肤腴:永不衰老的意思。肤腴,皮肤丰满润泽。

二月二十四日作〔1〕

棠梨花开社酒浓〔2〕,南村北村鼓冬冬。且祈麦熟得饱饭〔3〕,敢说谷贱复伤农〔4〕。崖州万里窜酷吏〔5〕,湖南几时起卧龙〔6〕?但愿诸贤集廊庙〔7〕,书生穷死胜侯封〔8〕。

〔1〕二月二十四日:春社日。古代以立春后第五个戊日为春社,祭祀土地神。本诗作于绍兴二十六年(1156),时陆游居山阴。

〔2〕社酒:春社日供祭的酒。

〔3〕祈:求。

〔4〕"敢说"句:意谓岂敢对神说稻谷丰收也会造成"谷贱伤农"的话呢?

〔5〕"崖州"句:指秦桧党羽酷吏曹泳徙崖州事。绍兴二十五年十月,秦桧死。次年正月,曹泳移吉阳军编管。吉阳军本朱崖军,即崖州,辖境相当今海南省三亚市等地,古代常作流放官吏的地方。

〔6〕"湖南"句:指主战派大臣张浚奉祠居湖南事。张浚以主战为秦桧所恶,奉祠居连州、永州等地。秦桧死后,此时张浚仍奉祠居郴州,郴州宋属荆湖南路,今属湖南。卧龙,本指诸葛亮,这里喻指张浚。

〔7〕廊庙:即庙堂,指朝廷。

〔8〕书生:陆游自指。

送曾学士赴行在〔1〕

二月侍燕觞〔2〕，红杏寒未拆〔3〕。四月送入都，杏子已可摘。流年不贷人〔4〕，俯仰遂成昔〔5〕。事贤要及时〔6〕，感此我心恻〔7〕。欲书加餐字〔8〕，寄之西飞翮〔9〕。念公为民起，我得怨乖隔〔10〕？摇摇跋前旌〔11〕，去去望车轭〔12〕。亭皋郁将暮〔13〕，落日澹陂泽〔14〕。敢忘国士风，涕泣效臧获〔15〕。敬输千一虑〔16〕，或取二三策。公归对延英〔17〕，清问方侧席〔18〕。民瘼公所知〔19〕，愿言写肝膈〔20〕。向来酷吏横，至今有遗蟄〔21〕；织罗士破胆〔22〕，白著民碎魄〔23〕。诏书已屡下，宿蠹或未革〔24〕；期公作医和〔25〕，汤剂穷络脉〔26〕。士生恨不用，得位忍辞责？并乞谢诸贤〔27〕，努力光竹帛〔28〕。

〔1〕曾学士：指曾几。秦桧死后，曾几复出。绍兴二十六年三月，曾几为台州知府，赴任前应朝廷召去临安。本诗即作于是年四月，时陆游居山阴。
〔2〕燕觞：宴饮。燕，通"宴"。
〔3〕拆：开。
〔4〕流年：流水似的光阴。贷：借；宽恕。
〔5〕俯仰：一俯一仰，形容很短的时间。
〔6〕事贤：侍奉贤人。贤，这里指曾几。
〔7〕心恻：心里难过。恻，凄怆；伤痛。
〔8〕加餐字：汉乐府《饮马长城窟行》谓"尺素书"中有语曰："上言

7

加餐食,下言长相忆。"此用为寄语珍重之意。

〔9〕翮(hé):鸟羽的茎,这里代指鸟。

〔10〕乖隔:分离。

〔11〕摇摇:形容旌旗摆动的样子。跋前旌:跟在前行的旌旗后面。跋,跟着。旌,古代用旄牛尾和羽毛装饰在竿头上的旗,用以指挥或开道。

〔12〕轭(è):套在牛马颈上的车前横木。代指车。

〔13〕亭鄣:同"亭障",筑在边防险要之地用以瞭望的城堡。郁:深暗。

〔14〕澹:同"淡",安静的样子。这里是使动用法。

〔15〕臧获:奴仆。

〔16〕输:贡献。千一虑:犹言"愚见"。《晏子春秋·杂下》:"愚人千虑,必有一得。"虑,谋虑,建议。

〔17〕延英:唐代宫殿名。这里借指南宋宫殿。

〔18〕清问:虚心求教。侧席:不正坐,表示天子尊重贤者。

〔19〕民瘼:人民的痛苦。

〔20〕言:语助词,无义。肝膈:指心里话。

〔21〕遗螫(shì):流毒。

〔22〕织罗:即罗织,罗织罪名诬陷人。

〔23〕白著:唐人称税收外的横征暴敛叫"白著"。

〔24〕宿蠹(dù):积弊。蠹,蛀虫。

〔25〕医和:春秋时秦国良医,名和。

〔26〕汤济:汤药。穷:尽;达到。络脉:筋络和血脉。

〔27〕谢诸贤:告诉朝中官员。谢,告诉。

〔28〕光竹帛:争取在史册上留下光荣的事迹。竹帛,古代史书多写在竹、帛上面,因指史册。

新夏感事[1]

百花过尽绿阴成,漠漠炉香睡晚晴[2]。病起兼旬疏把酒,山深四月始闻莺。近传下诏通言路[3],已卜馀年见太平。圣主不忘初政美,小儒唯有涕纵横[4]。

[1] 本诗作于绍兴二十六年四月,时作者居山阴。
[2] 漠漠:密布貌。
[3] "近传"句:绍兴二十六年正月,宋高宗鉴于秦桧专权的弊害,下诏增置言事官以开言路。
[4] 小儒:陆游自称。

泛瑞安江风涛贴然[1]

俯仰两青空,舟行明镜中。蓬莱定不远[2],正要一帆风。

[1] 瑞安江:在浙江瑞安市。贴然:平静宁贴。绍兴二十八年(1158)冬,陆游赴福建任宁德县主簿(掌文书),曾路过瑞安,本诗就作于此时。
[2] 蓬莱:相传是海上的仙山。

度浮桥至南台[1]

客中多病废登临,闻说南台试一寻。九轨徐行怒涛上[2],千艘横系大江心[3]。寺楼钟鼓催昏晓,墟落云烟自古今。白发未除豪气在,醉吹横笛坐榕阴[4]。

〔1〕浮桥:用船、筏或浮箱作为桥墩的桥。这里指福州闽江上由船联成的浮桥。南台:在福州外闽江中,传说越王无诸于此台钓得白龙,因号钓龙台。绍兴二十九年(1159),陆游由宁德县主簿调任福州决曹(掌管刑法),本诗就作于到福州后。
〔2〕九轨:比喻许多车。此谓浮桥桥面宽阔。
〔3〕千艘:许多船。这里指架浮桥的船。
〔4〕榕:榕树,常绿乔木,凌冬不凋。福州多榕树,故号榕城。

溪行(二首选一)[1]

篷䈽鸣春雨[2],帆蒲挂暮烟[3]。买鱼寻近市,觅火就邻船。愁卧醒还醉,滩行却复前[4]。长年殊可念[5],力尽逆风牵!

〔1〕绍兴三十年(1160)正月,陆游自福州北归赴临安,本诗即作于途中。
〔2〕篷䈽(ruò):用嫩香蒲草编织的船篷。䈽,嫩的香蒲。

〔3〕帆蒲:用蒲草编成的船帆。
〔4〕却:指船后退。
〔5〕长年:船头把篙者,指船工。

东阳观酴醾〔1〕

福州正月把离杯,已见酴醾压架开。吴地春寒花渐晚〔2〕,北归一路摘香来。

〔1〕东阳:县名,今属浙江。酴醾(tú mí):即荼蘼,落叶小灌木,花大色白,有香气,暮春时开。本诗作于绍兴三十年陆游自福州北归途经东阳时。

〔2〕吴地:古代吴国之地,指今江苏、浙江一带。

闻武均州报已复西京〔1〕

白发将军亦壮哉〔2〕!西京昨夜捷书来。胡儿敢作千年计〔3〕,天意宁知一日回。列圣仁恩深雨露〔4〕,中兴赦令疾风雷〔5〕。悬知寒食朝陵使〔6〕,驿路梨花处处开〔7〕。

〔1〕武均州:指均州(今湖北均县)知州兼安抚使武巨。绍兴三十一年(1161),金主完颜亮大举南侵。十一月,金人内讧,金兵杀死完颜亮,仓皇北退。南宋军队乘机收复失地。十二月九日,武巨派兵一度收

复西京(今河南洛阳)。陆游闻捷报后作本诗,时在临安为史官。

〔2〕白发将军:指武巨。

〔3〕胡儿:指金人。

〔4〕列圣:指宋朝各代皇帝。

〔5〕中兴:复兴,这里指收复失地。赦令:大赦的命令。金兵败退,南宋政府以为中兴有望,下诏大赦天下。

〔6〕悬知:预知。寒食:节令名,清明前一日或前二日。旧俗寒食不举火,以纪念此日被火烧死的春秋时晋国名臣介之推。古人多以此日扫墓。朝陵使:北宋诸帝陵墓都在西京,派去朝祭陵墓的使者称为朝陵使。

〔7〕驿路:古时交通大道。驿,古代沿途设置驿站,供传递公文的人或来往官员住宿、换马。

喜小儿辈到行在[1]

阿纲学书蚓满幅[2],阿绘学语莺嘑木[3]。截竹作马走不休[4],小车驾羊声陆续[5]。书窗涴壁谁忍嗔[6],啼呼也复可怜人。却思胡马饮江水[7],敢道春风无战尘。传闻贼弃两京走[8],列城争为朝廷守[9]。从今父子见太平,花前饮水勿饮酒[10]。

〔1〕绍兴三十二年(1162)春,陆游把家眷接到临安。本诗就作于他的儿子们到达临安时。

〔2〕阿纲:大概是陆游的第四子子坦的小名,子坦本年七岁。学书蚓满幅:学写字满纸像蚯蚓爬。

〔3〕阿绘:大概是陆游的第五子或女儿。学语莺转木:学讲话就像黄莺在树上婉转地啼鸣。

〔4〕"截竹"句:砍下青竹当马骑个不休。

〔5〕"小车"句:学着驾羊车的吆喝声不断传出。

〔6〕涴(wò):沾污。嗔(chēn):怒。

〔7〕胡马:指金兵。江:长江。

〔8〕"传闻"句:指绍兴三十一年十二月武巨收复西京和金人弃都汴京(今河南开封)入都于燕之事。两京,指西京和汴京。

〔9〕"列城"句:指金兵北退时,诸城争着为朝廷守护。列城,诸城。

〔10〕"花前"句:李白《月下独酌》诗有"花间一壶酒,独酌无相亲"之句。黄庭坚《以小团龙及半挺赠无咎并诗用前韵为戏》诗有"幸君饮此勿饮酒"之句。陆游在此袭用黄诗之句,并反用李诗之意。

送七兄赴扬州帅幕〔1〕

初报边烽照石头〔2〕,旋闻胡马集瓜州〔3〕。诸公谁听刍荛策〔4〕,吾辈空怀畎亩忧〔5〕。急雪打窗心共碎,危楼望远涕俱流〔6〕。岂知今日淮南路〔7〕,乱絮飞花送客舟。

〔1〕七兄:指陆游仲兄陆濬,行七,因父恩补将仕郎,官至朝请大夫,知岳州。扬州帅:即淮南东路安抚使,掌管一路军事、政务。扬州,今属江苏。幕:幕府。本诗作于绍兴三十二年春,时陆游在临安。

〔2〕边烽:边塞报警的烽火。石头:即石头城,建康(今江苏南京)的古称。

13

〔3〕胡马:指金兵。瓜州:瓜州镇,在今江苏江都南长江边。绍兴三十一年冬,金兵大举南侵,曾一度迫近南京城,并攻占瓜州镇。

〔4〕诸公:指当时朝中掌权的人。刍荛(chú ráo)策:普通人的意见。这里谦指作者自己的政见。刍荛,柴草,此指刈草打柴的人。

〔5〕畎(quǎn)亩忧:指在野的人的忧虑。畎亩,田间。

〔6〕危楼:高楼。

〔7〕淮南路:宋代路名,辖淮河以南地区,后分为淮南东路和淮南西路,东路治扬州。

刘太尉挽歌辞(二首)〔1〕

羌胡忘覆育〔2〕,师旅备非常。南服更旄节,中军铸印章〔3〕。驰书谕燕赵〔4〕,开府冠侯王〔5〕。赫赫今何在,门庭冷似霜。

〔1〕刘太尉:指刘锜。南宋初抗金名将,官至太尉。绍兴三十二年二月,刘锜卒于临安。本诗就作于刘锜卒后。

〔2〕羌胡:指金人。覆育:抚养。

〔3〕"南服"二句:刘锜绍兴年间由知荆南府,调任江淮浙西制置使,指挥东南战事。南服,南方。旄节:古时旗杆头上用旄牛尾或羽毛作装饰的大旗。

〔4〕"驰书"句:刘锜就职后,有告河北、河东(山西)等路书,中有斥责金人君臣之语。燕赵,指今河北省及山西省的部分地区。燕,古国名,在今河北省一带;赵,古国名,在今河北省南部和山西省东部一带。

〔5〕"开府"句:指刘锜指挥东南战事。开府,本指有权成立府署,自选僚属。亦作官阶名,即"开府仪同三司"。唐、宋定"开府仪同三司"

为一品文散官封阶。

坚壁临江日[1],人疑制敌疏。安知百万虏[2],锐尽浃旬馀[3]？智出常情表,功如定计初。云何媢公者[4],不置箧中书[5]？

[1]"坚壁"句:绍兴三十一年冬金兵大举南侵时,刘锜初和敌人相持,曾主动退守至瓜洲、镇江。
[2]百万虏:金主完颜亮南侵时率六十万大军,号称百万。
[3]"锐尽"句:自十一月丙子宋将虞允文在东采石大破金兵,至乙未完颜亮被部下杀于扬州,前后二十日。浃旬,满十日。浃,周匝。
[4]媢(mào):嫉妒。
[5]箧(qiè)中书:指诽谤之辞。箧,小箱子。战国时,魏文侯命乐羊子伐中山,三年后,乐羊子功成回国,文侯给他看一箧奏章,这些奏章都是这三年中对于乐羊子的诽谤之辞。后人故称诽谤之辞为"箧中书"。

村居[1]

富贵功名不拟论,且浮舴艋寄烟村[2]。生憎快马随鞭影[3],宁作痴人记剑痕[4]。樵牧相谙欲争席,比邻渐熟约论婚。晨舂夜绩吾家旧[5],正要遗风付子孙。

[1]宋孝宗隆兴元年(1163)三月,陆游因思剪除朝中结党营私的

权臣,却为孝宗不满,而被贬出朝,以左通直郎通判镇江府。本诗就作于他出朝后回家乡山阴时。

〔2〕舴艋:(zé měng):小船。

〔3〕快马随鞭影:马见鞭影而疾驰。《景德传灯录》:"佛云:'如世间良马,见鞭影而行。'"这里喻指凡事听人指挥,不得自由。

〔4〕痴人记剑痕:用《吕氏春秋·察今》所载楚人刻舟求剑事。剑痕,喻指政治上失意事。

〔5〕舂(chōng):舂米。绩:缉麻线。

晚泊慈姥矶下(二首选一)[1]

山断峭崖立,江空翠霭生[2]。漫多来往客,不尽古今情。月碎知流急,风高觉笛清。儿曹笑老子[3],不睡待潮平。

〔1〕慈姥(mǔ)矶:在南京西南五十里的长江中。矶,水边突出的岩石。陆游于隆兴二年(1164)二月到镇江通判任,乾道元年(1165)七月改任隆兴(今江西南昌)通判。本诗就作于赴隆兴通判任途中。

〔2〕翠霭(ǎi):苍翠的山间云气。霭,云气。

〔3〕儿曹:孩子们。老子:陆游自称。

望江道中[1]

吾道非邪来旷野[2],江涛如此去何之?起随乌鹊初翻后[3],宿及牛羊欲下时[4]。风力渐添帆力健,橹声常杂雁声悲。晚来又入淮南路[5],红树青山合有诗。

〔1〕望江:县名。在淮水之南、长江以北,今属安徽。本诗作于乾道元年秋赴隆兴通判任途中。

〔2〕"吾道非邪"句:语出《史记·孔子世家》:"乃召子路而问曰:'诗云:"匪兕匪虎,率彼旷野。"吾道非邪,吾为何于此?'"意思是说,我又不是野兽,为何到旷野来,难道是我错了吗?邪,通"耶"。

〔3〕翻:飞。

〔4〕牛羊欲下时:即夕阳西下时,语本《诗经·王风·君子于役》:"日之夕矣,羊牛下来。"

〔5〕淮南:淮水以南,这里指望江。

秋夜读书每以二鼓尽为节[1]

腐儒碌碌叹无奇[2],独喜遗编不我欺[3]。白发无情侵老境,青灯有味似儿时。高梧策策传寒意[4],叠鼓冬冬迫睡期。秋夜渐长饥作祟,一杯山药进琼糜[5]。

〔1〕二鼓:即二更。古代夜间击鼓报更,故以鼓代称更。本诗作于乾道元年秋陆游到隆兴通判任后。

〔2〕腐儒:陆游自嘲。碌碌:平庸的样子。

〔3〕遗编:指古代流传下来的经典著作。

〔4〕策策:象声词,犹沙沙。

〔5〕琼糜:玉屑。喻指珍馐美味。《离骚》:"折琼枝以为羞兮,精琼糜以为粮。"

游山西村[1]

莫笑农家腊酒浑[2],丰年留客足鸡豚[3]。山重水复疑无路,柳暗花明又一村。箫鼓追随春社近[4],衣冠简朴古风存。从今若许闲乘月,拄杖无时夜叩门[5]。

〔1〕山西村:山阴的一个村庄。乾道二年(1166),陆游因主张抗金被罢官,自隆兴回到山阴镜湖之三山居住。本诗就是乾道三年初春在三山乡间时所作。
〔2〕腊酒:腊月中酿造的酒。
〔3〕足鸡豚(tún):指菜肴很多。豚,小猪;此泛指猪。
〔4〕春社:祭名。古代于立春后戊日祭祀土地,以祈丰收。
〔5〕无时:随时。

观村童戏溪上[1]

雨馀溪水掠堤平[2],闲看村童戏晚晴。竹马踉蹡冲淖去[3],纸鸢跋扈挟风鸣[4]。三冬暂就儒生学[5],千耦还从父老耕[6]。识字粗堪供赋役,不须辛苦慕公卿。

〔1〕本诗作于乾道三年春,时作者居山阴。

〔2〕雨馀:雨后。

〔3〕踉蹡(qiàng):亦作"踉跄",走路不稳,跌跌撞撞的样子。冲淖(nào)去:冲到泥沼里去。淖,泥沼。

〔4〕纸鸢:风筝的别名。跋扈:专横暴戾的样子。挟:挟持。

〔5〕三冬:冬季的三个月。古代农村只在冬季三个月中让儿童入学读书。儒生:指学校老师。

〔6〕千耦(ǒu):指农忙时候。《诗经·周颂·噫嘻》:"亦服尔耕,十千维耦。"耦,两人各持一耜(sì,古代农具名),并肩而耕。

霜风〔1〕

十月霜风吼屋边,布裘未办一铢绵〔2〕。岂惟饥索邻僧米〔3〕,真是寒无坐客毡〔4〕。身老啸歌悲永夜〔5〕,家贫撑拄过凶年〔6〕。丈夫经此宁非福,破涕灯前一粲然〔7〕。

〔1〕本诗作于乾道三年十月,时作者居山阴。

〔2〕布裘:布的冬衣。铢:古代重量单位,二十四铢为一两。

〔3〕岂惟:难道只是。邻僧米:用韩愈《寄卢仝》:"至令邻僧乞米送,仆忝县尹能不耻?"

〔4〕坐客毡:给客人坐的毡垫。这里化用杜甫《戏简郑广文虔兼呈苏司业源明》"才名三十年,坐客寒无毡"之句。

〔5〕永夜:长夜。

〔6〕撑拄:勉强支持。凶年:灾年。

〔7〕粲然:大笑的样子。

闻雨〔1〕

慷慨心犹壮,蹉跎鬓已秋〔2〕。百年殊鼎鼎〔3〕,万事只悠悠〔4〕。不悟鱼千里〔5〕,终归貉一丘〔6〕。夜阑闻急雨〔7〕,起坐涕交流。

〔1〕本诗作于乾道四年(1168),作者时居山阴。
〔2〕蹉跎:虚度岁月。鬓已秋:鬓发已经变白。秋,这里是"白"的意思。古人以五行配四时,西方为金,其色白,以象征秋天季节。
〔3〕"百年"句:语本陶渊明《饮酒》:"鼎鼎百年内,持此欲何成?"意为人生不过百年,时光极为短促。鼎鼎,懒散的样子,引申为蹉跎,短促。
〔4〕悠悠:遥远,无穷尽。
〔5〕鱼千里:传说春秋时,陶朱公发明了一种养鱼法:在池中聚石作九岛,使鱼每日绕行千里,鱼远游则肥。
〔6〕貉(hé)一丘:语本《汉书·杨恽传》:"古与今如一丘之貉。"本言古今同类,此处引申为彼此相似,没有什么差别。貉,一种动物,亦称"狗獾",与狐相似。
〔7〕夜阑:夜深。

送芮国器司业(二首选一)〔1〕

往岁淮边虏未归,诸生合疏论危机〔2〕。人材衰靡方当虑^{〔3〕},士气峥嵘未可非^{〔4〕}。万事不如公论久,诸贤莫与众心违。还朝此段宜先及^{〔5〕},岂独遗经赖发挥^{〔6〕}。

〔1〕芮国器:芮晔(一作烨),字国器,浙江吴兴人。司业:国子监司业,是国子监的副长官,协助祭酒掌管太学事宜。本诗作于乾道六年(1170)春,时作者居山阴。
〔2〕"往岁"二句:隆兴二年(1164)十月,金兵渡淮南侵。十一月,太学生张观等七十二人不顾禁令,上书论投降派权相汤思退排挤抗战派将领张浚、撤毁边防、贻误国家的罪状,请斩汤思退等并窜逐其党徒。淮,指淮河。虏,指金兵。诸生,指张观等。疏,给皇帝的奏章。
〔3〕衰靡:衰微、缺乏。
〔4〕峥嵘:山势高峻的样子,这里形容士气的高昂。
〔5〕还朝:回到朝内做官。此段:指上四句所论之事。
〔6〕遗经:古代圣贤遗留下的经典。

投梁参政^{〔1〕}

浮生无根株^{〔2〕},志士惜浪死^{〔3〕}。鸡鸣何预人?推枕中夕起^{〔4〕}。游也本无奇,腰折百僚底^{〔5〕}。流离鬓成丝,悲咤泪如洗。残年走巴峡^{〔6〕},辛苦为斗米^{〔7〕}。远冲三伏热^{〔8〕},前指九月水^{〔9〕}。回首长安城^{〔10〕},未忍便万里。袖诗叩东府^{〔11〕},再拜求望履^{〔12〕}。平生实易足,名幸污黄纸^{〔13〕}。但忧死无闻,功不挂青史。颇闻匈奴乱^{〔14〕},天意殄蛇豕^{〔15〕}。何时嫖姚师^{〔16〕},大刷渭桥耻^{〔17〕}?士各奋所长,儒生未宜鄙〔18〕。覆毡草军书〔19〕，不畏寒堕指〔20〕。

〔1〕梁参政：梁克家，字叔子，泉州晋江（今属福建）人，当时任参知政事。参政，参知政事的省称，是丞相的副职。乾道五年十二月，陆游被任命为夔州（治所在今重庆奉节县）通判。乾道六年闰五月自山阴经临安赴任。本诗就是他出发前在临安投给梁克家的。

〔2〕"浮生"句：意谓人生如无根株的浮萍。

〔3〕浪：徒然。

〔4〕"鸡鸣"二句：用晋代祖逖半夜闻鸡起舞的故事，表达自己奋发图强、恢复中原的壮志。预，参与，干预。中夕，中夜，半夜。

〔5〕腰折：折腰。指做官。语出《宋书·陶潜传》："渊明叹曰：'吾不能为五斗米折腰向乡里小人！'"百僚：百官。陆游在此以前做过一些官，职位都较低，故说处在"百僚底"。

〔6〕残年：馀年，晚年。陆游当时四十六岁，已叹残年，表现出抑郁的心情。巴峡：长江自巫山至巴东一段为巴峡。

〔7〕斗米：表示俸禄少。

〔8〕冲：朝着。三伏：指初伏、中伏、末伏，为一年中最炎热的时候。

〔9〕指：指向。九月水：九月正是长江枯水期，舟行艰难。

〔10〕长安城：汉唐国都皆在长安，故古人常以长安借代国都。这里指南宋都城临安。

〔11〕东府：指中书省，当时宰相及参知政事的府署。

〔12〕望履：希望拜于幕下，为求见长官的谦词。语出《庄子·盗跖》："愿望履幕下。"

〔13〕污黄纸：指做官。污，这里是记载的谦指。黄纸，古时官员考核成绩的档案记录。

〔14〕匈奴：古代中国北方塞外民族。这里指金人。

〔15〕殄(tiǎn):灭绝。蛇豕(shǐ):即封豕长蛇,《左传·定公四年》:"吴为封豕长蛇,以荐食上国,虐始于楚。"后以蛇豕喻贪暴元凶,此借指金人。豕,猪。

〔16〕嫖姚:汉武帝时霍去病曾任嫖姚校尉,随大将军卫青率军击溃匈奴。师:军队。

〔17〕刷:洗刷。渭桥耻:渭桥位于长安咸阳附近的渭水之上,唐代宗广德元年(763)十月,吐蕃二十余万渡渭桥占领长安,代宗奔陕州。郭子仪谕将士共雪国耻,遂率军击退吐蕃,收复长安。这里借指宋靖康元年(1126),金人破汴京,掳去宋徽宗赵佶、钦宗赵桓的耻辱。

〔18〕儒生:指读书人。鄙:轻视。

〔19〕"覆毡"句:用西魏时陈元康随高欢攻打胡部刘蠡升的故事。当时天寒雪深,陈元康用毛毡覆盖着写军书,笔还未冻,就写满了几张纸。

〔20〕寒堕指:《史记·匈奴列传》载,韩王信降匈奴,引兵攻太原,至晋阳,汉高祖率兵抗击,正逢大寒下雪,士兵堕指者不少。

宿枫桥[1]

七年不到枫桥寺[2],客枕依然半夜钟[3]。风月未须轻感慨,巴山此去尚千重[4]。

〔1〕枫桥:在今江苏苏州市西郊。乾道六年(1170)六月,陆游赴任途中宿枫桥,本诗就作于此时。

〔2〕七年:陆游于隆兴二年(1164)春赴镇江通判任时曾到过此,这次重游已隔七年。枫桥寺:即寒山寺。

〔3〕半夜钟:用唐张继《枫桥夜泊》诗:"姑苏城外寒山寺,夜半钟声到客船。"

〔4〕巴山:主峰在陕西省汉中市南郑区西南,支峰绵亘于陕西、四川边境,东与三峡相接。这里泛指陆游要去的四川。千重:比喻山川阻隔,路途遥远。

晚 泊^{〔1〕}

半世无归似转蓬^{〔2〕},今年作梦到巴东^{〔3〕}。身游万死一生地,路入千峰百嶂中^{〔4〕}。邻舫有时来乞火^{〔5〕},丛祠无处不祈风^{〔6〕}。晚潮又泊淮南岸,落日啼鸦戍堞空^{〔7〕}。

〔1〕乾道六年六月,陆游西去夔州途中泊船在长江,本诗就作于此时。

〔2〕转蓬:随风飞转的蓬草。

〔3〕巴东:郡名。东汉末年益州牧刘璋置,包括今重庆奉节、云阳、巫山诸县。这里代指夔州。

〔4〕嶂:像屏障一般险陡的山峰。

〔5〕邻舫:邻船。乞火:借火。

〔6〕丛祠:古称在荒野林间的神祠。

〔7〕戍堞(shù dié):戍楼的矮墙。此指守望的城楼。戍,戍楼,军队驻防时所筑守望的高台。堞,城上的矮墙。

黄州[1]

局促常悲类楚囚[2],迁流还叹学齐优[3]。江声不尽英雄恨,天意无私草木秋。万里羁愁添白发,一帆寒日过黄州。君看赤壁终陈迹[4],生子何须似仲谋[5]?

〔1〕黄州:治所在今湖北黄冈。乾道六年八月,陆游西行过黄州作此诗。

〔2〕局促:拘束;不自由。楚囚:本指春秋时楚国被晋国拘押的囚犯,后比喻处境窘迫的人。

〔3〕齐优:齐国的女乐。《史记·乐书》:"仲尼不能与齐优遂容于鲁。"据《史记·孔子世家》载,孔子在鲁国做官时,齐国送女乐给鲁国,孔子认为有了女乐,政治没有清明之望,于是辞官而去。陆游以齐优借指取悦于人的优伶。

〔4〕赤壁:三国时周瑜和诸葛亮大破曹操的地方,其地在今湖北省赤壁市东北。苏轼作《赤壁赋》以黄州赤鼻矶为赤壁,陆游依其说。

〔5〕"生子"句:据说曹操攻吴时,见孙权军队阵容整肃,叹息说:"生子当如孙仲谋。"仲谋,孙权的字。陆游反用其典,抒发自己怀才不遇的感慨。

武昌感事[1]

百万呼卢事已空[2],新寒拥褐一衰翁[3]。但悲鬓色成枯草,不恨生涯似断蓬[4]。烟雨凄迷云梦泽[5],山川萧瑟武昌宫[6]。西游处处堪流涕,抚枕悲歌兴未穷。

〔1〕武昌:今湖北鄂州市鄂城区。乾道六年八月,陆游西行过此作本篇。

〔2〕百万呼卢:晋代刘毅作樗蒲豪赌,一掷百万。樗蒲,古代的一种游戏,略如掷骰,上下分黑白两色,五子都黑叫"卢",为大胜,因之以呼卢代指这种游戏。陆游在此形容自己少年时的豪情。

〔3〕拥褐:穿粗布短衣。

〔4〕断蓬:蓬草随风折断飞转,故称断蓬。

〔5〕云梦泽:湖名,在今湖北安陆市南。

〔6〕武昌宫:宫名,三国时东吴孙权在武昌所建。

夜思[1]

露泣啼螀草[2],潮生宿雁汀[3]。经年寄孤舫[4],终夜托丘亭[5]。楚泽无穷白[6],巴山何处青?四方男子事[7],不敢恨飘零。

〔1〕本诗作于乾道六年九月西行舟中。

〔2〕螀(jiāng):又叫寒螀、寒蝉,比蝉略小,秋天鸣叫。

〔3〕汀:水中或水边的平地。

〔4〕经年:常年。

〔5〕丘亭:山亭。

〔6〕楚泽:指云梦泽。
〔7〕"四方"句:《礼记·内则》郑玄注:"天地四方,男子所有事也。"孔颖达疏:"男子上事天,下事地,旁御四方之难,故云所有事。"

塔子矶[1]

塔子矶前艇子横[2],一窗秋月为谁明?青山不减年年恨,白发无端日日生。七泽苍茫非故国[3],九歌哀怨有遗声[4]。古来拨乱非无策,夜半潮平意未平。

〔1〕塔子矶:在湖北省石首市境。乾道六年九月九日,陆游过塔子矶作此诗。
〔2〕艇子:小船。
〔3〕七泽:古传楚有七泽,包括云梦泽。故国:指古代的楚国。
〔4〕九歌:《楚辞》中的篇目,战国时楚国大诗人屈原所作。

重阳[1]

照江丹叶一林霜,折得黄花更断肠[2]。商略此时须痛饮[3],细腰宫畔过重阳[4]。

〔1〕重阳:古时以农历九月九日为重阳节。本诗作于乾道六年九月九日。

〔2〕黄花:即菊花。

〔3〕商略:犹商量。

〔4〕细腰宫:指楚国故宫。相传楚灵王喜欢细腰女子,故人称其宫谓"细腰宫",俗传曰:"楚王好细腰,宫中多饿死。"

哀郢(二首)[1]

远接商周祚最长[2],北盟齐晋势争强[3]。章华歌舞终萧瑟[4],云梦风烟旧莽苍[5]。草合故宫惟雁起,盗穿荒冢有狐藏。离骚未尽灵均恨[6],志士千秋泪满裳。

〔1〕哀郢(yǐng):本是屈原《九章》中的篇名,陆游借以为题。郢,春秋战国时楚国的都城,在今湖北江陵,是郢都旧址之一。乾道六年九月,陆游抵江陵,本诗作于是年十月离江陵后。

〔2〕"远接"句:相传楚国祖先出自殷商高阳氏,周成王时受封于楚,国运最为悠久。祚(zuò),国统。

〔3〕"北盟"句:指战国时楚国与北方的齐、晋两国结盟,力争强盛。盟,盟誓,盟约。

〔4〕章华:指章华台,春秋时楚灵王所筑,遗址在今湖北监利西北。萧瑟:萧条,凄凉。

〔5〕旧:依旧。莽苍:即"苍茫",旷远迷茫的样子。

〔6〕离骚:屈原所作长诗,抒发了自己备受谗言攻击,以及楚国日益衰败的哀痛之情。灵均:屈原的字。

荆州十月早梅春[1],徂岁真同下阪轮[2]。天地何心穷壮士[3],江湖从古著羁臣[4]。淋漓痛饮长亭暮[5],慷慨悲歌白发新。欲吊章华无处问,废城霜露湿荆榛[6]。

[1] 荆州:治所在今湖北江陵。
[2] 徂岁:岁月流逝。下阪轮:下坡的车轮。
[3] 穷壮士:使壮士穷困。
[4] 著:同"着",安置。羁臣:被放逐的臣子。
[5] 长亭:古时设在路旁的亭舍,十里一长亭,五里一短亭,常作为路上歇脚、亲友间饯别之处。
[6] 废城:指郢城。荆榛:荆树丛。

晚泊松滋渡口(二首)[1]

此行何处不艰难,寸寸强弓且旋弯[2]。县近欢欣初得菜,江回徙倚忽逢山[3]。系船日落松滋渡,跋马云埋滟滪关[4]。未满百年均是客,不须数日待东还[5]。

[1] 松滋渡:在今湖北松滋。乾道六年十月,陆游西行泊松滋渡作此诗。
[2] "寸寸"句:形容船在江中行进的迂回。
[3] 徙倚:犹徘徊,这里指迂回曲折。
[4] 跋马:勒马使回转。此由滟滪堆形如马引发的联想。滟滪关:夔州瞿塘峡口有滟滪堆,为江心突起的巨石,周回二十丈,其状如马,是

著名的险滩。1958年,整治航道时被炸除。瞿塘关在其附近。瞿塘地势很高,松滋渡到滟滪堆还很远,似被埋在云堆里。

〔5〕数(shǔ)日:计算日子。

小滩拍拍鸬鹚飞[1],深竹萧萧杜宇悲[2]。看镜不堪衰病后,系船最好夕阳时。生涯落魄惟耽酒,客路苍茫自咏诗[3]。莫问长安在何许[4],乱山孤店是松滋。

〔1〕拍拍:鸬鹚飞的声音。鸬鹚:鸟名,亦称"鱼鹰",常栖息水滨,善潜水捕鱼。
〔2〕萧萧:风声。杜宇:鸟名,又名杜鹃、子规,叫声悲凄。
〔3〕"客路"句:语本杜甫《乐游园歌》:"独立苍茫自咏诗。"
〔4〕长安:这里指临安。许:处所。

瞿唐行[1]

四月欲尽五月来,峡中水涨何雄哉!浪花高飞暑路雪,滩石怒转晴天雷。千艘万舸不敢过,篙工柁师心胆破[2]。人人阴拱待势衰[3],谁敢轻行犯奇祸。一朝时去不自由[4],山腹空有沙痕留。君不见陆子岁暮来夔州[5],瞿唐峡水平如油。

〔1〕瞿唐:瞿塘峡,在今重庆奉节东。西起夔州,东至巫山大溪,长约八公里。乾道六年十月二十六日,陆游西行入瞿塘峡作此诗。

〔2〕篙工柂(duò)师:均指船工。柂,同"舵"。
〔3〕"人人"句:人人私下里都拱手默祷,等待水势稍缓,才敢过去。
〔4〕时去:指过了涨水的季节。
〔5〕陆子:陆游自称。

入瞿唐登白帝庙[1]

晓入大溪口[2],是为瞿唐门。长江从蜀来,日夜东南奔。两山对崔嵬[3],势如塞乾坤。峭壁空仰视,欲上不可扪[4]。禹功何巍巍[5],尚睹镌凿痕[6]。天不生斯人[7],人皆化鱼鼋[8]。于是仲冬月[9],水各归其源。滟滪屹中流,百尺呈孤根。参差层颠屋[10],邦人祀公孙[11]。力战死社稷[12],宜享庙貌尊[13]。丈夫贵不挠,成败何足论。我欲伐巨石[14],作碑累千言。上陈跃马壮[15],下斥乘骡昏[16]。虽惭豪伟词,尚慰雄杰魂。君王昔玉食[17],何至歆鸡豚[18]。愿言采芳兰[19],舞歌荐清尊[20]。

〔1〕白帝庙:祭祀公孙述的庙,在夔州。西汉末年,公孙述据蜀,并于东汉建武元年(25)称帝,自号白帝。乾道六年十月二十六日晚,陆游至瞿塘关,谒白帝庙后作此诗。
〔2〕大溪口:在巫山县西南九十里,瞿塘峡附近。
〔3〕崔嵬(wéi):高峻的样子。
〔4〕扪:摸。
〔5〕禹:指我国古代传说中治水的夏禹。巍巍:高大的样子。

〔6〕镌凿痕:指夏禹治水时开凿过的痕迹。

〔7〕斯人:此人,指夏禹。

〔8〕鼋(yuán):大鳖。这两句说:如果天不生禹,那么人都要变成鱼鳖了。语本《左传·昭公元年》:"美哉禹功,明德远矣!微禹,吾其鱼乎?"

〔9〕仲冬月:即农历十一月。

〔10〕参差:不齐的样子。层颠:山顶。屋:指白帝庙。白帝庙在山顶,故前后高低不一。

〔11〕邦人:当地人,指蜀人。

〔12〕死社稷:为国家而死。社稷,即土谷之神,代指国家。公孙述称帝后,东汉光武帝刘秀多次招降他,但他拒不投降。经过几年激战,公孙述终于败亡,力战而死。

〔13〕庙貌:立庙塑像。

〔14〕伐:砍,这里指开采。

〔15〕跃马壮:指公孙述。左思《蜀都赋》:"公孙跃马而称帝。"

〔16〕乘騄昏:指刘备死后,其子刘禅嗣位不久,即乘騄车向敌将投降。

〔17〕玉食:珍美的食品。

〔18〕歆(xīn):古代祭祀鬼神时,被祭者享用祭品叫歆。

〔19〕愿言:即愿意。言,语助词,无义。

〔20〕荐:进奉。

记梦[1]

梦里都忘困晚途[2],纵横草疏论迁都[3]。不知尽挽银河水,洗得平生习气无〔4〕?

〔1〕本诗作于乾道七年(1171),时作者在夔州。
〔2〕晚途:晚年。
〔3〕"纵横"句:隆兴元年(1163),陆游任枢密院编修官兼编类圣政所检讨官,有《上二府论都邑札子》,认为南宋建都临安,只是出于权宜之计,只有迁都建康(今江苏南京),才是收复国土的第一步。但他的主张未被采纳。草疏,起草奏章。
〔4〕"不知"二句:语本杜甫《洗兵马》:"安得壮士挽天河,尽洗甲兵长不用。"银河,天河。

晚晴书事呈同舍〔1〕

鱼复城边夕照红〔2〕,物华偏解恼衰翁〔3〕。巴莺有恨啼芳树〔4〕,野水无情入故宫〔5〕。许国渐疏悲壮志,读书多忘愧新功。因君共语增惆怅,京洛交游欲半空〔6〕。

〔1〕同舍:试院里的同事。乾道七年四月,陆游在夔州为州考监试官。本诗即作于试院。
〔2〕鱼复城:夔州奉节县汉代称鱼复县,三国蜀汉先主刘备改名为永安县。这里即指夔州城。
〔3〕衰翁:陆游自称。
〔4〕巴:夔州秦代属巴郡,故称巴地。
〔5〕故宫:指刘备在夔州所住的永安宫。

〔6〕京洛:指东京汴州(今开封)和西京洛阳。欲半空:将有一半不在了。

风雨中望峡口诸山奇甚戏作短歌[1]

白盐赤甲天下雄[2],拔地突兀摩苍穹[3]。凛然猛士抚长剑,空有豪健无雍容[4]。不令气象少渟滀[5],常恨天地无全功。今朝忽悟始叹息,妙处元在烟雨中。太阴杀气横惨澹[6],元化变态含空濛[7]。正如奇材遇事见,平日乃与常人同。安得朱楼高百尺[8],看此疾雨吹横风。

〔1〕峡口:瞿塘峡口。本诗亦作于夔州试院。

〔2〕白盐:山名,在夔州府城东十七里,崖壁高峻,色若白盐。赤甲:山名,在夔州府城东十五里,土石赤色。

〔3〕突兀:高耸特出的样子。

〔4〕雍容:态度大方,从容不迫。

〔5〕渟滀(tíng xù):指凝聚,停留。渟、滀,均为水积聚、停留之意。

〔6〕太阴:指冬天。冬天阴气极盛,故太阴主冬。这句说,冬天阴暗无色的景象,充满杀气。

〔7〕元化:指自然的演变。这句说,大自然的变化,都在烟雨迷濛之中。

〔8〕朱楼:指富贵人家的高楼。

晚晴闻角有感[1]

暑雨初收白帝城[2],小荷新竹夕阳明。十年尘土青衫色[3],万里江山画角声。零落亲朋劳远梦,凄凉乡社负归耕[4]。议郎博士多新奏[5],谁致当时鲁二生[6]?

〔1〕角:古代军中的一种乐器,本细末大,上有画纹,又称画角。本诗作于乾道七年夏,时作者在夔州。
〔2〕白帝城:在今重庆奉节县东白帝山。
〔3〕青衫:古代低级官吏的服装。
〔4〕乡社:古代乡村里春社、秋社,都是祭祀土神的日子,分别在立春、立秋后第五个戊日。负:违背。
〔5〕议郎:秦、汉官名,掌顾问应对。博士:秦、汉官名,掌传授儒家经典。
〔6〕鲁二生:鲁地的两位儒生。据《史记·叔孙通列传》载,汉高祖刘邦称帝以后,儒生叔孙通定朝仪,征召鲁地儒生三十馀人参加这一工作。有两位儒生不应召,他们认为天下初定,死者未葬,伤者未起,还不是定朝仪的时候。后朝仪定,叔孙通被封为博士,三十馀儒生均封为郎。陆游用此典故,讽刺当时的朝官只有逢迎歌颂的人,没有像鲁二生那样有骨气的人。

夜登白帝城楼怀少陵先生[1]

拾遗白发有谁怜[2]?零落歌诗遍两川[3]。人立飞楼今已矣^[4],浪翻孤月尚依然^[5]。升沉自古无穷事^[6],愚智同归有限年。此意凄凉谁共语,夜阑鸥鹭起沙边。

〔1〕少陵先生:即唐代大诗人杜甫。少陵,地名,在唐代长安城南,杜甫曾一度居少陵附近,自称"少陵野老",世称杜少陵。本诗作于乾道七年夏,时作者在夔州。

〔2〕拾遗:官名,掌谏议。这里指杜甫,他在唐肃宗时曾任左拾遗,故世称杜拾遗。

〔3〕两川:四川在唐时分东川、西川,西川节度使署所在成都,东川节度使署所在梓州(今四川三台),称为两川。杜甫晚年曾漂泊成都、梓州等地,写下不少诗歌。

〔4〕飞楼:指高楼凌空。这里用杜甫《白帝城最高楼》诗:"独立缥缈之飞楼。"

〔5〕浪翻孤月:用杜甫在夔州所作《宿江边阁》诗:"孤月浪中翻。"

〔6〕升沉:指人生的进退穷达。

夔州重阳^[1]

夔州鼓角晚凄悲,恰是幽窗睡起时。但忆社醅挼菊蕊^[2],敢希朝士赐萸枝^[3]。山川信美吾庐远^[4],天地无情客鬓衰。佳日掩门君莫笑,病来纱帽不禁吹^[5]。

〔1〕本诗作于乾道七年九月,时作者在夔州。

〔2〕社醅(pēi):指秋社的酒。社,这里指秋社,为立秋后第五个戊

日。醅,未滤的酒。挼(ruó)菊蕊:据萧统《陶渊明传》载,陶渊明尝于重阳节在宅边菊丛中久坐,满手把菊。挼,揉搓。

〔3〕"敢希"句:用杜甫《九日五首》:"茱萸赐朝士,难得一枝来。"朝士,在朝的官吏。萸枝,茱萸,植物名,有浓烈香味,可入药。古传重阳日佩茱萸可以去邪辟恶。唐朝时,皇帝重阳日赐宴及茱萸。

〔4〕"山川"句:用王粲《登楼赋》:"虽信美而非吾土兮,曾何足以少留。"吾庐,我的家园。

〔5〕纱帽:古时官吏戴的一种帽子。《晋书·孟嘉传》载,晋代孟嘉曾为桓温的参军,九月九日在龙山宴会,风吹落其帽而不自知,桓温命人写文嘲讽,他亦作文回答,其文甚美,一时成为佳话。这里用此典。

初冬野兴[1]

关北关南霜露寒[2],瀼东瀼西山谷盘[3]。簟纹细细吹残水[4],鼋背时时出小滩[5]。衰发病来无复绿[6],寸心老去尚如丹[7]。逆胡未灭时多事[8],却为无才得少安。

〔1〕本诗作于乾道七年冬,时作者在夔州。
〔2〕关:指瞿塘关。
〔3〕瀼(ràng)东瀼西:即东瀼西瀼,均为夔州地名。陆游《入蜀记》:"土人谓山间之流通江者曰瀼。"
〔4〕簟(diàn)纹:竹席般的水纹。簟,竹席。
〔5〕"鼋背"句:谓小滩时时露出水面如鼋背。鼋(yuán),一种大鳖,背甲近圆形,生活于水中。

37

〔6〕绿:青色,比喻头发乌黑。

〔7〕丹:朱红色。丹心,犹赤心,忠贞的心。

〔8〕逆胡:这里指金人。逆,背叛。胡,指少数民族。

饭三折铺铺在乱山中〔1〕

平生爱山每自叹,举世但觉山可玩。皇天怜之足其愿,著在荒山更何怨。南穷闽粤西蜀汉〔2〕,马蹄几历天下半。山横水掩路欲断,崔嵬可陟流可乱〔3〕。春风桃李方漫漫,飞栈凌空又奇观〔4〕。但令身健能强饭,万里只作游山看。

〔1〕三折铺:在夔州至梁山(今重庆梁平)道中。乾道八年(1172),陆游以左承议郎权四川宣抚使司干办公事兼检法官。他于正月启行,取道万州(今属重庆)、梁山等地,本诗就作于途中。

〔2〕闽粤:指今福建之地。粤,古同"越"。陆游曾任宁德县主簿及福州决曹,故云。

〔3〕崔嵬:指有石的土山。陟(zhì):登。乱:横渡。

〔4〕飞栈:四川北部山路崎岖,架木为路称为栈道,因其架空,故又称飞栈。

蟠龙瀑布〔1〕

远望纷珠缨〔2〕,近观转雷霆。人言水出奇,意使行人惊。人惊我何得？定非水之情。水亦有何情？因物以赋形[3]。处高势趋下，岂乐与石争？退之亦隘人[4]，强言不平鸣[5]。古来贤达士，初亦愿躬耕。意气或感激，邂逅成功名[6]。

〔1〕蟠龙：蟠龙山，在梁山（今重庆梁平）东二十里，下有二洞，洞溪中有二石，龙状，首尾相蟠，故名。山下有瀑布。乾道八年春，陆游过蟠龙山作此诗。

〔2〕纷珠缨：即珠缨纷纷，形容水珠相连。

〔3〕赋形：成形。

〔4〕退之：唐代文学家韩愈的字。隘人：心境狭隘之人。

〔5〕不平鸣：语出韩愈《送孟东野序》："大凡物不得其平则鸣。……水之无声，风荡之鸣。"

〔6〕邂逅(xiè hòu)：不期而遇。

岳池农家[1]

春深农家耕未足，原头叱叱两黄犊[2]。泥融无块水初浑，雨细有痕秧正绿。绿秧分时风日美，时平未有差科起[3]。买花西舍喜成婚，持酒东邻贺生子。谁言农家不入时[4]，小姑画得城中眉。一双素手无人识[5]，空村相唤看缲丝[6]。农家农家乐复乐，不比市朝争夺恶[7]。宦游所得真几何，我已三年废东作[8]。

〔1〕岳池：今四川岳池。乾道八年春，陆游赴任途中过岳池作此诗。

〔2〕原头:田野。叱叱:赶牛声。黄犊:小黄牛。

〔3〕时平:时世太平。差科:官府分派的劳役。

〔4〕入时:合乎时尚。

〔5〕素:白。

〔6〕缫(sāo)丝:抽茧出丝。

〔7〕市朝:公众汇集的地方。这里指官场。

〔8〕东作:指春季的农事。《尚书·尧典》:"平秩东作。"蔡沈集传:"作,起也;东作,春月岁功方兴,所当作起之事也。"

山南行〔1〕

我行山南已三日,如绳大路东西出〔2〕。平川沃野望不尽,麦陇青青桑郁郁。地近函秦气俗豪〔3〕,秋千蹴鞠分朋曹〔4〕。苜蓿连云马蹄健〔5〕,杨柳夹道车声高。古来历历兴亡处〔6〕,举目山川尚如故。将军坛上冷云低〔7〕,丞相祠前春日暮〔8〕。国家四纪失中原〔9〕,师出江淮未易吞〔10〕。会看金鼓从天下〔11〕,却用关中作本根〔12〕。

〔1〕山南:指汉中(今属陕西),因在终南山之南,故称山南。乾道八年三月,陆游到达汉中,作此诗。

〔2〕如绳:直如准绳。

〔3〕函秦:指陕西地区。陕西在春秋战国时是秦国故地,以其东有函谷关,故称函秦。

〔4〕蹴鞠(cù jū):踢球。鞠,古时的一种皮球。分朋曹:分队。朋

曹,朋辈,这里指比赛的两队人。

〔5〕苜蓿:豆科植物,俗名草头,可以饲马。

〔6〕历历:分明的样子。

〔7〕将军坛:即拜将坛,在陕西南郑城南,相传为汉高祖拜韩信为大将处。

〔8〕丞相祠:即蜀汉丞相诸葛亮祠,在陕西沔县北。诸葛亮曾六出祁山,北伐中原,屡次在汉中屯兵,后人建祠纪念。

〔9〕四纪:古代以十二年为一纪。南宋建炎元年(1127),中原为金人侵占,至此时(1172)中原沦陷已四十六年,将近四纪。

〔10〕"师出"句:意谓南宋从江淮出兵不容易吞灭敌人。

〔11〕会看:将会看到。金鼓:鸣锣与战鼓。古时出兵擂鼓,收兵鸣金。

〔12〕关中:指函谷关与陇关之间的地方,即陕西。陆游的抗金战略认为,要恢复中原,必须把关中作为根据地。

南郑马上作[1]

南郑春残信马行,通都气象尚峥嵘[2]。迷空游絮凭陵去[3],曳线飞鸢跋扈鸣[4]。落日断云唐阙废[5],淡烟芳草汉坛平[6]。犹嫌未豁胸中气[7],目断南山天际横[8]。

〔1〕本诗作于乾道八年三月陆游抵南郑(今属陕西汉中市)后在四川宣抚使幕府为干办公事时。

〔2〕通都:大都市,四通八达的地方。峥嵘:不平凡。

〔3〕凭陵:势盛的样子。

〔4〕曳线:牵着线。飞鸢:纸鸢。跋扈:骄横。这里形容纸鸢的鸣声。

〔5〕唐阙:陆游自注:"德宗诏山南比两京。"唐德宗兴元元年(784),李怀光叛变,德宗奔梁州(今陕西汉中一带),留有行宫,故诗称"唐阙"。

〔6〕汉坛:陆游自注:"近郊有韩信拜大将坛。"

〔7〕豁:开阔,通畅。

〔8〕南山:终南山,在今陕西西安南。陆游自注:"城中望见长安南山。"

和高子长参议道中二绝(选一)〔1〕

梁州四月晚莺啼〔2〕,共忆扁舟罨画溪〔3〕。莫作世间儿女态〔4〕,明年万里驻安西〔5〕。

〔1〕高子长:陆游表叔的女婿,时任四川宣抚使司参议。本诗作于乾道八年四月,陆游时在南郑。

〔2〕梁州:指南郑。梁州为古代九州之一,约当今陕西省南部及四川省一带地区。汉中为古梁州之境,唐代亦曾名梁州。

〔3〕扁舟:小舟。罨(yǎn)画溪:指故乡山阴的小溪。罨画,本指杂色的彩画。

〔4〕"莫作"句:用王安石《鄞县西亭》:"更作世间儿女态,乱栽花竹养风烟。"

〔5〕安西:唐代安西都护府,故治在今新疆吐鲁番西二十里。

太息宿青山铺作(二首选一)[1]

太息重太息,吾行无终极。冰霜迫残岁[2],鸟兽号落日。秋砧满孤村[3],枯叶拥破驿[4]。白头乡万里,堕此虎豹宅。道边新食人,膏血染草棘[5]。平生铁石心,忘家思报国。即今冒九死,家国两无益。中原久丧乱,志士泪横臆[6]。切勿轻书生,上马能击贼[7]。

〔1〕太息:叹息。青山铺:在四川省昭化至阆中道中。乾道八年秋,陆游因公事到阆中,途中宿青山铺作此诗。
〔2〕迫:逼近。残岁:指年终。
〔3〕秋砧(zhēn):秋天的捣衣声。砧,捣衣石。
〔4〕驿:古时供传递公文的人或来往官员暂住和换马的地方。
〔5〕"道边"二句:道边被虎豹咬死不久的人,血浆涂染了周围的野草丛。
〔6〕臆:胸。
〔7〕"上马"句:语出《魏书·傅永传》。傅永字修期,英勇过人,兼有才学。北魏高祖元宏曾说:"上马能击贼,下马作露布(檄文、捷报或其他紧急文书),唯傅修期耳。"

游锦屏山谒少陵祠堂[1]

城中飞阁连危亭[2],处处轩窗临锦屏[3]。涉江亲到锦屏上,却望城郭如丹青[4]。虚堂奉祠子杜子[5],眉宇高寒照江水[6]。古来磨灭知几人,此老至今元不死。山川寂寞客子迷,草木摇落壮士悲。文章垂世自一事,忠义凛凛令人思[7]。夜归沙头雨如注,北风吹船横半渡。亦知此老愤未平,万窍争号泄悲怒[8]。

〔1〕锦屏山:在四川阆中市城外,嘉陵江南岸。山上有杜甫祠堂。乾道八年秋,陆游到阆中谒杜甫祠堂作此诗。
〔2〕飞阁、危亭:飞、危均形容亭阁高耸的样子。
〔3〕轩窗:廊屋的窗。临:对着。
〔4〕丹青:本是两种颜色,这里借指图画。
〔5〕虚堂:空堂。子:古代对老师或有德行的人的尊称。杜子:对杜甫的尊称。子杜子,表示对杜甫特别尊崇。
〔6〕眉宇:指祠中杜甫的塑像。高寒:高古清寒。
〔7〕凛凛:可敬畏的样子。
〔8〕"万窍"句:语出《庄子·齐物论》:"夫大块噫气,其名为风,是唯无作,作则万窍怒号。"万窍争号,指数不清的空谷奋发呼号,形容风大。窍,空穴。

归次汉中境上[1]

云栈屏山阅月游[2],马蹄初喜蹋梁州[3]。地连秦雍川原壮[4],水下荆扬日夜流[5]。遗虏孱孱宁远略[6],孤臣耿耿独私忧[7]。良时恐作他年恨[8],大散关头又一秋[9]。

〔1〕乾道八年十月,陆游从阆中返汉中作此诗。

〔2〕云栈:高峻的栈道。绝壁因势架木筑栈道,称云栈。屏山:即锦屏山。阅月:经历了一个月。阅,经历。

〔3〕蹋:同"踏"。

〔4〕秦雍:陕西本为秦地,在古代为雍州,故称秦雍。

〔5〕荆扬:荆州和扬州,均为古州名。荆州辖境相当于今湖南、湖北和贵州、广西的一部分地区。扬州相当于今江苏、浙江、安徽、江西和福建等地。

〔6〕遗虏:残馀的敌寇,指金人。孱(chán)孱:懦弱。宁远略:哪有远大的谋略。

〔7〕孤臣:陆游自称。耿耿:忠诚貌。

〔8〕良时:良好时机。

〔9〕大散关:在今陕西宝鸡西南的大散岭上,是南宋时的边防前线重镇。南宋与金在西面以大散关为界。这句意思是说:从大散关进行反攻的机会又是一年错过去了。

剑门道中遇微雨[1]

衣上征尘杂酒痕,远游无处不消魂[2]。此身合是诗人未[3],细雨骑驴入剑门[4]。

〔1〕剑门:剑门关,在今四川剑阁县北面大小剑门山之间。乾道八年十月,陆游改任成都府安抚司参议官。十一月,他从汉中启程赴成都,

途经剑门关作此诗。

〔2〕消魂:令人感伤,神情恍惚。

〔3〕合是:应该是。未:表示疑问,与"否"相同。

〔4〕骑驴:唐代诗人中有不少骑驴的典故。《全唐诗话》载,有人问相国郑綮近来有无新作,郑綮答道:"诗思在灞桥风雪中驴子背上,此何以得之?"陆游此时骑驴入蜀,故有"合是诗人"的疑问,流露出不甘心仅仅作个诗人的感叹。

剑门关[1]

剑门天设险,北乡控函秦[2]。客主固殊势,存亡终在人[3]。栈云寒欲雨,关柳暗知春。羁客垂垂老[4],凭高一怆神[5]。

〔1〕本诗作于乾道八年十一月过剑门关时。

〔2〕"剑门"二句:杜甫《剑门》诗云:"惟天有设险,剑门天下壮。连山抱西南,石角皆北向。"乡,同"向"。

〔3〕"客主"二句:秦地居高临下,在地理形势上较蜀地为优,故秦地为主,蜀地为客。这二句意思是说,秦蜀两地地理形势虽有优劣不同,但在国防上起决定作用的还是人。

〔4〕羁客:旅人,作者自指。垂垂:渐渐。

〔5〕凭高:居高。怆神:伤悲。

剑门城北回望剑关诸峰青入云汉，感蜀亡事，慨然有赋[1]

自昔英雄有屈信[2]，危机变化亦逡巡[3]。阴平穷寇非难御[4]，如此江山坐付人[5]！

〔1〕云汉：天河，银河。这里指高空。蜀亡事：三国蜀汉后主炎兴元年（263），魏将邓艾率兵偷越阴平小道攻蜀。后主刘禅恃剑关天险，防务空虚。魏兵经江油、绵竹，直逼成都。刘禅投降，蜀汉亡。本诗作于乾道八年十一月过剑门关时。
〔2〕屈信：有屈有伸。信，通"伸"。
〔3〕逡巡：顷刻，须臾。
〔4〕阴平：在今甘肃文县西北。穷寇：形势窘迫的敌人。这里指邓艾率领的偷越阴平小道的魏军。
〔5〕坐：白，无故，徒然。

即事[1]

渭水岐山不出兵[2]，却携琴剑锦官城[3]。醉来身外穷通小[4]，老去人间毁誉轻。扪虱雄豪空自许[5]，屠龙工巧竟何成[6]。雅闻岷下多区芋[7]，聊试寒炉玉糁羹[8]。

〔1〕即事:指以当前的事物为题材的诗。本诗作于乾道八年十一月,陆游由南郑赴成都道中。

〔2〕渭水:即渭河,在陕西中部。岐山:在陕西凤翔,当时和渭水同在金人占领区内。

〔3〕锦官城:即成都。古代成都以织锦著名,有锦官主持其事,故称锦官城。

〔4〕穷:困窘,指怀才不遇。通:通达,指宦途顺利。

〔5〕扪虱:《晋书·王猛传》载,东晋大将桓温北征,入关,王猛来见,一边扪虱,一边纵谈天下大事,旁若无人。

〔6〕屠龙:《庄子·列御寇》载,古代朱泙漫向支离益学习屠龙的方法,花了千金的代价,学会了屠龙术,但因无龙可屠,也就无法施展技艺。

〔7〕雅闻:素常听说。岷下:岷山下。岷山,在四川北部。区芋:区田之芋,犹言田中之芋。芋,俗称芋艿、芋头。

〔8〕玉糁(sǎn)羹:以芦菔煮成的食品,此指芋羹。苏轼诗有《过子忽出新意以山芋作玉糁羹色香味皆奇绝天上酥陀则不可知人间决无此味也》。

三月十七日夜醉中作〔1〕

前年脍鲸东海上〔2〕,白浪如山寄豪壮。去年射虎南山秋〔3〕,夜归急雪满貂裘。今年摧颓最堪笑〔4〕,华发苍颜羞自照〔5〕。谁知得酒尚能狂,脱帽向人时大叫。逆胡未灭心未平〔6〕,孤剑床头铿有声〔7〕。破驿梦回灯欲死〔8〕,打窗风雨正三更。

〔1〕本诗作于乾道九年(1173),时陆游在成都任安抚司参议官。

〔2〕脍(kuài)鲸:这里是捕杀鲸鱼的意思。脍,细切的鱼肉。诗写绍兴二十九年(1159),陆游在福州泛海事,捕鲸当是虚写。

〔3〕南山:终南山。诗写陆游乾道八年冬在南郑时南山射虎事,陆游诗中多次提及。

〔4〕摧颓:衰愈颓唐。

〔5〕华发:花白的头发。苍颜:苍老的容颜。

〔6〕逆胡:叛逆的胡人,这里指金人。

〔7〕铿(kēng)有声:宝剑铿然有声。孤剑有声,说明剑有不平之意,欲出匣报仇。

〔8〕灯欲死:灯光暗淡,将要熄灭。

驿舍见故屏风画海棠有感〔1〕

厌烦只要长面壁,此心安得顽如石〔2〕。杜门复出叹习气〔3〕,止酒还开惭定力〔4〕。成都二月海棠开,锦绣裹城迷巷陌〔5〕。燕宫最盛号花海〔6〕,霸国雄豪有遗迹〔7〕。猩红鹦绿极天巧〔8〕,叠萼重跗眩朝日〔9〕。繁华一梦忽吹散,闭眼细思犹历历〔10〕。忧乐相寻岂易知,故人应记醉中诗。夜阑风雨嘉州驿,愁向屏风见折枝〔11〕。

〔1〕本诗作于乾道九年夏,时陆游摄知嘉州(故治在今四川乐山)事。

〔2〕"此心"句:用韩愈《雪后寄崔二十六丞公》:"我心安得如

石顽。"

〔3〕杜门:指闭门不出。

〔4〕止酒:戒酒。定力:佛教语,即专忍坚定之心。

〔5〕"锦绣"句:成都又称锦官城,故以"锦绣裹城"喻海棠花开之盛。

〔6〕燕宫:成都有燕王宫,为五代时后蜀孟贻邺封燕王所居。

〔7〕霸国:自西汉末年公孙述之后,东汉末年刘备,五代时王建、孟知祥等,皆据成都称帝。他们称霸一方,故称霸国。

〔8〕猩红鹦绿:形容海棠花红似猩猩血,叶绿如鹦鹉的毛羽。

〔9〕叠萼(è)重跗(fū):指重重叠叠的海棠花。萼,花萼,位于花瓣下部的外轮。跗,通"柎",亦指花萼。

〔10〕历历:分明可数。

〔11〕折枝:指屏风上所画折枝海棠。

望云楼晚兴[1]

小阁东南独咏诗,此生终与世差池[2]。夕阳明处苍烟合,栖燕归时画角悲。人与江山均是梦,心非风月尚谁知[3]?旧交几岁音尘隔[4],三抚阑干有所思。

〔1〕望云楼:在嘉州。本诗作于乾道九年夏陆游在嘉州登望云楼后。

〔2〕差池:参差不齐。这里指与世不能合作。

〔3〕心非风月:意为虽在观望风景,但心中并不在欣赏风月,而是

别有所思。风月,清风明月,指美好的景色。

〔4〕音尘隔:音信来往都隔绝。

登荔枝楼[1]

平羌江水接天流[2],凉入帘栊已似秋[3]。唤作主人元是客[4],知非吾土强登楼[5]。闲凭曲槛常忘去[6],欲下危梯更小留[7]。公事无多厨酿美[8],此身不负负嘉州[9]。

〔1〕荔枝楼:在嘉州。本诗作于乾道九年夏陆游在嘉州登荔枝楼后。

〔2〕平羌江:岷江的支流,又名青衣水,流经嘉州。接天:形容江水浩荡无际,好像与天相接。

〔3〕帘栊:带帘子的窗户。

〔4〕主人:作者时摄知嘉州事,故称主人。

〔5〕"知非吾土"句:用王粲《登楼赋》:"虽信美而非吾土兮,曾何足以少留!"

〔6〕凭:靠。曲槛:曲折的栏杆。

〔7〕危梯:高高的扶梯。

〔8〕厨酿:酒菜。厨,菜肴。酿,酒。

〔9〕"此身"句:作者自注:"薛能诗:'不负嘉州只负身。'"这里反其意而用之。

醉中感怀[1]

早岁君王记姓名[2],只今憔悴客边城。青衫犹是鹓行旧[3],白发新从剑外生[4]。古戍旌旗秋惨淡[5],高城刁斗夜分明[6]。壮心未许全消尽,醉听檀槽出塞声[7]。

〔1〕本诗作于乾道九年秋,作者时在嘉州。
〔2〕"早岁"句:陆游早年以文名为宋高宗所知,二十九岁考进士名列前茅,为奸相秦桧所忌,以"喜论恢复"除名,取消了参加殿试的资格。秦桧死后,陆游才出仕。故《放翁自赞》云:"名动高皇,语触秦桧。"
〔3〕青衫:低级官员的服色。鹓(yuān)行:指朝班。鹓,同"鸳",鸳鸯。鹓飞行有序,因喻百官朝见时秩序井然。
〔4〕剑外:剑门关外。
〔5〕古戍:古旧的戍楼。
〔6〕刁斗:古代军中用具,白天用来烧饭,夜间作敲更用。
〔7〕檀槽:檀木做的琵琶等弦乐器上架弦的格子,这里指琵琶。出塞:汉乐府《横吹曲》名,是一种军中曲。

夜读岑嘉州诗集[1]

汉嘉山水邦[2],岑公昔所寓。公诗信豪伟,笔力追李杜[3]。常想从军时,气无玉关路[4]。至今蠹简传[5],多昔横槊赋[6]。零落财百篇[7],崔嵬多杰句[8]。工夫刮造化[9],音节配韶頀[10]。我后四百年[11],清梦奉巾屦[12]。晚途有奇事,随牒得补处[13]。群胡自鱼肉[14],明主方北顾[15]。诵公天山篇[16],流涕思一遇[17]。

〔1〕岑嘉州:即岑参(715—770),唐代诗人,曾任嘉州刺史,故后人称他为岑嘉州。本诗作于乾道九年秋,陆游时在嘉州。

〔2〕汉嘉:即嘉州。因州境近汉代汉嘉旧县,故称。

〔3〕李杜:指唐代大诗人李白和杜甫。

〔4〕玉关:玉门关,在今甘肃省,古时为出塞要地。作者自注:"公诗多从戎西边时所作。"岑参在唐代天宝年间曾任安西节度掌书记、安西北庭判官等军职。这两句写岑参从军时的豪迈气概,他不怕远行,不把出玉门关放在心上。

〔5〕蠹(dù)简:古旧书籍。这里指岑参的诗集。蠹,蛀虫。

〔6〕横槊(shuò)赋:曹操曾横槊赋诗,故后称军中所写的诗文。槊,长矛,古代的一种兵器。

〔7〕财:通"才"。百篇:陆游曾选刻岑参诗八十馀篇,故约说百篇。

〔8〕崔嵬:原指山石高而不平,这里形容诗句的雄伟奇特。

〔9〕刮造化:即巧夺天工的意思。刮,发掘。造化,天地,大自然。

〔10〕韶頀(hù):古代乐曲名。相传为商汤之乐。一说韶为虞舜所作,頀是商汤的乐名。

〔11〕四百年:陆游出生在岑参死后三百五十馀年,四百年是约数。

〔12〕奉巾屦(jù):侍候起居。巾,头巾。屦,麻鞋。这句是说,自己向往其人,无缘相见,只能在梦中侍奉于岑参左右。

〔13〕牒(dié):公文,凭证。得补处:指陆游以蜀州(州治在今四川崇庆)通判的资格代理嘉州政务之事。

〔14〕群胡:指金人。自鱼肉:自相残杀。这里指乾道八年金国内部的变乱。

〔15〕明主:指宋孝宗赵眘(shèn)。北顾:计划北伐。

〔16〕天山篇:指岑参《天山雪歌送萧治归京》诗,也泛指岑参从军时所作诗。

〔17〕思一遇:希望能有一次像岑参那样随军出征的机会。

八月二十二日嘉州大阅[1]

陌上弓刀拥寓公[2],水边旌旆卷秋风[3]。书生又试戎衣窄[4],山郡新添画角雄[5]。早事枢庭虚画策[6],晚游幕府愧无功[7]。草间鼠辈何劳磔[8],要挽天河洗洛嵩[9]。

〔1〕大阅:大规模检阅军队。本诗是陆游乾道九年八月二十二日在嘉州主持秋操检阅时写。

〔2〕陌:路。寓公:寄住的人。作者时暂摄州事,故自称寓公。

〔3〕旌旆(jīng pèi):旗帜。

〔4〕书生:作者自称。戎衣:军服。

〔5〕山郡:指嘉州。作者自注:"郡旧止角四枝,近方增如式。"

〔6〕枢庭:枢密院。陆游在宋高宗绍兴三十二年(1162)至宋孝宗隆兴元年(1163)曾任枢密院编修官。虚画策:陆游曾提过一些政治改革的主张和积极抗金的计划,都未被采纳,故云"虚画策"。画策,提出意见和建议。

〔7〕晚游幕府:指陆游在汉中任四川宣抚使司干办公事兼检法官及任成都府安抚司参议官等幕府官职。

〔8〕鼠辈:比喻一般的小盗贼。磔(zhé):古代的一种把肢体分裂的酷刑,这里是捕杀的意思。

〔9〕洛嵩:洛水、嵩山,泛指中原地区,当时沦陷在金人手里。这句是说,要挽取天河的水来洗刷洛水、嵩山的污秽,也就是要驱逐金人、光复中原。

九月十六日夜梦驻军河外,遣使招降诸城,觉而有作〔1〕

杀气昏昏横塞上,东并黄河开玉帐〔2〕。昼飞羽檄下列城〔3〕,夜脱貂裘抚降将〔4〕。将军枥上汗血马〔5〕,猛士腰间虎文韔〔6〕。阶前白刃明如霜,门外长戟森相向〔7〕。朔风卷地吹急雪〔8〕,转盼玉花深一丈〔9〕。谁言铁衣冷彻骨,感义怀恩如挟纩〔10〕。腥臊窟穴一洗空〔11〕,太行北岳元无恙〔12〕。更呼斗酒作长歌,要遣天山健儿唱〔13〕。

〔1〕河外:黄河以南。古代称黄河以北为河内,黄河以南为河外。本诗作于乾道九年秋,陆游时在嘉州。

〔2〕并(bàng):依傍。玉帐:主帅的军帐。

〔3〕羽檄:紧急军用文书。汉代用一尺二寸长的木简为书以征兵,叫做檄。如有急事,则插鸟羽于其上,以示紧急,要飞速传递,叫做羽檄。

〔4〕抚:抚慰,安抚。

〔5〕枥:马槽。汗血马:汉武帝时大将李广利斩西域大宛王,得汗血马,据说一日能行千里。这里指主帅的坐骑。

〔6〕虎文韔(chàng):画有虎头的弓套。韔,弓袋。

〔7〕长戟森相向:语出杜甫《李潮八分小篆歌》:"快剑长戟森相向。"长戟,古代的一种兵器。森,森严。相向,相对。

〔8〕朔风:北风。

〔9〕玉花:雪花。

〔10〕如挟纩(kuàng):如同怀挟丝绵一样温暖。纩,丝绵。语出《左传·宣公十二年》:"师人多寒,王巡三军,拊而勉之,三军之士皆如挟纩。"

〔11〕腥臊窟穴:指金人盘踞的地方。

〔12〕太行:即太行山,绵亘在今山西省东南。北岳:即恒山,在今山西浑源县东南。太行山、恒山当时均为沦陷区。无恙:安全。

〔13〕天山:山名,横贯新疆中部。古代也称祁连山为天山。匈奴语呼天为祁连。祁连山在今甘肃西部和青海东北部边境。这里指南宋西北的抗金前线。

闻虏乱有感〔1〕

前年从军南山南〔2〕,夜出驰猎常半酣〔3〕。玄熊苍兕积如阜〔4〕,赤手曳虎毛毵毵〔5〕。有时登高望鄠杜〔6〕,悲歌仰天泪如雨。头颅自揣已可知〔7〕,一死犹思报明主。近闻索虏自相残〔8〕,秋风抚剑泪汍澜〔9〕。洛阳八陵那忍说〔10〕,玉座尘昏松柏寒〔11〕。儒冠忽忽垂五十〔12〕,急装何由穿袴褶〔13〕?羞为老骥伏枥悲〔14〕,宁作枯鱼过河泣〔15〕。

〔1〕虏乱:乾道八年,金国内部发生变乱。陆游在嘉州闻讯后写了这首诗,时在乾道九年秋。

〔2〕南山南:指终南山之南,即汉中一带。

〔3〕半酣:半醉。

〔4〕玄熊:黑熊。苍兕(sì):青色的野牛。兕,犀牛一类的动物。阜:小山。

〔5〕毵(sān)毵:毛发细长的样子。

〔6〕鄠(hù)杜:指鄠县(今西安市鄠邑区)和杜陵(在今西安市东南),均在长安附近,当时为金人所陷。

〔7〕"头颅"句:意谓自顾头颅,已自知年老。语出南朝陶弘景《与从兄书》:"今三十六方作奉朝请,头颅可知。"自揣,自我估计。

〔8〕索虏:指金人。金人蓄辫发如绳索,故称之为索虏。

〔9〕汍(wán)澜:流泪貌。

〔10〕洛阳八陵:指洛阳附近巩县(今巩义市)的北宋八个皇帝的陵墓:宣祖(太祖、太宗之父,追号皇帝)永安陵、太祖永昌陵、太宗永熙陵、真宗永定陵、仁宗永昭陵、英宗永厚陵、神宗永裕陵、哲宗永泰陵。

〔11〕玉座:指陵墓中的御座。

〔12〕儒冠:读书人的帽子,这里以物代人,指作者自己。垂五十:将近五十岁。陆游是年四十九岁。

〔13〕急装:军中的装束,因束缚紧,故称。袴褶(kù xí):古代的一种骑服。盛行于魏、晋、南北朝,唐末渐废。

〔14〕老骥伏枥:语出曹操《步出夏门行》:"老骥伏枥,志在千里;烈士暮年,壮心不已。"骥,良马。枥,马槽。

〔15〕枯鱼过河泣:作者自注:"古乐府《枯鱼诗》云:'枯鱼过河泣,何时复还入?作书与鲂鲋,相教谨出入。'"作者用此诗,表明自己渡河杀敌的决心,而不会像枯鱼那样因过河出水丧生而追悔当初的行动。

醉 歌[1]

我饮江楼上,阑干四面空。手把白玉船[2],身游水精宫[3]。方我吸酒时,江山入胸中。肺肝生崔嵬[4],吐出为长虹。欲吐辄复吞,颇畏惊儿童[5]。乾坤大如许[6],无处著此翁[7]。何当呼青鸾[8],更驾万里风。

〔1〕本诗作于乾道九年秋,作者时在嘉州。
〔2〕白玉船:白玉做的椭圆形酒杯。因其形似船,故名。
〔3〕"身游"句:作者在面临江水的楼上喝酒,故醉后感到就像在水精宫里游历。
〔4〕崔嵬:山高不平的样子。这里借指心中不平之气。
〔5〕儿童:借指世间平庸的人。
〔6〕乾坤:指天地。
〔7〕著(zhuó):安置。此翁:作者自指。
〔8〕何当:何时。青鸾(luán):传说中凤凰一类的鸟。这里指有鸾铃的车。

宝剑吟[1]

幽人枕宝剑[2],殷殷夜有声[3]。人言剑化龙[4],直恐兴风霆[5]。不然愤狂虏[6],慨然思遐征[7]。取酒起酹剑[8]:至宝当潜形[9];岂无知君者,时来自施行;一匣有馀地[10],胡为鸣不平?

[1] 本诗作于乾道九年秋,作者时在嘉州。
[2] 幽人:幽居的人,这里是作者自指。
[3] 殷殷:象声词。
[4] 剑化龙:《晋书·张华传》载:雷焕于丰城掘出一对宝剑,一名龙泉,一名太阿,送一剑给张华,留一剑自佩。张华死后,他的宝剑忽然不见了。雷焕死后,他的儿子雷华佩着他留下的宝剑经过延平津(在今福建南平),剑忽然从鞘中跃入水中,"但见二龙蟠萦有文章,水浪惊沸,于是失剑"。原来两条龙就是龙泉、太阿两支宝剑变成的。
[5] 风霆:狂风雷霆。
[6] 狂虏:指敌人。
[7] 遐(xiá)征:远征。遐,远。
[8] 酹(lèi):洒酒于地表示祭奠或立誓。
[9] 至宝:极其宝贵的东西。这里指宝剑。潜形:隐迹藏形。
[10] 匣:剑匣。

观大散关图有感[1]

上马击狂胡[2],下马草军书。二十抱此志,五十犹癯儒[3]。大散陈仓间[4],山川郁盘纡[5]。劲气钟义士[6],可与共壮图。坡陁咸阳城[7],秦汉之故都[8]。王气浮夕霭[9],宫室生春芜[10]。安得从王师[11],汛扫迎皇舆[12]?黄河与函谷〔13〕，四海通舟车。士马发燕赵〔14〕，布帛来青徐〔15〕。先当营七庙〔16〕，次第画九衢〔17〕。偏师缚可汗〔18〕，倾都观受俘〔19〕。上寿大安宫〔20〕，复如正观初〔21〕。丈夫毕此愿，死与蝼蚁殊〔22〕。志大浩无期〔23〕，醉胆空满躯。

〔1〕大散关图：指大散关的地图。本诗作于乾道九年十月，作者时在嘉州。

〔2〕狂胡：指金人。

〔3〕癯（qú）儒：瘦弱书生。癯，瘦。

〔4〕大散：即大散关，又称散关，在陕西宝鸡西南的大散岭上，为宋、金相持之地。陈仓：古地名，在今陕西宝鸡，为关中、汉中间的交通要冲。

〔5〕郁：树木茂密的样子。盘纡（yú）：盘曲迂回。

〔6〕钟：凝聚，专注。

〔7〕坡陀（tuó）：即坡陀，起伏不平的样子。

〔8〕"秦汉"句：秦都咸阳；汉都长安（今陕西西安），与咸阳相近。

〔9〕王气：王者之气，反映帝王气象的云气。夕霭（ǎi）：傍晚的烟雾。

〔10〕春芜：春天的野草。

〔11〕王师：王者之师，这里指宋朝军队。

〔12〕汛扫：洒扫。皇舆：皇帝的车驾。舆，车。

〔13〕函谷：函谷关，在今河南灵宝市境。

〔14〕燕赵：指今河北省及山西省的部分地区。

〔15〕青徐：青州和徐州，均为古州名。青州，在今山东省一带。徐州，在今江苏北部和安徽北部一带。

〔16〕七庙：古代礼制，天子有七个祖庙。

〔17〕九衢（qú）：泛指四通八达的道路。

〔18〕偏师:指全军的一部分,以别于主力部队。可汗(kè hán):古代鲜卑、突厥、回纥、蒙古等族对最高统治者的称号,这里指金主。

〔19〕倾都:城中所有居民。受俘:指献俘于太庙的祝捷仪式。

〔20〕上寿:献酒祝寿。大安宫:唐代宫殿名,这里借指宋朝宫殿。

〔21〕正观:即贞观,唐太宗李世民的年号(627—649)。当时是唐代国势最强的时期,史称"贞观之治"。宋仁宗叫赵祯,宋代讳祯字,兼讳贞字,故称贞观为正观。

〔22〕殊:不同。

〔23〕期:限度。

金错刀行〔1〕

黄金错刀白玉装〔2〕,夜穿窗扉出光芒〔3〕。丈夫五十功未立,提刀独立顾八荒〔4〕。京华结交尽奇士〔5〕,意气相期共生死。千年史策耻无名〔6〕,一片丹心报天子。尔来从军天汉滨〔7〕,南山晓雪玉嶙峋〔8〕。呜呼!楚虽三户能亡秦〔9〕,岂有堂堂中国空无人〔10〕!

〔1〕金错刀:用黄金镶嵌装饰刀身的刀。行:古代诗歌的一种体裁。本诗作于乾道九年十月,作者时在嘉州。

〔2〕白玉装:指刀柄、刀鞘上装饰着白玉。

〔3〕窗扉(fēi):窗户。扉,门扇。

〔4〕八荒:八方荒远之地。

〔5〕京华:即京师,指南宋都城临安。

〔6〕史策:即史册。

〔7〕尔来:近来。天汉:原指银河,这里指汉水。

〔8〕南山:终南山。玉嶙峋(lín xún):形容雪山重叠不平的样子。

〔9〕"楚虽三户"句:语出《史记·项羽本纪》:"故楚南公曰:'楚虽三户,亡秦必楚也!'"战国时,楚国受秦国欺骗,楚怀王被扣押在秦国,他不肯答应秦国要求割地的要求,后来死在秦国。楚人非常气愤,民谚说:"楚虽三户,亡秦必楚。"陆游借此说明:宋朝徽钦二帝虽为金国所虏,中原土地虽为金人侵占,但是最后一定能消灭敌人。

〔10〕堂堂:盛大的样子。

言怀[1]

兰碎作香尘,竹裂成直纹。炎火炽昆冈,美玉不受焚[2]。孤生抱寸志[3],流离敢忘君[4]!酿桂餐菊英[5],洁斋三沐熏[6]。孰云九关远[7],精意当彻闻[8]。捐躯诚有地,贾勇先三军[9]。不然赍恨死[10],犹冀扬清芬[11]。愿乞一棺地,葬近要离坟[12]。

〔1〕本诗作于乾道九年十月,作者时在嘉州。

〔2〕"炎火"二句:语出《尚书·胤征》:"火炎昆冈,玉石俱焚。"原义比喻不分好坏,都受灾害。陆游在这里把美玉比喻自己的气节,在患难中仍坚持不变。

〔3〕孤生:犹言"独自"。寸志:小小的志愿。

〔4〕流离:流落。敢:怎敢。

〔5〕酿桂:用桂花酿酒。餐菊英:以菊花为食。此句用楚辞中《九歌·东皇太一》"奠桂酒兮椒浆",及《离骚》"夕餐秋菊之落英"。

〔6〕洁斋:洁身斋戒。三沐熏:沐浴熏香各三次。

〔7〕九关:神话中天帝所居天宫之门有九重,因称九关。《楚辞·招魂》:"虎豹九关,啄害下人些。"王逸注:"言天门凡有九重,使神虎豹执其关闭。"

〔8〕彻闻:全部听到。

〔9〕贾(gǔ)勇:原谓自己有馀勇可以待售,后因形容人的勇敢。贾,出售。

〔10〕赍(jī)恨:抱恨。赍,抱着。

〔11〕冀:希望。清芬:古代比喻高洁的德行。

〔12〕要离:春秋末吴国的勇士,为吴王谋刺在卫的公子庆忌后自杀。东汉名士梁鸿(伯鸾)死后,葬在要离坟附近。《后汉书·梁鸿传》载当时人语:"要离烈士,而伯鸾清高,可令相近。"

胡无人[1]

须如猬毛磔,面如紫石棱[2]。丈夫出门无万里[3],风云之会立可乘[4]。追奔露宿青海月[5],夺城夜蹋黄河冰[6]。铁衣度碛雨飒飒[7],战鼓上陇雷凭凭[8]。三更穷虏送降款[9],天明积甲如丘陵[10]。中华初识汗血马,东夷再贡霜毛鹰[11]。群阴伏[12],太阳升,胡无人,宋中兴。丈夫报主有如此,笑人白首蓬窗灯。

〔1〕胡无人:古乐府诗名。作者借以想象北伐胜利的景况。乾道九年冬作于嘉州。

〔2〕"须如"二句:语出《晋书·桓温传》:"少与沛国刘惔善,惔尝称之曰:'温眼如紫石棱,须作猬毛磔。'"磔,张开的样子。棱,威严的样子。

〔3〕无万里:不以万里为远。

〔4〕风云之会:指不寻常的遇合。《易·系辞》:"云从龙,风从虎。"龙得云而升天,虎遇风而出谷,谓之风云之会。会,遇合。

〔5〕追奔:追击奔逃的敌人。

〔6〕蹋:同"踏"。

〔7〕碛(qì):浅水中的沙石。飒(sà)飒:风雨声。

〔8〕陇:山名,在今甘肃、陕西两省交界处。凭凭:形容雷的声音。

〔9〕降款:投降书。

〔10〕甲:战衣,用皮革或金属做成。

〔11〕东夷:我国古代对东方少数民族的称呼。霜毛鹰:即白鹰。唐代时,新罗(在朝鲜的北部)和扶馀(在今辽宁昌图以北黑龙江双城以南一带)等国曾进贡白鹰。

〔12〕群阴:指所有敌人。伏:伏罪。

长门怨〔1〕

寒风号有声〔2〕,寒日惨无晖。空房不敢恨,但怀岁暮悲。今年选后宫〔3〕,连娟千蛾眉〔4〕。早知获谴速〔5〕,悔不承恩迟〔6〕。声当彻九天〔7〕,泪当达九泉〔8〕。死犹复见思,生当长弃捐[9]。

〔1〕长门怨:古乐府诗名。长门,汉宫名,汉武帝时陈皇后被废退居此,忧愁哀怨。后人作《长门怨》,叙述陈皇后被遗弃的悲哀。陆游借此寄托自己政治上的失意遭遇。乾道九年冬作于嘉州。
〔2〕号:呼啸。
〔3〕后宫:古时妃嫔所居的宫室。此指妃嫔。
〔4〕连娟:弯曲而纤细的形状。蛾眉:女子长而美的眉毛。也指女子貌美。这里指代被选入宫的女子。
〔5〕获谴:获得责罚。
〔6〕承恩:指受到皇帝的宠爱。
〔7〕九天:指天的最高处。
〔8〕九泉:指地的最深处。
〔9〕弃捐:弃置。捐,舍弃。

晓 坐[1]

低枕孤衾夜气存[2],披衣起坐默忘言。瓶花力尽无风堕,炉火灰深到晓温。空橐时时闻鼠啮[3],小窗一一送鸦翻。悠然忽记幽居日[4],下榻先开水际门。

〔1〕本诗作于乾道九年冬,作者时在嘉州。
〔2〕衾(qīn):被子。
〔3〕橐(tuó):袋子。啮(niè):咬。

〔4〕幽居:隐居。

晓叹[1]

一鸦飞鸣窗已白,推枕欲起先叹息。翠华东巡五十年[2],赤县神州满戎狄[3]。主忧臣辱古所云[4],世间有粟吾得食[5]?少年论兵实狂妄,谏官劾奏当窜殛[6]。不为孤囚死岭海[7],君恩如天岂终极?容身有禄愧满颜,灭贼无期泪横臆[8]。未闻含桃荐宗庙[9],至今铜驼没荆棘[10]。幽并从古多烈士[11],悒悒可令长失职[12]?王师入秦驻一月[13],传檄足定河南北[14]。安得扬鞭出散关[15],下令一变旌旗色[16]!

〔1〕本诗写于宋孝宗淳熙元年(1174)夏,时作者已离开嘉州,复任蜀州通判。

〔2〕"翠华"句:指宋高宗于建炎元年(1127)在金兵追击下仓皇南渡,迁都临安事。翠华,指皇帝的车驾。古代皇帝的车盖用翠羽装饰,故叫翠华。东巡,皇帝往东边巡视。这是一种委婉说法。

〔3〕赤县神州:指中国。《史记·孟子荀卿列传》记战国时学者驺衍之言:"中国名曰赤县神州。"戎狄:我国古代称西方的少数民族叫戎,北方的少数民族叫狄。这里指金人。

〔4〕"主忧臣辱"句:语出《史记·范雎列传》:"(秦)昭王临朝叹息。应侯进曰:'臣闻主忧臣辱,主辱臣死。今大王中朝而忧,臣敢请其罪。'"

〔5〕"世间"句:语出《论语·颜渊》:"(齐景)公曰:'善哉!信如君不君,臣不臣,父不父,子不子,虽有粟,吾得而食诸?'"粟,这里泛指粮食。得,岂能,怎么能。

〔6〕"少年"二句:陆游从青年时代起,一直主张北伐抗金。孝宗乾道二年(1166),陆游任隆兴府通判,因为支持张浚北伐,被弹劾罢官,归山阴闲居。窜,流放。殛(jí),处死。

〔7〕岭海:指岭南,即今广东、广西一带。宋代获罪官员常被放逐到这里。

〔8〕臆(yì):胸。

〔9〕含桃荐宗庙:语出《礼记·月令》:"天子乃以雏尝黍,羞以含桃先荐寝庙。"含桃,即樱桃。古代仲夏之月(即农历五月),皇上在寝庙中以樱桃祭祀祖先。

〔10〕铜驼没荆棘:语出《晋书·索靖传》:"靖有先识远量,知天下将乱,指洛阳宫门铜驼叹曰:'会见汝在荆棘中耳。'"这里指汴京沦陷后的荒芜景象。

〔11〕幽并:幽州和并州。幽州,今河北及辽宁一带。并州,今河北西部及山西北部一带。

〔12〕悒(yì)悒:忧闷不乐的样子。

〔13〕王师:指宋军。秦:指古秦地,今陕西一带。

〔14〕檄(xí):古代官府用以征召、晓喻或声讨的文书。河南北:黄河南北一带,指沦陷区。

〔15〕散关:即大散关。

〔16〕一变旌旗色:完全改变旌旗颜色。即收复失地之意。

雨后集湖上[1]

野水交流自满畦[2],芳池新涨恰平堤。花藏密叶多时在,莺占高枝尽日啼。绣袂宝裙催结束[3],金尊翠杓共提携[4]。白头自喜能狂在,笑襞蛮笺落醉题[5]。

〔1〕本诗作于淳熙元年夏,时作者在蜀州。
〔2〕畦(qí):田地里排列整齐的小区。
〔3〕绣袂(mèi):绣花的衣袖。袂,衣袖。宝裙:装饰珠宝的裙子。结束:装束。
〔4〕尊:即樽,酒杯。杓:杓子。
〔5〕襞(bì):折叠。蛮笺:蜀中所产的纸。

东湖新竹[1]

插棘编篱谨护持[2],养成寒碧映沦漪[3]。清风掠地秋先到,赤日行天午不知。解箨时闻声簌簌[4],放梢初见叶离离[5]。官闲我欲频来此,枕簟仍教到处随[6]。

〔1〕东湖:在蜀州东南。本诗作于淳熙元年夏陆游在蜀州时。
〔2〕篱:篱笆。
〔3〕沦漪(yī):微波。
〔4〕解箨(tuò):笋脱壳。箨,笋壳。簌(sù)簌:象声词。
〔5〕放梢:竹子抽梢。离离:繁茂的样子。
〔6〕簟(diàn):竹席。

对酒叹[1]

镜虽明,不能使丑者妍;酒虽美,不能使悲者乐。男子之生桑弧蓬矢射四方[2],古人所怀何磊落!我欲北临黄河观禹功[3],犬羊腥膻尘漠漠[4];又欲南适苍梧吊虞舜[5],九疑难寻眇联络[6]。惟有一片心,可受生死托。千金轻掷重意气,百舍孤征赴然诺[7]。或携短剑隐红尘[8],亦入名山烧大药[9]。儿女何足顾,岁月不贷人[10]。黑貂十年弊[11],白发一朝新。半酣耿耿不自得[12],清啸长歌裂金石。曲终四座惨悲风,人人掩泪无人色。

〔1〕本诗作于淳熙元年夏,作者时在蜀州。

〔2〕"男子"句:语出《礼记·内则》:"国君世子生,射人以桑弧蓬矢六,射天地四方。"桑弧(hú),桑木制的弓。蓬矢,蓬梗制的箭。这是古代生子的风俗,表示男子有四方之志。

〔3〕禹功:指龙门。龙门山在今山西河津西北及陕西韩城东北,分跨黄河两岸,相传大禹治水时为疏导黄河所凿,故称禹功。

〔4〕犬羊:借指金人。腥膻(shān):牛羊的难闻的气味。

〔5〕苍梧:山名,又名九疑山,在今湖南宁远县境。相传虞舜死后葬于苍梧山。

〔6〕眇:通"渺",渺茫。九疑山因九山彼此相似而得名。

〔7〕舍:三十里为一舍,一说百里为一舍。孤征:独行。百舍孤征,《战国策·宋策》:"公输般为楚设机,将以攻宋。墨子闻之,百舍重茧,

往见公输般。"

〔8〕红尘:指闹市。

〔9〕大药:指丹药。古代道士烧炼丹药,以求长生不老。

〔10〕贷:饶恕,宽免。

〔11〕黑貂:指黑貂皮衣。《战国策·秦策》:"苏秦说秦王,书十上而不行。黑貂之裘弊,黄金百斤尽,资用乏绝,去秦而归。"

〔12〕耿耿:忧闷不安的样子。

蒸暑思梁州述怀〔1〕

宣和之末予始生〔2〕,遭乱不及游司并〔3〕。从军梁州亦少慰〔4〕,土脉深厚泉流清。季秋岭谷浩积雪,二月草木初抽萌。夏中高凉最可喜,不省举手驱蚊虻。藏冰一出卖满市,玉璞堆积寒峥嵘〔5〕。柳阴夜卧千驷马〔6〕,沙上露宿连营兵。胡笳吹堕漾水月〔7〕,烽燧传到山南城〔8〕。最思出甲戌秦陇〔9〕,戈戟彻夜相摩声。两年剑南走尘土〔10〕,肺热烦促无时平。荒池昏夜蛙阁阁〔11〕,食案白日蝇营营〔12〕。何时王师自天下〔13〕,雷雨颍洞收欃枪〔14〕?老生衰病畏暑湿,思卜鄠杜开柴荆〔15〕。

〔1〕蒸暑:湿热。本诗作于淳熙元年夏,作者时在蜀州。

〔2〕宣和:宋徽宗赵佶的年号(1119—1125)。陆游生于宣和七年(1125)农历己巳年十月十七日。

〔3〕司并:司州和并州,均为古州名。司州,故治在今河南洛阳。并

州,在今山西太原一带。

〔4〕从军梁州:指乾道八年(1172)陆游在南郑军中事。

〔5〕玉璞(pú):玉石,这里指冰。璞,蕴藏有玉的石头,也指未雕琢的玉。峥嵘:高耸的样子。

〔6〕驷(sì):四马为驷。

〔7〕胡笳:军中乐器,木管,三孔,最初流行于塞北和西域一带。漾水:汉水上游称为漾水。

〔8〕烽燧(suì):即烽火,边防报警的信号。

〔9〕出甲:出兵。戍:保卫。秦陇:今陕西、甘肃一带。

〔10〕两年:陆游自乾道八年冬从南郑调成都,至此时已近两年。剑南:剑阁以南。

〔11〕阁阁:蛙鸣声。

〔12〕营营:往来不绝的样子。

〔13〕王师:指宋军。

〔14〕澒(hòng)洞:弥漫无际。欃(chán)枪:彗星。古代迷信说法,认为彗星出现即有战乱。

〔15〕卜:卜居。鄠杜:鄠邑、杜陵。在今陕西。柴荆:用柴或荆编扎的简陋的门。

秋声[1]

人言悲秋难为情[2],我喜枕上闻秋声。快鹰下韝爪觜健[3],壮士抚剑精神生。我亦奋迅起衰病[4],唾手便有擒胡兴[5]。弦开雁落诗亦成,笔力未饶弓力劲[6]。五原草枯苜蓿空^[7],青海萧萧风卷蓬^[8]。草罢捷书重上马,却从銮驾下辽东^[9]。

〔1〕本诗作于淳熙元年夏,陆游时在蜀州。

〔2〕人言悲秋:宋玉《九辩》云:"悲哉,秋之为气也!"难为情:难以控制感情。

〔3〕韝(gōu):臂套,猎人常让鹰栖息于其上。觜(zuǐ):同"嘴",鸟嘴。

〔4〕奋迅:精神振奋,行动迅速。

〔5〕唾手:唾手可得,比喻极容易做到。

〔6〕未饶:不让,不亚于。

〔7〕五原:汉时郡名,治所在今内蒙古五原县。苜蓿:俗名草头或金花菜,可作马的饲料。

〔8〕青海:湖名,在今青海省东北部。蓬:蓬草。

〔9〕銮(luán)驾:皇帝的车驾,用作帝王的代称。辽东:古代郡名,在今辽宁东南部地区。

五十^[1]

五十未名老,无如衰疾何。肺肝空激烈^[2],颜鬓已蹉跎^[3]。夜宴看长剑,秋风舞短蓑^[4]。此身如砥柱,犹足阅颓波^[5]。

〔1〕本诗作于淳熙元年秋,作者时在蜀州。

〔2〕肺肝:泛指心境。

〔3〕颜鬓:容颜和鬓发,借指年华。蹉跎(cuō tuó):光阴虚度。
〔4〕蓑(suō):蓑衣。
〔5〕砥柱:山名。又名三门山。因其屹立于三门峡附近的黄河中流,故常以中流砥柱来比喻能顶住危局的坚强力量。阅:经历。颓波:向下流的水势。此喻危局。刘禹锡《咏史》诗:"世道剧颓波,我心如砥柱。"

秋思[1]

烈日炎天欲不禁,喜逢秋色到园林。云阴映日初萧瑟[2],露气侵帘已峭深[3]。衰发凋零随槁叶[4],苦吟凄断杂疏砧[5]。雁来不得中原信,抚剑何人识壮心。

〔1〕本诗作于淳熙元年秋,作者时在蜀州。
〔2〕萧瑟:萧条。
〔3〕峭深:尖厉深入。
〔4〕衰发:指白发。槁叶:枯叶。
〔5〕疏砧(zhēn):稀疏的捣衣声。砧,捣衣石。

观长安城图[1]

许国虽坚鬓已斑[2],山南经岁望南山[3]。横戈上马嗟心在,穿堑环城笑虏孱[4]。日暮风烟传陇上[5],秋高刁斗落云间[6]。三秦父老应惆怅[7],不见王师出散关[8]。

〔1〕长安:在今陕西西安,当时沦陷在金人手中。本诗是淳熙元年秋,陆游在蜀州观看长安地图后作。
〔2〕许国:以身许国,即献身祖国。
〔3〕山南:终南山以南地区,指汉中。陆游在南郑时曾作《山南行》。南山:终南山。长安在终南山之北,相距不远,所以望南山也就是望长安。
〔4〕穿堑(qiàn):挖掘壕沟。堑,壕沟。陆游自注:"谍者言,虏穿堑三重环长安城。"孱(chán):懦弱。
〔5〕陇上:指今陕西西部陇县一带。
〔6〕刁斗:古代军中用具,白天用来烧饭,夜则击以巡更。
〔7〕三秦:指陕西一带,即关中地区,当时为金人沦陷区。惆怅:失意,失望。
〔8〕王师:指宋军。散关:指大散关。

龙眠画马[1]

国家一从失西陲[2],年年买马西南夷[3]。獐牂所产非权奇[4],边头岁入几番皮[5]。崔嵬瘦骨带火印[6],离立欲不禁风吹[7]。圉人太仆空列位[8],龙媒汗血来何时[9]?李公太平官京师[10],立仗惯见渥洼姿[11]。断缣岁久墨色暗[12],逸气尚若不可羁[13]。赏奇好古自一癖,感事忧国空馀悲。呜呼,安得毛骨若此三千匹,衔枚夜渡桑乾碛[14]!

74

〔1〕龙眠:李公麟(1049—1106),字伯时,号龙眠居士,舒州舒城(今属安徽)人。北宋著名画家,擅长画马,有《五马图》、《临韦偃牧放图》等作品存世。本诗是淳熙元年秋,陆游在蜀州欣赏李公麟所作名画后作。

〔2〕西陲(chuí):西部边疆。陲,边疆。

〔3〕西南夷:西南少数民族地区。

〔4〕瘴乡:西南地区多瘴气,人畜易生病,故称此地为瘴乡。权奇:奇特不凡。

〔5〕边头:边境地区。几番皮:差不多都是西番的瘦马。几,几乎,差不多。番,旧时对西方边境各族的称呼。番,一作"数"。皮,形容马瘦得如皮包骨。

〔6〕崔嵬:形容骨瘦如山石嶙峋。火印:烙印,用火烙在马身上的印记。

〔7〕离立:孤单地站立。

〔8〕圉(yǔ)人:掌管养马放牧等事的官员。太仆:掌管皇帝的舆马和马政的官员。

〔9〕龙媒汗血:均为良马名。

〔10〕李公:即李公麟,在北宋时官至朝奉郎。

〔11〕立仗:朝廷仪仗队的马。渥洼(wò wā):水名,在今甘肃省瓜州县。汉时其地出良马,称为天马。后便以渥洼代称良马。

〔12〕缣(jiān):丝织品,古人常用以作画。

〔13〕逸气:超绝豪迈之气。羁(jī):马络头,引申为系勒、约束。

〔14〕衔枚:古代进军袭击敌人时,常令士兵衔枚在口中,以防喧哗。枚,形如筷子,两端有带,可系于颈上。桑乾碛:桑乾河,源出山西马邑县桑乾山,东入河北及北京郊外,下流入大清河(即今永定河)。碛,浅水

中的沙石。秋冬水涸,惟见沙石,故称桑乾碛。当时为金人沦陷区。

秋夜池上作[1]

短发飕飕病骨轻[2],临池闲看露荷倾。月明何与浮云事,正向圆时故故生。

〔1〕本诗作于淳熙元年秋,作者时在蜀州。
〔2〕飕(sōu)飕:形容寒气、寒意。

长歌行[1]

人生不作安期生[2],醉入东海骑长鲸[3]。犹当出作李西平[4],手枭逆贼清旧京[5]。金印煌煌未入手[6],白发种种来无情[7]。成都古寺卧秋晚[8],落日偏傍僧窗明。岂其马上破贼手[9],哦诗长作寒螿鸣[10]?兴来买尽市桥酒[11],大车磊落堆长瓶[12]。哀丝豪竹助剧饮[13],如巨野受黄河倾[14]。平时一滴不入口,意气顿使千人惊。国仇未报壮士老,匣中宝剑夜有声。何当凯还宴将士[15],三更雪压飞狐城[16]?

〔1〕长歌行:古乐府歌曲名。本诗作于淳熙元年九月,作者时已自

蜀州回成都。

〔2〕安期生：传说中秦汉时的仙人，曾卖药于东海边。

〔3〕骑长鲸：指隐遁或仙游。鲸鱼巨大，故称长鲸。

〔4〕李西平：李晟（chéng），唐代名将，因平定叛乱、从叛将手中收复京城长安有功，封为西平王。

〔5〕枭（xiāo）：枭首，悬首示众。旧京：指唐朝京城长安。

〔6〕金印：官印。煌煌：明亮的样子。

〔7〕种种：头发短少的样子。

〔8〕成都古寺：指陆游当时在成都所寄居的多福院。

〔9〕岂其：难道，表示反诘语气。

〔10〕寒螀（jiāng）：寒蝉，似蝉而小。

〔11〕市桥：桥名，在成都石牛门。

〔12〕磊落：众多而错杂的样子。

〔13〕哀丝豪竹：指悲壮的音乐。丝，指弦乐器。竹，指管乐器。剧饮：大量喝酒。

〔14〕巨野：古代大泽，旧址在今山东巨野县附近，邻近黄河。

〔15〕何当：何时能够。凯还：得胜而还。

〔16〕飞狐城：在今河北涞源县，有飞狐关，形势险要，当时被金人占据。

秋夜怀吴中〔1〕

秋夜挑灯读楚辞，昔人句句不吾欺。更堪临水登山处〔2〕，正是浮家泛宅时〔3〕。巴酒不能消客恨〔4〕，蜀巫空解报归期[5]。灞桥烟柳知何限[6],谁念行人寄一枝[7]?

〔1〕吴中:本指江苏吴县,泛指江浙地区,这里指山阴一带。本诗作于淳熙元年九月,作者时在成都。
〔2〕临水登山:远游的意思。语出楚辞《九辩》:"憭栗兮若在远行,登山临水兮送将归。"
〔3〕浮家泛宅:流荡在外的意思。语出《新唐书·隐逸·张志和传》:"志和曰:'愿为浮家泛宅,往来苕、霅间。'"
〔4〕巴酒:蜀地产的酒。
〔5〕蜀巫:蜀中的巫师。
〔6〕灞桥:在长安东三十里灞水上。古时长安人多在这里送别,折柳相赠。"柳"与"留"声相近,表示攀留惜别的意思。
〔7〕行人:指作者自己。

江上对酒作[1]

把酒不能饮,苦泪滴酒觞[2]。醉酒蜀江中,和泪下荆扬[3]。楼橹压溢口[4],山川蟠武昌[5]。石头与钟阜[6],南望郁苍苍[7]。戈船破浪飞[8],铁骑射日光[9]。胡来即送死,讵能犯金汤[10]?汴洛我旧都[11],燕赵我旧疆[12]。请书一尺檄[13],为国平胡羌[14]。

〔1〕江:长江,这里指流经四川境内的一段,也称为蜀江。本诗作于淳熙元年秋,时作者在成都。

〔2〕酒觞(shāng):酒杯。

〔3〕荆扬:荆州和扬州。

〔4〕楼橹:本是古代筑在城上用以瞭望敌阵的望楼,亦可筑在战船上。这里指代高大的战船。压:镇守,逼近。湓(pén)口:湓浦口,故址在今江西九江。湓水经湓口流入长江。

〔5〕蟠(pán):盘曲,环绕。

〔6〕石头:石头城,即今南京。钟阜:钟山,又名紫金山,在今南京东北。

〔7〕郁苍苍:一片青翠。郁,茂盛的样子。

〔8〕戈船:战船。

〔9〕铁骑:精锐的骑兵。

〔10〕讵(jù):岂。金汤:即金城汤池,形容城池的防守坚固。

〔11〕汴洛:指宋朝东京汴州和西京洛阳。

〔12〕燕赵:指今河北省及山西省的部分地区。

〔13〕檄:古时讨伐或征召用的文书。

〔14〕胡羌:胡人和羌人,我国古代的少数民族。这里指金人。

暮归马上作〔1〕

石笋街头日落时,铜壶阁上角声悲〔2〕。不辞与世终难合,惟恨无人粗见知。宝马俊游春浩荡〔3〕,江楼豪饮夜淋漓〔4〕。醉来剩欲吟梁父〔5〕,千古隆中可与期〔6〕。

〔1〕本诗作于淳熙元年秋,时作者在成都。

〔2〕石笋街、铜壶阁:均在成都。

〔3〕俊游:胜友,良伴。浩荡:广阔壮大的样子。
〔4〕淋漓:形容酣畅。
〔5〕梁父:古乐府诗篇名。《三国志·蜀书·诸葛亮传》载,诸葛亮好为《梁父吟》。
〔6〕隆中:在今湖北襄阳西二十里,诸葛亮年轻时曾隐居于此。

涉白马渡慨然有怀[1]

我马顾影嘶,忽涉白马津。虽非黄河上,抚事犹悲辛。太行之下吹虏尘[2],燕南赵北空无人[3]。袁曹百战相持处[4],犬羊堂堂自来去[5]。

〔1〕白马渡:即白马津,在由成都到荣州(今四川荣县)去的道中。淳熙元年十月,陆游摄知荣州事,离成都赴任,中途过白马渡时,想起太行山下的古战场白马,有感而作此诗。
〔2〕太行:即太行山,绵亘在今山西省东南,当时为金人沦陷区。
〔3〕燕南赵北:泛指黄河以北已沦陷的地区。
〔4〕"袁曹"句:汉末,袁绍与曹操多次战于黄河边的白马津(在今河南滑县东)。
〔5〕犬羊:指金人。堂堂:强大的样子,这里指毫无顾忌。

离堆伏龙祠观
孙太古画英惠王像[1]

岷山导江书禹贡[2],江流蹴山山为动[3]。呜呼秦守信豪杰[4],千年遗迹人犹诵。决江一支溉数州[5],至今禾黍连云种。孙翁下笔开生面,岌岌高冠摩屋栋[6]。徙木遗风虽峭刻[7],取材尚足当世用。寥寥后世岂乏人[8],尺寸未施谗已众[9]。要官无责空赋禄[10],轩盖传呼真一哄[11]。奇勋伟绩旷世无[12],仁人志士临风恸[13]。我游故祠九顿首[14],夜遇神君了非梦[15]。披云激电从天来,赤手骑鲸不施鞚[16]。

〔1〕离堆:地名,在今四川都江堰市西南。伏龙祠:在离堆,附近有深潭,传说李冰曾把孽龙锁在这里。孙太古:即孙知微,字太古,是北宋时的画家。英惠王:即李冰,秦昭王时为蜀守,凿离堆,建都江堰,引长江水灌溉农田,以解除水患。民得其利,作祠祀之。淳熙元年十月,陆游赴荣州任时过离堆作此诗。

〔2〕"岷山"句:意谓"岷山导江"这句话写在《尚书·禹贡》上。古时以为长江导源于岷山。岷山,在今四川松潘北。

〔3〕蹴(cù):踢。这里指水流的拍击。

〔4〕秦守:秦朝的郡守,指李冰。信:确实。

〔5〕决江一支:指从长江引水一支。

〔6〕岌岌(jí yè):高耸的样子。摩:迫近。

〔7〕徙木:搬运木头。《史记·商君列传》载,战国时秦孝公用商鞅变法,商鞅为了向人民表示言而有信,令出必行,就在国都南门立了一根三丈长的木头,下令谁搬此木到北门就赏十金;见人怀疑不去搬,他又下令赏金增加到五十金,有一人把木搬到北门,果然如数给赏。峭刻:过分严厉。

〔8〕寥寥:稀少。

〔9〕谗:谗毁。

〔10〕要官:身居要职的大官。空赋禄:白拿俸禄。

〔11〕轩盖:指达官贵人的车乘。轩,古代一种供大夫以上乘坐的轻便车。盖,车盖。

〔12〕旷世:绝世。

〔13〕恸(tòng):大哭。

〔14〕九顿首:古代最尊敬的礼节。顿首,叩头。

〔15〕神君:指英惠王李冰。

〔16〕鞚(kòng):有嚼口的马络头。这两句写梦中见到李冰空手骑鲸从天而降的英姿。

登灌口庙东大楼观岷江雪山〔1〕

我生不识柏梁建章之宫殿〔2〕,安得峨冠侍游宴〔3〕;又不及身在荥阳京索间〔4〕,擐甲横戈夜酣战〔5〕。胸中迫隘思远游〔6〕,沂江来倚岷山楼〔7〕。千年雪岭阑边出,万里云涛坐上浮。禹迹茫茫始江汉〔8〕,疏凿功当九州半〔9〕。丈夫生世要如此,赍志空死能无叹〔10〕!白发萧条吹北风,手持卮酒酹江中〔11〕。姓名未死终磊磊〔12〕,要与此江东注海。

〔1〕灌口庙:在今四川都江堰市。淳熙元年十月,陆游赴荣州任时过灌口庙作此诗。

〔2〕柏梁:台名,汉武帝时建,在长安城中北门内。建章:宫名,汉武帝时建,在长安城外。

〔3〕峨冠：即高帽。峨冠博带为古代士大夫的装束。

〔4〕荥(xíng)阳：故城在今河南郑州市西。京：故城在今河南荥阳市东南。索：今河南荥阳市。三地都是秦末项羽和刘邦作战之地。

〔5〕擐(huàn)：套，穿。

〔6〕迫隘：窄隘。

〔7〕泝(sù)：逆流而上。

〔8〕禹迹茫茫：语本《左传·襄公四年》："芒芒禹迹，画为九州。"始江汉：相传禹自岷山导江。

〔9〕九州半：九州的一半。古代中国分为九州。

〔10〕赍(jī)志：指怀抱大志而无由实现。

〔11〕卮(zhī)：酒杯。酹(lèi)：洒酒以示祭奠或立誓。

〔12〕磊磊：雄伟的样子。

弥牟镇驿舍小酌[1]

邮亭草草置盘盂[2]，买果煎蔬便有馀。自许白云终醉死[3]，不论黄纸有除书[4]。角巾垫雨蝉声外[5]，细葛含风日落初[6]。行遍天涯身尚健，却嫌陶令爱吾庐[7]。

〔1〕弥牟镇：在今四川成都市新都区北。淳熙二年(1175)正月，陆游离荣州返成都，任成都府路安抚司参议官兼四川制置使司参议官。六月间，因公至汉州(今四川广汉)，路经弥牟镇作此诗。

〔2〕邮亭：即驿舍。盂：盛饮食等的圆口器皿。

〔3〕自许：自比。

〔4〕黄纸：本指古时官员考核成绩的档案记录，这里指朝廷书写任

命文书的黄纸。

〔5〕角巾垫雨:《后汉书·郭泰传》载,东汉名士郭泰(字林宗)曾在陈、梁间遇雨,就折下头巾的一角。时人因敬佩他,也把头巾折下一角,称为"林宗巾"。

〔6〕细葛含风:语出杜甫《端午日赐衣》:"细葛含风软,香罗叠雪轻。"细葛,一种丝织物,这里指葛衣。

〔7〕陶令:即陶潜,他曾任彭泽令,故称。爱吾庐:语出陶潜《读山海经》:"众鸟欣有托,吾亦爱吾庐。"

楼上醉歌〔1〕

我游四方不得意,阳狂施药成都市〔2〕。大瓢满贮随所求,聊为疲民起憔悴〔3〕。瓢空夜静上高楼,买酒卷帘邀月醉。醉中拂剑光射月,往往悲歌独流涕。铲却君山湘水平,斫却桂树月更明〔4〕。丈夫有志苦难成,修名未立华发生〔5〕。

〔1〕本诗作于淳熙二年六月,时作者在成都。
〔2〕阳狂:即佯狂,假装狂人。施药:赠送药物为人治病。
〔3〕起憔悴:使憔悴的病人恢复健康。
〔4〕"铲却君山"二句:陆游自注:"太白诗:'铲却君山好,平铺湘水流。'老杜诗:'斫却月中桂,清光应更多。'"所引李白诗为《陪侍郎叔游洞庭醉后三首》之三,杜甫诗为《一百五日夜对月》。君山,又名湘山,在湖南岳阳洞庭湖中。斫(zhuó),砍削。桂树,神话传说,月亮里的暗影是一棵桂树,高五百丈。

〔5〕修名:美名。华发:白发。

午寝〔1〕

眼涩朦胧不自支〔2〕,欠伸常恨到床迟。庭花著雨晴方见,野客敲门去始知。灰冷香烟无复在,汤成茶碗径须持。颓然却自嫌疏放〔3〕,旋了生涯一首诗。

〔1〕本诗作于淳熙二年冬,作者时在成都。
〔2〕涩:不滑润。
〔3〕颓然:精神萎靡不振的样子。

喜谭德称归〔1〕

少鄙章句学〔2〕,所慕在经世〔3〕。诸公荐文章〔4〕,颇恨非素志。一朝落江湖,烂熳得自恣〔5〕。讨论极王霸〔6〕,事业窥莘渭〔7〕。孔明景略间〔8〕,却立颇眂睨〔9〕。从人无一欣,对食有三喟〔10〕。谭侯信豪隽,可共不朽事。天涯再相见,握手更抆泪〔11〕。欲寻西郊路,斗酒倾意气〔12〕。浩歌君和我,勿作寻常醉。

〔1〕谭德称:名季壬。陆游的好友。本诗作于淳熙三年(1176)正月,陆游时在成都。

〔2〕章句学:汉代一派儒者以分章析句来解说经义,号为章句之学。

〔3〕经世:治理国家的意思。

〔4〕"诸公"句:指宋孝宗即位后,朝中大臣荐陆游"善词章、谙典故",遂召见,赐进士出身。

〔5〕自恣:放纵自己,不受世俗的约束。

〔6〕王霸:即王道和霸道,是我国古代社会中两种治理国家的理论和方法。

〔7〕莘(shēn):古国名,即有莘,在今河南开封东南,一说在今山东曹县北。这里代指伊尹,传说他是奴隶出身,为有莘氏女的陪嫁之臣,商汤任他以国政,后佐汤灭夏。渭:指渭水,源出甘肃渭源县,东流横贯陕西渭河平原,在潼关县入黄河。这里代指吕尚,传说他直到晚年还困顿不堪,垂钓于渭水之滨,周文王以他为相,先后辅佐文王、武王,成就了兴周灭商之业。

〔8〕孔明:诸葛亮,字孔明,三国时蜀国丞相,辅佐蜀政,使蜀与魏、吴成鼎足三立的形势。景略:王猛,字景略,前秦丞相,辅佐苻坚,使前秦与东晋相对立。

〔9〕却立:退立。眦睨(zì nì):扬眉斜视,看不起的意思。因为诸葛亮、王猛二人各辅佐偏安之主,未能统一天下,比起伊尹、吕尚有所逊色,所以作者退立斜视。

〔10〕嗟:叹息。

〔11〕抆(wěn)泪:揩拭眼泪。

〔12〕斗酒:指痛饮。斗,酒器。

花时遍游诸家园(十首选一)[1]

为爱名花抵死狂[2],只愁风日损红芳。绿章夜奏通明殿,乞借春阴护海棠〔3〕。

〔1〕诸家园:各家的花园。淳熙三年二月,陆游在成都遍游诸家园林后作此诗。

〔2〕抵死:拼命,格外的意思。

〔3〕"绿章"二句:绿章即青词,是道教徒祭告鬼神的文词。通明殿,道教最高天神玉帝的宫殿。这两句说:夜里以绿章上奏玉帝,请求多安排阴天,无风无日,使海棠花盛开不衰。

雨〔1〕

映空初作茧丝微〔2〕,掠地俄成箭镞飞〔3〕。纸帐光迟饶晓梦〔4〕,铜炉香润覆春衣〔5〕。池鱼鲅鲅随沟出〔6〕,梁燕翩翩接翅归〔7〕。惟有落花吹不去,数枝红湿自相依〔8〕。

〔1〕本诗作于淳熙三年二月,作者时在成都。

〔2〕茧丝微:形容细雨如丝。

〔3〕掠:拂过。俄:一会儿。箭镞(zú):箭头。

〔4〕纸帐:一种用剡溪藤纸制成的帐子。饶:多。

〔5〕"铜炉"句:意谓雨天潮湿,把衣服覆在铜炉上面熏香烘干。

〔6〕鲅(bō)鲅:鱼跳跃掉尾声。

〔7〕翩翩:鸟飞得轻快的样子。

〔8〕红湿自相依:指雨湿花枝,风吹不起,故曰相依。红湿,语出杜甫《春夜喜雨》:"晓看红湿处,花重锦官城。"

中夜闻大雷雨^[1]

雷车驾雨龙尽起^[2],电行半空如狂矢^[3]。中原腥膻五十年^[4],上帝震怒初一洗。黄头女真褫魂魄^[5],面缚军门争请死^[6]。已闻三箭定天山^[7],何啻积甲齐熊耳^[8]。捷书驰骑奏行宫,近臣上寿天颜喜。阁门明日催贺班^[9],云集千官摩剑履^[10]。长安父老请移跸^[11],愿见六龙临渭水^[12]。从今身是太平人,敢惮安西九千里^[13]!

〔1〕本诗作于淳熙三年二月,作者时在成都。

〔2〕雷车驾雨:古代相传雷部有推车之女,她出门推雷车便下大雷雨。见《后搜神记》。

〔3〕矢:箭。

〔4〕"中原"句:自靖康元年(1126)冬金人攻陷汴京至淳熙三年(1176),已历五十年。腥膻(shān),指金人占据。膻,羊臊气。

〔5〕黄头女真:女真的一个部落。褫(chǐ)魂魄:丧魂落魄。褫,夺去。

〔6〕面缚:两手反绑。军门:营门。

〔7〕三箭定天山:《旧唐书·薛仁贵传》载,薛仁贵征回纥九姓部落,发三箭连杀三人,敌军请降。军中歌曰:"将军三箭定天山,战士长歌入汉关。"

〔8〕积甲齐熊耳:《后汉书·刘盆子传》载,汉光武帝破赤眉,刘盆子、樊崇等降,积兵甲宜阳城西,与熊耳山齐。熊耳,山名,在今河南宜阳

县西。

〔9〕阁门:官名,宋代有东、西上阁门使,主管朝会宴贺之事。

〔10〕摩剑履:佩剑和鞋相接触。摩,接触。

〔11〕请移跸(bì):请皇帝移都。跸,帝王出行时开路清道,禁止通行。因即以指帝王的车驾。

〔12〕六龙:古代皇帝的车驾六马,因用为皇帝车驾的代称。

〔13〕惮(dàn):怕,畏惧。安西:唐代安西都护府,故治在今新疆吐鲁番西二十里。

三月一日府宴学射山[1]

北出升仙路少东[2],据鞍自笑老从戎[3]。百年身世酣歌里,千古功名感慨中。天远仅分山仿佛,雾收初见日瞳昽[4]。横空我欲江湖去,谁借泠然御寇风[5]?

〔1〕府宴:指四川制置司的宴会。学射山:与诗中"升仙路"均在成都城北。本诗作于淳熙三年三月,作者时在成都。

〔2〕少东:稍东。少,稍,略微。

〔3〕从戎:从军。

〔4〕瞳昽(tóng lóng):太阳初出由暗而明的光景。

〔5〕泠(líng)然:轻妙的样子。御寇:即列子,名御寇,古代传说中的人物,相传他能乘风而行。《庄子·逍遥游》云:"夫列子御风而行,泠然善也,旬有五日而后反。"

题醉中所作草书卷后[1]

胸中磊落藏五兵[2],欲试无路空峥嵘[3]。酒为旗鼓笔刀槊[4],势从天落银河倾。端溪石池浓作墨[5],烛光相射飞纵横。须臾收卷复把酒,如见万里烟尘清。丈夫身在要有立,逆虏运尽行当平[6]。何时夜出五原塞[7],不闻人语闻鞭声。

〔1〕本诗作于淳熙三年三月,作者时在成都。
〔2〕五兵:指戈、殳、戟、酋矛、夷矛五种古代兵器。这里指用兵韬略。
〔3〕空:徒然。峥嵘:奇特不凡。
〔4〕槊(shuò):长矛。
〔5〕端溪:水名,在今广东高要市。溪边石头做的砚台,从唐代起就驰名于世,世称端砚。石池:指砚台。
〔6〕逆虏:敌寇,这里指金人。
〔7〕五原塞:在今内蒙古五原县。西汉时,汉军曾出五原塞北击匈奴。这里希望宋军能像当年汉军一样北伐金人。

松骥行[1]

骥行千里亦何得,垂首伏枥终自伤[2]。松阅千年弃涧壑[3],不如杀身扶明堂[4]。士生抱材愿少试,誓取燕赵归君王。闭门高卧身欲老,闻鸡相蹴涕数行[5]。正令咿嘤死床箦,岂若横身当战场[6]。半酣浩歌声激烈,车轮百转盘愁肠[7]。

〔1〕骥:良马。行:古诗的一种体裁。本诗作于淳熙三年三月,作者时在成都。

〔2〕"骥行"二句:语本曹操《步出夏门行》:"老骥伏枥,志在千里。"

〔3〕阅:经历。涧:两山间的流水。壑(hè):坑谷,深沟。

〔4〕杀身:这里是砍伐的意思。扶:支持。明堂:古代天子宣明政教的地方,凡朝会及祭祀、庆赏、选士、养老、教学等大典,均在其中进行。

〔5〕闻鸡相蹴:《晋书·祖逖传》载,祖逖与刘琨同床共眠,半夜听到鸡叫,祖逖踢醒刘琨,二人即起舞剑。后以此典比喻志士及时奋发。蹴,踢。

〔6〕"正令"二句:这两句用《后汉书·马援传》之典。《后汉书·马援传》:"援曰:'方今匈奴、乌桓,尚扰北边,欲自请击之。男儿要当死于边野,以马革裹尸还葬耳;何能卧床上在儿女子手中邪!'"正令,假使,倘若。咿嘤(yī yīng),象声词,呻吟声。床箦(zè),床席。箦,用竹片编成的床垫子,即竹席,簟席。

〔7〕"车轮"句:语出汉代无名氏《古歌》:"心思不能言,肠中车轮转。"比喻愁肠百转像车轮滚动一样。

过野人家有感[1]

纵辔江皋送夕晖[2],谁家井臼映荆扉[3]?隔篱犬吠窥人过,满箔蚕饥待叶归[4]。世态十年看烂熟,家山万里梦依稀。躬耕本是英雄事,老死南阳未必非[5]。

〔1〕野人家:乡村农家。淳熙三年春末,陆游因受到"恃酒颓放"的指控而被免除参议官职,在成都闲居,本诗就写于这时。
〔2〕纵辔(pèi):纵马奔驰。辔,马缰,这里代马。江皋(gāo):江边。
〔3〕井臼:水井、石臼,指打水、舂米的家务劳动。臼,舂米的器具,一般用石头凿成。荆扉:柴门。
〔4〕箔(bó):养蚕用的竹筛子或竹席。叶:陆游自注:"吴人直谓桑曰叶。"
〔5〕南阳:指湖北襄阳古隆中,当时属南阳。诸葛亮曾经隐居南阳躬耕,其《出师表》云:"臣本布衣,躬耕于南阳。"

病起书怀(二首选一)[1]

病骨支离纱帽宽[2],孤臣万里客江干[3]。位卑未敢忘忧国,事定犹须待阖棺[4]。天地神灵扶庙社[5],京华父老望和銮[6]。出师一表通今古[7],夜半挑灯更细看。

〔1〕本诗作于淳熙三年四月,作者时在成都。
〔2〕支离:奇离不正,异于常态。引申为衰残瘦弱的样子。纱帽宽:病后瘦损,故感到纱帽宽松。
〔3〕江干:江边。
〔4〕阖(hé)棺:盖棺,指人死以后。这句语出《晋书·刘毅传》:"大

丈夫盖棺事方定。"

〔5〕庙社:宗庙社稷,旧时指代国家。

〔6〕和銮:两种车铃,挂在车前横木(轼)上的叫"和",挂在车架(衡)上的叫"銮"。这里指天子的车驾。

〔7〕出师一表:即《出师表》。蜀汉建兴五年(227),诸葛亮率军伐魏,临行前上后主刘禅一表,表示决心。后人称此为《出师表》。

夏夜大醉醒后有感[1]

少时酒隐东海滨[2],结交尽是英豪人。龙泉三尺动牛斗[3],阴符一编役鬼神[4]。客游山南夜望气[5],颇谓王师当入秦。欲倾天上河汉水,净洗关中胡虏尘。那知一旦事大缪[6],骑驴剑阁霜毛新。却将覆毡草檄手[7],小诗点缀西州春[8]。素心虽愿老岩壑[9],大义未敢忘君臣。鸡鸣酒解不成寐,起坐肝胆空轮囷[10]。

〔1〕本诗作于淳熙三年夏,作者时在成都。

〔2〕酒隐:指纵酒不仕。

〔3〕龙泉:宝剑名。三尺:古代的剑一般都长三尺左右,故称"三尺剑",简称"三尺"。动牛斗:《晋书·张华传》载,西晋时雷焕看到天空中的两个星座牛、斗之间常有紫气,知道是丰城剑气所致,便受张华委派,赴丰城掘地四丈馀,得宝剑二柄,一曰龙泉,一曰太阿。

〔4〕阴符:古代兵书,相传为吕望所作。役鬼神:驱使鬼神。

〔5〕客游山南:指乾道八年(1172)在南郑从军事。望气:相传古代

方士有望气术,望云气可测吉凶。

〔6〕 事大缪(miù):事大错。指乾道八年冬调任成都安抚司参议官事。缪,通"谬",错误、违犯。

〔7〕 覆毡草檄:用西魏陈元康覆毡写军书事自比。

〔8〕 西州:西川,指成都。

〔9〕 素心:本心,平时的心愿。老岩壑:终老在山沟,即隐居的意思。

〔10〕 轮囷(qūn):屈曲的意思。语出韩愈《赠别元十八协律》:"穷途致感激,肝胆还轮囷。"

合江夜宴归马上作〔1〕

零露中宵湿绿苔〔2〕,江郊纵饮亦荒哉〔3〕。引杯快似黄河泻〔4〕,落笔声如白雨来。纤指醉听筝柱促〔5〕,长檠时看烛花摧〔6〕。头颅自揣应虚死〔7〕,马上长歌寄此哀。

〔1〕 合江:合江亭,在成都。本诗作于淳熙三年夏,作者时在成都。

〔2〕 零露:露滴。中宵:半夜。

〔3〕 荒:荒唐。

〔4〕 引杯:举杯。

〔5〕 "纤指"句:意谓醉听女子的细指弹筝,筝声急促。这句句法倒装。

〔6〕 长檠(qíng):长灯架。

〔7〕 头颅:指代生命。自揣:自己估量、猜度。虚死:白白地死去。

客自凤州来言
岐雍间事怅然有感[1]

表里山河古帝京[2],逆胡数尽固当平[3]。千门未报甘泉火[4],万耦方观渭上耕[5]。前日已传天狗堕[6],今年宁许佛狸生[7]？会须一洗儒酸态[8],猎罢南山夜下营[9]。

〔1〕凤州:故治在今陕西凤县。岐雍间:指今陕西凤翔一带,当时为金人沦陷区。岐,古邑名,在今陕西岐山县东北。雍,古州名,即今陕西一带。本诗是淳熙三年夏,陆游在成都听到北边来客谈金国事,有感而作的。

〔2〕表里山河:语出《左传·僖公二十八年》:"晋国表里山河,必无害也。"表是外表,指晋国内有太行山,外有黄河。这里是借用,指关中关内有山,关外也有黄河。

〔3〕数:气数,即命运。

〔4〕千门:指长安宫殿。甘泉火:语出《史记·匈奴列传》:"胡骑入代句注边,烽火通于甘泉长安数月。"甘泉,汉代宫名,在陕西三原县甘泉山,离长安二百里。因接近匈奴边界,甘泉宫敌情紧急时放烽火,长安可见。

〔5〕万耦(ǒu):指农忙时候。耦,两人并肩而耕。化用《诗经·周颂·噫嘻》"亦服尔耕,十千维耦"之句。

〔6〕天狗:星名。相传天狗堕,见则千里破军杀将。陆游自注:"去年十一月天狗堕长安,声甚大。"陆游以此为金人大败的预兆。

〔7〕佛狸:北魏太武帝拓跋焘,字佛狸。这里借指金国君主。

〔8〕儒酸态:儒生的寒酸之态。

〔9〕南山:终南山。

夜读东京记[1]

海东小胡辜覆冒[2],敢据神州窃名号[3]。幅员万里宋乾坤[4],五十一年仇未报[5]。煌煌艺祖中天业[6],东都实宅神明隩[7]。即今犬豕穴宫殿[8],安得旄头下除扫[9]。宝玉大弓久不获[10],臣子义敢忘巨盗?景灵太庙威神在[11],北乡恸哭犹可告[12]。壮士方当弃躯命,书生讵忍开和好[13]?孤臣白首困西南[14],有志不伸空自悼[15]。

〔1〕东京记:晁公武《郡斋读书志》著录有《东京记》三卷,为宋敏求编,今佚。宋朝东京为汴都(今河南开封)。陆游所读可能即此书。本诗作于淳熙三年五月,作者时在成都。

〔2〕海东小胡:指金人。金人为女真族,原居辽东,故称。辜覆冒:指辜负了中国的覆育之恩。覆冒,覆育之意。

〔3〕神州:即中国。窃名号:指金国也称起帝号。

〔4〕幅员:指疆域。广狭称幅,周围为员(圆)。

〔5〕五十一年:指从靖康元年(1126)冬金人攻陷汴京至淳熙三年(1176)这一时期。

〔6〕煌煌:形容光明。艺祖:指开国的帝王,这里指宋太祖。

〔7〕宅:居住。神明隩(ào):神灵所居的地方。隩,四方可居的

地方。

〔8〕犬豕:喻指敌人。

〔9〕旄头:亦作"髦头",星名,即昴宿。《史记·天官书》曰:"昴曰髦头,胡星也。"这句意谓如何能把旄头这颗胡星扫除下来,即如何能扫除金人的意思。

〔10〕宝玉大弓:喻指国家的重器。语出《左传·定公八年》:"盗宝玉大弓。"杜预注云:"宝玉,夏后氏之璜;大弓,封父之繁弱。"这句说宝玉大弓被盗已久,比喻金人窃据中原,国土久未恢复。

〔11〕景灵:宋宫名,奉宋太祖以下诸帝塑像。太庙:皇室的家庙,奉诸帝神主。

〔12〕乡:通"向"。

〔13〕书生:指朝中主张妥协求和的文官。和好:指与金国议和。

〔14〕孤臣:陆游自称。西南:指川中。

〔15〕悼:悲伤。

野外剧饮示坐中[1]

悲歌流涕遣谁听?酒隐人间已半生。但恨见疑非节侠[2],岂忘小忍就功名[3]!江湖舟楫行安往[4],燕赵风尘久未平[5]。饮罢别君携剑起,试横云海羁长鲸[6]。

〔1〕剧饮:痛饮。本诗作于淳熙三年夏,作者时在成都。

〔2〕节侠:重气节的侠士。这句语本《史记·刺客列传》:"夫为行而使人疑之,非节侠也。"

〔3〕小忍:指暂时忍受小小的屈辱。

〔4〕楫(jí):船桨。
〔5〕燕赵:在今河北、山西一带,当时为金人沦陷区。
〔6〕翦:同"剪",斩断,消灭。长鲸:喻指金人。

剑客行〔1〕

我友剑侠非常人,袖中青蛇生细鳞〔2〕。腾空顷刻已千里,手决风云惊鬼神。荆轲专诸何足数〔3〕,正昼入燕诛逆房〔4〕。一身独报万国仇〔5〕,归告昌陵泪如雨〔6〕。

〔1〕本诗作于淳熙三年夏,作者时在成都。
〔2〕青蛇:喻指宝剑。唐吕岩《绝句》:"朝游百越暮苍梧,袖里青蛇胆气粗。"
〔3〕荆轲:战国末年卫国人。秦灭卫后,逃亡到燕,为燕太子丹去刺杀秦王,失败被杀。专诸:春秋时吴国刺客,为吴公子光(阖闾)刺杀吴王僚。
〔4〕正昼:大白天。燕:在今河北一带,当时是金人统治的心脏地区。
〔5〕万国:万方。
〔6〕昌陵:即永昌陵,宋太祖的陵墓。

和范待制秋兴(三首选一)〔1〕

策策桐飘已半空〔2〕,啼螀渐觉近房栊〔3〕。一生不作牛衣泣[4],万事从渠马耳风[5]。名姓已甘黄纸外[6],光阴全付绿尊中[7]。门前剥啄谁相觅[8],贺我今年号放翁[9]。

〔1〕范待制:即范成大,字致能,号石湖居士。淳熙二年(1175)六月以敷文阁待制、四川制置使来成都。他是陆游的旧友,又是陆游的上司,本诗就是淳熙三年秋,陆游在成都所作的和他的诗。
〔2〕策策:象声词,指落叶声。
〔3〕螿(jiāng):寒螿,寒蝉,似蝉而小。房栊(lóng):窗户。
〔4〕牛衣泣:《汉书·王章传》载,王章为诸生时,疾病无被,卧牛衣中,与妻对泣。牛衣,用草或麻编成盖在牛身上的织物。
〔5〕从渠:任他。渠,他。马耳风:风吹过马耳,比喻不把别人的话放在心上。语出李白《答王十二寒夜独酌有怀》:"世人闻此皆掉头,有如东风射马耳。"
〔6〕黄纸:指封官的诏书。
〔7〕绿尊:指酒樽。绿,指绿酒。
〔8〕剥啄:叩门声。语出韩愈《剥啄行》:"剥啄剥啄,有客至门。"
〔9〕放翁:淳熙三年九月,谏官弹劾陆游,说他在代理嘉州时"燕饮颓放",陆游因此罢官,开始自号放翁。

岁晚[1]

岁晚城隅车马稀[2],偷闲聊得掩荆扉[3]。征蓬满野风霜苦,多稼连云雁鹜肥[4]。报国有心空自信,结茅无地竟安归[5]?浣花道上人谁识[6],华表千年老令威[7]。

〔1〕本诗作于淳熙三年冬,作者时在成都。

〔2〕城隅:城角,城边。

〔3〕荆扉:柴门。

〔4〕多稼:好庄稼。鹜(wù):水鸭。

〔5〕结茅:盖茅屋。

〔6〕浣花:浣花溪,在成都城西,杜甫在成都时曾居住于此。

〔7〕老令威:《搜神后记》载,辽东人丁令威学仙得道,化鹤归来,落在城门华表柱上言:"有鸟有鸟丁令威,去家千岁今来归。城郭如故人民非,何不学仙冢累累。"

万里桥江上习射〔1〕

坡陇如涛东北倾〔2〕,胡床看射及春晴〔3〕。风和渐减雕弓力,野迥遥闻羽箭声〔4〕。天上欃枪端可落〔5〕,草间狐兔不须惊。丈夫未死谁能料?一笴他年下百城〔6〕。

〔1〕万里桥:在今四川华阳县南。淳熙四年(1177)正月有诏:"自今内外诸军,岁一阅试。"又诏:"沿江诸军,岁再习水战。"本诗就作于是年正月,时作者在成都。

〔2〕坡陇:高低不平的山坡。

〔3〕胡床:交椅。本自外域传入,故名胡床。

〔4〕迥(jiǒng):远。

〔5〕欃(chán)枪:即彗星。古人认为这是妖星,出现即有战乱。这里喻指金人。端:真正,究竟。

〔6〕笴(gě):箭杆,指箭。此句用战国时鲁仲连以箭射书信取得聊

城事,期待自己日后也能为国收复城池。

关山月[1]

和戎诏下十五年[2],将军不战空临边。朱门沉沉按歌舞[3],厩马肥死弓断弦。戍楼刁斗催落月[4],三十从军今白发。笛里谁知壮士心,沙头空照征人骨。中原干戈古亦闻[5],岂有逆胡传子孙[6]?遗民忍死望恢复[7],几处今宵垂泪痕!

〔1〕关山月:汉乐府横吹曲名,本系军乐。本诗作于淳熙四年正月,作者时在成都。

〔2〕"和戎"句:宋孝宗隆兴元年(1163)下诏与金议和,到淳熙四年(1177)已历十五年。和戎,与金人议和。戎,古代对西方少数民族的称呼,这里指金人。

〔3〕朱门:朱红漆涂的大门。指代豪门贵族。沉沉:幽深的样子。按:打拍子。

〔4〕戍楼:守望边界的岗楼。刁斗:古代军中用具,白天用来烧饭,夜则击以巡更。

〔5〕中原:指沦陷在金人手中的淮河以北地区。干戈:古代两种兵器,这里代指战争。

〔6〕逆胡:指金人。传子孙:金国从金太祖完颜旻建国,此后入侵中原,灭北宋,到这时已传国五世。这两句说:中原发生异族入侵的战争,古时候也听说过;但是难道有敌寇子孙相传盘踞下去的吗?

〔7〕遗民:指沦陷区的人民。恢复:收复失地。

出塞曲〔1〕

佩刀一刺山为开〔2〕,壮士大呼城为摧〔3〕。三军甲马不知数,但见动地银山来〔4〕。长戈逐虎祁连北〔5〕,马前曳来血丹臆〔6〕。却回射雁鸭绿江〔7〕,箭飞雁起连云黑。清泉茂草下程时〔8〕,野帐牛酒争淋漓。不学京都贵公子〔9〕,唾壶麈尾事儿嬉〔10〕。

〔1〕出塞曲:汉乐府横吹曲名。本诗作于淳熙四年正月,陆游时在成都。

〔2〕"佩刀"句:《后汉书·耿恭传》载,东汉耿恭率兵与匈奴作战,占领疏勒城。匈奴在城下断绝涧水,城中缺水。耿恭在城中掘井深十五丈,仍不得水,仰天叹道:"闻昔贰师将军拔佩刀刺山,飞泉涌出,今汉德神明岂有穷哉!"于是就有水泉从井中奔出。贰师将军,即李广利,汉武帝时曾率兵攻西域大宛国。

〔3〕摧:毁,倒塌。

〔4〕银山:指日光照在铁甲上,看上去像银山一样。

〔5〕祁连:山名,主峰在今甘肃张掖西南。

〔6〕曳:拖。血丹臆:血染红了虎的胸部,指猎获的虎。

〔7〕鸭绿江:为我国与朝鲜的界水,源出辽宁长白山南麓,流入黄海。

〔8〕下程:途中休息。程,路程。

〔9〕京都贵公子:指朝中贵族士大夫。

〔10〕唾壶:痰盂。麈(zhǔ)尾:拂尘。麈,兽名,麋鹿之类,尾毛可制拂尘。《世说新语》载,东晋王敦常在酒后咏曹操诗:"老骥伏枥,志在千里;烈士暮年,壮心不已。"用如意击唾壶打拍子,把壶口都打缺了。又载,王衍容貌整丽,亦好清谈,常捉白玉柄麈尾,与手都无分别。这里作者用这两个故事来讽刺贵族士大夫生活悠闲安逸,只知清谈,全不关怀国家恢复之事。

战 城 南〔1〕

王师出城南,尘头暗城北〔2〕。五军战马如错绣〔3〕,出入变化不可测。逆胡欺天负中国,虎狼虽猛那胜德。马前嗢咿争乞降〔4〕,满地纵横投剑戟。将军驻坡拥黄旗〔5〕,遣骑传令勿自疑。诏书许汝以不死,股栗何为汗如洗〔6〕?

〔1〕战城南:汉乐府鼓吹曲名。本诗亦作于淳熙四年正月,作者时在成都。

〔2〕尘头:军马过时所扬起的尘土。

〔3〕五军:古代军制,出征军队由前后左右合中军组成。这里泛指军队。错绣:颜色错杂的锦绣,形容军队阵容错杂变化的情形。

〔4〕嗢咿(wà yī):象声词,形容金人说话的声音。

〔5〕黄旗:宋军所用的旗帜。

〔6〕股栗:腿发抖。栗,发抖。

读书（二首选一）[1]

归老宁无五亩园[2]？读书本意在元元[3]。灯前目力虽非昔，犹课蝇头二万言[4]。

[1] 本诗作于淳熙四年正月，作者时在成都。
[2] 宁：岂，难道。
[3] 元元：百姓。
[4] 课：按规定的内容和分量阅读、学习。蝇头：比喻像苍蝇头一样小的字。作者自注："时方读小本《通鉴》。"

楼上醉书[1]

丈夫不虚生世间，本意灭虏收河山。岂知蹭蹬不称意[2]，八年梁益凋朱颜[3]。三更抚枕忽大叫，梦中夺得松亭关[4]。中原机会嗟屡失，明日茵席留馀潸[5]。益州官楼酒如海[6]，我来解旗论日买[7]。酒酣博簺为欢娱[8]，信手枭卢喝成采[9]。牛背烂烂电目光[10]，狂杀自谓元非狂。故都九庙臣敢忘[11]？祖宗神灵在帝旁[12]。

[1] 本诗作于淳熙四年正月，陆游时在成都。
[2] 蹭蹬（cèng dèng）：失势难进的样子，比喻失意、潦倒。

〔3〕八年:陆游于乾道六年(1170)入蜀,到淳熙四年(1177),正好有八年。梁益:梁州和益州,均为古州名,在今陕西、四川一带。凋:凋谢。朱颜:指青春时红润的容颜。

〔4〕松亭关:在今河北迁安西北,是金人军事要地。

〔5〕茵席:垫席,这里指枕席。馀潸(shān):泪流貌,这里指泪。

〔6〕益州:这里指成都。官楼:出卖官酒的酒楼。宋代实行酒专卖制度,酒由官家出卖。

〔7〕解旗:解下酒旗,即包了酒楼全天出售的酒。旗是酒楼卖酒的标志,又称酒帘。

〔8〕博簺(sài):古代的一种博戏。这里实指下句樗蒲戏中五子"骰"而言。

〔9〕枭卢:古时樗蒲博戏,以五木为子,名骰,刻有枭(猫头鹰)、卢(猎犬)、雉、犊、塞(关塞),为胜负之采,其中以枭为最胜,卢次之。掷时呼枭卢,希望得采获胜。

〔10〕"牛背"句:用王戎、王衍兄弟的故事。《世说新语》载,晋王戎目光清明,看太阳不眩,裴楷说他"眼烂烂如岩下电"。烂烂,明亮的样子。又载,王戎从弟王衍曾托族人办事,那人失信未办。王衍问他,那人恼怒,拿酒器掷其面。王衍一言不发,洗脸后拉了王导上车而去,在车上照镜,对王导说:"汝看我眼光,乃出牛背上。"自谓风度英俊,不与人计较小事。陆游用此典意在说明自己不计较别人讥笑他"狂",故有"狂杀自谓元非狂"句。

〔11〕故都:指北宋汴京(今河南开封)。九庙:古代皇帝立九庙祭祀祖先,并以此作为国家的象征。

〔12〕祖宗:指宋代君主的列祖列宗。

送范舍人还朝[1]

平生嗜酒不为味,聊欲醉中遗万事。酒醒客散独凄然,枕上屡挥忧国泪。君如高光那可负[2],东都儿童作胡语[3]。常时念此气生瘿[4],况送公归觐明主[5]。皇天震怒贼得长,三年胡星失光芒[6]。旄头下扫在旦暮[7],嗟此大议知谁当[8]?公归上前勉画策,先取关中次河北。尧舜尚不有百蛮[9],此贼何能穴中国[10]?黄扉甘泉多故人[11],定知不作白头新[12]。因公并寄千万意,早为神州清虏尘。

〔1〕范舍人:指范成大。范成大曾官中书舍人,故称范舍人。淳熙四年六月,四川制置使范成大奉召还朝,陆游送他到眉州(今四川眉山),作此诗赠别。

〔2〕高:指西汉高祖刘邦。光:指东汉光武帝刘秀。

〔3〕东都:指北宋汴京(今河南开封)。胡语:指女真语。当时汴京已被金人占领五十多年,故儿童能说女真语。

〔4〕瘿(yǐng):长在脖子上的囊状瘤子。古人认为抑郁气愤容易得这种病。

〔5〕觐(jìn):朝见。

〔6〕胡星:喻指金人。

〔7〕旄头下扫:是异族大败的象征。旄头,星名,即昴宿,古人认为是胡星。

〔8〕大议:指北伐抗金的大计。当:担当。

〔9〕"尧舜"句:意谓尧舜那样的贤君尚不能容忍百蛮骚扰。百蛮,对边外少数民族的统称。

〔10〕穴中国:以中国为巢穴,即盘踞中国。

〔11〕黄扉:指宰相府。古代宰相府门涂黄色。甘泉:汉宫名,这里借指宋朝宫廷。

〔12〕白头新:即古谚云"白头如新",表示交情浅。

浣花女〔1〕

江头女儿双髻丫〔2〕,常随阿母供桑麻〔3〕。当户夜织声咿哑〔4〕,地炉豆萁煎土茶〔5〕。长成嫁与东西家,柴门相对不上车。青裙竹笥何所嗟〔6〕?插髻烨烨牵牛花〔7〕。城中妖姝脸如霞〔8〕,争嫁官人慕高华。青骊一出天之涯〔9〕,年年伤春抱琵琶〔10〕。

〔1〕浣花:即浣花溪,在成都。本诗作于淳熙四年秋,作者时在成都。

〔2〕双髻(jì)丫:头发梳成两个小辫,挽束在头顶。

〔3〕供桑麻:采桑纺麻。

〔4〕咿哑:指织机声。

〔5〕豆萁(jī):豆秆。

〔6〕青裙竹笥(sì):青布裙子和竹篾箱子,指嫁妆的朴素与菲薄。笥,盛饭食或衣物的竹器。

〔7〕烨(yè)烨:光彩夺目的样子。

〔8〕妖姝(shū):妖艳的女子。姝,美女。
〔9〕青骊(lí):纯黑色的马,代指上文"官人"。天之涯:天边。
〔10〕抱琵琶:弹着琵琶。这句使人联想到,"城中妖姝"的遭遇如同唐代白居易《琵琶行》中所写的嫁与重利轻别的商人的那个妇女。

江楼[1]

急雨洗残瘴[2],江边闲倚楼。日依平野没,水带断槎流[3]。捣纸荒村晚[4],呼牛古巷秋。腐儒忧国意[5],此际入搔头。

〔1〕本诗作于淳熙四年秋,作者时在成都。
〔2〕瘴:瘴气。
〔3〕槎(chá):指水中浮木。
〔4〕捣纸:舂捣纸浆。
〔5〕腐儒:迂腐的儒生。这里是作者自指。

登城[1]

我登少城门[2],四顾天地接。大风正北起,号怒撼危堞[3]。九衢百万家[4],楼观争岌嶪[5]。卧病气壅塞,放目意颇惬[6]。永怀河洛间[7],煌煌祖宗业。上天祐仁圣,万邦尽臣妾[8]。横流始靖康[9],赵魏血可蹀[10]。小胡宁远略[11],为国恃剽劫[12]。自量势难久,外很中已慑[13]。籍

民备胜广[14],陛戟畏荆聂[15]。谁能提万骑[16],大呼拥马
鬣[17]。奇兵四面出,快若霜扫叶。植旗朝受降[18],驰驿夜
奏捷。豺狼一朝空,狐兔何足猎?遗民世忠义[19],泣血受
污胁。击箭射我诗,往檄五陵侠[20]。

〔1〕本诗作于淳熙四年秋,陆游时在成都。
〔2〕少城:成都的城名。成都旧有太城、少城,少城在西。
〔3〕危堞(dié):高城。堞,城上有垛口的墙,即女墙。
〔4〕九衢:四通八达的道路。
〔5〕楼观:楼台。岌嶪(jí yè):高耸的样子。
〔6〕惬(qiè):快意,满足。
〔7〕河洛间:黄河、洛水之间,指北宋东西二京。
〔8〕"万邦"句:意谓各国都受命于中国。臣妾,服贱役的男女奴隶,这里用作附庸之意。
〔9〕横流:洪水泛滥。这里比喻金人入侵,北方大乱的情形。靖康:宋钦宗赵桓年号。靖康元年(1126),金人攻破汴京,次年虏宋徽宗、钦宗北去。
〔10〕赵魏:战国时期的两个国家。赵国都邯郸(今河北邯郸),魏国都大梁(今河南开封)。这里泛指黄河南北一带金兵攻占的地方。血可蹀(dié):指血流甚多,竟可踏血而过。形容金兵大量屠杀南宋军民的惨状。蹀,踏。
〔11〕小胡:指金人。远略:远大策略。
〔12〕剽(piào)劫:抢掠。剽,抢劫。
〔13〕很:通"狠",凶狠。慑(shè):害怕。
〔14〕籍民:登记户口。备:防备。胜广:即陈胜、吴广,秦末农民起义的领袖。这句说金统治者编制民户,防备其中藏有陈胜、吴广这样起

来造反的人。

〔15〕陛戟:宫殿的阶下设立的执戟卫士。荆聂:指荆轲、聂政,战国时的两个著名刺客。

〔16〕提万骑:指统帅万军。

〔17〕拥马鬣(liè):也指领军马。鬣,马颈上的长毛。

〔18〕植旗:竖旗。

〔19〕遗民:指沦陷区的汉族人民。

〔20〕五陵侠:指沦陷区英勇抗金的爱国志士。五陵,即汉长陵、安陵、阳陵、茂陵、平陵,为汉高帝、惠帝、景帝、武帝、昭帝所葬处,都在长安附近。汉代时五陵地方多住豪侠人士。这句诗意谓要号召沦陷区的爱国志士起来驱逐敌人。

感秋[1]

西风繁杵捣征衣[2],客子关情正此时。万事从初聊复尔,百年强半欲何之?画堂蟋蟀怨清夜,金井梧桐辞故枝[3]。一枕凄凉眠不得,呼灯起作感秋诗。

〔1〕本诗作于淳熙四年秋,作者时在成都。

〔2〕杵(chǔ):捣衣的木棒。

〔3〕"金井"句:语本唐人王昌龄《长信秋词》:"金井梧桐秋叶黄。"金井,井栏上有雕饰的井。

猎罢夜饮示独孤生(三首选一)[1]

白袍如雪宝刀横,醉上银鞍身更轻。帖草角鹰掀兔窟[2],凭风羽箭作鸱鸣[3]。关河可使成南北[4]?豪杰谁堪共死生?欲疏万言投魏阙[5],灯前揽笔涕先倾。

[1] 独孤生:名策,字景略,河中人。工文章,善骑射,喜击剑。陆游结识于蜀中,推他为当世奇士。淳熙四年九月,陆游赴汉州(治今四川广汉)打猎,本诗就作于此时。
[2] 帖草:贴近草地。角鹰:一种猛禽,这里指猎鹰。
[3] 鸱(chī):即鸱鹰。
[4] 可使:哪可使,表反诘。
[5] 疏:上皇帝奏章,这里用作动词。魏阙:皇帝的宫门。这句意谓想向朝廷上万言书。

东郊饮村酒大醉后作[1]

丈夫无苟求[2],君子有素守[3]。不能垂竹帛[4],正可死陇亩[5]。邯郸枕中梦[6],要是念所有[7]。持枕与农夫,亦作此梦否?今朝栎林下[8],取醉村市酒。未敢羞空囊[9],烂熳诗千首[10]。

〔1〕淳熙四年九月,陆游在汉州打猎后回成都作此诗。
〔2〕苟求:不正当的要求。
〔3〕素守:清白的操守。
〔4〕垂竹帛:名留青史。竹帛,代指史册。
〔5〕陇亩:田野间。
〔6〕邯郸枕中梦:又称黄粱梦。唐人沈既济《枕中记》记卢生在邯郸道上客店遇道士吕翁授枕入梦,历尽富贵,醒后见店主人蒸黄粱饭尚未熟。
〔7〕"要是"句:意谓主要是心存富贵荣华的念头。
〔8〕栎(lì)林:栎树林。
〔9〕羞空囊:杜甫《空囊》诗云:"囊空恐羞涩,留得一钱看。"陆游在这里反用其意,又变钱囊为诗囊。
〔10〕烂熳(màn):亦作"烂漫",色彩鲜丽。

秋晚登城北门〔1〕

幅巾藜杖北城头〔2〕,卷地西风满眼愁。一点烽传散关信〔3〕,两行雁带杜陵秋〔4〕。山河兴废供搔首,身世安危入倚楼。横槊赋诗非复昔〔5〕,梦魂犹绕古梁州〔6〕。

〔1〕城北门:成都城北门。淳熙四年九月,陆游在成都作此诗。
〔2〕幅巾:古代男子不戴帽时,常用丝巾一幅束头。这是一种表示儒雅的装束。藜杖:藜茎所作的手杖。藜,一种一年生草本植物。
〔3〕烽:烽火。散关:大散关。信:消息。
〔4〕杜陵:在长安的南面。这句诗语本唐人于邺《秋夕闻雁》:"忽

闻凉雁至,如报杜陵秋。"

〔5〕横槊赋诗:借指作者在南郑时的军中生活。

〔6〕梁州:古代州名,这里指南郑。

遣兴〔1〕

耆旧日凋谢〔2〕,将如此老何〔3〕!懑拈如意舞〔4〕,狂叩唾壶歌〔5〕。郡县轻民力〔6〕,封疆恃虏和〔7〕。功名莫看镜〔8〕,吾意已蹉跎。

〔1〕本诗作于淳熙四年冬,作者时在成都。

〔2〕耆(qí)旧:年高而有声望的人。

〔3〕此老:陆游自指。

〔4〕懑(mèn):愤,闷。如意:即搔痒的杖,一般以竹木为之。杜甫《宴忠州使君侄宅》云:"昔曾如意舞。"

〔5〕"狂叩"句:用东晋王敦酒后用如意击唾壶为拍而歌的典故。

〔6〕郡县:指地方官府。

〔7〕封疆:指高级将领。

〔8〕"功名"句:用杜甫《江上》"勋业频看镜"句意。

江楼吹笛饮酒大醉中作〔1〕

世言九州外,复有大九州〔2〕。此言果不虚,仅可容吾愁。许愁亦当有许酒[3],吾酒酿尽银河流。酌之万斛玻璃舟[4],酣宴五城十二楼[5]。天为碧罗幕,月作白玉钩。织女织庆云[6],裁成五色裘。披裘对酒难为客,长揖北辰相献酬[7]。一饮五百年,一醉三千秋。却驾白凤骖班虬[8],下与麻姑戏玄洲[9]。锦江吹笛馀一念[10],再过剑南应小留[11]。

[1] 本诗作于淳熙四年冬,作者时在成都。

[2] "世言"二句:《史记·孟子荀卿列传》引邹衍语:"中国名曰赤县神州。赤县神州内自有九州,……中国外如赤县神州者九,乃所谓九州也。"

[3] 许:如许,这样多的。

[4] 酌:斟酒,饮酒。斛(hú):量器名,古代以十斗为一斛,南宋末年改为五斗。玻璃舟:指其形如船的大玻璃酒杯。

[5] 五城十二楼:传说昆仑山上有五城十二楼,是黄帝建造等候仙人的地方。

[6] 庆云:一种彩云,古人迷信以为祥瑞之气。

[7] 北辰:即北极星。

[8] 骖(cān)班虬:用有斑纹的虬龙来拉车。骖,古代驾在车两旁的马,这里用作动词。班,同"斑"。

[9] 麻姑:传说中的仙女。玄洲:传说中神仙居住的地方。

[10] 锦江吹笛:传说蜀人费文祎得道成仙后,曾骑黄鹤,吹玉笛,往来于锦江之上。锦江,在今四川华阳县境。

[11] 剑南:指今四川剑阁以南,长江以北一带。

晚登子城[1]

江头作雪雪未成,北风吹云如有营[2]。驱车出门何所诣[3]?一放吾目登高城。城中繁雄十万户,朱门甲第何峥嵘[4]!锦机玉工不知数,深夜穷巷闻吹笙。国家自从失河北[5],烟尘漠漠暗两京[6]。胡行如鬼南至海[7],寸地尺天皆苦兵[8]。老吴将军独护蜀[9],坐使井络无欃枪[10]。名都壮邑数千里,至今不闻戎马声。安危自古有倚伏[11],相持默默非敌情[12]。棘门灞上勿儿戏[13],犬羊岂惮渝齐盟[14]!

〔1〕子城:在成都。淳熙四年冬,陆游在成都作此诗。

〔2〕营:经营。

〔3〕诣:往。

〔4〕甲第:泛指高门大宅。

〔5〕河北:黄河以北。宋徽宗宣和七年(1125)冬,金兵南侵,黄河以北各城先后失守。

〔6〕两京:宋钦宗靖康元年(1126)冬,金兵攻陷东京汴州;次年底,金兵又攻陷西京洛阳。

〔7〕胡行如鬼:语出杜甫《塞芦子》:"胡行速如鬼。"南至海:宋高宗建炎三年(1129)底,金兵破临安,次年正月又破明州(今浙江宁波),宋高宗乘海船逃往温州。

〔8〕寸地尺天:语出杜甫《洗兵马》:"寸地尺天皆入贡。"

〔9〕老吴将军:指宋将吴玠。绍兴元年(1131),吴玠大破金兵于和尚原(今陕西宝鸡西南),四年(1134)又破金兵于仙人关(今甘肃徽县南),官至四川宣抚使。

〔10〕井络:指蜀地。井,星名。络,指区域所在。古人认为四川与井星区域相应。欃枪:即彗星。古人以为彗星出现即有战乱,这里指代战乱。

〔11〕倚伏:凡事互为因果的意思。《老子》:"祸兮福所倚,福兮祸所伏。"

〔12〕"相持"句:意谓当时宋金双方议和,彼此息兵相持,默默不动,这只是表面情况,敌人的野心绝不止此。

〔13〕棘门、灞(bà)上:均为古地名。据《史记·绛侯周勃世家》载,汉文帝有一次去慰劳防备匈奴的军队,到棘门、灞上驻地,都是直驰而入;而到了周亚夫驻军的细柳,却是军容整肃,戒备森严,连皇帝也不得擅自进入。文帝赞叹亚夫道:"此真将军矣!"而"霸上、棘门军,若儿戏耳"。

〔14〕犬羊:指金人。渝:违背。齐盟:即同盟,这里指宋金间的和议。

草堂拜少陵遗像〔1〕

清江抱孤村〔2〕,杜子昔所馆。虚堂尘不扫,小径门可款〔3〕。公诗岂纸上?遗句处处满。人皆欲拾取〔4〕,志大才苦短。计公客此时,一饱得亦罕〔5〕。陋穷端有自〔6〕,宁独坐房琯〔7〕?至今壁间像,朱绶意萧散〔8〕。长安貂蝉多〔9〕,死去谁复算[10]?

〔1〕草堂:杜甫在成都浣花溪旁曾筑茅屋居住,号称草堂。淳熙四年冬,陆游在成都游草堂后作此诗。
〔2〕"清江"句:语本杜甫《江村》:"清江一曲抱村流。"
〔3〕门可款:可以叩门而入。款,叩,敲。
〔4〕拾取:比喻学习。
〔5〕罕:稀少。这句写杜甫在草堂居住时的穷困情状。
〔6〕阨穷:困穷。阨,同"厄"。端:正,实在。
〔7〕坐:指办罪的因由。房琯:唐肃宗时宰相,与杜甫友善。房琯曾率兵讨安禄山,兵败被贬职。杜甫当时任左拾遗,上疏力争,为房琯说情,亦被贬为华州司功参军。
〔8〕朱绶:红色的带子,是用红丝编织作系官印用的,古代常用以代表官阶品位。
〔9〕貂蝉:汉代侍从官员帽上的装饰物。旧用作达官贵人的代称。
〔10〕算:提起。

醉中出西门偶书[1]

古寺闲房闭寂寥,几年耽酒负公朝[2]。青山是处可埋骨[3],白发向人羞折腰[4]。末路自悲终老蜀,少年常愿从征辽。醉来挟箭西郊去,极目寒芜雉兔骄[5]。

〔1〕西门:指成都西城门。淳熙四年冬,陆游在成都作此诗。

〔2〕耽酒:嗜酒。负公朝:贻误公务。
〔3〕"青山"句:语出苏轼《予以事系御史台狱……遗子由》诗:"是处青山可埋骨。"
〔4〕折腰:用陶潜不为五斗米折腰事。
〔5〕寒芜:衰草。芜,丛生的草。

大风登城〔1〕

风从北来不可当,街中横吹人马僵。西家女儿午未妆,帐底炉红愁下床。东家唤客宴画堂〔2〕,两行玉指调丝簧〔3〕。锦绣四合如垣墙〔4〕,微风不动金猊香〔5〕。我独登城望大荒,勇欲为国平河湟〔6〕。才疏志大不自量,西家东家笑我狂。

〔1〕本诗作于淳熙四年冬,作者时在成都。
〔2〕画堂:指华丽的堂舍。
〔3〕两行玉指:指两排伎乐。
〔4〕垣(yuán):矮墙,也泛指墙。
〔5〕金猊(ní):以金属制成狻(suān)猊的形状,中可焚香。猊,狻猊,即狮子。
〔6〕河湟:指今甘肃、青海一带,当时为西夏地,西夏臣服于金。湟,水名,出青海省,经甘肃入黄河。

感兴(二首)〔1〕

少小遇丧乱〔2〕,妄意忧元元〔3〕。忍饥卧空山,著书十万言。

贼亮负函贷[4],江北烟尘昏。奏记本兵府[5],大事得具论。请治故臣罪[6],深绝衰乱根。言疏卒见弃[7],袂有血泪痕[8]。尔来十五年[9],残虏尚游魂[10]。遗民沦左衽[11],何由雪烦冤?我发日益白,病骸宁久存[12]?常恐先狗马[13],不见清中原。

〔1〕本诗作于淳熙四年冬,作者时在成都。

〔2〕"少小"句:陆游于宋徽宗宣和七年(1125)冬十月生于淮河船上,次年钦宗靖康元年(1126)冬金人陷汴京,陆游随父移居寿春(今安徽寿县)。此后又移居山阴、东阳(今浙江金华),直到高宗绍兴三年(1133),陆游才回到山阴定居。他的童年时代是在战乱中度过的。

〔3〕元元:百姓。

〔4〕贼亮:指金主完颜亮。负函贷:意为辜负了国家对他的宽容。函,包含。贷,宽恕。这句指绍兴三十一年(1161)完颜亮南下侵宋,进逼至长江北岸瓜洲。

〔5〕奏记:即上书。兵府:指枢密院。绍兴三十二年(1162),陆游任枢密院编修,故称"本兵府"。

〔6〕故臣:指权臣曾觌、龙大渊。陆游曾对大臣张焘说他们植党营私,要他向孝宗建议思加剪除。

〔7〕疏:疏阔,迂腐而不切实际。见弃:指孝宗隆兴元年(1163)陆游因建议剪除曾觌等而触怒孝宗被贬出朝。

〔8〕袂(mèi):衣袖。

〔9〕尔来:从那时以来。

〔10〕残虏:指金人。尚游魂:游散的鬼魂仍然存在,指金人依然占据着中原大地。

〔11〕遗民:沦陷区的人民。沦左衽(rèn):指沦于金人统治之下。

左衽,古代一些少数民族的服装,衣襟向左掩,异于中原人民的右衽。衽,衣襟。

〔12〕病骸(hái):病体。骸,形体。

〔13〕先狗马:早死之意。语出《史记·公孙弘列传》:"恐先狗马填沟壑。"这里只说"先狗马",是歇后语。

高帝王蜀汉[1],天下岂易图?幡然用其锋[2],项羽不支梧[3]。嗟余昔从戎,久戍南郑墟[4]。登高望夕烽,咫尺咸阳都[5]。群胡本无政,剽夺常自如。民穷诉苍天,日夜思来苏[6]。连年况枯旱,关辅尤空虚[7]。安得节制帅[8],弓刀肃驰驱[9]?父老上牛酒,善意不可孤[10]。诸将能办此,机会无时无。

〔1〕高帝:汉高帝刘邦。秦末,刘邦攻入秦都咸阳后,因势力不及项羽,故不得不受项羽所封汉王的称号,都南郑,领巴蜀、汉中一带地方。

〔2〕幡(fān)然:形容转变得很快。幡,通"翻"。

〔3〕支梧:即枝梧,抗拒。

〔4〕墟:故城。

〔5〕咫(zhǐ)尺:比喻距离很近。咫,古代长度名,周制八寸。

〔6〕来苏:语出伪古文《尚书·仲虺之诰》"后来其苏",意为等待我们的君主到来,就可苏息。这里是从困苦中解救出来的意思。

〔7〕关辅:汉时在长安及其附近置京兆、左冯翊、右扶风三郡,总称关中三辅,在今陕西渭水流域一带。

〔8〕节制:指挥统辖的意思。

〔9〕肃:急。

〔10〕孤:辜负。这两句是说,关中父老将献牛酒以欢迎宋军,不应辜负他们的这种好意,使他们失望。

枕上〔1〕

枕上三更雨,天涯万里游。虫声憎好梦〔2〕,灯影伴孤愁。报国计安出?灭胡心未休。明年起飞将〔3〕,更试北平秋〔4〕。

〔1〕本诗作于淳熙四年冬,作者时在成都。
〔2〕憎:厌恶,这里有扰乱的意思。
〔3〕飞将:指西汉名将李广。他一生出征匈奴,大小七十馀战,匈奴见他而畏避,称为"飞将军"。
〔4〕北平秋:《汉书·李广传》载,汉武帝时李广为右北平太守,武帝报书曰:"将军其率师东辕,弥节白檀,以临右北平盛秋。"右北平,汉郡名,在今河北东北部及辽宁部分地区,当时是抗击匈奴的前线。盛秋马肥,匈奴常来侵扰,故武帝令李广戒备。这两句诗借用李广事,希望宋朝廷能够起用良将来对付金人。

次韵季长见示〔1〕

倚遍南楼十二栏,长歌相属寓悲欢〔2〕。空怀铁马横戈意〔3〕,未试冰河堕指寒〔4〕。成败极知无定势,是非元自要徐观〔5〕。中原阻绝王师老〔6〕,那敢山林一枕安。

〔1〕次韵:亦叫步韵,和人诗并依原诗用韵的次序。季长:张缜,字季长,陆游在四川时的好友。淳熙四年十二月,陆游因公去广都(在今四川成都市双流区东南)。当时他刚获接任叙州刺史的任命,张季长有诗赠他,他就回赠了这首诗。

〔2〕相属:相连接,指相互赋诗唱和。寓:寄托。

〔3〕铁马横戈:拿着武器骑在战马上,即从军杀敌之意。

〔4〕堕ындex寒:指北方严寒,连手指几乎都要冻得脱落。

〔5〕元自:原知。徐观:慢慢观察了解。

〔6〕中原:这里指北方沦陷区。

游诸葛武侯书台〔1〕

沔阳道中草离离〔2〕,卧龙往矣空遗祠〔3〕。当时典午称猾贼〔4〕,气丧不敢当王师〔5〕。定军山前寒食路〔6〕,至今人祠丞相墓。松风想像梁甫吟〔7〕,尚忆幡然答三顾〔8〕。出师一表千载无,远比管乐盖有馀〔9〕。世上俗儒宁办此〔10〕,高台当日读何书?

〔1〕诸葛武侯:即诸葛亮,字孔明,三国时蜀汉丞相,死后谥为忠武侯。相传诸葛亮相蜀时,曾筑读书台,以集诸儒,兼接待四方贤士。此台在成都北。淳熙五年(1178)正月,陆游在成都作此诗。

〔2〕沔(miǎn)阳:故治在今陕西勉县。诸葛亮率兵由汉中攻魏,曾屯兵于此。后这里立有诸葛武侯祠。离离:草长的样子。

〔3〕卧龙:指诸葛亮。

〔4〕典午:即"司马"两字的隐语,这里指三国时魏国大将司马懿。典,即司(主管)的意思。午,按照十二属的排列是属马。

〔5〕王师:指蜀汉的军队,当时观念是以蜀汉为正统,故称王师。据《三国志·诸葛亮传》载,诸葛亮同司马懿交锋时,司马懿往往取守势,不敢正面迎战,称诸葛亮是"天下奇才"。

〔6〕定军山:在今陕西勉县东南。诸葛亮死后,葬在这里。

〔7〕梁甫吟:又作《梁父吟》,古代歌曲名。《三国志·诸葛亮传》载,他在未遇刘备前,躬耕陇亩,好为《梁父吟》。

〔8〕幡然:迅速改变的样子。三顾:三次看望。指刘备拜访诸葛亮事。诸葛亮《出师表》云:"先帝不以臣卑鄙,猥自枉屈,三顾臣于草庐之中,咨臣以当世之事,由是感激,遂许先帝以驰驱。"

〔9〕管乐:管仲和乐毅。管仲,春秋时著名的政治家,齐桓公的国相,辅助桓公称霸诸侯。乐毅,战国时燕国大将,燕昭王时为将,大败齐国,攻下齐国七十馀城。诸葛亮未遇刘备前,常以管仲、乐毅自比。

〔10〕俗儒:指庸俗浅陋的读书人。宁:怎能。

龙兴寺吊少陵先生寓居〔1〕

中原草草失承平〔2〕,戎火胡尘到两京〔3〕。扈跸老臣身万里〔4〕,天寒来此听江声〔5〕。

〔1〕龙兴寺:在忠州(今重庆忠县),杜甫晚年曾在这里住过一段时间。淳熙五年四月,陆游奉召东归。途中路经忠州,凭吊龙兴寺杜甫寓居而作此诗。

〔2〕草草:匆促,仓猝。承平:太平。这句写唐代安禄山乱起突然。

〔3〕戎火:战火。胡尘:安禄山叛军多为契丹、奚、突厥等族人,故称胡尘。两京:唐代以长安为西京,洛阳为东京。唐天宝十四年(755)安禄山据范阳叛变,攻陷洛阳,次年又陷长安。

〔4〕扈跸(hù bì):指护从皇帝车驾。扈,随从。跸,皇帝的车驾。老臣:指杜甫。安禄山陷长安后,玄宗逃往四川,太子即位于灵武,是为肃宗。杜甫由长安奔凤翔投肃宗,被任为左拾遗。长安光复,杜甫又随从肃宗回京。后因救房琯,杜甫被调出京,穷困流离,辗转至忠州。

〔5〕江声:陆游自注:"以少陵诗考之,盖以秋冬间寓此州也。寺门闻江声甚壮。"

屈平庙[1]

委命仇雠事可知[2],章华荆棘国人悲[3]。恨公无寿如金石[4],不见秦婴系颈时[5]。

〔1〕屈平庙:即屈平祠,在归州(今湖北秭归)东南。屈平,屈原名平,战国时楚国大诗人,楚都被秦攻陷后,投汨罗江而死。淳熙五年五月,陆游东归途中路经归州,凭吊屈原祠而作此诗。

〔2〕"委命"句:指当年楚怀王不听从屈原联齐抗秦的主张,却采取亲秦政策。后怀王应秦昭王之约入秦,被扣,死在秦国。顷襄王继位,放逐屈原,继续执行亲秦政策。后楚终为秦所灭。

〔3〕章华:即章华台,春秋时楚灵王所筑,遗址在今湖北监利西北。

〔4〕无寿如金石:语本《古诗十九首》:"人生忽如寄,寿无金石固。"

〔5〕秦婴系颈时:公元前206年,刘邦攻入咸阳,秦王子婴丝绳系

颈,捧着印玺、符节向刘邦投降,后为西楚霸王项羽所杀。

楚城[1]

江上荒城猿鸟悲,隔江便是屈原祠。一千五百年间事[2],只有滩声似旧时。

〔1〕楚城:即楚王城,是楚国旧都,旧址在今湖北秭归县东。淳熙五年五月,陆游东归途中过归州作此诗。
〔2〕一千五百年:指屈原生活的年代到陆游写此诗的时间,这是约数。

小雨极凉,舟中熟睡至夕[1]

舟中一雨扫飞蝇,半脱纶巾卧翠藤[2]。清梦初回窗日晚,数声柔橹下巴陵[3]。

〔1〕淳熙五年五月,陆游东归途中过巴陵(今湖南岳阳)作此诗。
〔2〕纶(guān)巾:古代用丝带做的头巾。翠藤:指藤床。
〔3〕橹:一种用人力推进船的工具,似桨而大。

南楼[1]

十年不把武昌酒[2],此日阑边感慨深。舟楫纷纷南复北[3],山川莽莽古犹今[4]。登临壮士兴怀地,忠义孤臣许国心。倚杖黯然斜照晚[5],秦吴万里入长吟[6]。

〔1〕南楼:在鄂州(今湖北武昌)。淳熙五年六月,陆游东归途中过鄂州作此诗。
〔2〕把:执,持。
〔3〕舟楫:泛指来往船只。楫,船桨。
〔4〕莽莽:无涯无际的样子。
〔5〕黯(àn)然:心神沮丧的样子。
〔6〕秦吴:秦指川陕一带地方,吴指江浙一带地方。

六月十四日宿东林寺[1]

看尽江湖千万峰,不嫌云梦芥吾胸[2]。戏招西塞山前月[3],来听东林寺里钟。远客岂知今再到[4],老僧能记昔相逢?虚窗熟睡谁惊觉[5]?野碓无人夜自舂[6]。

〔1〕东林寺:在今江西九江庐山之麓,是古代著名的寺院之一。淳熙五年六月,陆游东归途中过庐山作此诗。

〔2〕云梦:湖名,在今湖北安陆市南。芥吾胸:意为心胸为之鲠碍阻塞。语出司马相如《子虚赋》:"吞若云梦者八九于其胸中,曾不蒂芥。"芥,芥蒂,细小的梗塞物。

〔3〕西塞山:在今湖北大冶市东。

〔4〕远客:作者自指。乾道六年八月八日陆游入蜀时曾游庐山,宿东林寺,故说"今再到"。

〔5〕虚窗:即窗。凡开窗必空其中,故云。

〔6〕野碓(duì):山野间的水碓,是水力推动的舂米器具。

登赏心亭[1]

蜀栈秦关岁月遒[2],今年乘兴却东游。全家稳下黄牛峡[3],半醉来寻白鹭洲[4]。黯黯江云瓜步雨[5],萧萧木叶石城秋[6]。孤臣老抱忧时意,欲请迁都涕已流[7]。

〔1〕赏心亭:在建康(今江苏南京),亭临秦淮河,与白鹭洲相望。淳熙五年闰六月,陆游东归途中过建康作此诗。

〔2〕蜀栈:指四川一带的栈道。秦关:指秦岭一带的关隘。岁月遒(qiú):指时光迫促,匆匆已尽。

〔3〕黄牛峡:在今湖北宜昌西,是长江水道中的危险地段,水势湍急纡曲。

〔4〕白鹭洲:在今南京西南长江中。

〔5〕黯(àn)黯:深黑色。瓜步:山名,在今江苏六合东南,东临长江。

〔6〕萧萧:风吹草木声。石城:即石头城,南京的古称。

〔7〕迁都:陆游认为南宋不宜以临安为都城,而应以建康为都城。隆兴元年(1163),陆游有《上二府论都邑札子》,其中说:"某闻江左自吴以来,未有舍建康他都者。……车驾驻跸临安,出于权宜,本非定都,以形势则不固,以馈饷则不便,海道逼近,凛然常有意外之忧。"

冬夜闻雁有感[1]

从军昔戍南山边,传烽直照东骆谷[2]。军中罢战壮士闲,细草平郊恣驰逐。洮州骏马金络头[3],梁州毬场日打毬。玉杯传酒和鹿血,女真降虏弹箜篌[4]。大呼拔帜思野战[5],杀气当年赤浮面。南游蜀道已低摧[6],犹据胡床飞百箭[7]。岂知蹭蹬还江边[8],病臂不复能开弦。夜闻雁声起太息,来时应过桑乾碛[9]。

〔1〕淳熙五年秋,陆游回到山阴,本诗就作于这年冬天。

〔2〕传烽:古时边境报警的方法,夜燃烽火以相传告,白天则燃火以望其烟。骆谷:北起陕西鄠县(今陕西西安鄠邑区)界,南至洋县界,为汉魏古道,唐代复开。

〔3〕洮州:故治在今甘肃临潭。络头:即马笼头。

〔4〕女真:女真族。金国即女真族所建。箜篌(kōng hóu):古代一种拨弦乐器。

〔5〕拔帜:拔敌旗,立赤帜。帜,旗。《史记·淮阴侯列传》载,韩信"所出奇兵二千骑,共候赵空壁逐利,则驰入赵壁,皆拔赵旗,立汉赤帜二千"。

〔6〕低摧:指豪气低落摧折。

〔7〕胡床:亦称"交椅"、"绳床",一种可以折叠的轻便坐具。《世说新语·自新》载,戴渊"在岸上,据胡床指麾左右,皆得其宜"。

〔8〕蹭蹬(cèng dèng):比喻失意、潦倒。

〔9〕桑乾碛(qì):桑乾河,源出山西马邑县桑乾山,流入大清河(今永定河)。碛,浅水中的沙石。秋冬水涸,惟见沙石,故称桑乾碛。当时为金人沦陷区。

适闽〔1〕

春残犹看少城花〔2〕,雪里来尝北苑茶〔3〕。未恨光阴疾驹隙〔4〕,但惊世界等河沙〔5〕。功名塞外心空壮,诗酒樽前发已华。官柳弄黄梅放白〔6〕,不堪倦马又天涯。

〔1〕淳熙五年秋,陆游被任命为提举福建路常平茶事。本诗就作于这年十月赴闽前,作者时在山阴。

〔2〕少城:在成都。这里代指成都。

〔3〕北苑茶:茶名,产福建建安凤凰山上。

〔4〕驹隙:比喻时光飞驰。语本《庄子·知北游》:"人生天地之间,若白驹之过郄,忽然而已。"郄,通"隙"。

〔5〕河沙:指恒河(在印度)的沙。极言其多。语本《金刚般若波罗蜜经》:"诸恒河所有沙数,诸佛世界如是宁为多不?"

〔6〕官柳:官路上的杨柳。

过灵石三峰(二首选一)^[1]

奇峰迎马骇衰翁,蜀岭吴山一洗空^[2]。拔地青苍五千仞^[3],劳渠蟠屈小诗中^[4]。

〔1〕灵石三峰:灵石山,又称江郎山,在浙江江山市南。山有三峰,峰上各有巨石。淳熙五年十月,陆游赴闽途中过江山作此诗。

〔2〕蜀岭:蜀中的峻岭。吴山:吴地的山峰。一洗空:一扫而空,即不能相比的意思。

〔3〕仞(rèn):古代长度单位,周制八尺为一仞。五千仞是虚数,极言其高。

〔4〕渠:它,指灵石三峰。蟠屈:盘曲地伏着,这里是委曲的意思。

出塞曲^[1]

千骑为一队,万骑为一军。朝践狼山雪^[2],暮宿榆关云^[3]。将军羽箭不虚发,直到祁连无雁群^[4]。隆隆春雷收阵鼓,蜿蜒惊蛇射生弩^[5]。落落遗民立道边^[6],白发如霜泪如雨。褫魄胡儿作穷鼠^[7],竞裹胡头改胡语。阵前乞降马前舞,檄书夜入黄龙府^[8]。

〔1〕出塞曲:汉乐府横吹曲名。本诗作于淳熙六年(1179)夏,作者

时在建安(今福建建瓯)。

〔2〕践:踏。狼山:在内蒙古中部,属阴山山脉西段。

〔3〕榆关:即山海关。

〔4〕祁连:山名,主峰在今甘肃张掖西南。

〔5〕蜿蜒:蛇类曲折爬行的样子。惊蛇:比喻弓弩形如受惊的蛇,即蛇弓。

〔6〕落蕃遗民:指沦陷区的汉族百姓。蕃,通"番",古时对外族的通称。

〔7〕褫(chǐ)魄:丧魂落魄。褫,夺去。

〔8〕檄书:这里指责令敌人投降的文书。黄龙府:在今吉林农安,这里指金人盘踞的地方。

建安遣兴(六首选一)〔1〕

绿沉金锁少时狂〔2〕,几过秋风古战场。梦里都忘闽峤远〔3〕,万人鼓吹入平凉〔4〕。

〔1〕本诗作于淳熙六年夏,作者时在建安。

〔2〕绿沉金锁:指枪和甲,语出杜甫《重过何氏》:"雨抛金锁甲,苔卧绿沉枪。"

〔3〕闽峤(qiáo):福建的高山。峤,尖而高的山。

〔4〕平凉:今甘肃平凉,当时为金人沦陷区。

前有樽酒行(二首选一)[1]

绿酒盎盎盈芳樽[2],清歌袅袅留行云[3]。美人千金织宝裙,水沉龙脑作燎焚[4]。问君胡为惨不乐?四纪妖氛暗幽朔[5]。诸人但欲口击贼[6],茫茫九原谁可作[7]?丈夫可为酒色死?战场横尸胜床笫[8]。华堂乐饮自有时,少待擒胡献天子。

〔1〕前有樽酒行:《乐府诗集·杂曲歌辞》有《前有一樽酒行》。本诗作于淳熙六年夏,作者时在建安。

〔2〕盎(àng)盎:杯中酒满的样子。樽:酒杯。

〔3〕清歌:没有乐器伴奏的独唱。袅袅:形容歌声悠扬婉转。留行云:意谓歌声美妙,使天上行云都停下倾听。用《列子·汤问》所载古代歌手秦青"抚节悲歌,声振林木,响遏行云"事。

〔4〕水沉:即沉香,香木名,树脂可供作薰香料。龙脑:香料名,以龙脑香树膏制成,极为名贵。燎:火把。

〔5〕四纪:古代以十二年为一纪,四纪为四十八年。陆游写此诗时,距金人占领汴京已有五十三年,这里说四纪只是约数。妖氛:指金人的统治。幽朔:幽州和朔州,古代州名,在今河北、山西一带,这里泛指北方沦陷地区。

〔6〕诸人:指当时的一些达官贵人。口击贼:口头喊打击金人,实际上毫无行动。语出《晋书·朱伺传》:"江夏太守杨珉每请督将议距贼之计,伺独不言。珉曰:'朱将军何以不言?'伺答曰:'诸人以舌击贼,伺惟

以力耳。'"

〔7〕九原:本春秋时晋国卿大夫的墓地,后通用为九泉或地下之义。作:这里是死而复生的意思。《礼记·檀弓》:"赵文子与叔誉观乎九原,文子曰:'死者如可作也,吾谁与归!'"

〔8〕第(zǐ):床上竹编的垫子,因亦为床的代称。

雨夜不寐观壁间所张
魏郑公砥柱铭[1]

疾风三日横吹雨,竹倒荷倾可怜汝。空堂无人夜向中[2],卧看床前烛花吐。壮怀耿耿谁与论[3],楂床老龟不能语[4]。世间岂无一好汉,叱咤喑呜气吞虏[5]。壁间三丈砥柱铭,贞观太平如更睹[6]。何当鼓吹渡河津[7],下马观碑驰马去?

〔1〕魏郑公:即魏徵,唐太宗时名臣,官至左光禄大夫,封郑国公。砥柱铭:砥柱,山名,又名三门山,在今河南三门峡市陕州区黄河中流。唐贞观十二年(638),唐太宗观砥柱,勒石纪功,魏徵为之铭。本诗作于淳熙六年夏,作者时在建安。

〔2〕夜向中:将近夜半。

〔3〕耿耿:形容心中不能宁贴。

〔4〕楂(zhī)床老龟:《史记·龟策列传》载:"南方老人用龟支床足,行二十馀岁。老人死,移床,龟尚生不死。"楂,柱子的根脚,引申为支柱、支撑。

〔5〕叱咤(chì zhà):口发怒声。喑(yīn)鸣:心怀怒气。《史记·淮

阴侯列传》描述项羽道:"项王喑呜叱咤,千人皆废。"

〔6〕贞观:唐太宗的年号(627—649)。史称贞观年间,境内大治,边境太平。

〔7〕鼓吹:本指用鼓、钲、箫、笳等乐器合奏,这里指奏军乐。河津:指黄河渡口。

婕妤怨〔1〕

妾昔初去家,邻里持车箱。共祝善事主,门户望宠光。一入未央宫〔2〕,顾盼偶非常〔3〕。稚齿不虑患〔4〕,倾身保专房〔5〕。燕婉承恩泽,但言日月长。岂知辞玉陛〔6〕,翩若叶陨霜〔7〕。永巷虽放弃〔8〕,犹虑重谤伤。悔不侍宴时,一夕称千觞〔9〕。妾心剖如丹,妾骨朽亦香。后身作羽林〔10〕,为国死封疆。

〔1〕婕妤(jié yú)怨:乐府曲名。婕妤,妃嫔的称号,这里指汉成帝时班婕妤。她初为成帝宠爱,后成帝宠幸赵飞燕姊妹,她退居东宫,作诗赋以自伤悼,后人为之作《婕妤怨》。本诗作于淳熙六年夏,作者时在建安,他认为建安偏僻,远离京都和抗金前线,是皇上对他的疏远和嫌弃,因此借作宫怨诗以抒怀抱。

〔2〕未央宫:汉代宫殿名。

〔3〕顾盼:犹言看顾、眷顾。

〔4〕稚齿:年少。

〔5〕"倾身"句:意谓尽心伺候皇帝,使皇帝专爱自己一人。

〔6〕玉陛:玉石砌成的皇宫台阶。
〔7〕翩:疾飞的样子。
〔8〕永巷:汉代宫中长巷,以幽闭失宠的妃子和有罪的宫女。
〔9〕称:举。
〔10〕羽林:皇帝的禁卫军。

忆山南(二首选一)〔1〕

貂裘宝马梁州日,盘槊横戈一世雄〔2〕。怒虎吼山争雪刃〔3〕,惊鸿出塞避雕弓。朝陪策画清油里〔4〕,暮醉笙歌锦幄中〔5〕。老去据鞍犹矍铄〔6〕,君王何日伐辽东〔7〕?

〔1〕本诗作于淳熙六年夏,陆游时在建安,回忆南郑的军旅生活。
〔2〕盘槊:舞长矛。
〔3〕争雪刃:与白刃相斗。雪刃,刃白如雪。
〔4〕清油:古代将帅幕府中的幕是用青油布制的。这里指军幕。
〔5〕锦幄(wò):锦绣的帷帐。
〔6〕据鞍:指骑马。矍铄(jué shuò):形容老而精神健旺。
〔7〕辽东:这里指金人的根据地。

醉书〔1〕

半年愁病剧〔2〕,一雨喜凉新。稍与药囊远,初容酒盏亲。浩歌惊世俗,狂语任天真。我亦轻馀子[3],君当恕醉人[4]。

〔1〕本诗作于淳熙六年秋,作者时在建安。
〔2〕病剧:病得厉害。
〔3〕轻:轻视。馀子:其馀的人,指世俗之人。《后汉书·祢衡传》载:祢衡看不起当时一班士大夫,只同杨修、孔融友好,常说:"馀子碌碌,莫足数也。"
〔4〕君当恕醉人:用陶潜《饮酒》诗:"但恨多谬误,君当恕醉人。"

鹅湖夜坐书怀[1]

士生始堕地,弧矢志四方[2]。岂若彼妇女,踧踧藏闺房[3]。我行环万里,险阻真备尝。昔者戍南郑,秦山郁苍苍。铁衣卧枕戈[4],睡觉身满霜。官虽备幕府[5],气实先颜行[6]。拥马涉沮水[7],飞鹰上中梁[8],劲酒举数斗,壮士不能当。马鞍挂狐兔,燔炙百步香[9]。拔剑切大肉,哆然如饿狼[10]。时时登高望,指顾无咸阳[11]。一朝去军中,十载客道旁。看花身落魄,对酒色凄凉。去年忝号召[12],五月触瞿唐。青衫暗欲尽,入对衰涕滂[13]。今年复诏下,鸿雁初南翔。俯仰未阅岁[14],上恩实非常。夜宿鹅湖寺,槁叶投客床。寒灯照不寐,抚枕慨以慷。李靖闻征辽[15],病愈更激昂[16];裴度请讨蔡[17],奏事犹衷创[18]。我亦思报国,梦绕古战场。

〔1〕鹅湖：山名，在今江西上饶，山上有鹅湖寺。淳熙六年秋，陆游奉诏离建安任，归途中经鹅湖作此诗。

〔2〕弧矢：桑弧蓬矢，即以桑木作的弓、蓬草干作的箭。《礼记·内则》："国君世子生，射人以桑弧蓬矢六，射天地四方。"上古男子初生时，由射箭的人用桑弧蓬矢向天地四方射出，以表示男子志在四方。

〔3〕龊（chuò）龊：拘谨的样子。

〔4〕铁衣：铁甲。

〔5〕备幕府：指陆游曾为四川宣抚使司干办公事。

〔6〕颜行：排在行列的前面。《管子·轻重甲》："若此则士争前战，为颜行。"

〔7〕沮水：水名，源出陕西留坝西，至勉县与汉水南源会合。

〔8〕中梁：山名，在陕西南郑附近。

〔9〕燔炙（fán zhì）：用火烤熟。

〔10〕哆（chǐ）然：口张开的样子。

〔11〕"指顾"句：意谓咸阳随时可以夺回。当时咸阳已经沦陷。指顾，手指目顾，表示时间极短。

〔12〕忝（tiǎn）：辱；有愧于。常用作谦词。

〔13〕入对：指淳熙五年陆游奉诏东归在临安召对之事。衰涕滂：老泪滂沱。

〔14〕俯仰：比喻时间短暂。阅岁：经岁。

〔15〕李靖：唐太宗时名将，曾击败东突厥、吐谷浑等。

〔16〕病惫：疲乏。

〔17〕裴度：唐宪宗时丞相。吴元济据蔡州叛，裴度请讨蔡，受到刺客袭击，击中头部。

〔18〕衷创：裹着伤。衷，贴肉的内衣，引申为包裹。

枕上感怀[1]

五更揽辔山路长[2],老夫诵书声琅琅。古人已死心则在,度越秦汉窥虞唐[3]。三更投枕窗月白,老夫哦诗声啧啧[4]。渊源雅颂吾岂敢[5],屈宋藩篱或能测[6]。一代文章谁汝数[7]?老不能闲真自苦。君王虽赏于蔿于[8],无奈宫中须羯鼓[9]!

〔1〕本诗作于淳熙六年秋,陆游离建安北上行近衢州(今属浙江)作此诗。

〔2〕揽辔(pèi):指骑马乘车。辔,驾驭牲口的缰绳。

〔3〕度越:超过。虞唐:指唐尧虞舜的时代。虞,即舜,有虞氏,史称虞舜,古史传说中的部落联盟领袖,相传在位十八年,禅位于禹。唐,即尧,陶唐氏,史称唐尧,古史传说中的部落联盟领袖,相传在位九十八年,禅位于舜。尧、舜都是古史中称颂的贤明君主。

〔4〕啧(zé)啧:赞叹声。

〔5〕雅颂:《诗经》中的两个组成部分,这里指代《诗经》。

〔6〕屈宋:屈原和宋玉,楚辞的主要作者,均为战国时楚国的著名诗人。

〔7〕谁汝数:即"谁数汝"。汝,作者自指。

〔8〕于蔿于:据《新唐书·卓行·元德秀传》载,唐玄宗在洛阳聚饮,命三百里内县令刺史都带着声乐来集会。鲁山令元德秀只带着几十个歌伎,唱着他所作的歌曲《于蔿于》。玄宗听了后大为惊异,叹道:"贤

人之言哉!"这里指反映民生疾苦的乐曲。

〔9〕羯鼓:羯族所制的乐器,两头可击。《新唐书·礼乐志》载,玄宗好羯鼓,曾称:"羯鼓,八音之领袖,诸乐不可方也。"这里指颂扬风光的乐曲。

弋阳道中遇大雪[1]

我行江郊暮犹进,大雪塞空迷远近。壮哉组练从天来[2],人间有此堂堂阵[3]!少年颇爱军中乐,跌宕不耐微官缚[4]。凭鞍寓目一怅然[5],思为君王扫河洛。夜听簌簌窗纸鸣[6],恰似铁马相磨声[7]。起倾斗酒歌出塞[8],弹压胸中十万兵[9]。

〔1〕弋阳:今江西弋阳。淳熙六年冬,陆游北上行经衢州,被任命为提举江南西路常平茶盐公事,遂前往抚州(今属江西)就任,行经弋阳道中作此诗。

〔2〕组练:即组甲被练,古代兵士所穿的两种衣甲。组甲,衣甲上缀组,车士所穿。被练,衣甲上缀练,步兵所穿。组是白色的丝织带子,练是白绢,故以组练比作大雪。

〔3〕堂堂阵:雄壮强大的阵容。

〔4〕跌宕:放纵不拘。

〔5〕凭鞍:骑在马上。寓目:眺望。

〔6〕簌(sù)簌:象声词,指风吹窗纸声。

〔7〕铁马:披着铁甲的战马。

〔8〕出塞:指《出塞曲》,汉乐府横吹曲名,内容多写边塞征戍之事。
〔9〕弹压:镇压,抑制。

对酒(二首选一)〔1〕

温如春色爽如秋,一榼灯前自献酬〔2〕。百万愁魔降未得,故应用尔作戈矛〔3〕。

〔1〕本诗作于淳熙六年冬,时作者在抚州。
〔2〕榼(kē):古代盛酒的器具。
〔3〕尔:指酒。

闻雁〔1〕

过尽梅花把酒稀,熏笼香冷换春衣〔2〕。秦关汉苑无消息〔3〕,又在江南送雁归。

〔1〕本诗作于淳熙七年(1180)正月,陆游时在抚州。
〔2〕熏笼:罩在熏炉上的笼子,冬天用来焙烘衣服,熏衣时炉中杂以香料。
〔3〕秦关汉苑:泛指中原失地。秦关,指函谷关,在今河南灵宝市西南。汉苑,指西汉上林苑,在今陕西西安市附近,是西汉帝王射猎的地方。

登拟岘台[1]

层台缥缈压城闉[2],倚杖来观浩荡春[3]。放尽樽前千里目,洗空衣上十年尘。萦回水抱中和气[4],平远山如酝藉人[5]。更喜机心无复在[6],沙边鸥鹭亦相亲。

〔1〕拟岘台:在今江西抚州。台下临汝水,因风光似湖北襄阳岘山,故名。本诗为淳熙七年正月陆游在抚州所作。
〔2〕缥缈:隐隐约约若有若无的样子。这里形容拟岘台高耸入云。闉(yīn):古代城门外层的曲城。
〔3〕浩荡春:广大无边的春光。
〔4〕萦回:纡回曲折。
〔5〕酝藉人:含蓄、有修养的人。
〔6〕机心:机变巧谋的心思。

五月十一日夜且半,梦从大驾亲征,尽复汉唐故地,见城邑人物繁丽,云:西凉府也。喜甚,马上作长句,未终篇而觉,乃足成之[1]

天宝胡兵陷两京[2],北庭安西无汉营[3]。五百年间置不问[4],圣主下诏许亲征。熊罴百万从銮驾[5],故地不劳传檄下[6]。筑城绝塞进新图[7],排仗行宫宣大赦[8]。冈峦极目汉山川,文书初用淳熙年。驾前六军错锦绣[9],秋风鼓角声满天。苜蓿峰前尽亭障[10],平安火在交河上[11]。凉州女儿满高楼,梳头已学京都样。

〔1〕大驾:皇帝的车驾。西凉府:即汉、唐时的凉州,府治在今甘肃武威,当时沦没于西夏。本诗作于淳熙七年五月,陆游时在抚州。

〔2〕天宝:唐玄宗年号(742—756)。天宝十四载(755),安禄山率胡兵叛唐,不久攻陷东京洛阳和西京长安。

〔3〕北庭:北庭都护府,府治在今新疆吉木萨尔县。安西:安西都护府,府治在今新疆吐鲁番。唐贞元年间(785—804),两地均为吐蕃陷落。无汉营:没有汉族军队的营垒。

〔4〕五百年:从天宝十四载安史之乱起,到写作此诗的淳熙七年,相距四百馀年,这是举其成数。

〔5〕熊罴:均为猛兽,这里借喻武士。罴,熊的一种。銮驾:皇帝的车驾。

〔6〕"故地"句:意谓被敌人占领的凉州故地不用发出檄文就收复了。下,收复。

〔7〕绝塞:绝远之处的边塞。

〔8〕排仗:排列仪仗。行宫:皇帝在外居住的地方。

〔9〕六军:古代制度,天子有六军。

〔10〕苜蓿峰:约在今甘肃西部、新疆东部一带。唐诗人岑参《题苜蓿峰寄家人》云:"苜蓿峰前逢立春。"亭障:古代在边疆险要处供防守的堡垒。

〔11〕平安火:唐制,每三十里置一烽候,每日初夜举烽火一炬以报平安,叫平安火。交河:古县名,故治在今新疆吐鲁番西,唐时置安西都

护府于此。

冒雨登拟岘台观江涨[1]

雨气昏千嶂[2],江声撼万家。云翻一天墨,浪蹴半空花[3]。喷薄侵虚阁[4],低昂泛断槎[5]。壮游思夙昔[6],乘醉下三巴[7]。

[1] 本诗作于淳熙七年五月,陆游时在抚州。
[2] 昏:一作"分"。
[3] 蹴(cù):踢起。这里指浪花飞溅。
[4] 喷薄:气势壮盛、喷涌而出的样子。
[5] 槎(chá):用竹木编成的筏。
[6] 夙昔:往时。
[7] 三巴:东汉末置巴、巴东、巴西三郡,称为"三巴",相当今川、渝间嘉陵江和重庆綦江流域以东的大部。这里泛指蜀地。

中夜起登堂北小亭[1]

幽人曳杖上青冥[2],掠面风轻宿醉醒。朱户半开迎落月,碧沟不动浸疏星[3]。禽声格磔频移树[4],花影扶疏自满庭[5]。叹息明年又安往?此身何啻似浮萍[6]。

〔1〕本诗作于淳熙七年六月,作者时在抚州。
〔2〕幽人:幽居的人,陆游自称。青冥:高远与天空相接之处,这里指"堂北小亭"。
〔3〕"碧沟"句:意谓碧绿平静的水沟中闪耀着疏朗的星星倒影。
〔4〕格磔(zhé):鸟鸣声。
〔5〕扶疏:形容枝叶舞动的姿态。
〔6〕何啻(chì):何止。

秋旱方甚,七月二十八夜忽雨,喜而有作[1]

嘉谷如焚稗草青[2],沉忧耿耿欲忘生[3]。钧天九奏箫韶乐[4],未抵虚檐泻雨声[5]。

〔1〕本诗作于淳熙七年七月,作者时在抚州。
〔2〕嘉谷:禾苗。稗草:杂草。
〔3〕沉忧:深忧。耿耿:形容心中不能宁贴。
〔4〕钧天:上天。九奏:演奏九遍。箫韶:相传为虞舜的音乐,古人作为最美音乐的代表。《尚书·益稷》:"箫韶九成,有凤来仪。"
〔5〕虚檐:屋檐有沟可漏水,故称虚檐。

北窗[1]

白首微官只自囚[2],青灯明灭北窗幽。五更风雨梦千里,半世江湖身百忧。壮志已孤金锁甲[3],倦游空揽黑貂裘[4]。灞亭夜猎犹堪乐[5],敢恨将军老不侯!

〔1〕本诗作于淳熙七年九月,作者时在抚州。

〔2〕自囚:自己束缚自己。

〔3〕孤:辜负。

〔4〕黑貂裘:《战国策·秦策》载,苏秦到秦国游说,历时甚久,成功无望,黑貂裘穿破,黄金用尽,只得离秦而归。

〔5〕灞亭:即灞陵亭,在陕西西安附近。《史记·李将军列传》载,汉代名将李广到老没有封侯。罢官后,曾晚上打猎路过灞亭,被灞陵尉阻止,并云:"今将军尚不得夜行,何乃故也。"竟不许通过。

渔浦(二首选一)[1]

桐庐处处是新诗[2],渔浦江山天下稀。安得移家常住此,随潮入县伴潮归[3]。

〔1〕渔浦:在浙江杭州萧山区西。淳熙七年十一月,江西水灾,陆游因奏请朝廷拨义仓粮并通知各郡发粮赈济灾民而被劾免职,遂回山阴。归途中,于十二月过渔浦作此诗。

〔2〕桐庐:今浙江桐庐,在富春江旁,景色优美。作者归途中先经桐庐,后过渔浦。

〔3〕"随潮"句:意谓每天随着潮水坐船到县里,又趁着潮水回家。

小园(四首选二)[1]

小园烟草接邻家[2],桑柘阴阴一径斜[3]。卧读陶诗未终卷[4],又乘微雨去锄瓜。

[1] 本诗作于淳熙八年(1181)四月,作者时在山阴。
[2] 烟草:笼罩在烟雾中的野草。
[3] 柘(zhè):柘树,叶可喂蚕。
[4] 陶诗:陶渊明的诗。陶潜,字渊明,东晋诗人,其诗多写田园生活。

村南村北鹁鸪声[1],水刺新秧漫漫平[2]。行遍天涯千万里,却从邻父学春耕。

[1] 鹁鸪(bó gū):俗称水鹁鸪,天将雨,其鸣甚急。
[2] 水刺新秧:出水如刺的新秧苗。漫漫:无边无际的样子,形容地域广大。

闻蝉思南郑[1]

昔在南郑时,送客褒谷口[2]。金羁叱拨驹[3],玉碗葡萄酒。醉归涉漾水[4],鸣蝉在高柳。回鞭指秦中[5],所惧壮心负。

人生岂易料,蹭蹬十年后[6]。蝉声恍如昔[7],而我已白首。逆胡亡形具[8],舆地沦陷久[9]。岂无好少年,共取印如斗[10]。

〔1〕本诗作于淳熙八年秋,陆游时在山阴。
〔2〕褒谷:在陕西褒城北。
〔3〕金羁:用黄金装饰的马络头。羁,马络头。叱拨:良马名。《纪异录》记唐天宝中,大宛国进汗血马六匹,俱名叱拨。
〔4〕漾水:汉水上游称为漾水。
〔5〕秦中:指陕西中部一带,即关中一带。
〔6〕蹭蹬:比喻失意、潦倒。
〔7〕恍:恍惚。
〔8〕"逆胡"句:意谓金人灭亡的形势已经具备。
〔9〕舆地:大地。舆,地。
〔10〕印如斗:《世说新语·尤悔》记晋人周顗语曰:"今年杀诸贼奴,当取金印如斗大系肘。"

九月三日泛舟湖中作[1]

儿童随笑放翁狂,又向湖边上野航[2]。鱼市人家满斜日,菊花天气近新霜。重重红树秋山晚,猎猎青帘社酒香[3]。邻曲莫辞同一醉[4],十年客里过重阳[5]。

〔1〕湖:指山阴镜湖。本诗作于淳熙八年九月,陆游时在山阴。

〔2〕野航:停泊郊外的船只。

〔3〕猎猎:指酒旗在风中的飘动声。青帘:指酒旗。社酒:社日的酒。每年有春秋二社,此指秋社。

〔4〕邻曲:邻居,邻里。

〔5〕十年:陆游原注:"予自庚寅至辛丑,始见九日于故山。"庚寅即乾道六年(1170),辛丑即淳熙八年(1181),相距正十年。

书悲(二首选一)[1]

今日我复悲,坚卧脚踏壁[2]。古来共一死,何至尔寂寂[3]!秋风两京道[4],上有胡马迹。和戎壮士废[5],忧国清泪滴。关河入指顾[6],忠义勇推激。常恐埋山丘[7],不得委锋镝[8]。立功老无期,建议贱非职。赖有墨成池,淋漓豁胸臆[9]。

〔1〕本诗作于淳熙八年秋,作者时在山阴。

〔2〕坚卧:久卧不起。

〔3〕尔寂寂:如此寂寞冷落。

〔4〕两京:指东京洛阳和西京长安。

〔5〕"和戎"句:意谓由于南宋与金国议和,不想收复失地,以致壮士被废弃不用。

〔6〕关河:泛指关中和中原失地。关,函谷关。河,黄河。入指顾:手指目顾之间,指相去甚近。

〔7〕埋山丘:老死家中的意思。

〔8〕委锋镝(dí):战死沙场的意思。委,委弃生命。锋,刀锋。镝,箭头。

〔9〕豁胸臆:开阔胸怀。豁,开阔,开通。

灌园[1]

少携一剑行天下,晚落空村学灌园。交旧凋零身老病[2],轮囷肝胆与谁论[3]?

〔1〕灌园:灌溉田园,这里指务农。本诗作于淳熙八年冬,作者时在山阴。

〔2〕交旧:老朋友。凋零:原指草木凋谢零落,这里比喻人的死亡。

〔3〕轮囷(qūn):屈曲的样子。这里形容内心的郁结。肝胆:借喻心中的至诚。

日出入行[1]

吾闻开辟来[2],白日行长空。扶桑谁曾到[3]?崦嵫不可穷[4]。但见旦旦升天东,但见暮暮入地中,使我倏忽成老翁[5],镜里衰鬓成霜蓬[6]。我愿一日一百二十刻[7],我愿一生一千二百岁,四海诸公常在座,绿酒金尊终日醉。高楼锦绣中天开,乐作画鼓如春雷[8]。劝尔白日无西颓[9],常行九十万里胡为哉[10]?

〔1〕日出入行:汉代《郊祀歌》有《日出入》,李白有《日出入行》。本诗作于淳熙八年冬,陆游时在山阴。

〔2〕开阖:这里是天地开辟的意思。阖,通"合"。

〔3〕扶桑:传说中为日出处。

〔4〕崦嵫(yān zī):山名,在甘肃天水西。古代常用来指日没的地方。

〔5〕倏(shū)忽:忽忽,转眼之间。

〔6〕霜蓬:形容老人白如霜、乱如蓬的鬓发。

〔7〕一日一百二十刻:古代以刻漏计时,一昼夜为百刻。一百二十刻,谓愿时刻延长。

〔8〕画鼓:鼓上有图案的叫画鼓。

〔9〕西颓:西下。颓,落下。

〔10〕九十万里:古人认为日照地四十五万里,一昼夜倍之,为九十万里。皆为古人想象之辞。

十月二十六日夜,梦行南郑道中,既觉怅然,揽笔作此诗,时且五鼓矣〔1〕

孤云两角不可行〔2〕,望云九井不可渡〔3〕。嶓冢之山高插天〔4〕,汉水滔滔日东去。高皇试剑石为分〔5〕,草没苔封犹故处。将坛坡陀过千载〔6〕,中野疑有神物护。我时在幕府,来往无晨暮。夜宿沔阳驿〔7〕,朝饭长木铺〔8〕。雪中痛饮百榼空[9],蹴踏山林伐狐兔。耽耽北山虎[10],食人不知数。孤儿寡妇仇不报,日落风生行旅惧。我闻投袂起[11],大呼闻百步,奋戈直前虎人立,吼裂苍崖血如注。从骑三十皆秦人,面青气夺空相顾[12]。国家未发度辽师[13],落魄人间傍行路。对花把酒学酕醄[14],空辱诸公诵诗句。即今衰病卧在床,振臂犹思备征戍。南人孰谓不知兵? 昔者亡秦楚三户[15]!

〔1〕本诗作于淳熙八年十月,作者时在山阴。
〔2〕孤云、两角:均山名,在今陕西南郑与四川广元之间。两山相连,山势高峻,古语云:"孤云两角,去天一握。"
〔3〕望云、九井:均滩名,在四川广元北,嘉陵江上游,水势险峻。
〔4〕嶓(bō)冢之山:嶓冢山,在今陕西宁强北,为汉水发源处。
〔5〕高皇:指汉高祖。嶓冢山有高皇试剑石,截然中分。传说汉高祖曾试剑于此。
〔6〕将坛:将军坛,即拜将台,在陕西南郑,相传为汉高祖拜韩信为大将时筑。坡陀:不平的样子。
〔7〕沔阳驿:在今陕西沔县。
〔8〕长木铺:当在沔县附近。
〔9〕榼(kē):酒器。
〔10〕耽耽:亦作"眈眈",虎视的样子。
〔11〕投袂(mèi):拂动衣袖,形容奋发的决心。
〔12〕面青气夺:指面无人色,胆气丧失。
〔13〕度辽师:《汉书·昭帝纪》载,汉昭帝以范明友为度辽将军,伐辽东乌桓。这里借指讨伐金人的军队。

〔14〕酝藉:温雅。

〔15〕亡秦楚三户:语出《史记·项羽本纪》:"楚虽三户,亡秦必楚也。"陆游借此说明南方人亦能战,宋朝可以依靠南方兵力最后消灭敌人。

冬暖[1]

今年岁暮无风雪,尘土肺肝生客热[2]。经旬止酒卧空斋[3],吴蟹秦酥不容设[4]。日忧疾疫被齐民[5],更畏螟蝗残宿麦[6]。浓霜薄霰不可得[7],太息何时见三白[8]!老夫壮气横九州,坐想提兵西海头[9]。万骑吹笳行雪野[10],玉花乱点黑貂裘[11]。

〔1〕本诗作于淳熙八年冬,作者时在山阴。
〔2〕客热:指热邪入体。
〔3〕经旬:十多天。
〔4〕秦酥:陕西一带所出产的酥酪。
〔5〕被:加于。齐民:平民。
〔6〕宿麦:指秋冬栽种,次年长熟的麦子。
〔7〕霰(xiàn):下雪前所降的雪珠。
〔8〕三白:下三次冬雪。古谚:"要宜麦,见三白。"
〔9〕西海:即青海,在今青海省东部。
〔10〕笳:古代一种管乐器,汉时流行于塞北和西域一带,军中鼓吹乐中常用之。

〔11〕玉花:指雪花。

寄朱元晦提举〔1〕

市聚萧条极〔2〕,村墟冻馁稠〔3〕。劝分无积粟〔4〕,告籴未通流〔5〕。民望甚饥渴,公行胡滞留〔6〕?征科得宽否〔7〕?尚及麦禾秋〔8〕。

〔1〕朱元晦:朱熹(1130—1200),字元晦,南宋理学家。淳熙八年,他提举两浙东路常平茶盐公事,奉命赈济浙东灾民。本诗就是这年十一月,陆游在山阴寄给朱熹的。

〔2〕市聚:即市场,商肆聚集的地方。

〔3〕村墟:村落。冻馁(něi):冻饿。馁,饥饿。稠:众多。

〔4〕"劝分"句:意谓政府劝令富户人家分馀粮按平价售给饥民,但富户也说没有馀粮。

〔5〕"告籴(dí)"句:意谓向外地购买粮食,又苦上面禁阻,不能流通。籴,买进粮食。

〔6〕公:指朱熹。滞留:停止不前。朱熹此年八月受命,十二月才到任。任所就在绍兴。

〔7〕征科:征收赋税。

〔8〕尚及:且待。这两句意谓希望放宽征税期限,等到麦禾收获后再征。朱熹在赴任前曾向皇帝请求免去来年的人头税(身丁钱),得到皇帝的同意。陆游在诗中关心的就是这件事。

洊饥之馀,复苦久雨,感叹有作[1]

道傍襁负去何之[2]?积雨仍愁麦不支。为国忧民空激烈,杀身报主已差池[3]。属餍糠籺犹多愧[4],徙倚柴荆只自悲[5]。十载西游无恶岁[6],羡他岷下足蹲鸱[7]。

[1] 洊(jiàn)饥:连年灾荒。洊,通"荐",再;一次又一次。本诗作于淳熙九年(1182)春,陆游时在山阴。

[2] 襁负:用布幅把婴儿兜负在背上。这里指饥民。

[3] 差池:犹"蹉跎",失时的意思。

[4] 属餍(yàn):饱食。糠籺(hé):糠里的粗屑,指粗食。

[5] 徙倚:徘徊,流连不去。柴荆:柴门荆扉,指居室简陋。

[6] 十载西游:指陆游乾道六年(1170)入蜀到淳熙五年(1178)东归,前后共九年,十载是举其整数。陆游自注:"予在蜀几十年,未尝逢岁歉也。"

[7] 岷下:岷山之下。岷山,一作汶山,在今四川松潘北。蹲鸱(dūn chī):大芋头,因状似蹲伏的鸱鸟得名。《史记·货殖列传》:"吾闻汶山之下沃野,下有蹲鸱,至死不饥。"

夜闻秋风感怀[1]

西风一夜号庭树,起揽戎衣泪溅襟[2]。残角声催关月堕^[3],断鸿影隔塞云深^[4]。数篇零落从军作,一寸凄凉报国心。莫倚壮图思富贵^[5],英豪何限死山林^[6]。

〔1〕本诗作于淳熙九年秋,陆游时在山阴。
〔2〕戎衣:军衣。
〔3〕残角:天将明时的号角。关月:边关上的月亮。
〔4〕断鸿:失群的孤雁。
〔5〕"莫倚"句:意谓没有人借爱国的宏伟计划来贪求富贵。陆游曾因发表主战的言论得罪权臣,这里是有感而发,作为辩白。
〔6〕"英豪"句:意谓为何要把英雄豪杰困死在山林,不让他们到抗敌前线去施展才能呢?

醉 歌^[1]

往时一醉论斗石^[2],坐人饮水不能敌。横戈击剑未足豪,落笔纵横风雨疾。雪中会猎南山下,清晓嶙峋玉千尺^[3]。道边狐兔何曾问,驰过西村寻虎迹。貂裘半脱马如龙,举鞭指麾气吐虹。不须分弓守近塞,传檄可使腥膻空^[4]。小胡逋诛六十载^[5],狺狺猘子势已穷^[6]。圣朝好生贷孥戮^[7],还尔旧穴辽天东^[8]。

〔1〕本诗作于淳熙九年秋,陆游时在山阴。
〔2〕往时:指在南郑军中时。一醉论斗石:《史记·滑稽列传》载,淳于髡对齐威王说:"臣饮一斗亦醉,一石亦醉。"

〔3〕嶙峋:山崖突兀的样子。玉千尺:形容被冰雪覆盖的山峰。

〔4〕腥膻:这里指金人。

〔5〕逋(bū)诛:尚欠诛灭。逋,拖欠。六十载:自靖康元年(1126)金人陷汴京至淳熙九年(1182),已有五十馀年,六十载是举其整数。

〔6〕狺(yín)狺:犬吠声。猘(zhì)子:狂犬。

〔7〕贷孥(nú)戮:免去作奴隶或受刑罚。贷,宽恕,饶恕。孥,通"奴"。

〔8〕辽天东:即辽东,为女真族的发源地。

草书歌〔1〕

倾家酿酒三千石〔2〕,闲愁万斛酒不敌〔3〕。今朝醉眼烂岩电〔4〕,提笔四顾天地窄。忽然挥扫不自知,风云入怀天借力〔5〕。神龙战野昏雾腥〔6〕,奇鬼摧山太阴黑〔7〕。此时驱尽胸中愁,槌床大叫狂堕帻〔8〕。吴笺蜀素不快人〔9〕,付与高堂三丈壁〔10〕。

〔1〕本诗作于淳熙九年秋,作者时在山阴。

〔2〕倾家酿酒:拿出全部家酿之酒。《世说新语·赏誉》载:"刘尹云:'见何次道饮酒,使人欲倾家酿。'"

〔3〕斛(hú):量器名,古代以十斗为一斛,南宋末年改为五斗。不敌:不能抗拒。

〔4〕烂岩电:形容眼光明亮如岩下闪电。语本《世说新语》载晋人王戎"眼烂烂如岩下电"。

〔5〕风云入怀:语本韩愈《送石处士赴河阳幕》"风云入壮怀"。

〔6〕神龙战野:语本《周易·坤卦》:"龙战于野,其血玄黄。"昏雾腥:形容龙战于野的激烈情况。

〔7〕太阴黑:语本杜甫《戏韦偃为双松图歌》:"黑入太阴雷雨垂。"太阴,月亮。这两句诗形容自己写作草书的狂态和草书的奇伟迷离之状。

〔8〕搥(chuí):通"捶",拍,敲击。帻(zé):包头发的巾。

〔9〕吴笺蜀素:写字用的吴地的纸和蜀地的素绢。不快人:不令人快意。

〔10〕付与:这里是"写于"的意思。

夜泊水村[1]

腰间羽箭久凋零[2],太息燕然未勒铭[3]。老子犹堪绝大漠[4],诸君何至泣新亭[5]。一身报国有万死,双鬓向人无再青[6]。记取江湖泊船处,卧闻新雁落寒汀[7]。

〔1〕本诗作于淳熙九年秋,作者时在山阴。

〔2〕腰间羽箭:语本杜甫《丹青引赠曹将军霸》:"猛将腰间大羽箭。"凋零:指箭翎脱落。

〔3〕燕然:山名,即杭爱山,在蒙古境内。勒铭:刻铭文于石上。东汉和帝时,将军窦宪大败北匈奴单于后,登燕然山,刻石记功而还。

〔4〕老子:老夫,陆游自称。绝:横渡。大漠:大沙漠,指绵亘在内蒙古和蒙古一带的大沙漠。西汉武帝时,卫青、霍去病曾率兵横越大沙漠,

追击匈奴。

〔5〕新亭:故址在今南京市南郊。据《晋书·王导传》载,晋室南迁后,中原各地相继沦陷。一天,一批过江的世族士大夫在新亭宴饮,谈到山河破碎,大家都相视流泪。唯独丞相王导愀然变色曰:"当共戮力王室,克复神州,何至作楚囚对泣邪!"

〔6〕青:黑色。

〔7〕新雁:新近从北方飞来的雁。汀:水边平地,水中小洲。

读书〔1〕

读书四更灯欲尽,胸中太华蟠千仞〔2〕。仰呼青天那得闻,穷到白头犹自信。策名委质本为国〔3〕,岂但空取黄金印。故都即今不忍说,空宫夜夜飞秋磷〔4〕。士初许身辈稷契〔5〕,岁晚所立惭廉蔺〔6〕。正看愤切诡成功〔7〕,已复雍容托观衅〔8〕。虽然知人要未易,讵可例轻天下士〔9〕。君不见长松卧壑困风霜,时来屹立扶明堂〔10〕。

〔1〕本诗作于淳熙九年秋,作者时在山阴。

〔2〕太华:即华山,在陕西华阴市南。蟠:蟠屈。这句诗意谓郁积之气如千仞高的太华山蟠屈在胸中一样。

〔3〕策名委质:语出《左传·僖公二十三年》。策名,把姓名记在名册(策),后即用为出仕之义。委质,古代臣下向君主献礼,表示献身。

〔4〕秋磷:秋日的磷火。俗称鬼火。

〔5〕稷、契(xiè):尧、舜时的名臣。杜甫《自京赴奉先咏怀五百

字》:"许身一何愚,窃比稷与契。"

〔6〕廉蔺:廉颇、蔺相如,战国时赵国的名臣,一为将,一为相,为了国家的利益,两人消除原有的意见,成为好友。这里疑指虞允文、王炎二人。虞允文曾为宰相,王炎曾为枢密使,二人最初俱主张对金作战,其后关系变坏,王炎自请罢职。

〔7〕"正看"句:杜甫《北征》:"东胡反未已,臣甫愤所切。"诡成功,责成成功。诡,责成。

〔8〕雍容:形容从容不迫。观衅:窥伺敌人的间隙,以便乘机进攻。《左传·宣公十二年》:"观衅而动。"这两句诗意谓一方面对敌人愤恨切至,有出兵成功的可能;一方面却托词窥伺敌人的间隙而不愿出兵作战。

〔9〕讵(jù):岂。

〔10〕明堂:古时天子宣明政教的地方,凡朝会及祭祀、庆赏、选士、养老、教学等大典,均于其中进行。

哀北〔1〕

太行天下脊,黄河出昆仑〔2〕。山川形胜地,历世多名臣。哀哉六十年,左袵沦胡尘〔3〕。抱负虽奇伟,没齿不得伸〔4〕。老夫实好义,北望常酸辛。何当拥黄旗〔5〕,径涉白马津〔6〕?穷追殄犬羊〔7〕,旁招出凤麟〔8〕。努力待传檄,勿谓吴无人〔9〕!

〔1〕哀北:即哀伤沦落在金人手中的北中国人民。本诗作于淳熙九年秋,作者时在山阴。

〔2〕"黄河"句:《史记·大宛列传》:"《禹本纪》言河出昆仑。"

〔3〕左衽(rèn):我国古代一些少数民族的服装前襟向左掩,与中原人民的右衽相异。衽,衣襟。后以左衽指代受其他民族的统治和压迫。

〔4〕没齿:终生,一辈子。

〔5〕黄旗:即黄麾,皇帝仪仗所用的黄色旌旗。宋制,凡亲征或巡游还都用黄麾。

〔6〕白马津:在今河南滑县北,古时为军事要地。

〔7〕殄(tiǎn):灭绝。犬羊:这里指金人。

〔8〕旁招:广求。《尚书·说命下》:"旁招俊乂。"旁,广。凤麟:喻指中原的豪杰义士。

〔9〕吴:这里借指南宋。南宋所在的东南一带,为古代吴国的故地。

三江舟中大醉作〔1〕

志欲富天下,一身常苦饥。气可吞匈奴〔2〕,束带向小儿〔3〕。天公无由问,世俗那得知!挥手散醉发,去隐云海涯。风息天镜平〔4〕,涛起雪山倾〔5〕。轻帆入浩荡,百怪不可名。虹竿秋月钩〔6〕,巨鳌倘可求〔7〕。灭迹从今逝,回看隘九州〔8〕。

〔1〕三江:指三江海口,是曹娥江、钱清江、浙江三江汇流处,在山阴县西北。本诗作于淳熙九年秋,作者时在山阴。

〔2〕匈奴:这里借指金人。

〔3〕束带:参见上司时整束腰带,以示尊敬。小儿:指愚昧庸俗的官

吏。萧统《陶渊明传》载,陶渊明为彭泽县令,郡里派督邮到县,县吏说:"应束带见之。"渊明叹曰:"我岂能为五斗米,折腰向乡里小儿!"即日辞职而去。

〔4〕天镜:形容江水平静如镜。

〔5〕雪山:形容波涛涌起白如雪高如山。

〔6〕"虹竿"句:意谓用天上的彩虹作钓竿,用秋天的月亮作钓钩。唐代李白曾自称"海上钓鳌客",以"虹霓为丝,明月为钩"。

〔7〕鳌(áo):传说中的海中大龟或大鳖。

〔8〕隘:狭隘。这两句诗意谓从今以后销声匿迹,浪迹江海,到那时回头一看,便觉得九州也狭小了。

悲秋〔1〕

秋灯如孤萤,熠熠耿窗户〔2〕。秋雨如漏壶〔3〕,点滴连早暮。我岂楚逐臣〔4〕,惨怆出怨句〔5〕?逢秋未免悲,直以忧国故。三军老不战,比屋困征赋〔6〕。可使江淮间,岁岁常列戍〔7〕?

〔1〕本诗作于淳熙九年秋,作者时在山阴。

〔2〕熠(yì)熠:光彩闪烁的样子。耿:照明。

〔3〕漏壶:古代的计时器具。

〔4〕楚逐臣:楚国被放逐的臣子,指屈原。

〔5〕怨句:指屈原所作《离骚》。

〔6〕比屋:挨家挨户。

〔7〕列戍:驻扎防守的军队。这两句诗意谓:怎能使长江、淮河之

间,年年驻扎着列阵不战的军队,而不图北伐?

军中杂歌(八首选二)[1]

秦人万里筑长城,不如壮士守北平[2]。晓来碛中雪一丈[3],洗尽膻腥春草生[4]。

〔1〕本诗作于淳熙十年(1183)夏,陆游时在山阴。
〔2〕壮士:指汉代名将李广,曾任右北平太守,匈奴敬畏,不敢攻扰。
〔3〕碛(qì):浅水中的沙石,引申为沙漠。
〔4〕膻腥:借指胡人。

渔阳女儿美如花[1],春风楼上学琵琶。如今便死知无恨,不属番家属汉家[2]。

〔1〕渔阳:古郡名,治所在今天津市蓟州区,当时是金人统治区。
〔2〕番家:指金人。

秋兴(二首选一)[1]

白发萧萧欲满头[2],归来三见故山秋。醉凭高阁乾坤迮[3],病入中年日月遒[4]。百战铁衣空许国,五更画角只生愁。明朝烟雨桐江岸[5],且占丹枫系钓舟。

〔1〕本诗作于淳熙十年秋,作者时在山阴。
〔2〕萧萧:头发花白稀疏的样子。
〔3〕乾坤迮(zé):天地狭窄。迮,通"窄"。
〔4〕遒(qiú):迫近。这里是日子过去得快的意思。
〔5〕桐江:桐庐江,源出天目山,南流至桐庐县东入浙江。

秋雨渐凉有怀兴元(三首选一)[1]

清梦初回秋夜阑[2],床前耿耿一灯残[3]。忽闻雨掠蓬窗过,犹作当时铁马看。

〔1〕兴元:府名,治所在南郑。本诗作于淳熙十年秋,作者时在山阴。
〔2〕阑:晚。
〔3〕耿耿:微明的样子。

夜步庭下有感[1]

夜绕中庭百匝行[2],秋风传漏忽三更[3]。星辰北拱疏还密[4],河汉西流纵复横[5]。惊鹊绕枝栖不稳[6],冷萤穿竹远犹明。书生老抱平戎志,有泪如江未敢倾[7]。

〔1〕 本诗作于淳熙十年秋,作者时在山阴。
〔2〕 中庭:庭中。匝(zā):环绕一周。
〔3〕 传漏:传来漏壶滴水之声。
〔4〕 北拱:向北斗星环绕。
〔5〕 河汉:指银河,又名天河、银汉。
〔6〕 "惊鹊"句:语本曹操《短歌行》:"月明星稀,乌鹊南飞。绕树三匝,何枝可依?"
〔7〕 未敢倾:不敢流。

月下〔1〕

月白庭空树影稀,鹊栖不稳绕枝飞〔2〕。老翁也学痴儿女〔3〕,扑得流萤露湿衣。

〔1〕 本诗作于淳熙十年秋,作者时在山阴。
〔2〕 "鹊栖"句:语本曹操《短歌行》,详前诗注〔6〕。
〔3〕 老翁:作者自称。痴儿女:傻孩子。

寄题朱元晦武夷精舍(五首选一)〔1〕

身闲剩觉溪山好,心静尤知日月长。天下苍生未苏息〔2〕,忧公遂与世相忘。

〔1〕武夷精舍:朱熹于淳熙十年夏在福建崇安(今属福建武夷山市)武夷山筑精舍讲学。精舍,即指学舍。本诗作于淳熙十年秋,作者时在山阴。

〔2〕苍生:老百姓。苏息:死而复活;困顿后得到休息。

长安道[1]

千夫登登供版筑[2],万手丁丁供斫木[3]。歌楼舞榭高入云[4],复幕重帘昼烧烛。中使传宣骑飞鞚[5],达官候见车击毂[6]。岂惟炎热可炙手[7],五月瞿唐谁敢触[8]!人生易尽朝露晞[9],世事无常坏陂复[10]。士师分鹿真是梦[11],塞翁失马犹为福[12]。君不见野老八十无完衣,岁晚北风吹破屋。

〔1〕长安道:本为古乐府横吹曲名。这里借用其字面意思,暗指南宋都城临安。本诗作于淳熙十年初冬,作者时在山阴。

〔2〕登登:指筑墙声。版筑:用两版相夹着筑土墙。后泛指土木营造之事。

〔3〕丁(zhēng)丁:指伐木声。斫:砍,削。

〔4〕榭(xiè):建在高台上的敞屋。

〔5〕中使:皇帝宫廷中派出的使者,指宦官。传宣:传达宣布皇帝的诏命。飞鞚(kòng):骑马飞驰。鞚,有嚼口的马络头。

〔6〕车击毂(gǔ):车轮的中心互相撞击,形容车马拥挤。毂,车轮中心的圆木,中有圆孔可以插轴。

〔7〕炙(zhì)手:热得烫手,比喻气焰逼人。炙,烧,烤。

〔8〕"五月"句:五月的瞿唐峡,江水暴涨,行船极其危险。古语云:"滟滪(峡中礁石名)大如襆,瞿唐不可触。"

〔9〕晞(xī):干。

〔10〕坏陂复:《汉书·翟方进传》载,西汉成帝时,丞相翟方进(子威)因汝南水溢,奏准毁掉原有的鸿隙大陂,影响了当地的水利灌溉。后来当地发生旱灾,百姓追怨翟方进说:"坏陂谁?翟子威,饭我豆食羹芋魁。反乎覆,陂当复。谁云者?两黄鹄。"作者用这个比喻说明世事无常,现在任意施行的权贵将来也会像翟方进那样遭到人们的怨恨,其措施也会被推翻。

〔11〕士师分鹿:《列子·周穆王》载,郑国有个打柴人打死了一只鹿,把它藏起来,但不久又忘了藏鹿的地点,以为刚才是在做梦,就边走边讲这件事。旁人听到了,就根据他的话找到了那只鹿。当晚,打柴人梦见藏鹿的地点和取鹿的人,于是便去找那人要鹿。两人打起官司,士师(古代的司法官)评判认为应两人平分。郑国国君听到后说:"嘻!士师将复梦分人鹿乎?"作者用此典说明得失正如一场大梦。

〔12〕塞翁失马:《淮南子·人间训》载,古时塞上有位老翁丢了一匹马,人家来安慰他,他说:"此何遽不能为福乎?"过了几个月,走失的那匹马带了一匹胡人的马回来。人家来庆贺他,他说:"此何遽不能为祸乎?"他的儿子好骑马,从马上掉下来摔断了髀骨。人家来慰问他,他又说:"此何遽不能为福乎?"后来胡人入侵,壮丁都要去打仗,差不多死光了,而老翁的儿子因跛脚留在家中得以活着。作者用这个故事说明祸福无常,预言那些权贵终要垮台。

舒悲〔1〕

嗜酒苦猖狂〔2〕,畏人还醒酲〔3〕。老病始悔叹,天下无此错。

管葛逝已久[4],千古困俗学[5]。扪虱论大计,使我思景略[6]。中原失枝梧[7],胡尘暗河洛[8]。天道远莫测,士气伏不作[9]。煌煌东观书[10],无乃太寂寞。丈夫不徒死[11],可作一丘貉[12]?岁晚计愈疏[13],抚事泪零落[14]!

〔1〕本诗作于淳熙十年冬,作者时在山阴。
〔2〕猖狂:放纵迷妄的意思。
〔3〕龌龊(wò chuò):局促的意思。
〔4〕管葛:管仲、诸葛亮。
〔5〕俗学:指俗儒之学,即只知读书,与国家大事无关的学问。
〔6〕"扪虱"二句:东晋大将桓温北伐前秦,率兵入关,王猛来见,一边扪虱,一边纵谈国家大事,旁若无人。景略,王猛字景略。
〔7〕枝梧:亦作"支吾",抗拒。
〔8〕河洛:黄河、洛水,指中原一带。
〔9〕不作:不振作。
〔10〕东观:东汉时宫中著述和藏书的地方。
〔11〕徒死:白白地死去。徒,徒然,白白地。
〔12〕一丘貉(hé):语出《汉书·杨恽传》:"古与今如一丘之貉。"本言古今同类,此处引申为彼此相似,没有什么差别。
〔13〕疏:迂疏。
〔14〕抚事:指存念往事。

感愤[1]

今皇神武是周宣[2],谁赋南征北伐篇[3]?四海一家天历数^[4],两河百郡宋山川^[5]。诸公尚守和亲策^[6],志士虚捐少壮年^[7]!京洛雪消春又动^[8],永昌陵上草芊芊^[9]。

〔1〕本诗作于淳熙十年冬,作者时在山阴。

〔2〕今皇:指宋孝宗。神武:神明英武。周宣:即周宣王。他在位时北伐狎狁,南征荆蛮,平定淮夷、徐戎,武功显赫,被称为周朝中兴之主。

〔3〕南征北伐篇:《诗经》中的《六月》、《采芑》、《江汉》、《常武》分别为宣王北伐狎狁,南征荆蛮、平淮夷、平徐戎之诗。

〔4〕天历数:天历运行的规律,即天道、天运、天命。

〔5〕两河:指黄河南北。百郡:众多的郡。百,虚数,表示多。宋代行政区分三级,一级曰路,二级曰府、州、军、监。此处郡是借用古制。

〔6〕诸公:指当权的大臣。和亲策:西汉初年,皇帝以公主嫁匈奴单于,并岁奉絮缯酒食等物,以求和好,陆游认为这是一种对匈奴屈服的政策。这里指南宋执政者仍然寄希望于和约,对外屈服,不肯北伐收复失地。

〔7〕虚捐:白白地舍弃。捐,舍弃。

〔8〕京洛:汴京和洛阳。

〔9〕永昌陵:宋太祖的陵墓,在河南巩义市。芊(qiān)芊:草木茂盛的样子。

作雪未成,自湖中归,寒甚,饮酒作短歌^[1]

黑云垂到地,飞霰如细砾^[2]。我从湖上归,散发醉吹笛。少年志功名,目视无坚敌。惨淡古战场,往往身所历。宁知事大缪[3],白首犹寂寂[4]。凄凉武侯表[5],零落陈琳檄[6]。报主知何时?誓死空愤激。天高白日远,有泪无处滴。

[1] 本诗作于淳熙十年冬,作者时在山阴。
[2] 霰(xiàn):落雪前的雪珠。砾(lì):碎石。
[3] 缪:通"谬",错误;违反。
[4] 寂寂:落寞。
[5] 武侯表:指诸葛亮的《出师表》。
[6] 陈琳檄:陈琳,东汉末文学家,善作檄文,有《为袁绍檄豫州》、《檄吴将校部曲文》等。

春夜读书感怀[1]

荒林枭独啸[2],野水鹅群鸣。我坐蓬窗下,答以读书声。悲哉白发翁,世事已饱更[3]。一身不自恤[4],忧国涕纵横。永怀天宝末[5],李郭出治兵[6];河北虽未下[7],要是复两京[8]。三千同德士[9],百万羽林营[10]。岁周一甲子[11],不见胡尘清。贼酋实豕王[12],贼将非人英[13]。如何失此时,坐待奸雄生[14]。我死骨即朽,青史亦无名。此诗倘不作,丹心尚谁明?

[1] 本诗作于淳熙十一年(1184)春,作者时在山阴。

〔2〕枭(xiāo):俗称猫头鹰。

〔3〕更:经历。

〔4〕恤:怜悯。

〔5〕永怀:总是怀想。天宝末:指唐玄宗天宝十四载(755)安禄山叛乱之时。

〔6〕李郭:指李光弼、郭子仪,均为平定安史之乱的名将。治兵:古礼,兵出曰治兵,入曰振旅。

〔7〕河北:河北范阳一带是安禄山叛唐的根据地。李、郭收复两京后,河北一带还未恢复。

〔8〕两京:唐代西京长安和东京洛阳。

〔9〕"三千"句:《尚书·泰誓上》:"予有臣三千,惟一心。"这句指朝廷有同心同德的大臣。

〔10〕羽林营:皇帝的禁卫军,这里借指宋军。

〔11〕一甲子:六十年为一甲子。此时距金人攻陷汴京已近六十年。

〔12〕贼酋:指金主。酋,首领。孱(chán)王:懦弱的王。

〔13〕人英:人中的英豪。

〔14〕奸雄:指金人中有谋略的野心家。

悲秋[1]

病后支离不自持[2],湖边萧瑟早寒时。已惊白发冯唐老[3],又起清秋宋玉悲[4]。枕上数声新到雁,灯前一局欲残棋。丈夫几许襟怀事,天地无情似不知。

〔1〕本诗作于淳熙十一年秋,作者时在山阴。

〔2〕支离:奇离不正,异于常态。引申为衰残瘦弱的样子。不自持:不能支持自己,意为站立不稳。

〔3〕冯唐:汉初人,敢直谏,先后在文帝、景帝时为官,都不得志。武帝初,举贤良,冯唐时年九十馀,不能再做官,便改为任用他的儿子。

〔4〕宋玉:战国时楚国大夫,所作《九辩》开头说:"悲哉,秋之为气也!萧瑟兮,草木摇落而变衰。"这句用此典。

初冬杂题(六首选二)〔1〕

莫嫌风雨作新寒,一树青枫已半丹〔2〕。身在范宽图画里〔3〕,小楼西角剩凭阑〔4〕。

〔1〕本诗作于淳熙十一年冬,作者时在山阴。

〔2〕丹:朱红色。

〔3〕范宽:北宋画家,华原(今陕西铜川市耀州区)人,或作关中人。善画山水,尤能画出秦陇间峰峦浑厚之气概,为北方山水画派代表。

〔4〕阑:阑干,亦作"栏杆"。

风横云低雨脚斜,一枝柔橹暮咿哑〔1〕。昏昏醉卧知何处,推起船篷忽到家。

〔1〕咿哑:橹声。

题海首座侠客像[1]

赵魏胡尘千丈黄[2],遗民膏血饱豺狼[3]。功名不遣斯人了[4],无奈和戎白面郎[5]!

　　[1]海首座:姓海的住持,名不详。首座,指禅堂中的上座,是僧众的领导。本诗作于淳熙十一年冬,作者时在山阴。
　　[2]赵魏:指山西、河北、河南一带,泛指北方中原大地。
　　[3]豺狼:指金国统治者。
　　[4]斯人:此人,指画像中的侠客。了:完成。
　　[5]和戎:指南宋与金议和。白面郎:即白面书生,指当时主张向金人妥协求和的执政者。

病起[1]

山村病起帽围宽,春尽江南尚薄寒。志士凄凉闲处老,名花零落雨中看。断香漠漠便支枕[2],芳草离离悔倚阑[3]。收拾吟笺停酒碗,年来触事动忧端。

　　[1]本诗作于淳熙十二年(1185)春,作者时在山阴。
　　[2]断香:残馀的香气。漠漠:弥漫的样子。
　　[3]离离:繁茂的样子。

夜步[1]

市人莫笑雪蒙头,北陌南阡信脚游[2]。风递钟声云外寺,水摇灯影酒家楼。鹤归辽海逾千岁[3],枫落吴江又一秋[4]。却掩船扉耿无寐[5],半窗落月照清愁。

〔1〕本诗作于淳熙十二年秋,作者时在山阴。
〔2〕北陌南阡:泛指乡间道路。《风俗通》:"南北曰阡,东西曰陌;河东以东西为阡,南北为陌。"
〔3〕"鹤归"句:用《搜神后记》所载汉代道士丁令威化鹤归辽事。后人常用此事说明人生无常。
〔4〕"枫落"句:《新唐书·崔信明传》载,崔信明有名句曰:"枫落吴江冷。"
〔5〕扉(fēi):门扇。耿无寐:心神不宁,不能入睡。

书愤[1]

早岁那知世事艰,中原北望气如山[2]。楼船夜雪瓜洲渡[3],铁马秋风大散关[4]。塞上长城空自许[5],镜中衰鬓已先斑。出师一表真名世,千载谁堪伯仲间[6]?

〔1〕本诗作于淳熙十三年(1186)春,作者时在山阴。

〔2〕"中原"句:意谓北望中原,收复失地的豪迈之气高涌如山。

〔3〕"楼船"句:指绍兴三十一年(1161)冬,金主完颜亮南下侵宋,准备从瓜洲渡江,被宋军击退,接着金军内部哗变,完颜亮被部下所杀。楼船,高大的战船。瓜洲,在扬州之南,长江北岸,处于长江与运河交汇处,是当时的军事重地。

〔4〕"铁马"句:指绍兴三十一年(1161)秋,金兵攻占大散关,宋军与之激战,次年收复了大散关。铁马,披着铁甲的战马。

〔5〕塞上长城:据《宋书·檀道济传》载,南朝宋名将檀道济曾抵挡北魏南侵,自称为国家的万里长城。后宋文帝要杀他,道济愤怒地说:"乃复坏汝万里之长城。"这里陆游自比为塞上长城。

〔6〕"出师"二句:用杜甫《咏怀古迹五首》其五(咏诸葛亮)"伯仲之间见伊吕"语,意谓诸葛亮的《出师表》真是闻名于世,千年以来谁能同坚持北伐曹魏的诸葛亮相比呢?伯仲间,兄弟之间。伯仲,原为古代同辈兄弟的长幼次序,长为伯,次为仲,后人用为评量人物等差之词。

临安春雨初霁〔1〕

世味年来薄似纱〔2〕,谁令骑马客京华?小楼一夜听春雨,深巷明朝卖杏花〔3〕。矮纸斜行闲作草〔4〕,晴窗细乳戏分茶〔5〕。素衣莫起风尘叹〔6〕,犹及清明可到家。

〔1〕临安:今浙江杭州,当时是南宋京城。霁(jì):本指雨止,引申为天气放晴。淳熙十三年春,陆游被任为朝请大夫,知严州,由山阴赴召入京,本诗就作于此时。

〔2〕世味:世情,人世情怀。

〔3〕深巷:狭长的巷子。

〔4〕矮纸:短纸。作草:写草书。

〔5〕细乳:沏茶时上浮的如乳一样的细沫。分茶:宋人一种品茶的方法。

〔6〕"素衣"句:用陆机《为顾彦先赠妇》诗"京洛多风尘,素衣化为缁"句意,原诗谓京洛的风尘太多,白衣都被弄脏,成了黑色。素衣,白色衣服。

纵笔(三首选一)〔1〕

东都宫阙郁嵯峨〔2〕,忍听胡儿敕勒歌〔3〕。云隔江淮翔翠凤〔4〕,露沾荆棘没铜驼〔5〕。丹心自笑依然在,白发将如老去何!安得铁衣三万骑〔6〕,为君王取旧山河!

〔1〕本诗作于淳熙十三年冬,作者时在严州(今浙江建德东北)任上。

〔2〕东都:指汴京(今河南开封)。郁:草木茂密的样子,这里指建筑物众多。嵯峨(cuó é):高峻的样子。

〔3〕敕勒歌:北朝乐府诗名。为北齐斛律金所唱的敕勒族民歌,歌词是自鲜卑语译出。其词云:"敕勒川,阴山下,天似穹庐,笼盖四野。天苍苍,野茫茫,风吹草低见牛羊。"这里用敕勒歌借指金人歌曲。

〔4〕翠凤:暗指南宋皇帝的凤辇。作者在这句诗中幻想,隔着长江淮河的中原上空的浮云,是皇帝的凤辇,即希望早日收复中原失地。

〔5〕荆棘没铜驼:《晋书·索靖传》:"靖有先识远量,知天下将乱,指洛阳宫门铜驼叹曰:'会见汝在荆棘中耳。'"后便以"铜驼荆棘"指变乱后的残破景象。

〔6〕铁衣:铁甲。骑:一人一马为一骑。

老将效唐人体[1]

宝剑夜长鸣,金痍老未平[2]。指弓夸野战,抵掌说番情[3]。已矣黑山戍[4],怅然青史名。和亲不用武[5],教子作儒生[6]。

〔1〕效唐人体:仿效唐代诗人的风格。本诗作于淳熙十三年冬,作者时在严州任上。

〔2〕金痍(yí):刀伤。

〔3〕抵掌:击掌。亦作抵(zhǐ)掌。番情:指金人的情况。

〔4〕黑山:山名,一说在大漠之北,这里泛指北方。戍:守卫。

〔5〕和亲:指南宋政府屈辱求和的政策。

〔6〕儒生:读书人。

书愤[1]

清汴逶迤贯旧京[2],宫墙春草几番生。剖心莫写孤臣愤[3],抉眼终看此虏平[4]。天地固将容小丑[5],犬羊自惯渎齐盟[6]。蓬窗老抱横行略[7],未敢随人说弭兵[8]。

〔1〕本诗作于淳熙十三年冬,作者时在严州。
〔2〕汴:汴水,流经汴京,故云"贯旧京"。逶迤(wēi yí):曲折长远的样子。
〔3〕剖心:挖出心来。殷纣王无道,大臣比干进谏,纣王怒曰:"吾闻圣人心有七窍",便剖开比干的胸膛。孤臣:陆游自称。
〔4〕抉眼:挑出眼珠。春秋时伍子胥因谏劝吴王夫差灭越王勾践,被杀,子胥临死说:"抉吾眼悬吴东门之上,以观越寇之入灭吴也!"这里借用这个典故,表示一定要看到金国灭亡。
〔5〕小丑:指金人,有轻蔑之意。
〔6〕犬羊:对金人的蔑称。渎齐盟:违背盟约。渎,轻慢,不敬。齐盟,同盟。
〔7〕横行略:纵横之策,指抗金的策略、计划。
〔8〕弭(mǐ)兵:息兵,停战。

夜登千峰榭[1]

夷甫诸人骨作尘[2],至今黄屋尚东巡[3]。度兵大岘非无策[4],收泣新亭要有人[5]。薄酿不浇胸垒块[6],壮图空负胆轮囷[7]。危楼插斗山衔月[8],徙倚长歌一怆神[9]。

〔1〕千峰榭:在严州。本诗作于淳熙十四年(1187)春,作者时在严州任上。

〔2〕夷甫:王衍,字夷甫,西晋时人,官至司徒,好清谈。后人将他作为误国臣子的代表。

〔3〕黄屋:皇帝的住处,这里指代皇帝。东巡:指宋室南渡。

〔4〕度兵大岘(xiàn):指南朝刘裕曾度兵大岘山,灭南燕。大岘,山名,在山东临朐县东南。

〔5〕收泣新亭:指东晋王导指责在新亭对泣的一批士大夫。新亭,在江苏南京市南郊。

〔6〕薄酿:薄酒。垒块:亦作"块垒",比喻郁积在胸中的不平之气。《世说新语·任诞》:"阮籍胸中垒块,故须酒浇之。"

〔7〕胆轮囷:胆气壮。

〔8〕危楼插斗:高楼上插星斗。形容楼之高耸入云。

〔9〕徙倚:徘徊,流连不去。

昔日[1]

昔日从戎日,身由许国轻[2]。阵如新月偃[3],箭作饿鸱鸣[4]。坚壁临关守,连营并渭耕[5]。至今悲义士,书帛报番情[6]。

〔1〕本诗作于淳熙十四年春,作者时在严州。

〔2〕"身由"句:意谓决心献身国家,因而将生命看轻。

〔3〕新月偃:指偃月,半圆的月亮。

〔4〕鸱(chī):即鹞鹰。

〔5〕并:通"傍",挨着。渭耕:渭河平原的耕田。

〔6〕"书帛"句:陆游自注:"予在兴元日,长安将吏以申状至宣抚司,皆蜡弹方四五寸绢,房中动息必具报。"

秋郊有怀(四首选一)〔1〕

秋山瘦益奇,秋水浅可涉。出城西风劲,拂帽吹脱叶。新霜拆栗罅〔2〕,宿雨饱豆荚。枯柳无鸣蜩〔3〕,寒花有穿蝶。郊行得幽旷,颇觉耳目惬〔4〕。断云北山来,欣然与之接。挂冠易事尔〔5〕,看镜叹勋业。永怀桑乾河,夜渡拥马鬣〔6〕。

〔1〕本诗作于淳熙十四年秋,作者时在严州。
〔2〕罅(xià):裂开。栗熟则裂。
〔3〕蜩(tiáo):蝉。
〔4〕惬(qiè):快意,满足。
〔5〕挂冠:把做官时戴的冠挂起,即不再做官,也作辞官讲。冠,帽子。
〔6〕"永怀"二句:意谓永远想着要北渡桑乾河,收复失地。

冬夜闻角声(二首选一)〔1〕

袅袅清笳入雪云〔2〕,白头老守卧中军〔3〕。自怜到死怀遗恨,不向居延塞外闻〔4〕。

〔1〕本诗作于淳熙十四年冬,作者时在严州。

〔2〕袅袅:形容声音悠扬,绵延不绝。笳:古代一种吹奏乐器,军中常用作号角。

〔3〕中军:古代军中发号令的地方。

〔4〕居延:汉代要塞名,在今甘肃西北。这里泛指西北边塞。

估客乐〔1〕

长江浩浩蛟龙渊,浪花正白蹴半天〔2〕。轲峨大艑望如豆〔3〕,骇视未定已至前〔4〕。帆席云垂大堤外,缆索雷响高城边。牛车辚辚载宝货〔5〕,磊落照市人争传〔6〕。倡楼呼卢掷百万〔7〕,旗亭买酒价十千〔8〕。公卿姓氏不曾问〔9〕,安知孰秉中书权〔10〕?儒生辛苦望一饱,趋趄光范祈哀怜〔11〕。齿摇发脱竟莫顾,诗书满腹身萧然〔12〕!自看赋命如纸薄〔13〕,始知估客人间乐!

〔1〕估客乐:乐府旧题,属《西曲歌》。估客,即商人。本诗作于淳熙十四年冬,作者时在严州。

〔2〕蹴(cù):踢。这里指浪花激溅。

〔3〕轲峨:高大的样子。大艑(biàn):大船。

〔4〕骇视:惊视。

〔5〕辚辚:车辆行走时的声音。

〔6〕磊落:众多杂乱的样子。

〔7〕倡楼:即妓院。呼卢:古代一种博戏,这里指赌博。

〔8〕旗亭:即酒店。古代的酒店都有酒旗作标记。

〔9〕公卿:公卿大夫,指高级官吏。

〔10〕秉:掌握。中书:指中书省,内设中书令,为宰相之职。

〔11〕趑趄(zī jū):犹豫不前。光范:唐代通中书省的宫门。祈:请求。唐代韩愈中进士后,曾三次上书宰相求官,其中云"前乡贡进士韩愈,谨伏光范门下,再拜献书相公阁下","亦惟少垂怜焉"。这里用韩愈求官不得的事,借喻儒生奔走乞怜于达官权贵之门。

〔12〕萧然:冷落,没有生气的样子。

〔13〕赋命:上天给予的命运。赋,给予。

楚宫行[1]

汉水方城一何壮[2],大路并驰车百两[3]。军书插羽拥修门[4],楚王正醉章华上[5]。璇题藻井穷丹青[6],玉笙宝瑟声冥冥[7]。忽闻命驾游七泽[8],万骑动地如雷霆。清晨射猎至中夜,苍兕玄熊纷可藉[9]。国中壮士力已殚[10],秦寇东来遣谁射[11]?

〔1〕本诗作于淳熙十四年冬,作者时在严州。

〔2〕汉水方城:《左传·僖公四年》:"楚国方城以为城,汉水以为池。"方城,山名,在河南叶县南。春秋时属楚地。

〔3〕百两:百乘。

〔4〕军书插羽:指军中紧急文书,上插鸡羽。修门:楚都门。

〔5〕章华:章华台,春秋时楚灵王所筑,遗址在今湖北监利市西北。

〔6〕璇题:以美玉装饰的橡头。璇,美玉。题,橡头,安在梁上支架屋面和瓦片的木条。藻井:俗称"天花板"。丹青:指绘画。

〔7〕冥冥:形容声音的高远、幽深。

〔8〕七泽:楚国有七泽。司马相如《子虚赋》:"臣闻楚有七泽。"

〔9〕苍兕(sì):青色的野牛。兕,古代犀牛一类的兽名。玄熊:黑熊。纷可藉:多得可以脚踏。纷,多。藉,践踏。

〔10〕殚:竭尽。

〔11〕秦寇:指秦国军队。战国时,秦国与楚国为敌国,楚国最终为秦国所灭。

纵笔(二首选一)〔1〕

故国吾宗庙〔2〕,群胡我寇仇。但应坚此念,宁假用它谋〔3〕!望驾遗民老〔4〕,忘兵志士忧。何时闻遣将,往护北平秋〔5〕?

〔1〕本诗作于淳熙十四年冬,作者时在严州。

〔2〕故国:即故都汴京,为皇室宗庙所在之地。

〔3〕宁假:何须。

〔4〕望驾:盼望皇帝的车驾,即收复中原之意。

〔5〕"何时"二句:用汉代李广任右北平太守时匈奴不敢来犯的典故,希望朝廷派大将抗击金人。

感秋〔1〕

会稽八月秋始凉〔2〕,梧桐叶落覆井床〔3〕。月明缟树绕惊鹊〔4〕,露下湿草啼寒螀〔5〕。丈夫行年过六十,日月虽短志意长。匣中宝剑作雷吼,神物那得终摧藏〔6〕?君不见昔时东都宗大尹〔7〕,义感百万虎与狼。疾危尚念起击贼,大呼过河身已僵〔8〕!

〔1〕淳熙十五年(1188)七月,陆游严州任满回到山阴。本诗就是这年八月陆游回山阴后所作。

〔2〕会稽:宋以前为郡名,辖山阴,治所在今浙江绍兴。故陆游时称山阴为会稽。

〔3〕井床:井栏。

〔4〕缟(gǎo)树:白色的树。缟,白色的丝织品,这里形容树在月光下的颜色。

〔5〕寒螀(jiāng):寒蝉。

〔6〕神物:指宝剑。摧藏:挫折,挫伤。

〔7〕东都宗大尹:指宗泽。宗泽,字汝霖,婺州义乌(今浙江义乌)人,北宋末任东京留守。他收编义军,屡败金兵,金人见了他害怕,尊称他为"宗爷爷",诗中"义感百万虎与狼"即指此。宗泽曾多次上书要求北伐抗金,都被主和派所阻挠,忧愤成疾,临终时大呼三声"过河"。

〔8〕僵:指死去。陆游原注:"宗汝霖垂死尚部勒诸将北伐,忽大呼过河者三,随即殒绝。"

塞上曲(四首选一)〔1〕

老矣犹思万里行,翩然上马始身轻〔2〕。玉关去路心如铁[3],把酒何妨听渭城[4]。

〔1〕本诗作于淳熙十五年秋,作者时在山阴。
〔2〕翩然:动作轻快的样子。
〔3〕玉关:即玉门关,在阳关西北。
〔4〕渭城:《渭城曲》,又称《阳关三叠》,即唐人王维《送元二使安西》诗。诗云:"渭城朝雨浥轻尘,客舍青青柳色新。劝君更尽一杯酒,西出阳关无故人。"渭城,在今陕西咸阳市东。

北望[1]

北望中原泪满巾,黄旗空想渡河津[2]。丈夫穷死由来事,要是江南有此人[3]!

〔1〕本诗作于淳熙十五年冬,作者时在山阴。
〔2〕黄旗:指宋军中的旗。河津:泛指黄河渡口。
〔3〕"要是"句:意谓总之江南会有能够驱逐金人、收复中原的人。要,总之,终竟。

估客有自蔡州来者,感怅弥日(二首)[1]

洮河马死剑锋摧[2],绿发成丝每自哀[3]。几岁中原消息断,喜闻人自蔡州来。

〔1〕估客:商人。蔡州:州治在今河南汝南县。宋、金以淮河为界,蔡州在淮河以北,当时为金人统治区。本诗作于绍熙元年(1190)春,陆游时在山阴。

〔2〕洮河:水名,在甘肃省,邻接蕃地,唐时曾为战场。这里泛指边疆。

〔3〕绿发成丝:黑头发变成了白丝。

百战元和取蔡州〔1〕,如今胡马饮淮流。和亲自古非长策,谁与朝家共此忧〔2〕?

〔1〕"百战"句:唐宪宗元和年间,吴元济据蔡州叛乱。经过长期激烈的战斗,唐将李愬率兵在元和十二年(817)冬雪夜奇袭蔡州,生擒吴元济,平定了叛乱。

〔2〕朝家:指国家、朝廷。

醉 歌〔1〕

读书三万卷,仕宦皆束阁〔2〕;学剑四十年,虏血未染锷〔3〕。不得为长虹,万丈扫寥廓〔4〕;又不为疾风,六月送飞雹。战马死槽枥,公卿守和约;穷边指淮淝〔5〕,异域视京洛〔6〕。於乎此何心〔7〕!有酒吾忍酌?平生为衣食,敛版靴两脚〔8〕。心虽了是非,口不给唯诺〔9〕?如今老且病,鬓秃牙齿落。仰天少吐气,饿死实差乐〔10〕。壮心埋不朽,千载犹可作!

〔1〕 本诗作于绍熙元年夏,陆游时在山阴。

〔2〕 束阁:束之高阁,即弃置不用。

〔3〕 锷(è):剑刃。

〔4〕 寥廓:指天空。

〔5〕 "穷边"句:意谓把淮河、淝水看作是最远的边疆。穷边,最远的边疆。淝水,在安徽。

〔6〕 "异域"句:意谓把汴京、洛阳看作是外国的地域。

〔7〕 於乎:即"呜呼",叹息声。

〔8〕 敛版:放正朝笏,表示恭敬。版,手版,或称朝笏,古代官员朝见时所执,用以记事。靴两脚:两脚穿朝靴。

〔9〕 唯诺:应答。

〔10〕 差乐:比较快乐。

予十年间两坐斥,罪虽擢发莫数,而诗为首,谓之"嘲咏风月"。既还山,遂以"风月"名小轩,且作绝句(二首)〔1〕

扁舟又向镜中行〔2〕,小草清诗取次成〔3〕。放逐尚非馀子比〔4〕,清风明月入台评〔5〕。

〔1〕 坐斥:获罪被撤职。淳熙七年(1180),陆游自提举江南西路常

平茶盐公事任上被弹劾回山阴;淳熙十五年(1188)冬,陆游被任命为军器少监,次年除朝议大夫、礼部郎中,不久兼实录院检讨官,又被弹劾回山阴,故云"十年间两坐斥"。擢(zhuó)发莫数:比喻罪行多到无法计算。擢,拔。本诗作于绍熙元年秋,陆游时在山阴。

〔2〕扁舟:小舟。镜中:指绍兴镜湖。
〔3〕小草:随意草写。取次:次第,先后。
〔4〕馀子:其馀的人,别人。
〔5〕"清风"句:意谓清风明月也成为御史弹劾我的罪状。台,指御史台,古代官府名,掌弹劾百官。

绿蔬丹果荐瓢尊[1],身寄城南禹会村[2]。连坐频年到风月[3],固应无客叩吾门。

〔1〕荐:献,伴。瓢尊:酒器。
〔2〕禹会村:山阴的村庄名。
〔3〕"连坐"句:意谓连年犯罪牵累别人,这次竟然牵累到风月了。连坐,一人犯法,其他人连带一同受罚。

夜归偶怀故人独孤景略[1]

买醉村场半夜归,西山落月照柴扉。刘琨死后无奇士,独听荒鸡泪满衣[2]。

〔1〕独孤景略:陆游在蜀中结识的好友,常称他为当世的奇士。他

死后,陆游曾写过多首悼念他的诗,本诗就是其中的一首,作于绍熙元年秋,陆游时在山阴。

〔2〕"刘琨"二句:晋代刘琨与祖逖意气相投,立志报国。二人曾共被同寝,夜半闻荒鸡鸣,祖逖踢醒刘琨,起来舞剑。陆游在这里把自己与独孤景略的交情比作祖逖与刘琨,感慨独孤景略死后,没有这样一个互相激励、闻鸡起舞的好友了。

夜闻蟋蟀〔1〕

布谷布谷解劝耕〔2〕,蟋蟀蟋蟀能促织〔3〕。州符县帖无已时〔4〕,劝耕促织知何益?安得生世当成周〔5〕,一家百亩长无愁〔6〕;绿桑郁郁暗微径〔7〕,黄犊叱叱行平畴〔8〕。荆扉绩火明煜煜〔9〕,黍垄饷饭香浮浮〔10〕。耕亦不须劝,绩亦不须促;机上有馀布,盎中有馀粟〔11〕。老翁白首如小儿,鼓腹击壤相从嬉〔12〕。

〔1〕本诗作于绍熙元年秋,陆游时在山阴。
〔2〕布谷:鸟名,鸣声如"布谷",鸣时又正当播种,故俗以为布谷知劝耕。
〔3〕促织:蟋蟀鸣声如织机的声音,入秋则鸣,又正当农村织布时,故又名促织。
〔4〕州符县帖:指州县官府催征赋税的文书布告等。
〔5〕成周:代指西周。本为西周初周公所经营的城邑,故城在今河南洛阳。

〔6〕一家百亩:相传周初实行井田制,一家授田百亩。

〔7〕郁郁:繁盛的样子。微径:小路。

〔8〕叱叱:赶牛的吆喝声。平畴:平坦的田地。

〔9〕绩火:夜间纺织照明用的灯火。绩,纺织。煜(yù)煜:明亮的样子。

〔10〕黍垄:即田界。饁(yè)饭:给在田耕作的人送的饭食。

〔11〕盎:一种腹大口小的容器。

〔12〕鼓腹:鼓起肚子,意即饱食。《庄子·马蹄》:"夫赫胥氏之时,民居不知所为,行不知所之,含哺而熙,鼓腹而游。"击壤:古代的一种游戏。相传尧时有老人击壤而歌,表达欢乐的情形。

书怀[1]

老死已无日[2],功名犹自期。清笳太行路,何日出王师[3]?

〔1〕本诗作于绍熙二年(1191)夏,作者时在山阴。这年作者以中奉大夫领祠禄。

〔2〕无日:没有多少时光。

〔3〕"清笳"二句:意谓太行路上到处响起清越高昂的胡笳声,什么时候王师才能北伐,收复这片大好河山呢?笳,古时流行在塞北、西域的军乐器。太行,太行山,当时为金人统治区。

览镜[1]

白头渐觉黑丝多,造物将如此老何[2]?三万里天供醉眼[3],二千年事入悲歌[4]。剑关曾蹴连云栈[5],海道新窥浴日波[6]。未颂中兴吾未死[7],插江崖石竟须磨[8]。

〔1〕本诗作于绍熙二年秋,作者时在山阴。

〔2〕造物:指天或大自然。此老:陆游自指。作者感到白头上黑发增多,觉得年轻起来,便说老天也奈何不了他。

〔3〕三万里天:指全国的山河景物。

〔4〕二千年事:指祖国的历史事件。

〔5〕剑关:剑门关。蹴:踢,踏。连云栈:即褒斜栈道,自陕西凤县东北至褒城县北,长四百馀里。

〔6〕"海道"句:意谓从海道航行第一次看到日出。浴日波:太阳从海中升起称浴波。陆游自注:"比自三江航海至丈亭。"三江,即三江海口,在山阴西北。丈亭,在慈溪市(今属浙江)西南。

〔7〕"未颂"句:意谓不看到国家复兴我还不准备死。中兴,国家由衰落而复兴。

〔8〕插江崖石:江中的崖石。唐代元结曾在浯溪崖石上刻《中兴颂》,这里用此典,表示自己准备作中兴颂,刻在磨平的崖石上。

怀南郑旧游[1]

南山南畔昔从戎[2],宾主相期意气中[3]。渴骥奔时书满壁[4],饿鸱鸣处箭凌风[5]。千艘粟漕鱼关北[6],一点烽传骆谷东[7]。惆怅壮游成昨梦,戴公亭下伴渔翁[8]。

〔1〕本诗作于绍熙二年冬,作者时在山阴。
〔2〕南山:终南山。
〔3〕宾主:陆游指自己和在汉中时的幕主四川宣抚使王炎的关系。
〔4〕"渴骥"句:形容自己题诗时笔墨飞腾如渴骥饮水。骥,骏马。
〔5〕"饿鸱"句:形容自己学射时飞箭凌风如饿鸱长鸣。鸱,鹞鹰。
〔6〕"千艘"句:指由川江北上的粮船。鱼关,在南郑附近。
〔7〕"一点"句:指由骆谷传来的烽火。骆谷,在陕西鄠县(今属西安)至洋县之间。
〔8〕戴公亭:即戴溪亭,在嵊县(今浙江嵊州)剡溪。

梅花绝句(二首选一)〔1〕

幽谷那堪更北枝〔2〕,年年自分著花迟〔3〕。高标逸韵君知否〔4〕?正在层冰积雪时。

〔1〕本诗作于绍熙二年冬,作者时在山阴。
〔2〕幽谷:深谷。北枝:向北的树枝。这句意谓深谷内向北的树枝不易见到阳光。
〔3〕自分:自己料定的意思。著花:指开花。
〔4〕高标逸韵:高尚的气节,俊逸的风度。

叹俗〔1〕

风俗陵夷日可怜〔2〕,乞墦钳市亦欣然〔3〕。看渠皮底元无血〔4〕，那识虞卿鲁仲连〔5〕？

〔1〕本诗作于绍熙三年（1192）春，作者时在山阴，仍领祠禄，封山阴县开国男，食邑三百户。

〔2〕陵夷：衰落，败坏。

〔3〕乞墦（fán）：向扫墓的人乞食。墦，坟墓。《孟子·离娄下》载，齐国有一个人，有一妻一妾。他每次出门总是吃得酒醉饭饱回来，说是与富贵的人在一起吃喝。后来其妻产生怀疑，跟踪丈夫，才知道他是去墓地向扫墓的人乞食。钳市：用铁链锁着置于街市示众。钳，古代的一种刑法，用铁链锁颈。《汉书·楚元王传》载，西汉楚元王敬重穆生、申公、白生等人。后来楚元王的孙子继位，有次忘了设酒请他们。穆生认为大王已看不起他们了，再不走，"楚人将钳我于市"，于是就托病辞去。申公、白生不听他的话，后来果然被当作罪犯，用铁链锁着，放在市上舂米。这里用"乞墦"、"钳市"两个典故，讽刺当时某些人为了富贵利禄而甘受侮辱，厚颜无耻。

〔4〕"看渠"句：意谓看他们皮肤下原来是没有血的。渠，他，他们。

〔5〕虞卿：战国时人。他反对赵王向秦国割地求和的政策，主张联齐抗秦，被赵王任为上卿。后魏相魏齐为秦所逼，来投奔他，他弃官与魏齐一起逃走。鲁仲连：战国时齐人。秦兵围赵国都城，赵向魏求救，魏派将军劝赵王尊秦昭王为帝，以求解围。鲁仲连闻讯，马上去见赵国的平原君，反对魏国的建议。秦军听说这件事，就退兵五十里。平原君要赠鲁仲连千金为寿，仲连笑说："所贵于天下之士者，为人排患释难，解纷乱而无取也。即有取者，是商贾之事也，而连不忍为也。"遂辞而去，终身不复见。虞卿、鲁仲连是古代著名的讲义气、重气节的人物，事迹俱见《史记》。

落魄〔1〕

落魄江湖七十翁〔2〕,欲持一笑与谁同?萧萧雪鬓难藏老〔3〕,寂寂蓬门可讳穷?好句尚来欹枕处〔4〕,壮心时在倚楼中。无涯毁誉何劳诘〔5〕,骨朽人间论自公。

〔1〕本诗作于绍熙三年春,作者时在山阴。
〔2〕落魄江湖:语本杜牧《遣怀》:"落魄江湖载酒行。"七十翁:陆游自称,本年陆游六十八岁。
〔3〕萧萧:形容头发花白稀疏。
〔4〕欹(qī):斜靠着。
〔5〕无涯:无穷尽。诘:问。

秋夜将晓,出篱门迎凉有感(二首选一)〔1〕

三万里河东入海〔2〕,五千仞岳上摩天〔3〕。遗民泪尽胡尘里〔4〕,南望王师又一年〔5〕!

〔1〕本诗作于绍熙三年秋,作者时在山阴。
〔2〕三万里河:指黄河。三万里,极言其长。
〔3〕五千仞岳:指西岳华山。五千仞,极言其高。仞,古时八尺为一仞。摩天:接触到天。

〔4〕遗民:指中原沦陷区的人民。胡尘:指金人占领区。
〔5〕王师:指南宋军队。

老将(二首)〔1〕

忆昔东都有事宜,夜传帛诏起西师〔2〕。功名无分身空在,犹指金创说战时〔3〕。

〔1〕本诗作于绍熙三年秋,作者时在山阴。
〔2〕"忆昔"二句:指靖康元年(1126)金兵进犯东都汴京时,北宋朝廷号召各路兵马援救。事宜,事情的安排和处理。帛诏,写在绢帛上的诏书。起西师,即调动驻守在西部的军队来援救东都。
〔3〕金创:刀伤。

百战西归变姓名,悲歌击筑醉湖城〔1〕。貂裘换得金鸦觜〔2〕,种药南山待太平。

〔1〕悲歌击筑:表示内心的激昂慷慨。《史记·刺客列传》载,荆轲赴秦刺秦王之前,在易水与朋友告别,高渐离击筑,荆轲和为歌,歌曰:"风萧萧兮易水寒,壮士一去兮不复还!"遂就车而去,终已不顾。筑,古代的一种击弦乐器。作者在这里借用了荆轲的故事。湖城:指山阴。
〔2〕貂裘:貂皮制作的战袍。金鸦觜:像鸦嘴的铁锄。觜,鸟嘴。

九月一日夜,读诗稿有感,走笔作歌[1]

我昔学诗未有得,残馀未免从人乞。力孱气馁心自知[2],妄取虚名有惭色。四十从戎驻南郑[3],酣宴军中夜连日。打毬筑场一千步[4],阅马列厩三万匹。华灯纵博声满楼[5],宝钗艳舞光照席[6];琵琶弦急冰雹乱,羯鼓手匀风雨疾[7]。诗家三昧忽见前[8],屈贾在眼元历历[9]。天机云锦用在我[10],剪裁妙处非刀尺。世间才杰固不乏,秋毫未合天地隔[11]。放翁老死何足论,广陵散绝还堪惜[12]。

〔1〕本诗作于绍熙三年秋,作者时在山阴。
〔2〕力孱(chán):力薄。气馁:气虚。
〔3〕南郑:即汉中。陆游到南郑时四十八岁,这里是举整数而言。
〔4〕步:古代长度单位,历代不一。周以八尺为步,秦以六尺为步。
〔5〕纵博:纵情地博戏。博,博簺,古代的一种局戏。
〔6〕宝钗:借指装饰华丽的妇女。
〔7〕羯鼓:出于羯族(匈奴的一支)的一种状如腰鼓的乐器。
〔8〕三昧:佛教用语,意为正定。这里借指诗学的真谛。
〔9〕屈贾:屈原和西汉初年的著名文学家贾谊。历历:分明的样子。
〔10〕天机云锦:传说中天上织女的织机和她所织的彩云般的锦缎。

这里比喻作诗的词藻。

〔11〕秋毫:秋天鸟兽新生的细毛,这里形容细小。

〔12〕广陵散:古琴曲名。三国时,魏国嵇康善弹此曲。后来嵇康被司马昭所杀,临刑前要求再弹一次,叹息说:"《广陵散》于今绝矣!"陆游在这里以《广陵散》比喻自己的诗学,意谓自己死并不足惜,可惜的是自己作诗的心得从此要绝传了。

感旧〔1〕

当年书剑挹三公〔2〕,谈舌如云气吐虹。十丈战尘孤壮志〔3〕,一簪华发醉秋风〔4〕。梦回松漠榆关外〔5〕,身老桑村麦野中。奇士久埋巴峡骨〔6〕,灯前慷慨与谁同?

〔1〕本诗作于绍熙三年秋,作者时在山阴。

〔2〕三公:周代有两说,一以太师、太傅、太保为三公,一以司马、司徒、司空为三公,后代有所变化,为掌管军政大权的最高官员。这里三公泛指朝廷中的高官。

〔3〕孤:辜负。

〔4〕簪(zān):古人用来插定发髻或连冠于发的一种长针。

〔5〕松漠:唐都督府名,治所在今内蒙古巴林右旗南,宋时为金人根据地。榆关:山海关。

〔6〕奇士:指独孤景略。陆游自注:"独孤景略死于忠州十年矣。"

夜读范至能《揽辔录》,言中原父老见使者多挥涕,感其事作绝句[1]

公卿有党排宗泽[2],帷幄无人用岳飞[3]。遗老不应知此恨[4],亦逢汉节解沾衣[5]。

[1]范至能:范成大,字致能,一作至能,号石湖居士,南宋著名诗人。乾道六年(1170),他出使金国,为了坚持国家利益,抗争不屈,差点被金人杀害。《揽辔录》:范成大出使金国时所作的日记。本诗作于绍熙三年冬,陆游时在山阴。

[2]公卿:在朝的大官,这里指南宋朝廷中的主和派大臣。排:排挤。宗泽:南宋初年抗金名将,主张北伐抗金,不被采纳,忧愤成疾而死。

[3]帷幄:军营的帐幕,这里指军事决策机关。岳飞:南宋初年抗金名将。宋高宗和秦桧为贯彻其投降求和的政策,以"莫须有"的罪名将岳飞杀害。

[4]遗老:指在金人沦陷区的老年人,即题中"中原父老"。不应:不曾。此恨:指南宋投降派误国的事。

[5]汉节:汉朝的使节。这里借指宋朝的使节范成大。解:懂得,了解。

十一月四日风雨大作(二首选一)[1]

僵卧孤村不自哀[2],尚思为国戍轮台[3]。夜阑卧听风吹雨[4],铁马冰河入梦来[5]。

〔1〕本诗作于绍熙三年冬,作者时在山阴。
〔2〕僵卧:直挺不动地躺着,这里形容天寒老病、无所作为。
〔3〕戍轮台:守卫轮台。轮台,在今新疆境内,这里泛指边疆。
〔4〕夜阑:夜将尽,夜深。
〔5〕"铁马"句:这句回想梦中北征的情景。铁马,战马。冰河,泛指北地冰冻的河流。

书巢冬夜待旦[1]

扫叶拥阶寒犬行,编茅护栅老鸡鸣[2]。风霜渐逼岁时晚,形影相依灯火明。史策千年愧豪杰[3],关河万里怆功名[4]。固应死抱无穷恨,老病何由更请缨[5]!

〔1〕书巢:陆游的书室。本诗作于绍熙三年冬,作者时在山阴。
〔2〕栅:栅栏,这里指关鸡的地方。
〔3〕史策:史册。
〔4〕怆(chuàng)功名:悲伤事业不成。怆,伤悲。
〔5〕请缨:指投军报国。缨,绳子。《汉书·终军传》载,终军汉武帝时为博士,自请愿受长缨系南越王致之阙下。他死时年仅二十馀岁。

落梅(二首)[1]

雪虐风饕愈凛然[2],花中气节最高坚。过时自合飘零去〔3〕,耻向东君更乞怜〔4〕。

〔1〕本诗作于绍熙三年冬,作者时在山阴。
〔2〕饕(tāo):贪,特指贪食。这里指风势凶猛。
〔3〕自合:自应,本当。
〔4〕东君:传说中的春神,这里喻指朝廷。作者借梅花以自况,表示自己虽被闲置不用,困居山村,但耻向当权者乞怜。

醉折残梅一两枝,不妨桃李自逢时〔1〕。向来冰雪凝严地〔2〕,力斡春回竟是谁〔3〕?

〔1〕桃李:比喻逢时得意的朝中权贵。
〔2〕凝严地:凝冻了严冬的大地。严,严冬。
〔3〕斡(wò):旋转,扭转。

稽山农〔1〕

余作《避世行》〔2〕,以为不可常也,复作此篇。

华胥氏之国〔3〕,可以卜吾居;无怀氏之民〔4〕,可以为吾友。眼如岩电不看人〔5〕,腹似鸱夷惟贮酒〔6〕。周公礼乐寂不传〔7〕,司马兵法亡亦久〔8〕。赖有神农之学存至今〔9〕,扶犁近可师野叟〔10〕。粗缯大布以御冬〔11〕,黄粱黑黍身自舂,园畦剪韭胜肉美〔12〕,社瓮拨醅如粥酽〔13〕。安得天下常年丰,老死不见传边烽〔14〕；利名画断莫挂口〔15〕，子孙世作稽山农。

〔1〕稽山：即会稽山，在今浙江绍兴。本诗作于绍熙四年(1193)春，作者时在山阴。

〔2〕《避世行》：陆游在此诗之前写的一首诗，抒写他因厌恶官场倾轧而产生的避世隐居的情绪。但他又认为避世究竟不是常法，所以又作此诗。

〔3〕华胥氏之国：古代寓言中的国家。《列子·黄帝》载："其国无帅长，自然而已；其民无嗜欲，自然而已。"

〔4〕无怀氏：传说中的上古帝号。《路史·禅通纪》载，无怀氏之时，民"甘其食，乐其俗，安其居，而重其生意……形有动作，心无好恶，鸡犬之音相闻，而民至老死不相往来"。

〔5〕"眼如"句：意谓目光像山岩下的闪电一样不看俗人。眼如岩电，用《世说新语·容止》所载裴楷谓王戎"眼烂烂如岩下电"之语。

〔6〕鸱(chī)夷：皮制的口袋，亦用以盛酒。

〔7〕周公：姓姬，名旦，周武王之弟。武王死后，周公摄政，制礼作乐，巩固了周朝的统治。后世儒家称颂周公奠定太平之基。

〔8〕司马兵法：即《司马穰苴兵法》。司马穰苴，春秋时齐国大夫，曾整理古司马兵法，并把他的兵法附在里面，称为《司马穰苴兵法》。

〔9〕神农之学：相传上古帝王神农氏始制农具，教民耕种，后世称有关农业的学问为"神农之学"。

〔10〕野叟：指老农民。

〔11〕粗缯(zēng)大布：粗糙的布帛。缯，古代丝织品的总称。

〔12〕"黄粱"二句：这两句化用杜甫《赠卫八处士》"夜雨剪春韭，新炊间黄粱"之意。黄粱，小米。黑黍，黍子。园畦即园子。畦，田园中分成的小区。

〔13〕社瓮:盛社酒的瓮。醅(pēi):未滤的酒。酞(nóng):通"浓",稠。苏轼《过高邮寄孙君孚》:"社酒粥面酞。"

〔14〕边烽:边境的烽烟,是报警的讯号。

〔15〕画断:割断,切断。

僧 庐[1]

僧庐土木涂金碧[2],四出征求如羽檄[3]。富商豪吏多厚积,宜其弃金如瓦砾。贫民妻子半菽食[4],一饥转作沟中瘠[5]。赋敛鞭笞县庭赤,持以与僧亦不惜[6]。古者养民如养儿,劝相农事忧其饥[7]。露台百金止不为[8],尚愧七月周公诗[9]。流俗纷纷岂知此?熟视创残谓当尔[10]!杰屋大像无时止[11],安得疲民免饥死?

〔1〕僧庐:指佛寺。本诗作于绍熙四年春,作者时在山阴。

〔2〕土木:指建筑。涂金碧:指漆得金碧辉煌。

〔3〕征求:指征求修造佛寺所需的钱财。羽檄:夹着羽毛的征召文书,表示紧急。

〔4〕半菽(shū)食:意谓在粮食中杂以野菜。菽,豆类的总称。

〔5〕沟中瘠(zì):指饿死在沟中的尸骨。瘠,通"胔",没有完全腐烂的尸体。

〔6〕"赋敛"二句:意谓县官为了征收赋敛而鞭打平民,公堂都被鲜血染红;而把这些搜刮来的钱财送给和尚,却毫不吝惜。

〔7〕劝相:勉励帮助。

〔8〕露台:露天的凉台。汉文帝欲作露台,听说要耗费百金,便说:"百金中民十家之产",就停止不建了。

〔9〕七月:《诗经·豳风·七月》。旧说这首诗是周公陈述王业的艰难以戒成王的。

〔10〕创残:指那些被鞭打受伤致残的人。

〔11〕杰屋:指宏伟的寺庙。大像:指高大的佛像。

春阴〔1〕

老境三年病,新春十日阴。孤舟镜湖客〔2〕,万里玉关心〔3〕。出岫云多态,呼风鸟独吟〔4〕。读书惟恐尽,倾酒却愁深。

〔1〕本诗作于绍熙四年春,作者时在山阴。

〔2〕镜湖客:陆游自称。镜湖,即鉴湖。

〔3〕玉关:即玉门关。

〔4〕"出岫(xiù)"二句:化用陶潜《归去来辞》:"云无心以出岫,鸟倦飞而知还。"岫,山峰。

书叹〔1〕

少年志欲扫胡尘,至老宁知不少伸〔2〕!览镜已悲身潦倒,横戈空觉胆轮囷〔3〕。生无鲍叔能知己〔4〕,死有要离与卜邻〔5〕。西望不须揩病眼〔6〕,长安冠剑几番新〔7〕。

〔1〕本诗作于绍熙四年秋,作者时在山阴。

〔2〕不少伸:不能稍稍舒展抱负。

〔3〕胆轮囷:胆气壮。

〔4〕鲍叔:即鲍叔牙,春秋时齐国大夫。与管仲友善。知管仲贫穷,经商时多分金与管仲,后又向桓公推荐管仲。齐桓公在管仲辅佐下,使齐国日渐富强,成为春秋时代第一个霸主。管仲曾说:"生我者父母,知我者鲍叔也。"(《列子·力命》)

〔5〕要离:春秋时吴国刺客。吴王派他去刺杀公子庆忌。他为报答庆忌侠义之气,亦自杀。东汉名士梁鸿死后,葬在要离坟附近。

〔6〕"西望"句:古谚:"闻长安乐,则出门而西向笑。"这里借用这句古谚,意谓自己无须在山村里为都城的达官贵人们伤心流泪。

〔7〕长安:这里指临安。冠剑:指官员服饰。这句意谓都城里又换过几次官员了。

读陶诗〔1〕

我诗慕渊明,恨不造其微〔2〕。退归亦已晚〔3〕,饮酒或庶几〔4〕。雨馀锄瓜垄,月下坐钓矶。千载无斯人,吾将谁与归〔5〕?

〔1〕陶诗:陶渊明的诗。本诗作于绍熙四年秋,作者时在山阴。

〔2〕造:达到。微:指深远微妙的境界。

〔3〕退归:退职归隐。陶渊明四十一岁便弃职归隐,作《归去来

辞》。

〔4〕庶几:差不多。

〔5〕"千载"二句:用范仲淹《岳阳楼记》:"微斯人,吾谁与归?"意谓千年以来没有出现陶渊明这样的人,我将跟谁在一起呢?

书愤[1]

山河自古有乖分[2],京洛腥膻实未闻[3]。剧盗曾从宗父命,遗民犹望岳家军[4]。上天悔祸终平虏[5],公道何人肯散群[6]?白首自知疏报国,尚凭精意祝炉熏[7]。

〔1〕本诗作于绍熙四年秋,作者时在山阴。

〔2〕乖分:指国家分裂。

〔3〕京洛腥膻:指汴京、洛阳被金人长期盘踞。

〔4〕"剧盗"二句:陆游自注:"宗泽守东都,巨盗来归百万,号宗爷。岳家军盖绍兴初语。"剧盗,大盗,这里指各地义军,曾为宗泽收编。宗父,指宗泽。岳家军,指岳飞指挥的军队。金人谚云:"撼山易,撼岳家军难。"

〔5〕上天悔祸:天意改悔祸患。

〔6〕"公道"句:意谓爱国抗敌是全民的统一意志,什么人敢于背离?

〔7〕"尚凭"句:意谓我还要凭着一番诚意焚香祝祷。炉熏,即炉香。

秋晚闲步,邻曲以予近尝卧病,皆欣然迎劳[1]

放翁病起出门行,绩女窥篱牧竖迎[2]。酒似粥酽知社到[3],饼如盘大喜秋成。归来早觉人情好,对此弥将世事轻[4]。红树青山只如昨,长安拜免几公卿[5]?

[1] 本诗作于绍熙四年秋,作者时在山阴。邻曲:邻人。迎劳:迎接慰劳。
[2] 绩女:织布姑娘。牧竖:牧童。
[3] 社:社日。这里指秋社日。
[4] 弥:更。
[5] 长安:指京师。

雨夜[1]

岁晚茅茨劣自容[2],齿摇将脱发将童[3]。心游万里关河外,身卧一窗风雨中。医不可招惟忍病,书犹能读足忘穷。夜阑睡觉蛩声里[4],时见灯花落岁红。

[1] 本诗作于绍熙四年秋,作者时在山阴。
[2] 茅茨:茅屋。

〔3〕发将童:发将秃顶。童,比喻人秃顶。

〔4〕蛩(qióng):蟋蟀。

溪上杂言[1]

溪上之丘,吾可以休。溪上之舟,吾可以游。一裘虽弊可度风雪虐,一箪虽薄未有旦夕忧[2]。愧于此心鼎食其敢饱[3],负其所学蝉冕增吾羞[4]。古人谁谓不可见,黄卷犹能睹生面[5]。百谷薿薿知稷功[6],九州茫茫开禹甸[7]。巍巍成功亦何有?治乱但如翻覆手。逢时皆可致唐虞[8],比身管乐宁非苟[9]?树桑酿酒蕃鸡豚[10],是中端有王业存[11]。一朝遇合得施设,千载始知吾道尊。

〔1〕本诗作于绍熙四年秋,作者时在山阴。

〔2〕箪(dān):盛饭食的竹器。

〔3〕鼎食:列鼎而食,指丰盛的筵席。鼎,古代炊器,多用青铜制成。

〔4〕蝉冕:古代显贵高官所戴的冠冕,这里代指做大官。

〔5〕黄卷:指书卷。这句意谓书中犹能看到古人生动的面目。

〔6〕薿(nǐ)薿:茂盛的样子。稷:相传稷教民始种粮食。

〔7〕禹甸(diàn):禹治理之地。相传大禹治水,把中国分为九州。

〔8〕致唐虞:即杜甫所云"致君尧舜上"(《奉赠韦左丞丈二十二韵》)之意。唐,唐尧;虞,虞舜。尧、舜相传为中国上古时代的贤明君主。

〔9〕管乐:管仲和乐毅。管仲曾辅助齐桓公成为霸主;乐毅曾辅助

燕昭王打垮齐国。诸葛亮自比管仲、乐毅,后来辅助刘备,造成三国鼎立的形势。陆游这句诗谓自比管、乐,岂不是太苟且了? 言下之意是不应只顾一隅,而要树立恢复中原的信心。

〔10〕蕃:繁殖。

〔11〕"是中"句:意谓此中正有统一中国的事业。端,正。

怀昔[1]

昔者戍梁益[2],寝饭鞍马间。一日岁欲暮,扬鞭临散关。增冰塞渭水[3],飞雪暗岐山[4]。怅望钓璜公[5],英概如可还。挺剑刺乳虎,血溅貂裘殷[6]。至今传军中,尚愧壮士颜。岂知堕老境,槁木蒙霜菅[7]。泽国气候晚[8],仲冬雪犹悭[9]。曩事空梦想[10],拥褐自笑孱[11]。胡星未贯地[12],大弓何时弯[13]?

〔1〕本诗作于绍熙四年冬,作者时在山阴。

〔2〕梁益:指梁州和益州,在今四川、陕西一带。

〔3〕增冰:层厚的冰。增,通"层"。

〔4〕岐山:在今陕西岐山县东北。

〔5〕钓璜公:指太公吕尚。刘赓《稽瑞》引《尚书中候》曰:"吕望钓于渭水,获玉璜,刻曰'姬受命,吕佐之'。"璜,佩玉的一种。

〔6〕殷(yān):赤黑色。

〔7〕"槁木"句:谓枯木上再蒙盖着经霜的菅草,形容自己衰老。槁木,枯木。菅(jiān),草名,可做刷帚。

〔8〕泽国:多水之地。陆游所居山阴三山一带,靠近镜湖,故称泽国。

〔9〕悭(qiān):欠缺。

〔10〕曩事:往事。曩,以往,从前。

〔11〕拥褐:披裹着粗布衣服。褐,粗衣。孱:懦弱,衰弱。

〔12〕胡星:指昴星。古人以天象附会人事,以为昴星象征胡人,这里指金人。霣(yǔn):通"陨",坠落。

〔13〕"大弓"句:意谓何时再能挽大弓去参加驱逐金人的战斗?弯,指射箭时挽弯弓弦。

冬夜读书有感(二首选一)〔1〕

胸中十万宿貔貅〔2〕,皂纛黄旗志未酬〔3〕。莫笑蓬窗白头客,时来谈笑取幽州〔4〕。

〔1〕本诗作于绍熙四年冬,作者时在山阴。

〔2〕"胸中"句:意谓胸中策略可当勇士十万。貔貅(pí xiū),古籍中的猛兽名,比喻勇猛的将士。

〔3〕皂纛(dào):黑色的大旗。皂,黑色。纛,古时军队或仪仗队的大旗。黄旗:指大将旗。这句意谓从军抗敌,壮志未酬。

〔4〕"时来"句:意谓一旦时机到来,可以谈笑之间破灭金国。幽州,古州名,在今河北及辽宁一带,当时为金人沦陷区,这里代指金国。

镜湖女[1]

湖中居人事舟楫[2],家家以舟作生业。女儿妆面花样红,小伞翻翻乱荷叶。日暮归来月色新,菱歌缥缈泛烟津[3]。到家更约西邻女,明日湖桥看赛神[4]。

〔1〕本诗作于绍熙四年冬,作者时在山阴。
〔2〕楫:划船的短桨。
〔3〕菱歌:采菱时唱的歌。烟津:烟雾弥漫的渡口。津,渡口。
〔4〕赛神:指当时在民间流行的迎神赛会。

赛神曲[1]

击鼓坎坎[2],吹笙呜呜。绿袍槐简立老巫[3],红衫绣裙舞小姑。乌臼烛明蜡不如[4],鲤鱼糁美出神厨[5]。老巫前致词,小姑抱酒壶:愿神来享常欢娱,使我嘉谷收连车;牛羊暮归塞门闾,鸡鹜一母生百雏[6];岁岁赐粟,年年蠲租[7];蒲鞭不施[8],圜土空虚[9];束草作官但形模,刻木为吏无文书[10];淳风复还羲皇初[11],绳亦不结况其馀[12]!神归人散醉相扶,夜深歌舞官道隅。

〔1〕本诗作于绍熙四年冬,作者时在山阴。

〔2〕坎坎:鼓声。

〔3〕槐简:槐木做的笏,巫祈神时所执用。

〔4〕乌臼烛:用乌臼树的种子制成的蜡烛。

〔5〕糁(sǎn):用米和的羹,这里指羹汤。

〔6〕鹜(wù):鸭。

〔7〕蠲(juān)租:免除租税。蠲,除去,减免。

〔8〕蒲鞭:用蒲草做的鞭,虽笞不痛,表示羞辱而已。

〔9〕圜(yuán)土:即牢狱。

〔10〕"束草"二句:意谓只需束草作官员的形状,刻木以为吏人,不需要官吏和公文法令。

〔11〕羲皇:即伏羲氏,传说中我国上古时代的帝王。

〔12〕绳亦不结:传说上古时代无文字,结绳以记事。《周易·系辞》:"上古结绳而治,后世圣人易之以书契。"

三月二十五夜达旦不能寐(二首选一)〔1〕

愁眼已无寐,更堪衰病婴〔2〕?萧萧窗竹影〔3〕,磔磔水禽声〔4〕。捶楚民方急〔5〕,烟尘虏未平〔6〕。一身那敢计〔7〕,雪涕为时倾〔8〕!

〔1〕本诗作于绍熙五年(1194)三月,作者时在山阴。

〔2〕婴:缠绕。

〔3〕萧萧:形容竹影摇动的样子。

〔4〕磔(zhé)磔:鸟鸣声。

〔5〕捶楚:古代的杖刑。这里指官府鞭打百姓以催收赋税。
〔6〕烟尘:形容战乱。虏:指金人。
〔7〕计:计较,谋算。
〔8〕雪涕:拭泪。雪,擦拭。

山头鹿〔1〕

呦呦山头鹿〔2〕,毛角自媚好〔3〕。渴饮涧底泉,饥啮林间草〔4〕。汉家方和亲,将军灞陵老〔5〕。天寒弓力劲,木落霜气早。短衣日驰射〔6〕,逐鹿应弦倒。金槃犀箸命有系〔7〕,翠壁苍崖迹如扫〔8〕。何时诏下北击胡,却起将军远征讨?泉甘草茂上林中〔9〕,使我母子常相保。

〔1〕山头鹿:唐人张籍所作新乐府诗有《山头鹿》之题。本诗作于绍熙五年夏,作者时在山阴。

〔2〕呦(yōu)呦:鹿鸣声。

〔3〕媚好:美好,可爱。

〔4〕啮(niè):咬。

〔5〕"汉家"二句:意谓朝廷正在执行和亲政策,将军只好在灞陵养老。汉家,汉朝廷,这里暗指南宋朝廷。将军,指汉将李广。他虽征讨匈奴屡立奇功,但到老未得封侯,后被撤职闲居在蓝田山中,经常在山中射猎。一日,他醉饮夜归,为灞陵尉所呵止,在亭下过夜。当时汉武帝已改变和亲政策,所以不用李广的原因并非和亲。作者用李广事,以影射南宋的现实。

〔6〕短衣:指戎装。
〔7〕槃:通"盘"。犀箸:犀牛角制成的筷子。命有系:意谓鹿是命中注定要放在华贵的餐具中被将军们吃的。
〔8〕迹如扫:意谓鹿被猎取光了,再也不见踪迹,像被一扫而空一样。
〔9〕上林:即上林苑,汉代皇帝射猎的地方,故址在今陕西境内。

题阳关图〔1〕

谁画阳关赠别诗?断肠如在渭桥时〔2〕。荒城孤驿梦千里,远水斜阳天四垂。青史功名常蹭蹬〔3〕,白头襟抱足乖离〔4〕。山河未复胡尘暗,一寸孤愁只自知〔5〕。

〔1〕阳关图:描绘阳关送别的图画。唐代王维《渭城曲》有"劝君更尽一杯酒,西出阳关无故人"之句,就是画所依据的主题。本诗作于绍熙五年夏,作者时在山阴。
〔2〕渭桥:汉、唐时代长安附近渭水上的桥梁,一般指西渭桥,故址在今咸阳市南,当时长安人送客西行多到此相别。
〔3〕蹭蹬(cèng dèng):比喻失意、潦倒。
〔4〕"白头"句:意谓到老坚持的抱负过于与众难合。乖离,不合。
〔5〕一寸:指寸心,内心。

看镜(二首)〔1〕

凋尽朱颜白尽头,神仙富贵两悠悠〔2〕。胡尘遮断阳关路,空听琵琶奏石州[3]。

〔1〕本诗作于绍熙五年夏,作者时在山阴。
〔2〕神仙富贵:指超脱尘世和功名富贵。悠悠:遥远,渺茫。
〔3〕石州:曲调名,为一种边塞出征曲。本为地名,在今山西吕梁市离石区,当时与阳关同为沦陷区。

七十衰翁卧故山,镜中无复旧朱颜。一联轻甲流尘积[1],不为君王成玉关[2]。

〔1〕一联轻甲:作者自注:"马正惠公喜功名,每曰:'幸未甚衰,若有边警,愿预征行,得良马数匹,轻甲一联足矣。'"马正惠公,即马知节,宋真宗时知枢密院事,谥正惠。轻甲,轻便的盔甲。
〔2〕玉关:玉门关。

明妃曲[1]

汉家和亲成故事[2],万里风尘妾何罪?掖庭终有一人行[3],敢道君王弃蕉萃[4]?双驼驾车夷乐悲[5],公卿谁悟和戎非!蒲桃宫中颜色惨[6],鸡鹿塞外行人稀[7]。沙碛茫茫天四围[8],一片云生雪即飞。太古以来无寸草,借问春从何处归?

〔1〕明妃:即王昭君,汉南郡秭归(今湖北秭归)人,名嫱,字昭君。

汉元帝宫妃。晋时避晋文帝司马昭讳改称明君,后人又称明妃。她入宫数年,一直不得召见,匈奴首领呼韩邪单于入朝求和亲,自请远嫁。王昭君的事迹历来为人所吟诵,乐府诗有《昭君词》《明君词》等,宋人欧阳修、王安石有《明妃曲》。陆游此诗作于绍熙五年夏,作者时在山阴。

〔2〕故事:成例。

〔3〕掖庭:皇宫中的旁舍,为宫嫔所居住的地方。

〔4〕蕉萃:同"憔悴"。

〔5〕夷乐:异族的音乐,这里指匈奴的音乐。

〔6〕蒲桃宫:汉宫名,在长安上林苑内。

〔7〕鸡鹿塞:在今内蒙古伊克昭盟。汉宣帝时,匈奴单于来朝,汉遣将士送单于出鸡鹿塞。

〔8〕沙碛(qì):沙漠。

忧 国[1]

恩许还山已六年[2],誓凭耕稼饯华颠[3]。养心虽若冰将释[4],忧国犹虞火未然[5]。议论孰能忘忌讳?人材正要越拘挛[6]。群公亦采刍荛否[7]?贞观开元在目前[8]。

〔1〕本诗作于绍熙五年秋,陆游时在山阴。

〔2〕六年:陆游自淳熙十六年(1189)冬被劾罢归,至绍熙五年(1194),家居已达六年。

〔3〕饯华颠:送老,度过晚年。饯,送。华颠,白头。

〔4〕冰将释:比喻无牵无挂。语出《老子》:"涣兮若冰之将释。"释,消散,融解。

〔5〕虞:担心,忧虑。火未然:比喻不够热心。然,通"燃"。
〔6〕越拘挛(luán):超越成规的束缚。
〔7〕刍荛(chú ráo):割草打柴的人,后多用以指草野之人。这里是作者自指。
〔8〕贞观:唐太宗李世民的年号(627—649)。开元:唐玄宗李隆基的年号(713—741)。贞观、开元时期是中国古代有名的繁盛时期。

秋晚(四首选一)〔1〕

新筑场如镜面平〔2〕,家家欢喜贺秋成〔3〕。老来懒惰惭丁壮〔4〕,美睡中闻打稻声。

〔1〕本诗作于绍熙五年秋,作者时在山阴。
〔2〕场:指打谷场。
〔3〕秋成:秋天的收成。
〔4〕惭丁壮:对着青壮年觉得惭愧。

书室明暖,终日婆娑其间,倦则扶杖至小园,戏作长句(二首选一)〔1〕

美睡宜人胜按摩,江南十月气犹和。重帘不卷留香久,古砚微凹聚墨多。月上忽看梅影出,风高时送雁声过。一杯太淡君休笑,牛背吾方扣角歌〔2〕。

〔1〕婆娑:徘徊,指消磨时光。本诗作于绍熙五年冬,作者时在山阴。

〔2〕"牛背"句:据《吕氏春秋·举难》载,春秋时,宁戚想去见齐桓公,因穷困不能如愿。一天他正在喂牛,见桓公迎客回来,就扣牛角作悲歌。桓公认为他是奇士,就任用了他。

十一月五日夜半偶作[1]

草径江村人迹绝,白头病卧一书生。窗间月出见梅影,枕上酒醒闻雁声。寂寞已甘千古笑,驰驱犹望两河平[2]。后生谁记当年事,泪溅龙床请北征[3]!

〔1〕本诗作于绍熙五年冬,作者时在山阴。
〔2〕两河:指黄河南北两岸。
〔3〕"泪溅"句:指在皇帝面前痛哭流涕,慷慨陈词,要求出师北伐。龙床,皇帝的坐榻。

新春[1]

老境三年病,新元十日阴[2]。疏篱枯蔓缀,坏壁绿苔侵。忧国孤臣泪,平胡壮士心。吾非儿女辈,肯赋白头吟[3]?

〔1〕本诗作于庆元元年(1195)春,作者时在山阴。

〔2〕新元:指庆元元年,宋宁宗初立所改的年号。
〔3〕白头吟:古乐府曲名,这里借指叹老嗟卑的诗作。

夜归〔1〕

疏钟渡水来〔2〕,素月依林上。烟火认茅庐〔3〕,故倚船篷望。

〔1〕本诗作于庆元元年春,作者时在山阴。
〔2〕疏钟:远处传来的疏落的钟声。
〔3〕"烟火"句:意谓凭借着炊烟和灯火辨认自己的茅屋。

农家叹〔1〕

有山皆种麦,有水皆种粳〔2〕。牛领疮见骨〔3〕,叱叱犹夜耕〔4〕。竭力事本业〔5〕,所愿乐太平。门前谁剥啄〔6〕?县吏征租声。一身入县庭,日夜穷笞搒〔7〕。人孰不惮死?自计无由生。还家欲具说〔8〕,恐伤父母情。老人傥得食,妻子鸿毛轻〔9〕!

〔1〕本诗作于庆元元年春,作者时在山阴。
〔2〕粳:粳稻。
〔3〕牛领:牛颈。疮:指牛颈被轭磨损的伤口。
〔4〕叱叱:赶牛的吆喝声。

〔5〕本业:指农业。
〔6〕剥啄:敲门声。
〔7〕笞搒(chī péng):用刑杖拷打。搒,笞打。
〔8〕具说:详细述说。具,全部。
〔9〕"老人"二句:意谓父母如果能得到吃的,妻儿也就顾不得了。鸿毛,鸿雁的毛,形容极其轻微。

野 步〔1〕

蝶舞蔬畦晚〔2〕,鸠鸣麦野晴〔3〕。就阴时小息,寻径复微行。村妇窥篱看,山翁拂席迎〔4〕。市朝那有此,一笑慰馀生。

〔1〕本诗作于庆元元年夏,作者时在山阴。
〔2〕蔬畦:菜地。
〔3〕麦野:麦地。
〔4〕山翁:住在山野的老人,指村中老人。

舍北晚眺(二首)〔1〕

红树青林带暮烟,并桥常有卖鱼船〔2〕。樊川诗句营丘画〔3〕,尽在先生拄杖边〔4〕。

〔1〕本诗作于庆元元年秋,作者时在山阴。

〔2〕并:靠着,傍着。

〔3〕樊川:晚唐诗人杜牧号樊川,作诗善描景,其《山行》诗云:"停车坐爱枫林晚,霜叶红于二月花。"营丘:北宋画家李成号营丘,善画山水。

〔4〕先生:作者自称。

日日津头系小舟〔1〕,老人自懒出门游〔2〕。一枝筇杖疏篱外〔3〕,占断千岩万壑秋〔4〕。

〔1〕津头:渡口。
〔2〕老人:作者自称。
〔3〕筇(qióng)杖:竹杖。筇,竹的一种,可做拐杖。
〔4〕占断:占尽。这里是尽收眼底之意。千岩万壑:《世说新语·言语》载:"顾长康从会稽还,人问山川之美,顾云:'千岩竞秀,万壑争流,草木蒙笼其上,若云兴霞蔚。'"

初冬感怀(二首选一)〔1〕

落叶扫还积,断鸿飞更鸣〔2〕。羸躯得霜健〔3〕,老眼向书明。水瘦河声壮,萁枯马力生〔4〕。竟为农父死〔5〕,白首负功名。

〔1〕本诗作于庆元元年冬,作者时在山阴。
〔2〕断鸿:孤雁,即掉了队的雁。
〔3〕羸(léi)躯:瘦弱的身躯。羸,瘦弱。

〔4〕萁(jī):豆茎。

〔5〕"竟为"句:意为竟作为农父而死去。

读杜诗[1]

城南杜五少不羁[2],意轻造物呼作儿[3]。一门酣法到孙子[4],熟视严武名挺之[5]。看渠胸次隘宇宙[6],惜哉千万不一施! 空回英概入笔墨,生民清庙非唐诗[7]。向令天开太宗业,马周遇合非公谁[8]? 后世但作诗人看,使我抚几空嗟咨[9]!

〔1〕杜诗:指杜甫的诗。本诗作于庆元元年冬,作者时在山阴。

〔2〕城南杜五:指杜甫的祖父杜审言。他家住长安城南的杜陵,兄弟排行第五,故称城南杜五。不羁:豪放不受拘束。

〔3〕"意轻"句:《新唐书·杜审言传》载,杜审言病危时,曾说:"甚为造化小儿相苦。"造物,即造化,大自然。

〔4〕酣法:本指痛饮的习惯、作风,这里指世代相传的作风。孙子:指杜审言的孙子杜甫。

〔5〕"熟视"句:《旧唐书·杜甫传》载,杜甫有一次醉后登严武床上,瞪着严武说:"严挺之乃有此儿!"严挺之,严武的父亲。古代当面称人父名,是极不礼貌的行为。陆游认为杜甫的狂傲态度是由杜审言一脉相传下来的。

〔6〕渠:他,指杜甫。隘宇宙:宇宙都显得狭小,极言杜甫胸次广阔。

〔7〕生民:《诗经·大雅》篇名。清庙:《诗经·周颂》篇名。陆游认

为杜甫的诗应当和《诗经》相提并论,不是一般的唐诗。

〔8〕"向令"二句:意谓假如当时的帝王能复兴唐太宗的事业,那么杜甫一定能像马周那样得到皇帝的赏识。马周,唐太宗时人,起初怀才不遇,后来得到唐太宗的赏识,官至中书令。

〔9〕嗟咨:叹息。

小舟游近村,舍舟步归(四首选一)〔1〕

斜阳古柳赵家庄〔2〕,负鼓盲翁正作场〔3〕。死后是非谁管得?满村听说蔡中郎〔4〕。

〔1〕本诗作于庆元元年冬,作者时在山阴。
〔2〕赵家庄:山阴的一个村庄。
〔3〕作场:开场说唱。
〔4〕蔡中郎:即蔡邕,字伯喈,东汉文学家,曾官左中郎将,故称蔡中郎。南宋时流行的南戏中,有一种描写蔡邕抛弃父母妻室,及第后为牛相国赘婿事,和蔡邕的生平事迹完全不符,故陆游有"死后是非谁管得"之语。

闻雁〔1〕

霜高木叶空,月落天宇黑。哀哀断行雁,来自关塞北。江湖稻粱少,念汝安得食?芦深洲渚冷,岁晚霰雪逼〔2〕。不知重云外,何处避毕弋[3]? 我穷思远征,羡汝有羽翼。

[1] 本诗作于庆元元年冬,作者时在山阴。
[2] 霰(xiàn):下雪前降的小冰粒。
[3] 毕:捕鸟的网。弋:系有绳子的箭。

枕上偶成[1]

放臣不复望修门[2],身寄江头黄叶村。酒渴喜闻疏雨滴[3],梦回愁对一灯昏。河潼形胜宁终弃[4]? 周汉规模要细论[5]。自恨不如云际雁,南来犹得过中原。

[1] 本诗作于庆元元年冬,作者时在山阴。
[2] 放臣:放逐的臣子,陆游自称。修门:楚国郢都的城门,这里借指南宋都城临安城门。
[3] 酒渴:久不得饮酒。
[4] "河潼"句:意谓黄河、潼关这些形势险要之地难道要永久放弃吗?
[5] "周汉"句:意谓周、汉两代的建国规模要仔细研究。强盛的周、汉两代都是以黄河、潼关一带中原地区为根基的,陆游认为南宋要中兴强盛,必须效法周代和汉代,收复黄河、潼关一带形势险要的地方。

春望[1]

天地回春律[2],山川扫积阴。波光迎日动,柳色向人深[3]。

沾洒忧时泪[4],飞腾灭虏心。人扶上危榭[5],未废一长吟。

〔1〕本诗作于庆元二年(1196)春,作者时在山阴。
〔2〕回春律:即冬尽春来之意。
〔3〕深:柳叶茂密,故曰色深。
〔4〕沾洒:指泪水沾襟、洒地。
〔5〕危榭:建在高台上的高耸的房屋。危,高耸的样子。

寒夜歌[1]

陆子七十犹穷人[2],空山度此冰雪晨。既不能挺长剑以抉九天之云[3],又不能持斗魁以回万物之春[4]。食不足以活妻子,化不足以行乡邻[5]。忍饥读书忽白首,行歌拾穗将终身[6]。论事愤叱目若炬[7],望古踊跃心生尘[8]。三万里之黄河入东海,五千仞之太华摩苍旻[9]。坐令此地没胡房[10],两京宫阙悲荆榛。谁施赤手驱蛇龙[11]?谁恢天网致凤麟[12]?君看煌煌艺祖业[13],志士岂得空酸辛[14]!

〔1〕本诗作于庆元二年春,作者时在山阴。
〔2〕陆子:陆游自称。七十:陆游时年七十二岁,七十是取其整数。
〔3〕抉九天之云:语本《庄子·说剑》:"上抉浮云。"意谓拨开乌云以见天日。抉,挑开,穿破。九天,九重天,指极高的天空。
〔4〕斗魁:北斗七星。第一至第四星为魁,第五至第七星为杓(即斗柄)。《淮南子·时则训》:"斗柄指东,天下皆春。"这句意谓自己不能

持斗魁,使斗柄东指,万物回春,即不能为国家人民造福。

〔5〕化:教化,指道德行为的感化。行:推行,传布。

〔6〕行歌拾穗:《列子·天瑞》载,林类年近百岁,拾穗度日,边走边唱。子贡见了叹道:"先生曾不悔乎,而行歌拾穗。"林类依然边走边唱。这里作者形容自己靠农田度日,安贫乐道。

〔7〕愤叱:愤怒叱责。目如炬:形容目光如火炬一样。

〔8〕"望古"句:意谓企望古人感到兴奋鼓舞,心情激荡得像有尘土飞扬。踊跃,跳跃,这里有鼓舞振奋之意。

〔9〕太华:指西岳华山。苍旻:苍天,天空。

〔10〕坐:白白地。没:沦没于。胡虏:指金人。

〔11〕驱蛇龙:语本《孟子·滕文公下》:"驱蛇龙而放之菹。"蛇龙,喻指金人。

〔12〕恢天网:张开天网,比喻广泛搜罗人才。凤麟:喻指杰出人才。

〔13〕艺祖:常用来称一朝开国的帝王,这里指宋太祖赵匡胤。

〔14〕空酸辛:空自悲伤。

怀旧(六首选一)〔1〕

狼烟不举羽书稀〔2〕,幕府相从日打围〔3〕。最忆定军山下路〔4〕,乱飘红叶满戎衣〔5〕。

〔1〕本诗作于庆元二年春,作者时在山阴。

〔2〕"狼烟"句:意谓当时战争停息,边境上没有烽火,紧急的军事文书也稀少。狼烟,烽火,古代边境用狼粪烧烟以报警。

〔3〕打围:围场打猎。这里指作者在四川宣抚使戎幕时事。

〔4〕定军山:在陕西勉县东南,与汉中相近。

〔5〕"乱飘"句:苏轼《祭常山回小猎》:"归来红叶满征衣。"

感事(四首选二)〔1〕

鸡犬相闻三万里〔2〕,迁都岂不有关中〔3〕？广陵南幸雄图尽〔4〕,泪眼山河夕照红。

〔1〕本诗作于庆元二年春,作者时在山阴。

〔2〕鸡犬相闻:语出《老子》:"邻国相望,鸡犬之声相闻。"原意指古代小国的接近,这里形容中国的富庶。

〔3〕"迁都"句:陆游认为应把关中作为恢复中原的根据地,因此主张迁都到关中。

〔4〕"广陵"句:是说汴京陷于金人后,宋高宗南奔广陵(今江苏扬州),建都临安,只求偏安,收复失地的大志丧失已尽。南幸,皇帝南行。古时称帝王到临叫幸。

堂堂韩岳两骁将〔1〕,驾驭可使复中原〔2〕。庙谋尚出王导下,顾用金陵为北门〔3〕！

〔1〕韩岳:指抗金名将韩世忠和岳飞。骁将:勇将。

〔2〕驾驭:指善于任用。

〔3〕"庙谋"二句:意谓南宋朝廷苟安于江南,定都临安,却把金陵看成是北方门户,这比当年王导的偏安谋划还不如。庙谋,即国家大计。

王导,东晋元帝时丞相,帮助元帝退守南方,定都建康(即金陵,今江苏南京),建立东晋政权。顾用,却用,反以。

六月二十四日夜分,梦范至能、李知几、尤延之同集江亭,诸公请予赋诗,记江湖之乐,诗成而觉,忘数字而已〔1〕

露箬霜筠织短篷〔2〕,飘然来往淡烟中。偶经菱市寻溪友,却拣蘋汀下钓筒〔3〕。白菡萏香初过雨〔4〕,红蜻蜓弱不禁风。吴中近事君知否〔5〕?团扇家家画放翁〔6〕。

〔1〕范至能:即范成大。李知几:名石,字知几,性刚直,著有《方舟集》。尤延之:名袤,字延之,南宋著名诗人。本诗作于庆元二年夏,陆游时在山阴。

〔2〕露箬(ruò)霜筠(yún):指竹。箬,竹叶。筠,竹子的青皮。引申为竹子的别称。短篷:指船篷。

〔3〕蘋:生于浅水的蕨类植物。汀:水中或水边的平地。钓筒:钓竿。

〔4〕菡萏(hàn dàn):即荷花。

〔5〕吴中:江苏、浙江一带的古称,这里指山阴。

〔6〕"团扇"句:是说家家的团扇上都画着陆放翁。团扇,又称纨扇,用绢制成,圆形。

村饮示邻曲[1]

七年收朝迹[2],名不到权门。耿耿一寸心,思与穷友论。忆昔西戍日[3],孱虏气可吞[4]。偶失万户侯[5],遂老三家村[6]。朱颜舍我去,白发日夜繁。夕阳坐溪边,看儿牧鸡豚。雕胡幸可炊[7],亦有社酒浑[8]。耳热我欲歌[9],四座且勿喧。即今黄河上,事殊曹与袁[10]。扶义孰可遣[11]?一战洗乾坤。西酹吴玠墓[12],南招宗泽魂。焚庭涉其血[13],岂独清中原!吾侪虽益老[14],忠义传子孙。征辽诏傥下[15],从我属橐鞬[16]。

〔1〕本诗作于庆元二年夏,作者时在山阴。
〔2〕"七年"句:意谓已经有七年不上朝廷了。陆游自淳熙十六年(1189)冬罢职回乡,至庆元二年(1196),已历七年。收朝迹,足不履朝,即不在朝做官的意思。
〔3〕西戍日:指从军南郑时。
〔4〕孱虏:指金人。孱,懦弱。
〔5〕"偶失"句:指淳熙十六年陆游被劾罢官事。
〔6〕三家村:山阴的一个村庄。
〔7〕雕胡:即菰米,可煮食。
〔8〕社酒:社日的酒。
〔9〕耳热:指饮酒后两耳发热。
〔10〕"即今"二句:意谓金国与宋的战争和当年曹操与袁绍在中原

争雄两者性质不同,曹袁之战只是私人间的争斗,而宋金之战却是汉族对抗金人侵略的战争。曹与袁,曹操与袁绍。东汉末年,曹操与袁绍在中原争雄,最后袁败曹胜。

〔11〕扶义:仗义,保卫正义。

〔12〕酹(lèi):洒酒于地表示祭奠或立誓。吴玠:南宋初抗金名将,官至四川宣抚使。

〔13〕"焚庭"句:意谓焚毁金国的宫廷,从金军的血迹上踏过,即消灭侵略者。庭,古代匈奴单于祭天的地方称龙庭,这里指金国的宫廷。

〔14〕吾侪(chái):我辈。侪,辈,类。

〔15〕征辽:这里喻指北伐金人。

〔16〕属櫜鞬(gāo jiān):佩带着弓箭。属,佩,系。櫜鞬,古代藏箭和弓的器具。《左传·僖公二十三年》注:"櫜以受箭,鞬以受弓。"

书怀[1]

萧飒先秋鬓[2],龙钟未死身[3]。不惟今日老,已是一生贫。食菜从儿瘦[4],关门任客嗔[5]。世间馀一念,河洛尚胡尘[6]。

〔1〕本诗作于庆元二年秋,作者时在山阴。

〔2〕萧飒:形容衰老。秋鬓:使鬓发如秋霜,即发白之意。

〔3〕龙钟:行动不灵活,形容老态衰颓,也指潦倒的样子。

〔4〕从:听从。

〔5〕嗔:怒,生气。

〔6〕河洛:黄河、洛水,这里泛指中原。

闲居自述〔1〕

自许山翁懒是真〔2〕,纷纷外物岂关身。花如解笑还多事,石不能言最可人〔3〕。净扫明窗凭素几,闲穿密竹岸乌巾〔4〕。残年自有青天管,便是无锥也未贫〔5〕。

〔1〕本诗作于庆元二年秋,作者时在山阴。
〔2〕懒是真:语本杜甫《漫成》:"知余懒是真。"
〔3〕可人:犹言可人意,使人满意。
〔4〕岸乌巾:指掀起黑色头巾,露出前额。
〔5〕无锥:形容贫穷得一无所有。《景德传灯录》卷一一:"去年贫,未是贫;今年贫,始是贫。去年无卓锥之地,今年锥也无。"

九月二十八日五鼓起坐,抽架上书,得九域志,泫然有感〔1〕

一事无成老已成,不堪岁月又峥嵘〔2〕。愁生新雁寒初下,睡起残灯晓尚明。天地何由容丑虏〔3〕,功名正恐属书生〔4〕。行年七十初心在,偶展舆图泪自倾〔5〕。

〔1〕五鼓:五更。九域志:指《元丰九域志》,宋代王存编撰,宋神宗

元丰八年(1085)刊行。泫(xuàn)然:伤心流泪的样子。本诗作于庆元二年秋,作者时在山阴。

〔2〕峥嵘:本形容山的高峻,这里引申为岁月超越寻常的意思。

〔3〕丑虏:指金人。

〔4〕"功名"句:意谓事业大概还是要靠书生来完成。

〔5〕舆图:疆域,版图。此指《元丰九域志》。倾:倾泻,指流泪。

陇头水[1]

陇头十月天雨霜,壮士夜挽绿沉枪[2]。卧闻陇水思故乡,三更起坐泪数行。我语壮士勉自强,男儿堕地志四方[3];裹尸马革固其常[4],岂若妇女不下堂[5]?生逢和亲最可伤[6],岁辇金絮输胡羌[7]。夜视太白收光芒[8],报国欲死无战场!

〔1〕陇头水:汉乐府横吹曲名。陇头,即陇山,亦名陇首,在今陕西陇县西北。本诗作于庆元二年冬,作者时在山阴。

〔2〕绿沉枪:枪杆漆以深绿色的枪。

〔3〕堕地:落地,出生。

〔4〕裹尸马革:语本《后汉书·马援传》:"男儿要当死于边野,以马革裹尸还葬耳。"指在战场上力战而死,用马皮把尸体包裹回来。

〔5〕堂:正房,内堂。《穀梁传·襄公三十年》:"妇人之义,傅母不在,宵不下堂。"

〔6〕和亲:指南宋与金人议和的政策。

〔7〕"岁辇"句:指南宋朝廷每年都要用车子载运金银绢帛去送给金人。南宋绍兴十一年(1141)、隆兴二年(1164),南宋与金先后签订"绍兴和议"、"隆兴和议",南宋每年向金交纳金银和绢。辇,用车子载运。金絮,指金银绢帛。胡羌,指金人。

〔8〕太白:即金星。古代认为太白星司兵,"当出不出,未当入而入,天下偃兵"(《史记·天官书》)。当时南宋朝廷屈膝求和,无事北伐,没有战事,故诗中说"太白收光芒",又说"无战场"。

书志〔1〕

往年出都门〔2〕,誓墓志已决〔3〕。况今蒲柳姿〔4〕,俯仰及大耋〔5〕。妻孥厌寒饿〔6〕,邻里笑迂拙。悲歌行拾穗,幽愤卧啮雪〔7〕。千岁埋松根,阴风荡空穴。肝心独不化,凝结变金铁。铸为上方剑〔8〕,衅以佞臣血〔9〕。匣藏武库中,出参髦头列〔10〕。三尺粲星辰〔11〕,万里静妖孽。君看此神奇,丑虏何足灭〔12〕!

〔1〕本诗作于庆元三年(1197)春,作者时在山阴。

〔2〕都门:指临安。

〔3〕誓墓:据《晋书·王羲之传》载,王羲之辞官后,曾在父母墓前自誓不再做官。陆游淳熙十六年(1189)罢职以后,也自誓不再做官。

〔4〕蒲柳姿:形容早衰的人的体质。《晋书·顾恺之传》:"松柏之姿,经霜犹茂;蒲柳常质,未老先零。"蒲柳,即水杨,零落最早。

〔5〕俯仰:形容极短的时间。及大耋(dié):到了老年。耋,八十岁,

一说为七十岁。陆游是年七十三岁,故云"及大耋"。

〔6〕妻孥:妻子儿女。

〔7〕啮雪:餐雪。据《汉书·苏武传》载,苏武出使匈奴被扣留,拒不投降,曾啮雪吞毡,始终不屈。陆游用苏武故事,比喻自己保持坚贞的节操。

〔8〕上方剑:指皇帝所赐的剑。上方,即尚方,汉代官名,掌作皇帝所用刀剑等。《汉书·朱云传》载,朱云曾对汉成帝说:"臣愿赐尚方斩马剑,断佞臣一人!"

〔9〕衅:血祭。古代新制器物成,杀牲以祭,以其血涂新制器物的缝隙。

〔10〕"出参"句:意谓战时拿着宝剑加入武士的行列。参,参与。髦(máo)头,又作旄头,古代皇帝出宫时一种先驱的骑兵。

〔11〕"三尺"句:意谓三尺长的宝剑比星辰还要灿烂耀眼。粲,灿烂。

〔12〕丑虏:指金人。

书愤(二首)〔1〕

白发萧萧卧泽中〔2〕,只凭天地鉴孤忠。厄穷苏武餐毡久〔3〕,忧愤张巡嚼齿空〔4〕。细雨春芜上林苑〔5〕,颓垣夜月洛阳宫〔6〕。壮心未与年俱老,死去犹能作鬼雄〔7〕。

〔1〕本诗作于庆元三年春,作者时在山阴。

〔2〕泽中:当时作者住在山阴镜湖附近,故称泽中。泽,聚水的

洼地。

〔3〕厄穷:危难困穷。

〔4〕张巡:唐代南阳(今属河南)人。安禄山反,张巡守睢阳,在内无粮草、外无援兵的情况下,坚守数月。后城破,他骂贼不屈,舌被割断,齿被敲落,嚼齿吞舌而死。

〔5〕春芜:春草。上林苑:秦、汉宫苑名,这里指皇家的园林。

〔6〕颓垣:断墙残壁。

〔7〕"死去"句:语本楚辞《国殇》:"身既死兮神以灵,魂魄毅兮为鬼雄!"

镜里流年两鬓残,寸心自许尚如丹〔1〕。衰迟罢试戎衣窄〔2〕,悲愤犹争宝剑寒。远戍十年临的博〔3〕,壮图万里战皋兰〔4〕。关河自古无穷事,谁料如今袖手看〔5〕!

〔1〕丹:朱红色。

〔2〕衰迟:衰老的晚年。迟,迟暮,晚年。

〔3〕的博:即滴博,指滴博岭,在四川理县东南。这里泛指川陕地区。

〔4〕皋兰:山名,在今甘肃境内。这句意谓自己曾有志远征皋兰。

〔5〕"关河"二句:意谓自古以来,为了保卫河山,有许多事情要做;谁会想到我如今被闲弃乡村,只能袖手旁观。

暮春〔1〕

数间茅屋镜湖滨,万卷藏书不救贫。燕去燕来还过日,花开花落即经春。开编喜见平生友[2],照水惊非曩岁人[3]。自笑灭胡心尚在,凭高慷慨欲忘身[4]。

〔1〕本诗作于庆元三年春,作者时在山阴。
〔2〕"开编"句:意谓打开书卷,仿佛遇见平生所仰慕的朋友,感到十分高兴。编,指书籍。
〔3〕"照水"句:意谓临水照影,吃惊地发现自己已不是过去的模样了。曩岁,往年。曩,以往,从前。
〔4〕凭高:登临高处。欲忘身:指希望能舍身报国。

病中夜赋[1]

客如病鹤卧还起[2],灯似孤萤阖复开[3]。苜蓿花催春事去,梧桐叶送雨声来。荣河温洛几时复[4]?志士仁人空自哀。但使胡尘一朝静,此身不恨死蒿莱[5]。

〔1〕本诗作于庆元三年夏,作者时在山阴。
〔2〕客:这里是陆游自指。
〔3〕阖:关闭。
〔4〕荣河温洛:据《初学记》载,传说尧在位七十载时,修坛河洛,荣光出河;又说洛水先温为帝王盛德之应。这里既指黄河、洛水流域等中原地区,又指帝王贤明大治之时。
〔5〕蒿莱:野草。

忆昔[1]

忆昔从戎出渭滨[2],壶浆马首泣遗民[3]。夜栖高冢占星象[4],昼上巢车望虏尘[5]。共道功名方迫逐,岂知老病只逡巡[6]。灯前抚卷空流涕,何限人间失意人[7]!

〔1〕本诗作于庆元三年冬,作者时在山阴。
〔2〕渭滨:渭水之滨,这里泛指陕西。
〔3〕"壶浆"句:意谓遗民哭泣着用食物在马前劳军。壶浆,用壶盛着酒浆。《孟子·梁惠王下》:"箪食壶浆以迎王师。"
〔4〕高冢:高高的土堆。占星象:观看星象来推断军情。
〔5〕巢车:古时军中用以探察敌情的瞭望车。
〔6〕逡巡:顷刻,须臾。
〔7〕何限:哪里有限止,意为很多,无数。

露坐(二首选一)[1]

岸帻临窗意未便[2],又拖筇杖出庭前[3]。清秋欲近露沾草,皎月未升星满天。过埭船争明旦市[4],踏车人废彻宵眠[5]。齐民一饱勤如许[6],坐食官仓每惕然[7]!

〔1〕陆游原注:"立秋前五日。"本诗作于庆元四年(1198)夏末,作

者时在山阴。

〔2〕岸帻(zé):掀起头巾露出前额。帻,头巾。
〔3〕筇(qióng)杖:筇竹所制的拐杖。
〔4〕埭(dài):堵水的土堤。市:集市。
〔5〕蹋(tà)车:踏水车。蹋,踏。彻宵:通宵,整夜。
〔6〕齐民:平民。
〔7〕惕然:戒惧不安的样子。

东西家〔1〕

东家云出岫〔2〕,西家笼半山;西家泉落涧,东家鸣佩环〔3〕。相对篱数掩,各有茅三间〔4〕。芹羹与麦饭,日不废往还;儿女若一家,鸡犬意自闲。我亦思卜邻,馀地君勿悭〔5〕。

〔1〕本诗作于庆元四年秋,作者时在山阴。
〔2〕岫(xiù):山穴。
〔3〕"西家"二句:意谓西家泉水落于涧,东家听来如鸣佩环声。
〔4〕茅:这里指茅屋。
〔5〕悭(qiān):吝啬。

感秋〔1〕

秋色关河外,秋声天地间。壮士感此时,朝镜凋朱颜〔2〕。一身寄空谷,万里梦天山[3]。噫呜怒眦裂[4],愤激悲涕潸[5]。古来真龙驹[6],未必置天闲[7]。长松倒涧壑,委弃同蓁菅[8]。得志未可测,谈笑济时艰[9]。凛然出师表[10],一字不可删。

〔1〕本诗作于庆元四年秋,作者时在山阴。
〔2〕"朝镜"句:意谓早起对镜,看到朱颜凋谢,感到衰老渐至。
〔3〕天山:山名,在新疆。
〔4〕噫呜:犹喑噁,愤激的样子。眦(zì)裂:形容忿怒到极点。眦,眼眶。
〔5〕潸(shān):泪流的样子。
〔6〕龙驹:骏马。
〔7〕天闲:皇家马房。
〔8〕蓁菅(zhēn jiān):荆棘野草。
〔9〕"谈笑"句:意谓谈笑之中挽救时代的艰难。
〔10〕出师表:指诸葛亮北伐所写的《出师表》。

太息(四首选二)[1]

早岁元于利欲轻[2],但馀一念在功名[3]。白头不试平戎策[4],虚向江湖过此生。

〔1〕本诗作于庆元四年秋,作者时在山阴。
〔2〕元:通"原"。

〔3〕功名:指事业、功绩。
〔4〕平戎策:指作者提出的平定金人的计划。

书生忠义与谁论[1]？骨朽犹应此念存。砥柱河流仙掌日[2]，死前恨不见中原！

〔1〕书生:陆游自称。
〔2〕砥柱:山名,在黄河中流。仙掌:指巨灵掌,在西岳华山的东峰。这里以砥柱山和仙掌峰泛指已沦陷的中原大地。

秋获歌[1]

墙头累累柿子黄,人家秋获争登场[2]。长碓捣珠照地光[3],大甑炊玉连村香[4]。万人墙进输官仓[5],仓吏炙冷不暇尝[6]。讫事散去喜若狂,醉卧相枕官道傍。数年斯民厄凶荒[7],转徙沟壑殣相望[8];县吏亭长如饿狼[9],妇女怖死儿童僵[10]。岂知皇天赐丰穰[11],亩收一钟富万箱[12]。我愿邻曲谨盖藏,缩衣节食勤耕桑;追思食不餍糟糠[13],勿使水旱忧尧汤[14]。

〔1〕本诗作于庆元四年秋,作者时在山阴。
〔2〕登场:指将收割的谷物送到打谷场地。
〔3〕碓(duì):捣米的器具,用长木杆,故叫长碓。捣珠:捣米。珠,比喻禾粒。

〔4〕甑(zèng):古代蒸饭的瓦器。炊玉:烧饭。玉,比喻白米。
〔5〕墙进:如墙而进,形容送粮的人众多。
〔6〕炙:烤肉。
〔7〕斯民:指农民。厄凶荒:困于凶年饥荒。
〔8〕殣(jǐn):饿死的人。
〔9〕亭长:汉代以十里为一亭,设有亭长。这里借指地方官吏。
〔10〕僵:仆倒不动,指死。
〔11〕丰穰(ráng):丰收。穰,庄稼丰熟。
〔12〕钟:古代计量单位,六斛四斗为一钟。
〔13〕餍(yàn):饱,吃饱。
〔14〕尧汤:即唐尧和商汤,这里借指宋皇帝。《汉书·食货志》:"尧、禹有九年之水,汤有七年之旱,而国亡捐瘠者,以蓄积多而备先具也。"这二句诗意谓回想连糟糠也吃不饱的惨状,不要碰上水旱灾害使皇帝担忧。

午饭(二首选一)〔1〕

民穷丰岁或无食〔2〕,此事昔闻今见之。吾侪饭饱更念肉,不待人嘲应自知。

〔1〕本诗作于庆元四年冬,作者时在山阴。
〔2〕"民穷"句:王安石《河北民》诗云:"南人丰年自无食。"

三山杜门作歌(五首选一)[1]

我生学步逢丧乱,家在中原厌奔窜。淮边夜闻贼马嘶,跳去不待鸡号旦[2]。人怀一饼草间伏,往往经旬不炊爨[3]。呜呼!乱定百口俱得全[4],孰为此者宁非天!

　　[1] 三山:在山阴县西约九里,临近镜湖。陆游于乾道二年(1166)移居于此。杜门:闭门不出。本诗作于庆元四年冬,作者时在山阴。
　　[2] "我生"四句:陆游二岁时,金兵围攻汴京,次年汴京陷落,陆游随家从荥阳(今属河南)逃难到淮河流域的寿春(今安徽寿县),后又为避金兵渡江归山阴故居。这四句诗就写其事。淮边,淮河边,指寿春。跳去,逃去。
　　[3] 炊爨(cuàn):烧火煮饭。
　　[4] 百口:一家百口人,言家中人口很多。

春日园中作[1]

杏花开过尚轻寒,尽日无人独倚阑。久别名山凭梦到,每思旧友取书看。尘埃幸已赊腰折[2],富贵深知欠面团[3]。老去逢春都有几?一杯行复送春残。

　　[1] 本诗作于庆元五年(1199)春,作者时在山阴。

〔2〕赊(shē):赊欠。腰折:用陶渊明不为五斗米折腰的故事。

〔3〕面团:指富贵相。据《诗话总龟》引《小说旧闻》载,唐太宗燕近臣,欧阳询嘲长孙无忌曰:"缩头连背耸,漫裆畏肚寒。只缘心浑浑,所以面团团。"长孙无忌为当时大臣。

沈园(二首)〔1〕

城上斜阳画角哀〔2〕,沈园非复旧池台。伤心桥下春波绿,曾是惊鸿照影来〔3〕。

〔1〕沈园:山阴的一处私家花园,故址在今浙江绍兴禹迹寺南。据宋人周密《齐东野语》等所载,陆游初娶唐婉,婚后伉俪相得,但陆游母亲不喜欢唐婉,他俩被迫离异。后来唐婉改嫁同郡赵氏,陆游也另娶妻子。绍兴二十五年(1155)春,陆游一次春日出游,在沈园与唐婉偶然相遇,唐婉还派人给陆游送了酒肴。陆游惆怅之馀,便在园壁上题写了一首《钗头凤》词。唐婉不久就抑郁而死。

〔2〕哀:谓画角声悲哀感人。

〔3〕惊鸿:比喻女子体态轻盈绰约,这里形容唐婉体态之美。曹植《洛神赋》:"翩若惊鸿。"李善注:"翩翩然若鸿雁之惊。"

梦断香消四十年〔1〕,沈园柳老不吹绵〔2〕。此身行作稽山土〔3〕,犹吊遗踪一泫然〔4〕!

〔1〕梦断香消:指唐婉的死。四十年:陆游与唐婉在沈园相逢时是

绍兴二十五年(1155),距庆元五年(1199)已过四十四年,这里四十年是举整数。

〔2〕绵:指柳絮。

〔3〕"此身"句:意谓自己将老死葬在会稽山下。行,将,快要。稽山,即会稽山。

〔4〕吊:凭吊。泫然:流泪的样子。

喜雨歌[1]

不雨珠,不雨玉,六月得雨真雨粟。十年水旱食半菽[2],民伐桑柘卖黄犊[3]。去年小稔已食足[4],今年当得厌酒肉[5]。斯民醉饱定复哭,几人不见今年熟[6]!

〔1〕本诗作于庆元五年夏,作者时在山阴。

〔2〕食半菽:意谓在粮食中杂以野菜。菽,豆类的总称。

〔3〕"民伐"句:意谓农民原来是靠种植桑柘树以养蚕,养牛犊以备耕田,但因多年水旱为灾,穷困已极,以致不得不砍掉桑、柘当柴烧,卖掉牛犊换粮食。

〔4〕小稔(rěn):收成稍好。稔,庄稼成熟。

〔5〕厌:通"餍",吃饱。

〔6〕"斯民"二句:意谓农民在喝醉吃饱之后,一定会哭起来,痛惜他们之间有很多人已经饿死,看不到今年的丰收了。

牧牛儿[1]

溪深不须忧,吴牛自能浮。童儿踏牛背,安稳如乘舟[2]。寒雨山陂远[3],参差烟村晚[4]。闻笛翁出迎,儿归牛入圈。

〔1〕本诗作于庆元五年秋,作者时在山阴。
〔2〕"童儿"二句:语本苏轼《书晁说之考牧图后》:"川平牛背稳,如驾百斛舟。"
〔3〕山陂(bēi):山坡。
〔4〕参差:高低不齐的样子。

秋怀十首,末章稍自振起,亦古义也(十首选一)[1]

我昔闻关中,水深土平旷;泾渭贯其间[2],沃壤谁与抗[3]?桑麻郁千里[4],黍林高一丈[5];潼华临黄河[6],古出名将相。沦陷七十年,北首增惨怆[7];犹期垂老眼[8],一睹天下壮!

〔1〕本诗作于庆元五年秋,作者时在山阴。
〔2〕泾渭:泾水和渭水,二水流域皆在关中。
〔3〕抗:对比,抗衡。

〔4〕郁:茂盛。

〔5〕"黍林"句:这里极言土壤肥沃,故黍高一丈,密切成林。黍,小米,一年生草本植物,一般高三四尺。

〔6〕潼华:潼关和华山。

〔7〕北首:抬头北望。惨怆:悲伤。

〔8〕垂老:将老。

东村(二首选一)[1]

野人知我出门稀[2],男辍锄耰女下机[3]。掘得茈菇炊正熟[4],一杯苦劝护寒归。

〔1〕本诗作于庆元五年冬,作者时在山阴。

〔2〕野人:田野之人,指农民。

〔3〕辍:停止。锄耰(yōu):两种农具,这里指代耕田。耰,一种平整土地的农具,形如锄头。

〔4〕茈(cí)菇:即茨菰、慈姑,种在水田中,高三四尺,其块茎可食。

北望感怀[1]

荣河温洛帝王州[2],七十年来禾黍秋[3]。大事竟为朋党误[4],遗民空叹岁时遒[5]。乾坤恨入新丰酒[6],霜露寒侵季子裘[7]。食粟本同天下责[8],孤臣敢独废深忧!

〔1〕本诗作于庆元五年冬,作者时在山阴。

〔2〕荣河温洛:指黄河、洛水流域等中原之地。

〔3〕七十年:自靖康之年(1126)冬汴京沦陷,至庆元五年(1199)已过七十三年,七十年是举其整数。禾黍秋:《诗经·黍离》序云:"《黍离》,闵宗周也。周大夫行役至于宗周,过故宗庙宫室,尽为禾黍,闵周室之颠覆,彷徨不忍去,而作是诗也。"这里指中原沦陷在金人手里。

〔4〕朋党:宗派结合。南宋这七十多年来,主要有主战派与主和派之争。宁宗即位以后,又有赵汝愚与韩侂胄两派之争,韩派当政,指斥赵派为"伪党",朱熹为"伪学"。

〔5〕遒:迫近,很快过去。

〔6〕新丰酒:用唐代马周怀才不遇而醉饮新丰市的故事,指怀才不遇、壮志难酬的志士。

〔7〕季子裘:用战国时苏秦游说秦国的故事。季子,苏秦,史载他游说秦国不成,貂裘穿破。

〔8〕食粟:指官俸。

书感〔1〕

壮岁功名妄自期,晚途流落鬓成丝。临风画角晓三弄〔2〕,酿雪野云寒四垂。金锁甲思酣战地,皂貂裘记远游时〔3〕。此心炯炯空添泪〔4〕,青史它年未必知。

〔1〕本诗作于庆元五年冬,作者时在山阴。

〔2〕三弄:三支曲调。

〔3〕皂貂裘:即黑貂裘,用苏秦游说秦国不成,"黑貂之裘弊"的故事。

〔4〕炯(jiǒng)炯:不安的样子。

冬夜读书示子聿(八首选一)〔1〕

古人学问无遗力〔2〕,少壮工夫老始成。纸上得来终觉浅〔3〕,绝知此事要躬行〔4〕。

〔1〕子聿:亦作子遹,陆游最小的儿子。本诗作于庆元五年冬,作者时在山阴。

〔2〕无遗力:即竭力的意思。遗,保留。

〔3〕纸上:指书本。

〔4〕躬行:亲身实践。躬,自身,亲自。

春日(六首选一)〔1〕

雪山万叠看不厌,雪尽山青又一奇。今代江南无画手,矮笺移入放翁诗〔2〕。

〔1〕本诗作于庆元六年(1200)春,作者时在山阴。

〔2〕"今代"二句:意谓现今江南没有名画家来描绘如此奇景,我却

用短纸把它写进自己的诗里。矮笺,短纸。

甲申雨[1]

老农十口传为古[2],春遇甲申常畏雨。风来东北云行西,雨势已成那得御[3]。山阴洪湖二百岁[4],坐使膏腴成瘠卤[5]。陂塘遗迹今悉存[6],叹息当官谁可语!甲申畏雨古亦然,湖之未废常丰年。小人那知古来事[7],不怨豪家惟怨天!

[1] 甲申:甲申日。本诗作于庆元六年春,作者时在山阴。

[2] "老农"句:意谓老农中间流传的说法,便成为古老的经验。十口,《说文解字》:"古,从十、口,识前言者也。"

[3] 御:抵抗,阻止。

[4] "山阴"句:指镜湖自宋真宗大中祥符年间(1008—1016)以来,逐步被侵占改为农田,湖面缩小,一雨就泛滥成灾,到作者写诗时已近二百年。洪,通"溢",水满出。湖,指镜湖。

[5] 膏腴:指肥沃的土地。瘠卤:贫瘠的盐碱地。

[6] 陂(bēi)塘:圩岸,池塘。这里指湖堤。

[7] 小人:这里指农民。

东村[1]

雨霁山争出[2],泥干路渐通。稍从牛屋后,却过鹳巢东[3]。

决决沙沟水^[4],翻翻麦野风^[5]。欲归还小立^[6],为爱夕阳红。

〔1〕本诗作于庆元六年春,作者时在山阴。
〔2〕雨霁(jì):雨止天晴。
〔3〕鹳(guàn):鸟名,形似鹤亦似鹭,嘴长而直,常活动于溪流近旁,在高树上筑巢。
〔4〕决决:流水声。
〔5〕翻翻:麦子摆动的样子。
〔6〕小立:站一会儿。

燕^[1]

初见梁间牖户新^[2],衔泥已复哺雏频^[3]。只愁去远归来晚,不怕飞低打着人^[4]。

〔1〕本诗作于庆元六年夏,作者时在山阴。
〔2〕牖(yǒu)户:窗户。牖,窗。
〔3〕雏:幼鸟。
〔4〕"不怕"句:化用杜甫《绝句漫兴》中写燕子"衔泥点污琴书内,更接飞虫打着人"之意。

十月二十八日夜风雨大作[1]

风怒欲拔木,雨暴欲掀屋。风声翻海涛[2],雨点堕车轴[3]。拄门那敢开[4],吹火不得烛。岂惟涨沟溪,势已卷平陆[5]。辛勤艺宿麦[6],所望明年熟;一饱正自艰,五穷故相逐[7]。南邻更可念,布被冬未赎;明朝甑复空[8],母子相持哭。

〔1〕本诗作于庆元六年冬,陆游时在山阴。
〔2〕"风声"句:意谓风声猛烈,如海中波涛翻滚时所发出的啸声。
〔3〕"雨点"句:形容雨点很大,降落下来时如车轴堕地。
〔4〕拄(zhǔ):支撑。
〔5〕平陆:平地。
〔6〕艺宿麦:种植冬小麦。艺,种植。
〔7〕五穷:指智穷、学穷、文穷、命穷、交穷,语本韩愈《送穷文》。相逐:相追随。
〔8〕甑(zèng):古代蒸饭的瓦器。

追感往事(五首选一)[1]

诸公可叹善谋身[2],误国当时岂一秦[3]。不望夷吾出江左,新亭对泣亦无人[4]!

〔1〕本诗作于嘉泰元年(1201)春,陆游时在山阴。

〔2〕诸公:指朝中的权贵们。

〔3〕一秦:秦桧一人。秦桧是宋高宗时宰相,妥协投降派的主要首领,破坏抗金事业,诬杀名将岳飞。由于他的主谋,南宋与金订立了丧权辱国的"绍兴和议"。

〔4〕夷吾:管仲名夷吾。江左:即江东,指长江下游一带地方。据《晋书》王导传和温峤传载,东晋元帝退守江左,以王导为丞相。当时政权尚未巩固,朝廷微弱。一批士大夫只知在新亭相对痛哭,独有王导不以为然。桓彝、温峤等与王导共谈,很受鼓舞。温峤说:"江左自有管夷吾,吾复何虑!"陆游在这里借用其事,意谓不要指望在江左出现像管仲这样的大政治家。

衡门〔1〕

曲径衡门短短篱,槐楸阴里倚筇枝〔2〕。老来百事不入眼,惟爱青山如旧时。

〔1〕衡门:横木为门,指简陋的房屋。本诗作于嘉泰元年夏,作者时在山阴。

〔2〕槐楸:槐树和楸树。筇(qióng)枝:筇竹制的拐杖。

夏日杂题(八首选一)〔1〕

憔悴衡门一秃翁〔2〕,回头无事不成空。可怜万里平戎志,尽付萧萧暮雨中。

〔1〕本诗作于嘉泰元年夏,作者时在山阴。
〔2〕秃翁:作者自指。

立秋后作〔1〕

宋玉悲秋千载后〔2〕,诗人例有早秋诗。老夫自笑心如石〔3〕,三日秋风漫不知〔4〕。

〔1〕本诗作于嘉泰元年秋,作者时在山阴。
〔2〕宋玉悲秋:宋玉所作《九辩》首云:"悲哉,秋之为气也!"
〔3〕老夫:陆游自称。
〔4〕漫不知:浑然无所知觉。

闻角〔1〕

河白如银天淡青〔2〕,角声中有玉关情〔3〕。早知送老桑麻野,悔失安西万里行〔4〕。

〔1〕本诗作于嘉泰元年秋,陆游时在山阴。
〔2〕河白如银:指银河。
〔3〕玉关:即玉门关。

〔4〕安西:在甘肃。这句意谓早年悔不从军远征安西。

白露前一日已如深秋有感(二首)〔1〕

匹马曾防玉塞秋〔2〕,岂知八十老渔舟。非无丈二殳堪请〔3〕,只恐傍人笑白头。

〔1〕本诗作于嘉泰元年秋,作者时在山阴。
〔2〕玉塞:玉门关。
〔3〕殳(shū):古代撞击用的兵器,竹制,长一丈二尺,头上不用金属为刃,八棱而尖。堪:可,能。

护塞宁须右北平〔1〕,拂云祠是受降城〔2〕。谁知此志成虚语,白首灯前听雁声〔3〕。

〔1〕右北平:指汉代名将李广,他曾任右北平太守。
〔2〕拂云祠:在今内蒙古五原县。唐时朔方军北与突厥以河为界,河北岸有拂云堆神祠,突厥入侵时,必先往祠祈祷求福。唐神龙三年(707),张仁愿既定漠北,在河北筑三受降城,以拂云祠为中受降城。陆游这句诗意谓将远征至塞北,在拂云祠的受降城接受金人的投降。
〔3〕雁声:秋天雁从北方来,听到雁声就会联想到北方的失地。

柳桥晚眺[1]

小浦闻鱼跃[2],横林待鹤归[3]。闲云不成雨,故傍碧山飞。

〔1〕柳桥:在今浙江绍兴东南。本诗作于嘉泰元年秋,陆游时在山阴。
〔2〕小浦:小河。
〔3〕横林:横列着的树林。

秋晚寓叹(六首选一)[1]

幽梦鸡呼觉[2],孤愁雨滴成[3]。天高那可问?年往若为情[4]?屡房犹遗育[5],神州未削平。登高西北望,衰涕对谁倾[6]?

〔1〕本诗作于嘉泰元年秋,作者时在山阴。
〔2〕幽梦:酣梦。
〔3〕"孤愁"句:意谓听雨声而愁闷愈增。
〔4〕"年往"句:意谓一年年过去,不知何以为情。
〔5〕"屡房"句:意谓金人仍占据中原,子孙相传。
〔6〕衰涕:老泪。倾:倾泻,指流泪。

纵游归泊湖桥有作[1]

西蜀东吴到处游,千岩万壑独吾州[2]。短篷载月娥江夜[3],小蹇寻诗禹寺秋[4]。村酒可赊常痛饮[5],野人有兴即相求[6]。何由唤得王摩诘[7],为画湖桥一片愁?

〔1〕湖桥:在山阴。本诗是嘉泰元年秋陆游在山阴时作。
〔2〕"千岩万壑"句:《世说新语·言语》载,顾恺之称赞会稽山川之美云:"千岩竞秀,万壑争流,草木蒙笼其上,若云兴霞蔚。"吾州,指越州山阴。
〔3〕娥江:曹娥江,在浙江上虞,时属越州。
〔4〕小蹇(jiǎn):小驴。蹇,跛足。楚辞《七谏·谬谏》:"驾蹇驴而无策兮",引申即指蹇驴。禹寺:禹迹寺,在山阴城南。
〔5〕赊:赊欠。
〔6〕野人:山野之人。相求:相寻访。
〔7〕王摩诘:唐代诗人王维,字摩诘,工诗善画。

不寐[1]

丽谯听尽短长更[2],幽梦无端故不成[3]。寒雨似从心上滴,孤灯偏向枕边明。读书有味身忘老,报国无期涕每倾。敢为衰残便虚死[4],誓先邻曲事春耕。

〔1〕本诗作于嘉泰元年秋,作者时在山阴。
〔2〕丽谯(qiáo):高楼。后亦以称谯楼,即更鼓楼。
〔3〕无端:无缘无故。
〔4〕衰残:年老衰颓。

寓言(三首选一)〔1〕

济剧人才易,扶颠力量难〔2〕。为谋须远大,守节要坚完。气与秋天杳〔3〕,胸吞梦泽宽〔4〕。方知至危地,自有泰山安。

〔1〕本诗作于嘉泰元年冬,作者时在山阴。
〔2〕"济剧"二句:意谓完成繁重的工作还是容易的,而要匡救颠危的国事最是困难。济,救助,救济,引申为完成。剧,繁难,繁重。
〔3〕"气与"句:语出杜甫《洗兵马》:"尚书气与秋天杳",极言人气度高远。杳,深远。
〔4〕"胸吞"句:语本司马相如《子虚赋》:"吞若云梦者八九于其胸中,曾不蒂介。"极言人胸襟宽阔。梦泽,云梦泽。

客去追记坐间所言〔1〕

征西幕罢几经春〔2〕,叹息儿音尚带秦〔3〕。每为后生谈旧事,始知老子是陈人〔4〕。建隆乾德开王业〔5〕,温洛荣河厌虏尘[6]。倘得此生重少壮,临危敢爱不资身[7]!

〔1〕本诗作于嘉泰元年冬,作者时在山阴。
〔2〕征西:指陆游从军南郑、在四川宣抚使幕府时。
〔3〕秦:指陕西一带地方。
〔4〕陈人:指过去时代的人物,即老朽之人。
〔5〕建隆乾德:为宋太祖开国初年的两个年号(960—968)。
〔6〕温洛荣河:指黄河、洛水等已沦陷的中原地区。
〔7〕"临危"句:语本杜甫《奉送严公入朝十韵》:"公若登台辅,临危莫爱身。"不资身,无价之身。

追忆征西幕中旧事(四首选一)[1]

关辅遗民意可伤[2],蜡封三寸绢书黄[3]。亦知虏法如秦酷[4],列圣恩深不忍忘[5]。

〔1〕本诗作于嘉泰元年冬,陆游时在山阴。
〔2〕关辅:指关中及长安附近地区。辅,指京城附近的地方。伤:悲伤,怜悯。
〔3〕"蜡封"句:陆游自注:"关中将校密报事宜,皆以蜡书至宣司。"指在金军中的汉人把秘密情报写在三寸黄绢上,用蜡封固,送到宋军中来。
〔4〕虏法:指金人的刑法。秦:指秦代。
〔5〕列圣:指宋朝历代的皇帝。

读史[1]

民间斗米两三钱,万里耕桑罢戍边[2]。常使屏风写无逸[3],应无烽火照甘泉[4]。

〔1〕本诗作于嘉泰元年冬,作者时在山阴。
〔2〕"民间"二句:指唐玄宗开元天宝年间,境内大治,生产发展,民间一斗米价仅两三钱,边境太平。耕桑,泛指农业生产。罢戍边,指不用派兵防守边疆。
〔3〕无逸:《尚书》篇名,据说是周公告诫成王不要贪图安逸的话。唐玄宗开元年间,丞相宋璟写《无逸》篇为图献给玄宗,玄宗挂在内殿里观看,作为座右铭。开元末,"无逸图"朽坏,玄宗就用山水图代替。
〔4〕烽火照甘泉:指天宝末年安禄山叛乱攻占长安的事。甘泉,原是秦代宫名,这里借指唐代长安的宫殿。

客去[1]

相对蒲团睡味长[2],主人与客两相忘。须臾客去主人觉[3],一半西窗无夕阳[4]。

〔1〕本诗作于嘉泰元年冬,作者时在山阴。
〔2〕蒲团:用蒲草编成的可睡可坐的团形垫子。

〔3〕须臾：一会儿。

〔4〕"一半"句：意谓时间过去很久，已是傍晚了。

岁暮贫甚戏书〔1〕

阿堵元知不受呼〔2〕，忍贫闭户亦良图〔3〕。曲身得火才微直〔4〕，槁面持杯只暂朱〔5〕。食案阑干堆苜蓿〔6〕，褐衣颠倒著天吴〔7〕。谁知未减粗豪在，落笔犹能赋两都〔8〕。

〔1〕本诗作于嘉泰元年冬，陆游时在山阴。

〔2〕阿堵：指钱。本六朝人语，等于今言"这个"。《晋书·王衍传》载，王衍嫌妻子贪鄙，所以自己从不说"钱"字。其妻叫婢女用钱把他的床围起来，使他不能行走。王衍起床看见钱挡着，便叫婢女："举阿堵物却。"后来就以"阿堵"为钱的代称。

〔3〕良图：好办法。

〔4〕"曲身"句：用唐人孟郊《答友人赠炭》中"暖得曲身成直身"之意。

〔5〕"槁面"句：意谓枯槁的面容只在饮酒后才暂时发红。槁面，枯槁憔悴的面色，形容缺乏营养。朱，红。

〔6〕"食案"句：用唐人薛令之《自悼》中"盘中何所有？苜蓿长阑干"之意。食案，饭桌。阑干，横斜散乱的样子。

〔7〕"褐衣"句：用杜甫《北征》中"天吴及紫凤，颠倒在短褐"之意，形容身上粗布衣服再补缀，以致上面的花纹颠倒。褐衣，粗布衣服。天吴，古代传说中的水神名，古时衣服上多绣其像，这里泛指衣上的花纹。

〔8〕两都：指班固写的《两都赋》，是汉赋中的名篇。这里比喻作者

所写的优秀作品。

梅花绝句(六首选一)〔1〕

闻道梅花坼晓风〔2〕,雪堆遍满四山中。何方可化身千亿〔3〕,一树梅前一放翁〔4〕?

〔1〕本诗作于嘉泰二年(1202)春,作者时在山阴。
〔2〕坼(chè):裂开,这里指梅花开放。
〔3〕何方:什么方法。化用柳宗元《与浩初上人同看山寄京华亲故》诗:"若为化得身千亿,散上峰头望故乡。"出佛典《梵网经》:卢舍那坐莲花台成千百亿化身。
〔4〕梅前:一作"梅花"。

感旧〔1〕

四十三年梦,今朝又唤回〔2〕。平桥穿小市,细雨压轻埃。老喜诗情在,慵愁史课催〔3〕。时时还自笑,白首接邹枚〔4〕。

〔1〕嘉泰二年五月,陆游被召修国史及实录,六月入临安。本诗就作于陆游到临安后不久。
〔2〕"四十三年"二句:绍兴三十年(1160),陆游从福州被召赴临安任敕令所删定官,到这时已四十三年。

〔3〕慵:懒。史课:指修史的事。
〔4〕邹枚:指西汉的邹阳和枚乘,二人曾同为梁孝王的宾客,都以文章著名。这里指史局同官。

湖上急雨[1]

溪烟一缕起前滩,急雨俄吞四面山[2]。造化等闲成壮观[3],月明却送钓船还。

〔1〕嘉泰三年(1203)五月,陆游修史成后请致仕,除提举江州太平兴国宫,遂离临安回山阴。本诗就作于陆游回山阴后。
〔2〕俄:不久,旋即。
〔3〕造化:指大自然。等闲:寻常,随便。

入秋游山赋诗,略无阙日,戏作五字七首识之,以"野店山桥送马蹄"为韵(七首选一)[1]

束发初学诗[2],妄意薄风雅[3]。中年困忧患,聊欲希屈贾[4]。宁知竟卤莽,所得才土苴[5];入海殊未深,珠玑不盈把[6]。老来似少进,遇兴颇倾泻;犹能起后生,黄河吞巨野[7]!

〔1〕"野店"七字:杜甫《将赴成都草堂途中有作先寄严郑公》第三首中诗句。本诗作于嘉泰三年秋,陆游时在山阴。

〔2〕束发:古代男孩成童时束发为髻,因以为成童的代称。

〔3〕薄风雅:意谓附属于《诗经》,即继承《诗经》的传统。薄,附着。风雅,指代《诗经》,因《诗经》中有"国风"和"大雅"、"小雅",故云。

〔4〕希屈贾:意谓仰慕屈原和贾谊,即以屈、贾的作品为自己创作的范例。希,通"睎",企望,仰慕。

〔5〕土苴(zhǎ):犹土渣,比喻极轻贱的事物。苴,通"渣"。

〔6〕"入海"二句:用杜甫《西阁二首》中"诗尽人间兴,兼须入海求"之意,意谓自己的诗在中年以前功夫尚浅,未能从古诗的海洋中大量吸取其精华。

〔7〕巨野:古代大泽名,旧址在今山东巨野附近,邻近黄河。陆游这句比喻自己的诗气势雄壮奔放,好像黄河东注吞没巨野之水的样子。

秋兴(二首选一)〔1〕

拒霜惨淡数枝红〔2〕,石竹凋零不满丛〔3〕。小蝶一双来又去,与人都在寂寥中。

〔1〕本诗作于嘉泰三年秋,陆游时在山阴。
〔2〕拒霜:即木芙蓉花。因八九月始开,故又名拒霜。
〔3〕石竹:植物名,夏天开红花。

秋思(三首选一)[1]

乌桕微丹菊渐开[2],天高风送雁声哀。诗情也似并刀快[3],剪得秋光入卷来。

[1] 本诗作于嘉泰三年秋,作者时在山阴。
[2] 乌桕:落叶乔木,其叶秋天经霜变红色。
[3] 并刀:并州(治所在今山西太原)出产的剪刀。古时并州以产剪刀著称。

感愤[1]

形胜崤潼在[2],英豪赵魏多[3]。精兵连六郡[4],要地控三河[5]。慷慨鸿门会[6],悲伤易水歌[7]。几人怀此志,送老一渔蓑[8]!

[1] 本诗作于嘉泰三年冬,作者时在山阴。
[2] 崤潼:崤山和潼关。崤山,在函谷关东面。
[3] 赵魏:均为战国时的古国,在今河北省南部及河南省东部。
[4] 六郡:指陇西、天水、安定、北地、上郡、西河六郡。汉代以六郡良家子选为羽林军。
[5] 三河:汉代以河东、河内、河南三郡为三河,即今河南洛阳黄河

南北一带,地势险要。《史记·货殖列传》:"夫三河在天下之中若鼎足,王者所更居也。"

〔6〕鸿门会:秦末刘邦、项羽会于鸿门,项羽谋士范增拟谋杀刘邦,刘邦部将樊哙带剑拥盾入军门,怒斥项羽,刘邦始得脱走。

〔7〕易水歌:战国末燕荆轲出发刺秦王时,在易水边上慷慨悲歌:"风萧萧兮易水寒,壮士一去兮不复还!"

〔8〕渔蓑:渔夫所穿的防雨用的蓑衣。这句意谓有多少人怀有壮志,却只能终老在水村。

记老农语〔1〕

霜清枫叶照溪赤,风起寒鸦半天黑。鱼陂车水人竭作〔2〕,麦垄翻泥牛尽力。碓舂玉粒恰输租〔3〕,篮挈黄鸡还作贷〔4〕。归来糠粞常不餍〔5〕,终岁辛勤亦何得! 虽然君恩乌可忘〔6〕,为农力耕自其职。百钱布被可过冬,但愿时清无盗贼。

〔1〕本诗作于嘉泰三年冬,作者时在山阴。

〔2〕鱼陂:鱼塘。

〔3〕玉粒:比喻白米。

〔4〕挈(qiè):提。作贷:顶债。

〔5〕粞(xī):碎米。餍(yàn):饱。

〔6〕乌可忘:哪可忘。

送辛幼安殿撰造朝[1]

稼轩落笔凌鲍谢[2]，退避声名称学稼[3]。十年高卧不出门[4]，参透南宗牧牛话[5]。功名固是券内事[6]，且茸园庐了婚嫁[7]。千篇昌谷诗满囊[8]，万卷邺侯书插架[9]。忽然起冠东诸侯[10]，黄旗皂纛从天下[11]。圣朝仄席意未快[12]，尺一东来烦促驾[13]。大材小用古所叹，管仲萧何实流亚[14]。天山挂旆或少须[15]，先挽银河洗嵩华[16]。中原麟凤争自奋[17]，残房犬羊何足吓[18]！但令小试出绪馀[19]，青史英豪可雄跨。古来立事戒轻发，往往逸夫出乘罅[20]。深仇积愤在逆胡，不用追思灞亭夜[21]。

〔1〕辛幼安：即辛弃疾(1140—1207)，字幼安，号稼轩，历城(今山东济南)人。南宋著名爱国词人。绍兴三十一年(1161)，他起兵抗金，后率义军归南宋。殿撰：辛弃疾曾任右文殿、集英殿修撰，故称殿撰。造朝：到朝廷去。嘉泰四年(1204)春，辛弃疾时知绍兴府兼浙东安抚使，应召赴临安，陆游就写了这首诗为他送行，时在山阴。

〔2〕凌：超过，高于。鲍谢：指南朝宋时著名诗人鲍照和谢灵运。杜甫《遣兴》诗云："赋诗何必多，往往凌鲍谢。"

〔3〕学稼：指"稼轩"命号的由来。辛弃疾曾退处乡间十年，常说"人生在勤，当以力田为先"，因以"稼"名轩，取"从老农学稼"之意。

〔4〕"十年"句：指辛弃疾在绍熙五年(1194)被免知福州兼福建安抚使职后在江西乡间隐居的十年。

〔5〕"参透"句:谓辛弃疾修养功夫非常到家。参透,了解透彻。参,证验。南宗,指佛教禅宗中以惠能为宗的一派。牧牛话,佛家比喻修行为牧牛。《景德传灯录》卷六载,慧藏禅师一日在厨作务次,马祖问曰:"作什么?"曰:"牧牛。"马祖曰:"作么生牧?"曰:"一回入草去,便把鼻孔拽来!"马祖曰:"子真牧牛师!"

〔6〕券内事:指有把握做到的事。券,契约。

〔7〕葺:原指用茅草覆盖房屋,也泛指修理房屋。了婚嫁:指办完子女的婚事。

〔8〕昌谷:指唐代诗人李贺。李贺曾在昌谷(今河南宜阳县西)居住,所以又叫李昌谷。诗满囊:李贺常骑驴出游,一小僮背古锦囊随行,得了诗句即写下放入锦囊中。这句借李贺故事称赞辛弃疾创作丰富。

〔9〕邺侯:指唐德宗时宰相李泌,封邺侯,以藏书多著称。韩愈《送诸葛觉往随州读书》云:"邺侯家多书,插架三万轴。"这句借李泌故事称赞辛弃疾藏书丰富。

〔10〕"忽然"句:指辛弃疾于嘉泰三年(1203)被任命为知绍兴府兼浙东安抚使之职。

〔11〕黄旗皂纛(dào):指安抚使的仪仗。皂纛,黑色的大旗。

〔12〕仄席:即侧席。指皇帝侧席,倾听贤臣的言论,表示尊重贤者。

〔13〕尺一:指诏书。古代以一尺一寸长的版写诏书,故诏书又称尺一。

〔14〕管仲:春秋时齐国名相,辅佐齐桓公称霸诸侯。萧何:汉初名相,协助刘邦建立西汉。流亚:同一类的人物。

〔15〕"天山"句:意谓把宋军的大旗挂到天山或许可以稍待时日。天山,这里借指金人的根据地。旆(pèi),指旌旗。

〔16〕"先挽"句:意谓先挽银河之水来洗刷被金人玷污的嵩山和华山,即收复河南、陕西一带中原沦陷区。嵩华,嵩山和华山。

〔17〕麟凤:喻指杰出人才。

〔18〕犬羊:喻指金人。何足吓:哪里经得起威吓,即不堪一击之意。

〔19〕绪馀:剩馀的部分,指馀力。

〔20〕谗夫:专说坏话以中伤好人的小人。乘罅(xià):指利用裂缝钻空子进行破坏。罅,裂缝。

〔21〕"深仇"二句:意谓深仇大恨都在金人身上,不要计较过去的个人恩怨。灞亭夜,指汉将李广曾夜过霸陵亭遭霸陵尉侮辱的事。李广后被任为右北平太守,请霸陵尉同往,到军中就把霸陵尉斩了。灞亭,即霸陵亭。辛弃疾曾屡次被劾罢官,陆游在这里借李广的故事,劝辛弃疾以抗金事业为重。

闻虏乱次前辈韵〔1〕

中原昔丧乱,豺虎厌人肉〔2〕。辇金输虏庭〔3〕,耳目久习熟。不知贪残性,搏噬何日足〔4〕!至今磊落人〔5〕,泪尽以血续〔6〕。后生志抚薄,谁办新亭哭〔7〕?艺祖有圣谟〔8〕,呜呼宁忍读!

〔1〕虏乱:指当时金国政局不稳。本诗作于嘉泰四年夏,陆游时在山阴。

〔2〕豺虎:指金军。厌:通"餍",吃饱。

〔3〕"辇金"句:指南宋每年向金国输送银绢。辇,载运。

〔4〕搏噬:指豺虎的搏击噬咬,这里比喻金军的侵略行为。

〔5〕磊落人:指爱国志士。磊落,形容胸怀坦荡、仪态俊伟。

〔6〕"泪尽"句:《说苑》:"蔡威公闭门而泣,三日三夜,泣尽而继之以血,曰:'吾国且亡!'"这里用蔡威公事,写爱国志士痛心国家将亡的心情。

〔7〕"后生"二句:意谓有的年轻人在对金人表示亲近友善,忘记国家的大仇,不为国事感愤忧伤。抚薄即抚拍,与豪强相亲狎的意思。

〔8〕"艺祖"句:陆游自注:"艺祖尝为'大宋一统'四字赐大匾,今藏秘阁。"艺祖,指宋太祖。谟,计谋。

书事(四首选二)〔1〕

关中父老望王师,想见壶浆满路时。寂寞西溪衰草里,断碑犹有少陵诗〔2〕。

〔1〕书事:指宰相韩侂胄倡议伐金。陆游闻讯非常兴奋,写了不少想象战争胜利的诗作。本诗作于嘉泰四年秋,陆游时在山阴。
〔2〕"寂寞"二句:陆游自注:"华州西溪,即老杜所谓'郑县亭子'者。"西溪,在华州郑县(今陕西华县)。唐乾元元年(758),杜甫过西溪时,写有《题郑县亭子》一诗。这二句想象收复华州后,还能在衰草中找到杜诗的残碑。

鸭绿桑乾尽汉天〔1〕,传烽自合过祁连〔2〕。功名在子何殊我,惟恨无人快著鞭〔3〕!

〔1〕鸭绿:鸭绿江,在今中国和朝鲜交界处。桑乾:桑乾河,在河北省。汉天:指中国的地方。

〔2〕合:应当。祁连:祁连山,在甘肃省。

〔3〕"功名"二句:意谓你要能收复失地,立下功名,那就和我立了功名一样;只恨没有人肯迅速地策马向前,争取立功。著鞭,即加鞭,策马前进的意思。快著鞭,语本晋刘琨语:"吾枕戈待旦,志枭逆虏,常恐祖生(逖)先吾著鞭耳。"(《晋书·刘琨传》)

书事〔1〕

北征谈笑取关河〔2〕,盟府何人策战多〔3〕?扫尽烟尘归铁马〔4〕,剪空荆棘出铜驼〔5〕。史臣历纪平戎策〔6〕,壮士遥传入塞歌〔7〕。自笑书生无寸效〔8〕,十年枉是枕雕戈〔9〕。

〔1〕本诗作于嘉泰四年秋,陆游时在山阴。

〔2〕北征:指北伐金国。谈笑取关河:极言成功之易。

〔3〕"盟府"句:意谓论功行赏,何人战功多?盟府,掌管保存盟约的官府。古时受勋赏的官员都有盟约,盟约保存在盟府。策战,谋划战事。

〔4〕归铁马:指强大的军马胜利归来。

〔5〕"剪空"句:晋代索靖预知天下将乱,指洛阳宫门前的铜驼说:"会见汝在荆棘中耳。"这里反用其事,意谓中原恢复。

〔6〕平戎策:指平敌的策略。

〔7〕入塞歌:汉乐府横吹曲有《入塞曲》。

〔8〕书生:陆游自称。寸效:微功。

〔9〕十年:指在川陕十年的从军生活。枕雕戈:《晋书·刘琨传》载刘琨云:"吾枕戈待旦,志枭逆虏。"枕戈,即以戈为枕,不解除武装的意

思。雕戈,画有文彩图案的戈。

过邻家[1]

初寒偏著苦吟身[2],情话时时过近邻。嘉穟连云无水旱[3],齐民转壑自酸辛[4]。室庐封镢多逋户[5],市邑萧条少醉人。甑未生尘羹有糁[6],吾曹切勿怨常贫。

〔1〕本诗作于嘉泰四年秋,陆游时在山阴。
〔2〕著:接触到。
〔3〕嘉穟(suì):禾稻。穟,同"穗"。
〔4〕齐民:平民。转壑:指因饥饿流离,辗转死于沟壑之中。
〔5〕封镢(jué):封门。镢,有舌的门环。逋(bū)户:逃亡的人家。
〔6〕甑(zèng):古代蒸饭的瓦器。糁(sǎn):饭粒。

孤云[1]

四十年来住此山[2],入朝无补又东还[3]。倚阑莫怪多时立[4],为爱孤云尽日闲。

〔1〕本诗作于嘉泰四年冬,作者时在山阴。
〔2〕四十年:陆游于乾道二年(1166)定居在山阴三山村,到嘉泰四年(1204),已历三十九年。这里"四十年"是约数。

〔3〕"入朝"句:指陆游于嘉泰二年(1202)赴临安修国史,次年返回山阴。

〔4〕阑:同"栏"。

残年[1]

残年垂八十[2],高卧岂逃名。泥巷多牛迹,茅檐有碓声。炊菰觞父老[3],煮枣哺雏婴。遗戍虽传说[4],何时复两京[5]?

〔1〕本诗写于开禧元年(1205)秋,陆游时在山阴。

〔2〕八十:陆游是年八十岁。

〔3〕炊菰:烧菰米饭。觞父老:请父老饮酒。觞,向人敬酒或自饮。

〔4〕遣戍:指当时韩侂胄打算北伐的事。

〔5〕两京:唐代以长安、洛阳为两京。这里兼指汴京。

客从城中来[1]

客从城中来,相视惨不悦。引杯抚长剑[2],慨叹胡未灭。我亦为悲愤,共论到明发[3]。向来酾斗时,人情愿少歇[4]。及今数十秋,复谓须岁月[5]。诸将尔何心,安坐望旄节[6]!

〔1〕本诗作于开禧元年秋,作者时在山阴。

〔2〕引杯:饮酒。

〔3〕明发:天亮。

〔4〕"向来"二句:意谓在南宋初年激烈抗战的时候,妥协投降派主张停战议和。

〔5〕"及今"二句:意谓自金人入侵至今已数十年,仍然还说须等待时机。

〔6〕"诸将"二句:质问各位将军你们究竟是何居心,按兵不动,坐待加官晋爵。旄节,古代使臣或主持军事的人所持的信物。

衰疾〔1〕

衰疾支离负圣时〔2〕,犹能采菊傍东篱〔3〕。捉衿见肘贫无敌〔4〕,耸膊成山瘦可知〔5〕。百岁光阴半归酒,一生事业略存诗。不妨举世无同志,会有方来可与期〔6〕。

〔1〕本诗作于开禧元年秋,作者时在山阴。

〔2〕支离:衰残瘦弱的样子。圣时:圣明的时代,指当时。

〔3〕采菊傍东篱:语本陶潜《饮酒》:"采菊东篱下。"

〔4〕捉衿见肘:语本《庄子·让王》:"正冠而缨绝,捉衿而肘见。"形容衣服破烂不能遮盖身体。衿,同"襟",指古代衣服的交领。

〔5〕耸膊成山:语本《本事诗》所载唐代长孙无忌嘲欧阳询诗:"耸膊成山字,埋肩畏出头。"形容瘦的样子。

〔6〕方来:将来。期:期约,期待。

稽山行[1]

稽山何巍巍,浙江水汤汤[2]。千里亘大野[3],勾践之所荒[4]。春雨桑柘绿,秋风粳稻香。村村作蟹簖[5],处处起鱼梁[6]。陂放万头鸭,园覆千畦姜。春碓声如雷,私债逾官仓[7]。禹庙争奉牲[8],兰亭共流觞[9]。空巷看竞渡[10],倒社观戏场[11]。项里杨梅熟[12],采摘日夜忙。翠篮满山路,不数荔枝筐。星驰入侯家[13],那惜黄金偿[14]?湘湖莼菜出[15],卖者环三乡。何以共烹煮,鲈鱼三尺长。芳鲜初上市,羊酪何足当[16]!镜湖滀众水[17],自汉无旱蝗。重楼与曲槛[18],潋滟浮湖光[19]。舟行以当车,小伞遮新妆。浅坊小陌间[20],深夜理丝簧[21]。我老述此诗,妄继古乐章[22]。恨无季札听,大国风泱泱[23]。

〔1〕稽山:即会稽山。本诗作于开禧元年冬,陆游时在山阴。

〔2〕浙江:即钱塘江。汤(shāng)汤:水盛大的样子。

〔3〕亘:横贯。大野:广大的原野。

〔4〕勾践:春秋末越国的君主。荒:开辟。

〔5〕蟹簖(duàn):插在河流中拦捕鱼蟹的竹栅。簖,通"籪"。

〔6〕鱼梁:设置在水中的拦鱼之坝。

〔7〕"私债"句:意谓私人放债,超过官家的库存,以此说明地主之富。

〔8〕禹庙:在绍兴东南。奉牲:供奉牛、羊、猪等祭品。

〔9〕兰亭:在绍兴西南。流觞(shāng):古人三月初三集会于环曲的水渠旁,在上流放置酒杯,任其顺流而下,待杯停下即饮酒,叫"流觞"。觞,酒杯。晋代王羲之和友人曾在兰亭集会宴饮,有流觞之乐。

〔10〕空巷:万人空巷,形容看竞渡的人之众。竞渡:指五月初五的赛龙船。

〔11〕倒社:即倾社,指社日时村人全部出动去看戏。

〔12〕项里:地名,在绍兴西南。

〔13〕星驰:如流星奔驰,形容运送迅速。侯家:指贵族豪门。

〔14〕偿:酬报。

〔15〕湘湖:地名,在今浙江萧山西面。莼菜:一种水生植物,可作菜,味鲜美。

〔16〕羊酪:用羊乳炼制成的食品,为金人所喜食。

〔17〕滀(xù):汇聚。

〔18〕重楼:层叠的楼。曲槛:曲折的栏杆。

〔19〕潋滟:水满波连的样子。

〔20〕浅坊:短街。小陌:小巷。

〔21〕丝簧:泛指乐器。

〔22〕古乐章:指《诗经》。

〔23〕"恨无"二句:春秋时吴国的公子季札,曾到鲁国去观乐。当乐工奏到《齐风》时,他说:"美哉!泱泱乎大风也哉!表东海者,其太公乎?国未可量也。"这二句是说,我歌颂具有与古代齐国一样泱泱大国之风的山阴,遗憾的是没有季札那样善于评论诗歌的人来听。泱泱,宏大的样子。

山村经行因施药(五首选一)[1]

驴肩每带药囊行,村巷欢欣夹道迎。共说向来曾活我,生儿多以陆为名〔2〕。

〔1〕本诗作于开禧元年冬,作者时在山阴。
〔2〕"共说"二句:意谓大家都说这位老人过去曾救过我,因而生下孩子多用"陆"字命名,以示纪念。

杂感(六首选一)〔1〕

雨霁花无几〔2〕,愁多酒不支〔3〕。凄凉数声笛,零乱一枰棋〔4〕。蹈海言犹在〔5〕,移山志未衰〔6〕。何人知壮士,击筑有馀悲〔7〕!

〔1〕本诗作于开禧二年(1206)春,作者时在山阴。
〔2〕雨霁:雨止。
〔3〕"愁多"句:意谓愁多不胜酒。或解为愁绪太多,非酒所能消除。
〔4〕一枰棋:一局棋。枰,古代的博局,亦指棋盘。
〔5〕蹈海:据《战国策·赵策》载,齐人鲁仲连反对赵国尊秦为帝,说:"彼即肆然而为帝,过而为政于天下,则连有蹈东海而死耳,吾不忍为之民也!"陆游在这里借鲁仲连的故事,表示自己反对南宋朝廷当时甘心为金帝臣侄的丧权辱国的可耻行为。宋高宗时签订的《绍兴和议》规定宋向金奉表称臣,宋孝宗时签订的《隆兴和议》规定宋主称金主为叔父。
〔6〕移山志:用《列子·汤问》中所载愚公移山的故事,表示自己抗金的志向始终坚定。

〔7〕"击筑"句：筑，古乐器，似琴有弦，以竹击之作声。据《史记·刺客列传》载，荆轲与高渐离友善。后荆轲为燕太子去刺杀秦王，失败被杀。高渐离遂改换姓名，找得机会为秦王击筑，想为荆轲复仇。秦王发现后，惜其善击筑，将其两目弄瞎，留下击筑。高渐离就在筑中置铅块，在一次击筑时，举筑击秦始皇，不中被杀。陆游在这里用高渐离故事，说明自己不忘为国家报仇雪耻。

剧暑〔1〕

六月暑方剧，喘汗不支持。逃之顾无术，惟望树影移〔2〕。或谓当读书；或劝把酒卮〔3〕；或夸作字好，萧然却炎曦〔4〕；或欲溪上钓；或思竹间棋；亦有出下策，买簟倾家赀〔5〕；赤脚踏层冰〔6〕，此计又绝痴！我独谓不然，愿子少置思：方今诏书下，淮汴方出师〔7〕。黄旗立辕门〔8〕，羽檄昼夜驰。大将先擐甲〔9〕，三军随指挥。行伍未尽食〔10〕，大将不言饥。渴不先饮水，骤不先告疲〔11〕。吾侪独安居，茂林荫茅茨〔12〕。脱巾濯寒泉，卧起从其私〔13〕。于此尚畏热，鬼神其可欺〔14〕！坐客皆谓然，索纸遂成诗。便觉窗几间，飒飒清风吹〔15〕。

〔1〕剧暑：酷暑。本诗作于开禧二年夏，作者时在山阴。
〔2〕树影移：指太阳西斜。
〔3〕酒卮（zhī）：酒杯。
〔4〕萧然：清凉的样子。却炎曦：使火热的阳光退却。这里指写字时心意闲适，可以忘记炎热。炎曦，火热的阳光。

〔5〕"买簟"句：语本韩愈《郑群赠簟》："有卖直欲倾家赀。"簟(diàn)，竹席。赀，同"资"，钱财。

〔6〕"赤脚"句：语本杜甫《早秋苦热》："安得赤脚踏层冰？"增冰，冰层。增，通"层"。

〔7〕"方今"二句：宋宁宗开禧二年五月下诏伐金，宋兵曾攻宿州、寿州等地，并增派军队守卫淮河、汴水一带要地。这二句事指此。

〔8〕辕门：指军中主帅所居的军营营门。

〔9〕擐(huàn)甲：穿上铠甲。擐，套，穿。

〔10〕行(háng)伍：泛指军队。古代军队编制，五人为伍，二十五人为行。

〔11〕骤：奔跑，急行。

〔12〕茅茨(cí)：茅屋。茨，用芦苇、茅草盖的屋顶。

〔13〕从其私：按照自己的意愿。

〔14〕"鬼神"句：意谓鬼神难道是可以欺骗的吗？其，难道，表反诘。

〔15〕飒飒：风声。

老马行[1]

老马㾻㿗依晚照[2]，自计岂堪三品料[3]？玉鞭金络付梦想[4]，瘦稗枯萁空咀嚼[5]。中原蝗旱胡运衰，王师北伐方传诏。一闻战鼓意气生，犹能为国平燕赵[6]。

〔1〕本诗作于开禧二年秋，作者时在山阴。

〔2〕㾻㿗(huī tuí)：疲极而病。《诗经·周南·卷耳》："我马

俎豨。"

〔3〕三品料:指以三品官的俸禄来饲养马匹。据《新五代史·东汉世家》载,五代时北汉刘旻与后周世宗战于高平(在今山西),大败,独乘契丹黄骝逃归太原。后来,他就为黄骝治厩,饰以金银,食以三品料,号"自在将军"。

〔4〕玉鞭金络:玉装马鞭金镶马络,指天子之马的装饰。络,马笼头。

〔5〕瘦稗枯萁:指粗恶的饲料。稗,稗草。萁,豆茎。咀噍(jiào):即咀嚼,细细咬嚼。

〔6〕燕赵:指河北、河南、山西一带,泛指中原地区。

记 梦[1]

久住人间岂自期,断砧残角助凄悲[2]。征行忽入夜来梦,意气尚如年少时。绝塞但惊天似水[3],流年不记鬓成丝。此身死去诗犹在,未必无人粗见知[4]。

〔1〕本诗作于开禧二年冬,作者时在山阴。

〔2〕断砧:断续的捣衣声。砧,捣衣石。

〔3〕绝塞:绝远的边塞。天似水:形容秋季天空碧蓝的样子。

〔4〕"未必"句:意谓将来未必没有人能从我的诗中略为了解我的心愿。

春晚即事(四首选一)[1]

渔村樵市过残春[2],八十三年老病身。残虏游魂苗渴雨[3],杜门忧国复忧民[4]。

〔1〕 本诗作于开禧三年(1207)春,作者时在山阴。
〔2〕 樵市:买卖柴草的小市镇。樵,木柴。
〔3〕 "残虏"句:意谓金军仍像不散的阴魂不断来侵扰,而江南的禾苗则急盼雨水。开禧二年南宋军队北伐失利,而金军于是年冬分九路南下,摆出渡江态势以逼宋胁和,南宋朝廷大震。同时,江南大旱,更增加了局势的严峻,故陆游诗中有"忧国复忧民"之语。
〔4〕 杜门:闭门不出。

感事六言(八首选一)[1]

老去转尤饱计,醉来暂豁忧端[2]。双鬓多年作雪,寸心至死如丹。

〔1〕 六言:六言诗。本诗作于嘉定元年(1208)夏,作者时在山阴。
〔2〕 豁:免除,豁免。忧端:忧伤的心绪。

自贻(四首选一)[1]

退士愤骄虏[2],闲人忧旱年[3]。耄期身未病[4],贫困气犹全。

[1] 自贻:自赠。本诗作于嘉定元年夏,作者时在山阴。
[2] 退士:退隐之士,陆游自指。愤骄虏:开禧三年,南宋北伐失败,这年十一月,南宋朝廷杀主战的韩侂胄等。嘉定元年,南宋遣使至金,请依靖康故事,世为伯侄之国;增岁币为三十万,犒军钱三百万贯,等等。不久,南宋又以韩侂胄等人首级献金。陆游见金人气焰嚣张,极为愤恨。骄虏即指金人。
[3] 闲人:闲散之人,陆游自指。
[4] 耄期(jī):指高龄。古时八十、九十曰耄,百岁曰期颐。陆游本年八十四岁,故曰"耄期"。

异梦[1]

山中有异梦,重铠奋雕戈[2]。敷水西通渭[3],潼关北控河[4]。凄凉鸣赵瑟[5],慷慨和燕歌[6]。此事终当在,无如老死何[7]!

[1] 本诗作于嘉定元年夏,陆游时在山阴。

〔2〕重铠:双层的铠甲。雕戈:雕有花纹的戈。

〔3〕敷水:在陕西华阴西,源出大敷谷,流入于渭水。

〔4〕潼关:在陕西华阴东,下临黄河。河:黄河。

〔5〕赵瑟:指质地精良的瑟。古代赵国出产的瑟十分著名。瑟,一种古代弦乐器。

〔6〕燕歌:指慷慨悲壮的歌。据《史记·刺客列传》载,燕太子丹遣荆轲入秦刺秦王,在易水之滨送行,高渐离击筑,荆轲和而歌,悲壮慷慨,令在场的人十分感动。

〔7〕"此事"二句:意谓梦中之事终究会成为事实,无奈自己年老将死,不能看到这一切了。

识愧[1]

几年羸疾卧家山[2],牧竖樵夫日往还[3]。至论本求编简上[4],忠言乃在里闾间[5]。"私忧骄虏心常折,念报明时涕每潸。"[6]寸禄不沾能及此[7],细听只益厚吾颜[8]。

〔1〕识愧:记下羞愧。识,通"志",记下的意思。陆游自注:"路逢野老共语,归舍赋此诗。"本诗作于嘉定元年秋,作者时在山阴。

〔2〕羸(léi)疾:瘦弱多病。羸,瘦,弱。

〔3〕牧竖:牧童。竖,童仆。樵夫:打柴的人。

〔4〕至论:最高明的理论。

〔5〕里闾:里巷,民间。

〔6〕"私忧"二句:陆游自注:"二句实书其语。"即这二句是野老所说的话。

〔7〕寸禄不沾:指野老没有领受过一点俸禄。寸禄,一点点俸禄。禄,古代官吏的薪俸。

〔8〕厚吾颜:使我感到惭愧。厚颜,惭愧的意思。

示子遹〔1〕

我初学诗日,但欲工藻绘〔2〕;中年始少悟,渐若窥宏大。怪奇亦间出,如石漱湍濑〔3〕。数仞李杜墙,常恨欠领会〔4〕。元白才倚门〔5〕,温李真自郐〔6〕。正令笔扛鼎,亦未造三昧〔7〕。诗为六艺一〔8〕,岂用资狡狯〔9〕?汝果欲学诗,工夫在诗外〔10〕。

〔1〕子遹:即陆子遹,陆游幼子。本诗作于嘉定元年秋,作者时在山阴。

〔2〕藻(zǎo)绘:藻饰和绘画,比喻华丽的文辞。

〔3〕"如石"句:即"如湍濑漱石"的倒装。漱,冲荡。湍濑,石滩上的急流。

〔4〕"数仞"二句:语本《论语·子张》:"夫子之墙数仞,不得其门而入。"原为孔子弟子子贡称赞孔子的话。陆游在这里借以赞扬李白、杜甫的诗,并认为自己对于这两位诗人的作品缺乏领会,还恨身在门外。

〔5〕"元白"句:意谓元稹、白居易只是靠近李白、杜甫创作的大门,并没有能登堂入室。

〔6〕"温李"句:意谓温庭筠、李商隐的作品不值得评论。自郐(kuài),《左传·襄公二十九年》载,春秋时吴国公子季札在鲁国观

乐,对各国的诗歌都有评论,"自郐以下无讥焉",即认为郐国等国的诗歌微不足道,故不加评论。后就以"自郐"表示对事物轻视,不屑齿及的意思。

〔7〕"正令"二句:意谓学诗如果不领会李白、杜甫的作品,即使笔力雄健,也得不到作诗的要诀。扛鼎,举鼎,比喻笔力雄健。造,达到。三昧,指事物的要诀或精义。

〔8〕六艺:亦称六经,指《易》、《礼》、《乐》、《诗》、《书》、《春秋》,包括了古代文化的各个部分。

〔9〕资狡狯:作为游戏之资。狡狯,陆游自注:"晋人谓戏为狡狯,今闽语尚尔。"

〔10〕"工夫"句:意谓学习作诗应该在诗本身以外的生活中下工夫。

春日杂兴(十二首选一)〔1〕

夜夜燃薪暖絮衾,禺中一饭直千金〔2〕。身为野老已无责〔3〕,路有流民终动心〔4〕。

〔1〕本诗作于嘉定二年(1209)春,作者时在山阴。

〔2〕禺中:即隅中,将近午时。直:通"值"。

〔3〕野老:陆游自称。陆游于嘉泰四年(1204)以宝谟阁待制致仕。开禧二年(1206),宰相韩侂胄为巩固权位,趁金与蒙古连年战争之机,发动北伐。但此时南宋国力更弱,结果战败,杀韩侂胄等求和。陆游从爱国抗金、恢复中原的立场出发,赞成这次北伐。北伐失败后,陆游于本年春因曾为韩侂胄写过《南园记》等文而被投降派借口劾免宝谟阁待

制,故自称野老。

〔4〕流民:流亡逃难的人民。

即事(八首选一)〔1〕

小阁凭栏望远空,天河横贯斗牛中〔2〕。他年鼓角榆关路〔3〕,马上遥看与此同。

〔1〕本诗作于嘉定二年夏,作者时在山阴。
〔2〕天河:银河。斗牛:斗宿和牛宿两个星座,处于北方上空。
〔3〕"他年"句:意谓将来出兵北伐,向山海关进军。榆关,山海关。

示儿〔1〕

死去元知万事空,但悲不见九州同〔2〕。王师北定中原日〔3〕,家祭无忘告乃翁〔4〕。

〔1〕本诗作于嘉定二年十二月,陆游时在山阴,这是他的绝笔诗。这年十二月二十九日,他便与世长辞了。
〔2〕九州同:指驱逐金人,全国统一。九州,古时中国分为九州,这里指全国。
〔3〕王师:指宋朝的军队。
〔4〕乃翁:你们的父亲。乃,你,你们。

词　选

钗头凤[1]

红酥手[2],黄縢酒[3],满城春色宫墙柳[4]。东风恶[5],欢情薄,一怀愁绪,几年离索[6]。错,错,错。　　春如旧,人空瘦,泪痕红浥鲛绡透[7]。桃花落,闲池阁[8],山盟虽在[9],锦书难托[10]。莫,莫,莫。

〔1〕陆游在山阴禹迹寺旁的沈园游玩,偶遇前妻唐婉,唐婉还派人给陆游送了酒肴。陆游惆怅之馀,便在园壁上题写了这首词。据载,唐婉读了这首词后,也作《钗头凤》一首,其中有"世情薄,人情恶"之语,不久就抑郁而死。这首词约写于绍兴二十一年(1151)与绍兴二十五年(1155)间。也有学者认为这首词的本事与唐婉无关,应是陆游寓居成都期间(1173—1178)的游冶之作。

〔2〕红酥手:指红润细软的手。

〔3〕黄縢(téng)酒:即黄封酒,一种官酿之酒。

〔4〕宫墙:指山阴禹迹寺的宫墙。

〔5〕东风恶:喻指唐婉为姑婆所恶,有如群芳为东风所摧残。

〔6〕离索:离散。

〔7〕红浥(yì):血泪润湿。红,指血泪。浥,湿润。鲛绡:传说中南海出鲛绡纱,为鲛人所织。这里指薄纱手帕。

〔8〕闲池阁:意谓池台楼阁这种供人游玩的地方也冷落了。

〔9〕山盟:指男女相爱不渝的誓言。

〔10〕锦书:指书信。晋代窦滔之妻苏蕙,因思念丈夫,将锦织成回

文璇玑图诗寄给丈夫,辞意凄婉,可以宛转循环而读。后便以锦书作为书信的美称。托:寄。因唐婉已改嫁,陆游不便再寄书信,故有"锦书难托"之语。

青玉案

与朱景参会北岭[1]

西风挟雨声翻浪[2]。恰洗尽、黄茅瘴[3]。老惯人间齐得丧[4]。千岩高卧,五湖归棹[5],替却凌烟像[6]。 故人小驻平戎帐,白羽腰间气何壮[7]。我老渔樵君将相[8]。小槽红酒[9],晚香丹荔[10],记取蛮江上[11]。

〔1〕朱景参:名孝闻,时为福州宁德县县尉。北岭:山名,位于福州北郊,在福州和宁德之间。这首词写于绍兴二十八年(1158)秋,当时陆游任福州宁德县主簿。

〔2〕声翻浪:形容声音如浪涛翻滚。

〔3〕黄茅瘴:福建地处南方,多瘴气。每年入秋芒茅黄枯时,瘴大发,土人呼为"黄茅瘴"。

〔4〕"老惯人间"句:意谓人老了,把人间的得失看得一样,无所动心了。得丧,得失。

〔5〕"千岩"二句:描写隐居江湖的生活。五湖,《国语》等古书中专指太湖。棹,船桨。

〔6〕凌烟像:唐太宗贞观十七年(643),诏画工画功臣二十四人像于凌烟阁。陆游在这里表示自己愿意退隐,不再追求立功扬名。

〔7〕"故人"二句:写朱景参将来功成名就的形象。故人,指朱景参。平戎帐,军帐。白羽,箭名。《酉阳杂俎》载,唐太宗为秦王时,以大白羽射中单雄信枪刃。

〔8〕老渔樵:指终老于江湖山林间。

〔9〕小槽:压酒的器具。李贺《将进酒》:"小槽酒滴真珠红。"

〔10〕晚香丹荔:指晚红,荔枝的一个品种,成熟期最迟。

〔11〕蛮江:指闽江。

水调歌头

多景楼[1]

江左占形胜[2],最数古徐州[3]。连山如画,佳处缥缈著危楼[4]。鼓角临风悲壮,烽火连空明灭[5],往事忆孙刘[6]。千里曜戈甲[7],万灶宿貔貅[8]。　　露沾草,风落木,岁方秋。使君宏放[9],谈笑洗尽古今愁。不见襄阳登览[10],磨灭游人无数,遗恨黯难收[11]。叔子独千载[12],名与汉江流[13]。

〔1〕多景楼:在镇江(今属江苏)北固山甘露寺内。这首词写于隆兴二年(1164)秋,当时陆游任镇江通判。

〔2〕江左:江东。形胜:指地理形势优越。

〔3〕古徐州:指镇江。徐州为古代九州之一,其地在泰山以南,淮水以北。东晋南渡,侨置徐州于京口(今江苏镇江),称南徐州。

〔4〕缥缈:隐隐约约若有若无的样子。危楼:高楼。

〔5〕明灭:忽明忽暗。

〔6〕孙刘:指三国时的孙权和刘备。相传他们曾在京口合谋共抗曹操。

〔7〕曜(yào):照耀。戈甲:戈矛和盔甲。

〔8〕灶:军中的炊灶,这里代指军营。貔貅(pí xiū):古籍中的猛兽名,这里喻指勇猛的战士。

〔9〕使君:旧时对州郡长官的尊称。这里指镇江知府方滋。

〔10〕襄阳登览:晋大将羊祜镇守襄阳时,常登襄阳岘山,感慨历来贤达胜士皆湮没无闻,自言死后"魂魄犹应登此山"。羊祜有政绩,后襄阳百姓为他立庙建碑于岘山,观者见碑思人,不禁泪下,故名"堕泪碑"。

〔11〕黯:心情沮丧的样子。

〔12〕叔子:羊祜,字叔子。

〔13〕汉江:即汉水,长江最长的支流,流经襄阳。

鹧鸪天〔1〕

家住苍烟落照间〔2〕,丝毫尘事不相关〔3〕。斟残玉瀣行穿竹〔4〕,卷罢黄庭卧看山〔5〕。 贪啸傲〔6〕,任衰残〔7〕,不妨随处一开颜。元知造物心肠别〔8〕,老却英雄似等闲。

〔1〕这首词写于乾道二年(1166),时陆游被免隆兴通判任归山阴,始卜居镜湖之三山。

〔2〕苍烟:苍茫的烟雾。

〔3〕尘事:俗事。旧指世俗之事。

〔4〕玉瀣(xiè):美酒名。

〔5〕黄庭:《黄庭经》,道家的经典著作。

〔6〕啸傲:指言行自由自在,没有检束。
〔7〕任:听凭。
〔8〕元知:原知。造物:指天。

鹧鸪天[1]

懒向青门学种瓜[2],只将渔钓送年华。双双新燕飞春岸,片片轻鸥落晚沙[3]。　　歌缥缈,橹呕哑[4],酒如清露鲊如花[5]。逢人问道归何处,笑指船儿此是家。

〔1〕这首词写于乾道二年,也是陆游卜居三山后之作。
〔2〕青门:秦亡后,东陵侯邵平隐于长安青门外,种瓜为生。瓜美,人称"东陵瓜"。这句用此典故,表示作者懒于治生计。
〔3〕"片片"句:语本杜甫《小寒食舟中作》"片片轻鸥落闲幔"。
〔4〕呕哑:指橹声。
〔5〕鲊(zhǎ):腌鱼。

木兰花

立春日作[1]

三年流落巴山道[2],破尽青衫尘满帽[3]。身如西瀼渡头云[4],愁抵瞿唐关上草。　　春盘春酒年年好[5],试戴银幡判醉倒[6]。今朝一岁大家添,不是人间偏我老。

〔1〕这首词写于乾道七年(1171)冬末立春日,陆游时为夔州通判。
〔2〕"三年"句:陆游于乾道五年(1169)冬被任命为夔州通判,次年冬到任,至乾道七年岁末,前后凡三年。乾道八年正月,陆游即离夔州赴南郑。巴山,大巴山,这里代指夔州。
〔3〕青衫:指下级官吏的服装。
〔4〕西瀼:瀼水在夔州,分为东瀼、西瀼。
〔5〕春盘:古代习俗,立春日用蔬菜、水果、饼等装盘,馈送亲友,叫做"春盘"。
〔6〕幡:长方而下垂的旗子。这里指幡胜。古时立春日剪纸或绸绢等为旗幡形和彩胜,故称"幡形";亦有剪作蝴蝶、金钱或其他形状的。判:同"拚",甘愿。

秋波媚

七月十六日晚登高兴亭望长安南山[1]

秋到边城角声哀[2],烽火照高台。悲歌击筑[3],凭高酹酒[4],此兴悠哉! 多情谁似南山月,特地暮云开。灞桥烟柳[5],曲江池馆[6],应待人来[7]。

〔1〕高兴亭:在南郑(今陕西汉中)子城西北,正对南山。南山:即终南山,主峰在长安(今陕西西安)南面。这首词写于乾道八年(1172)七月十六日,当时陆游在南郑任四川宣抚使司干办公事兼检法官。

〔2〕边城:指南郑。南郑当时临近宋金分界线,故称边城。

〔3〕悲歌击筑:用荆轲刺秦王前在易水和高渐离击筑而歌的典故。

〔4〕酹(lèi)酒:以酒洒地祭奠。

〔5〕灞桥:在今陕西西安城东的灞水上。古人多送客至此,折柳赠别。

〔6〕曲江:池名,在今陕西西安东南,是唐代以来的游览胜地。

〔7〕应待人来:意谓长安城正等待着宋军来收复。

清商怨

葭萌驿作[1]

江头日暮痛饮,乍雪晴犹凛[2]。山驿凄凉,灯昏人独寝。

鸳机新寄断锦[3],叹往事、不堪重省。梦破南楼,绿云堆一枕[4]。

〔1〕葭萌驿:故址在今四川广元西南。乾道八年十月,陆游改任成都府安抚司参议官。十一月,他自南郑赴成都上任,这首词就作于途中。

〔2〕乍雪:初雪。凛:冷。

〔3〕鸳机:织锦机。断锦:借指书信。这里用晋代窦滔之妻苏蕙织锦成诗的典故。意谓爱人新寄来了书信。

〔4〕绿云:指女子头发。

蝶恋花[1]

桐叶晨飘蛩夜语[2],旅思秋光,黯黯长安路[3]。忽记横戈盘马处[4],散关清渭应如故[5]。　　江海轻舟今已具[6],一卷兵书,叹息无人付[7]。早信此生终不遇,当年悔草长杨赋[8]。

〔1〕这首词是陆游离开南郑入蜀以后所作,当写于乾道八年秋陆游被任为成都府安抚司参议官后。

〔2〕蛩(qióng):蟋蟀。

〔3〕黯黯:景色昏黑,也形容失意的样子。长安路:通向长安的道路。陆游在南郑时,一直建议收复长安。

〔4〕横戈盘马处:指南郑。陆游《忆山南》诗云:"貂裘宝马梁州日,盘槊横戈一世雄。"

〔5〕散关:即大散关。清渭:古人以渭水清,故曰清渭。

〔6〕"江海"句:意谓归隐江湖。苏轼《临江仙》:"小舟从此逝,江海寄馀生。"

〔7〕"一卷"二句:指作战计划付托无人。陆游曾提出过"经略中原,必自长安始"的进军策略;如今王炎被调回京,无人可采纳他的计划。一卷兵书,《史记·留侯世家》载,张良曾于下邳圯上得一老父赠与《太公兵法》一书。唐温庭筠《简同志》:"留侯功业何容易,一卷兵书作帝师。"

〔8〕"早信"二句:意谓早知此生终不见知遇,悔不该陈述什么恢

复方略了。长杨赋,西汉辞赋家扬雄的名作,是为讽谏汉成帝游幸长杨宫,纵胡客大校猎而作的。陆游这里以扬雄不遇来自比。

汉宫春

初自南郑来成都作[1]

羽箭雕弓,忆呼鹰古垒[2],截虎平川[3]。吹笛暮归野帐[4],雪压青毡[5]。淋漓醉墨[6],看龙蛇、飞落蛮笺[7]。人误许、诗情将略,一时才气超然。　　何事又作南来[8]?看重阳药市[9],元夕灯山[10]。花时万人乐处[11],欹帽垂鞭[12]。闻歌感旧,尚时时、流涕尊前[13]。君记取、封侯事在,功名不信由天。

〔1〕这首词写于乾道九年(1173),时陆游从南郑调回成都。
〔2〕呼鹰:指打猎时放鹰寻找猎物。古垒:古时遗存的堡垒。
〔3〕截虎:拦截老虎。
〔4〕野帐:野外的营帐。
〔5〕青毡:指覆在帐上的青色毛毡。
〔6〕淋漓醉墨:指醉意中淋漓酣畅地书写。
〔7〕龙蛇:形容草书的生动,笔势如龙蛇飞舞。蛮笺:即蜀笺,古时四川出产的纸笺。因古代蜀地为少数民族居地,故称蛮笺。
〔8〕南来:指自南郑到成都。
〔9〕重阳药市:成都重阳节时举办药材集市。

〔10〕元夕:即元宵节,农历正月十五夜。元宵节有观灯风俗,故又称灯节。陆游《丁酉上元》:"鼓吹连天沸五门,灯山万炬动黄昏。"

〔11〕花时:成都四月举行花会,群集游赏。《老学庵笔记》卷八:"四月十九日,成都谓之浣花。"

〔12〕欹(qī)帽:斜戴着帽。垂鞭:骑在马上垂着马鞭,指从容徐缓而行。

〔13〕尊前:即樽前。樽,酒器。

夜游宫

宫词[1]

独夜寒侵翠被[2],奈幽梦、不成还起。欲写新愁泪溅纸。忆承恩[3],叹馀生,今至此。　蔌蔌灯花坠[4],问此际、报人何事[5]?咫尺长门过万里[6]。恨君心,似危栏,难久倚。

〔1〕宫词:以帝王宫中日常琐事或宫女的愁怨感情为题材的诗歌。乾道九年正月,王炎被罢枢密使,自后不再起用。这年陆游在嘉州,有《长门怨》等诗,和这首词的命意相似,故这首词亦当作于同时。

〔2〕独夜:孤独的夜。

〔3〕承恩:蒙受恩惠,指妃嫔受到皇帝的宠幸。

〔4〕蔌(sù)蔌:灯花落下的样子。

〔5〕"问此际"句:相传灯花可以报喜,此妃嫔已失宠幸,无喜可报,因此问"报人何事"。

〔6〕咫(zhǐ)尺:比喻距离很近。周代八寸为咫。长门:汉朝宫名。

汉武帝陈皇后失宠后被幽禁在长门宫。这句意谓失宠以后再也见不到君主,近在咫尺的长门宫犹如相隔万里之遥。

渔家傲

寄仲高[1]

东望山阴何处是?往来一万三千里。写得家书空满纸。流清泪,书回已是明年事。　　寄语红桥桥下水[2],扁舟何日寻兄弟[3]?行遍天涯真老矣。愁无寐,鬓丝几缕茶烟里[4]。

〔1〕仲高:陆升之,字仲高,陆游的从祖兄,卒于淳熙元年(1174)六月,陆游于次年春有《闻仲高从兄讣》诗。这首词当作于淳熙二年前陆游在四川时。

〔2〕红桥:桥名,在山阴。

〔3〕扁(piān)舟:小舟。

〔4〕"鬓丝"句:语本杜牧《题禅院》:"今日鬓丝禅榻畔,茶烟轻飏落花风。"茶烟,烹茶时的水气。

双头莲

呈范至能待制[1]

华鬓星星[2],惊壮志成虚,此身如寄。萧条病骥[3],向暗里消尽,当年豪气。梦断故国山川,隔重重烟水。身万里,旧社凋零[4],青门俊游谁记[5]？　　尽道锦里繁华[6],叹官闲昼永,柴荆添睡。清愁自醉,念此际付与,何人心事。纵有楚柁吴樯[7],知何时东逝[8]？空怅望,脍美菰香,秋风又起[9]。

〔1〕范至能:即范成大,曾为敷文阁待制。淳熙二年(1175)六月,范成大知成都府。淳熙三年秋,陆游在成都有《和范待制秋兴》等诗,这首词当作于同时。

〔2〕华鬓星星:形容鬓发花白。

〔3〕萧条病骥:作者自喻。同时诗《和范待制秋兴》亦云:"身如病骥惟思卧",等等。

〔4〕旧社:指故里。凋零:草木凋谢零落。引申指人死亡。

〔5〕青门:汉长安城门,这里借指南宋都城临安。俊游:胜友,良伴。

〔6〕锦里:指成都。

〔7〕楚柁吴樯:指沿江东下的船。柁,同"舵"。樯,桅杆,引申为帆船。语本杜甫《秋风二首》:"吴樯楚柁牵百丈,暖向成都寒未还。"

〔8〕东逝:指东归。

〔9〕"脍美"二句：用《晋书·张翰传》所载张翰故事："翰因见秋风起，乃思吴中菰菜、莼羹、鲈鱼脍，曰：'人生贵得适志，何能羁数千里，以要名爵乎？'遂命驾而归。"脍，细切的鱼肉，特指生食的鱼片。

夜游宫

记梦寄师伯浑[1]

雪晓清笳乱起，梦游处、不知何地。铁骑无声望似水[2]。想关河，雁门西[3]，青海际[4]。　　睡觉寒灯里[5]，漏声断、月斜窗纸。自许封侯在万里[6]。有谁知，鬓虽残，心未死！

〔1〕师伯浑：原字浑甫，后以学为名，更字伯浑，四川眉山人，隐居不仕。乾道九年（1173），陆游摄知嘉州事，赴任途中于眉山结识师伯浑，称其为"天下伟人"（陆游《师伯浑文集序》），引为知己。后四年，师伯浑卒。这首词当作于乾道九年至淳熙四年（1177）间，陆游时在四川。

〔2〕"铁骑"句：意谓披甲的骑兵肃穆无声，远望如流水不断地涌进。

〔3〕雁门：指雁门关，在今山西代县西北。

〔4〕青海：指青海湖，在今青海省东部。

〔5〕睡觉：睡醒。觉，醒。

〔6〕封侯在万里：指在边疆万里之外立功封侯。《后汉书·班超传》载，相者预言班超"当封侯万里之外"。后班超投笔从戎，出使西域，建立功勋，被封定远侯。这里暗用其故事。

感皇恩[1]

小阁倚秋空[2],下临江渚[3],漠漠孤云未成雨[4]。数声新雁,回首杜陵何处[5]?壮心空万里,人谁许? 黄阁紫枢[6],筑坛开府[7],莫怕功名欠人做。如今熟计,只有故乡归路。石帆山脚下[8],菱三亩。

〔1〕一本调下题作"感怀"。淳熙四年秋,陆游在四川有《秋晚登城北门》等诗,与这首词意接近,这首词似亦作于同时。

〔2〕"小阁"句:语本周邦彦《感皇恩》词:"小阁倚晴空。"

〔3〕江渚:江中的沙洲。渚,水中的小洲。

〔4〕漠漠:布列的样子。

〔5〕"数声"二句:陆游《秋晚登城北门》诗云:"一点风传散关信,两行雁带杜陵秋。"杜陵,在长安东南,这时为金人沦陷区。

〔6〕黄阁紫枢:泛指中央高级官府。黄阁,汉代丞相听事阁称黄阁,唐代门下省亦称黄阁。紫枢,唐代开元年间改中书省为紫薇省,略称紫枢。

〔7〕筑坛开府:泛指文武官的最高荣誉。筑坛,即筑坛拜大将。汉高祖刘邦曾筑坛拜韩信为大将。开府,原指成立府署,自选僚属。汉代仅三公可以开府,魏晋以后开府的逐渐增多。唐、宋定"开府仪同三司"为一品文散官封阶,至明代始废。

〔8〕石帆山:在山阴,山形远望如张帆。

鹊桥仙

夜闻杜鹃[1]

茅檐人静,蓬窗灯暗,春晚连江风雨。林莺巢燕总无声[2],但月夜常啼杜宇[3]。　　催成清泪,惊残孤梦,又拣深枝飞去。故山犹自不堪听,况半世飘然羁旅[4]。

〔1〕这首词当作于乾道九年至淳熙四年在四川的这段时间。
〔2〕林莺巢燕:林中之莺,巢中之燕。
〔3〕杜宇:即杜鹃。相传为古代蜀国国王杜宇之魂所化,故曰杜宇。亦称子规。常夜啼,啼声凄厉。
〔4〕半世飘然羁旅:陆游在蜀时已年过五十,故有"半世"之语。

南乡子[1]

归梦寄吴樯[2],水驿江程去路长。想见芳洲初系缆[3],斜阳,烟树参差认武昌[4]。　　愁鬓点新霜,曾是朝衣染御香[5]。重到故乡交旧少,凄凉,却恐他乡胜故乡[6]。

〔1〕这首词写于淳熙五年(1178)陆游自蜀东归过武昌时。
〔2〕吴樯:指来往江南的船。

〔3〕芳洲：指鹦鹉洲，在武昌东北长江中。唐人崔颢《黄鹤楼》诗云："芳草萋萋鹦鹉洲。"

〔4〕参差：长短、高低不齐。

〔5〕"曾是"句：指作者入蜀前曾在朝中任过枢密院编修官。朝衣，上朝时所穿的礼服。御香，指皇帝上朝时，侍御执香炉以从。唐人贾至《早朝大明宫呈两省僚友》诗："衣冠身惹御炉香。"

〔6〕他乡胜故乡：语本杜甫《得舍弟消息》诗："乱后谁归得？他乡胜故乡。"

乌夜啼[1]

纨扇婵娟素月[2]，纱巾缥缈轻烟[3]。高槐叶长阴初合，清润雨馀天。　　弄笔斜行小草[4]，钩帘浅醉闲眠[5]。更无一点尘埃到，枕上听新蝉。

〔1〕淳熙十三年（1186）春，陆游被召至临安，不久被任为朝请大夫，权知严州军事，同年七月赴任。在临安，他作《临安春雨初霁》诗，有"矮纸斜行闲作草，晴窗细乳戏分茶"之句，和这首词语意相近，或为同一时期之作。

〔2〕"纨扇"句：意谓纨扇美如圆月。纨扇，细绢制成的团扇。婵娟，美好的样子。

〔3〕"纱巾"句：意谓纱巾薄如轻烟。缥缈，隐隐约约若有若无的样子，指纱巾质薄透明。

〔4〕"弄笔"句：指写草书。

〔5〕钩帘：挂起帘钩。

诉衷情[1]

当年万里觅封侯[2],匹马戍梁州[3]。关河梦断何处[4],尘暗旧貂裘[5]。　　胡未灭[6],鬓先秋[7],泪空流。此生谁料,心在天山[8],身老沧洲[9]。

[1] 淳熙十六年(1189),陆游罢归山阴,这首词就写于归山阴之后。

[2] 觅封侯:即寻求建立功业以取封侯的机会。

[3] 匹马:单骑,指独自从军。戍:防守。梁州:今陕西汉中一带。

[4] 关河:指潼关、黄河的所在。

[5] 貂裘:指在南郑军中穿的貂皮衣服。用苏秦到秦游说不成,黑貂之裘弊的故事。陆游诗词中屡用此典。

[6] 胡:指当时占据中原的金人。

[7] 鬓先秋:鬓发已先白了。秋,秋霜,形容白发。

[8] 天山:这里指南宋西北的抗金前线。

[9] 沧洲:滨水的地方,古时常用来称隐士的居处。这里指陆游晚年居住的镜湖三山。

诉衷情[1]

青衫初入九重城[2],结友尽豪英[3]。蜡封夜半传檄,驰骑谕幽并[4]。　时易失,志难成,鬓丝生。平章风月[5],弹压江山[6],别是功名[7]。

〔1〕这首词也写于淳熙十六年陆游归山阴后。

〔2〕"青衫"句:指绍兴三十年(1160)陆游赴临安任枢密院敕令所删定官。青衫,指下级官吏的服装。陆游时以九品官入京改职,唐宋时九品官服色青。九重城,指都城。

〔3〕"结友"句:陆游作于淳熙十六年的《马上作》诗有"三十年前客帝城,城南结骑尽豪英"之句,与这首词语意相近。

〔4〕"蜡封"二句:写陆游在枢密院时的活动。蜡封,以蜡封书,古时文书都用蜡封固。幽并,幽州和并州,在今河北和山西省境,这里泛指中原沦陷区。隆兴元年(1163),陆游曾奉中书省、枢密院二府之命作《代二府与夏国主书》,提出永为善邻,以便全力对金;又作《蜡弹省札》,晓谕中原人士:"有据以北州郡归命者,即其所得州郡,裂土封建",号召中原人民起来抗金。

〔5〕平章风月:品评风月。陆游曾以"嘲咏风月"之名被罢官,归山阴后,遂以"风月"名小轩,故有是语。平章,品评。

〔6〕弹压江山:管领江山。弹压,制服,镇压。语本《淮南子·本经训》:"牢笼天地,弹压山川。"

〔7〕别是功名:意谓品评风月、管领江山也算是另外一种功名。这是作者的自我解嘲,也是其激愤之语。

点绛唇[1]

采药归来,独寻茅店沽新酿。暮烟千嶂[2],处处闻渔唱。

醉弄扁舟[3],不怕粘天浪[4]。江湖上,遮回疏放[5],作个闲人样。

[1] 这首词写于陆游闲居山阴时。
[2] 嶂:如屏障的山峰。
[3] 扁舟:小舟。
[4] 粘天浪:连天波浪。
[5] 遮回:即这回。

恋绣衾[1]

不惜貂裘换钓篷[2],嗟时人、谁识放翁！归棹借樵风稳[3],数声闻林外暮钟。　　幽栖莫笑蜗庐小[4],有云山、烟水万重。半世向丹青看[5],喜如今身在画中[6]。

[1] 这首词也写于陆游闲居山阴时。
[2] "不惜"句:意谓不惜抛弃昔日出游的貂裘,退老家园,以渔钓为事,即弃官归隐。钓篷,钓鱼船。
[3] 樵风:又名郑公风,指顺风。孔灵符《会稽记》载,汉郑弘采薪,"常患若邪溪载薪为难,愿朝南风,暮北风"。神人遂其愿。后世称若邪溪风为郑公风,也称樵风。又名其地曰樵风泾。
[4] 幽栖:幽居。蜗庐:三国时隐士焦先作圆舍,形如蜗牛壳,称为蜗牛庐。后人因用以自称简陋的居室。
[5] 丹青:指图画。

〔6〕"喜如今"句:意谓所居之地风景绝佳,如置身于图画之中。

好事近〔1〕

秋晓上莲峰〔2〕,高蹑倚天青壁〔3〕。谁与放翁为伴,有天坛轻策〔4〕。　铿然忽变赤龙飞〔5〕,雷雨四山黑。谈笑做成丰岁,笑禅龛榔栗〔6〕。

〔1〕陆游晚年诗多有写梦游华山之作,这首词亦写梦游华山,似为晚年退居山阴后所作。

〔2〕莲峰:指华山莲花峰。

〔3〕蹑:踩,踏。

〔4〕天坛:山名,即王屋山绝顶,相传为古代神仙朝会之所。一说即天台山。轻策:指手杖。策,杖。叶梦得《避暑录话》卷上载天坛出藤杖。

〔5〕铿(kēng)然:铿的一下。铿,象声词。赤龙:指杖化为龙。葛洪《神仙传》卷五载,费长房骑竹杖飞去,到家后弃杖于葛陂中,视之乃青龙。韩愈《赤藤杖歌》云:"赤龙拔须血淋漓。"

〔6〕"谈笑"二句:意谓天坛杖化成的赤龙降下及时之雨,谈笑之间就造成了丰收的年景;可笑那些禅房里拖着僧杖的僧徒,只顾自己不关心他人的生活。禅龛(kān),供奉佛像的石室,这里泛指禅房。榔(láng)栗,僧徒用的杖。

鹊桥仙[1]

华灯纵博,雕鞍驰射,谁记当年豪举[2]?酒徒一一取封侯[3],独去作江边渔父。　　轻舟八尺,低篷三扇,占断蘋洲烟雨[4]。镜湖元自属闲人,又何必君恩赐与[5]?

〔1〕这首词写于陆游闲居山阴时。
〔2〕"华灯"三句:写作者在南郑时的军中生活。陆游在绍熙三年(1192)所作的《九月一日夜读诗稿有感走笔作歌》中亦有"四十从戎驻南郑,酣宴军中夜连日。……华灯纵博声满楼,宝钗艳舞光照席"之句。
〔3〕酒徒:指当年饮酒的同伴。
〔4〕占断:占尽。
〔5〕"镜湖"二句:唐代诗人贺知章曾为秘书监,老去还家乡会稽,唐玄宗诏赐镜湖剡川一曲。陆游在这里借用这一故事而翻出新意,意谓镜湖风月本来就属于像我这样的闲人,又何必非要皇帝诏赐不可呢?语中委曲地表达了作者的愤慨不平之情。

鹊桥仙[1]

一竿风月[2],一蓑烟雨[3],家在钓台西住[4]。卖鱼生怕近城门,况肯到红尘深处[5]?　　潮生理棹[6],潮平系缆[7],潮落浩歌归去。时人错把比严光,我自是无名渔父[8]。

〔1〕这首词当写于陆游闲居山阴时。

〔2〕一竿风月:意谓在风中月下持一根钓竿钓鱼。

〔3〕一蓑烟雨:意谓在蒙蒙细雨中披一件蓑衣过渔樵生活。烟雨,烟雾般的蒙蒙细雨。苏轼《定风波》词云:"一蓑烟雨任平生。"

〔4〕钓台:即严子陵钓台,在今浙江桐庐。东汉严光,字子陵,与光武帝刘秀是同学。刘秀称帝后,他不肯做官,隐居于桐庐富春山。

〔5〕红尘:指繁华的闹市。

〔6〕理棹:整理船桨,指出去打鱼。

〔7〕系缆:拴住缆绳,指停泊船只。

〔8〕"时人"二句:意谓我不是像严光那样的隐士,不想博取志趣清高的名声,而只是一个无名渔父。即认为严光还不免有求名之心。

谢池春[1]

壮岁从戎[2],曾是气吞残虏[3]。阵云高、狼烽夜举[4]。朱颜青鬓[5],拥雕戈西戍[6]。笑儒冠自来多误[7]。　　功名梦断,却泛扁舟吴楚[8]。漫悲歌[9]、伤怀吊古。烟波无际,望秦关何处[10]?叹流年又成虚度[11]。

〔1〕这首词写于作者闲居山阴时。

〔2〕壮岁从戎:指作者四十八岁时在汉中从军事。

〔3〕残虏:残馀的敌人。

〔4〕狼烽:古代边境报警的烽火,用狼粪烧,故称狼烽或狼烟。

〔5〕朱颜青鬓：红润的脸色，乌黑的头发，指盛壮之年。

〔6〕拥雕戈：执着雕有花纹的戈矛。西成：防守西边。

〔7〕"笑儒冠"句：语本杜甫《奉赠韦左丞丈二十二韵》诗："儒冠多误身。"意谓书生常常自误终身。儒冠，借指书生。

〔8〕吴楚：泛指长江中下游。

〔9〕漫：徒然。

〔10〕秦关：指函谷关，在今河南灵宝西南。战国时秦国所建，故称秦关。

〔11〕流年：年华。因年华如流水一样易逝，故称流年。

卜算子

咏梅〔1〕

驿外断桥边〔2〕，寂寞开无主。已是黄昏独自愁，更着风和雨〔3〕。　　无意苦争春，一任群芳妒〔4〕。零落成泥碾作尘，只有香如故。

〔1〕这首词作年不详。

〔2〕驿：古时供来往官员住宿或换马的处所。

〔3〕着：遭受到。

〔4〕一任：完全听凭。群芳妒：众花嫉妒。这里比喻遭受朝廷中一些人的嫉恨、排挤。

桃源忆故人

题华山图[1]

中原当日三川震[2],关辅回头煨烬[3]。泪尽两河征镇[4],日望中兴运[5]。　　秋风霜满青青鬓[6],老却新丰英俊[7]。云外华山千仞,依旧无人问[8]。

[1] 华山:即西岳华山,在陕西华阴,当时陷于金人。这首词作年不详。

[2]"中原"句:意谓当年金人南侵,三川震动。三川,秦置三川郡,其地有河、洛、伊三川,故名,即今河南北部黄河两岸一带之地。

[3] 关辅:京都附近地方,这里指北宋都城开封。煨烬:犹灰烬。这句意谓中原既失,关辅一带即为敌所陷,焚劫一空,化为灰烬。

[4] 两河:指黄河南北。征镇:将军的名号。汉、魏以来,设置东、西、南、北四征将军及四镇将军,使各负一方面的责任,合称为征镇。

[5] 中兴运:国家由衰弱转为复兴的气运。

[6] 霜满青青鬓:指黑色的鬓发在秋风里变白了。霜,指白发。青青鬓,指黑色的鬓发。

[7] 新丰英俊:指沦陷区的英雄豪杰。新丰,古县名,故城在今陕西临潼东。唐代马周少时在新丰旅舍受人轻视,后唐太宗用为监察御史,官至中书令。陆游诗中常用马周故事,这里隐然也以马周自指。

[8]"云外"二句:意谓高耸于云外的华山,陷落于金人手中,依然无人过问它,即感叹南宋朝廷无光复中兴之志。

文 选

烟艇记[1]

陆子寓居得屋二楹[2],甚隘而深,若小舟然,名之曰烟艇。客曰:"异哉!屋之非舟,犹舟之非屋也。以为似欤,舟固有高明奥丽逾于宫室者矣[3],遂谓之屋,可不可耶?"陆子曰:"不然。新丰非楚也[4],虎贲非中郎也[5],谁则不知?意所诚好而不得焉[6],粗得其似[7],则名之矣。因名以课实[8],子则过矣,而予何罪!予少而多病,自计不能效尺寸之用于斯世,盖尝慨然有江湖之思[9]。而饥寒妻子之累劫而留之[10],则寄其趣于烟波洲岛苍茫杳霭之间[11],未尝一日忘也。使加数年,男胜锄犁[12],女任纺绩,衣食粗足,然后得一叶之舟,伐荻钓鱼[13],而卖菱芡[14],入松陵[15],上严濑[16],历石门沃洲而还[17],泊于玉笥之下[18],醉则散发扣舷为吴歌,顾不乐哉!虽然,万钟之禄[19],与一叶之舟,穷达异矣,而皆外物。吾知彼之不可求而不能不眷眷于此也[20]。其果可求欤?意者使吾胸中浩然廓然[21],纳烟云日月之伟观,揽雷霆风雨之奇变,虽坐容膝之室而常若顺流放棹[22],瞬息千里者[23],则安知此室果非烟艇也哉!"绍兴三十一年八月一日记。

〔1〕烟艇:烟波中的小船。这里作者借以喻指自己的寓所,并用以命名。本文作于绍兴三十一年(1161)八月,当时陆游在临安任敕令所

删定官。

〔2〕陆子:陆游自称。寓居:陆游当时在临安租房居住,因此称为寓居。楹(yíng):计算房屋的单位,一列为一楹。一说,一间为一楹。

〔3〕高明奥丽:高敞明亮深丽。逾:超过。

〔4〕新丰非楚:新丰并不是楚地的丰县。汉高祖刘邦是楚丰县(在今江苏西北)人,称帝后建都长安(今陕西西安)。其父思念家乡故人,刘邦便在故秦骊邑仿丰地街巷筑城,建新丰,并把在丰县的故人搬来,以取悦其父。新丰,故城在今陕西临潼东。

〔5〕虎贲非中郎:那勇士不是中郎将蔡邕。东汉名士蔡邕曾任中郎将,为王允所杀。他的朋友孔融看到一虎贲士貌似蔡邕,酒酣,引与同座,并说:"虽无老成人,且有典型。"(《后汉书·孔融传》)虎贲,勇士之称。贲,通"奔"。

〔6〕"意所"句:意谓心中实在喜欢,但是得不到。

〔7〕粗得其似:大致相像。粗,粗略。

〔8〕因名以课实:依据名字去考求事实。

〔9〕江湖之思:隐居的打算。江湖,旧时指隐士的居处。

〔10〕"而饥寒"句:意谓由于妻子儿女们经常遭受饥饿的逼迫,而留下来继续做官为吏。累劫,屡次遭到灾祸。

〔11〕杳霭:烟云隐现的样子。

〔12〕胜:胜任。

〔13〕荻:多年生草本植物,秆可编织席箔等。

〔14〕芰(jì):菱角。芡(qiàn):一名"鸡头",种子称"芡实",均可供食用。

〔15〕松陵:地名,在浙江绍兴、桐庐间。

〔16〕严濑(lài):指严子陵隐居之处,在今浙江桐庐南。濑,从沙石上流过的急水。

〔17〕石门：山名，在浙江青田西。沃洲：山名，在浙江嵊州市。

〔18〕玉笥：山名，会稽山的主峰，在浙江绍兴东南。

〔19〕万钟之禄：古代高级官员的俸禄。钟，古代计量单位，六斛四斗为一钟。

〔20〕眷眷：依恋不舍的样子。

〔21〕浩然廓然：宽阔广大的样子。

〔22〕容膝之室：室小仅能容双膝，极言其狭小。放棹：指放船。棹，摇船的用具，这里指船。

〔23〕瞬息：一眨眼一呼吸之间，谓时间短促。

代乞分兵取山东札子[1]

臣等恭睹陛下特发英断[2]，进讨京东[3]，以为恢复故疆、牵制川陕之谋[4]。臣等获侍清光[5]，亲奉睿旨[6]，不胜欣抃[7]，然亦有惓惓之愚[8]，不敢隐默者。窃见传闻之言[9]，虏兵困于西北[10]，不复能保京东，加之苛虐相承[11]，民不堪命[12]，王师若至，可不劳而取。若审如此说[13]，则吊伐之兵[14]，本不在众[15]，偏师出境[16]，百城自下[17]，不世之功[18]，何患不成。万一未至尽如所传，虏人尚敢旅拒[19]，遗民未能自拔[20]，则我师虽众，功亦难必[21]，而宿师于外[22]，守备先虚。我犹知出兵京东以牵制川陕，彼独不知侵犯两淮、荆襄以牵制京东耶[23]？

为今之计，莫若戒敕宣抚司[24]，以大兵及舟师十分之九固守江淮[25],控扼要害[26],为不可动之计;以十分之一,遴选骁勇有纪律之将[27],使之更出迭入[28],以奇制胜。俟徐、郓、宋、亳等处抚定之后[29],两淮受敌处少,然后渐次那大兵前进[30]。如此,则进有辟国拓土之功,退无劳师失备之患,实天下至计也。盖京东去虏巢万里[31],彼虽不能守,未害其疆;两淮近在畿甸[32],一城被寇,尺地陷没,则朝廷之忧,复如去岁[33]。此臣所以夙夜忧惧[34],寝不能瞑[35],而为陛下力陈其愚也。且富家巨室,未尝不欲利也,然其徒欲贾于远者[36],率不肯以多赀付之[37]。其意以为山行海宿,要不可保,若倾囊而付一人,或一有得失,悔其可及哉!此言虽小,可以谕大,愿陛下留神察焉。臣等误蒙圣慈,待罪枢管[38],攻守大计,实任其责。伏惟陛下照其愚忠[39]。臣等不胜幸甚。取进止[40]。

[1] 本文是绍兴三十二年(1162)陆游代当时的兼枢密使陈康伯和知枢密院事叶义问等所作的一篇札子。这年九月,陆游任枢密院编修官兼编类圣政所检讨官。札子:宋代官员用以向皇帝进言议事的一种文体。

[2] 恭睹:恭敬地看到。英断:英明的决断。

[3] 京东:宋代有京东路,其地相当今河南开封、商丘一带,江苏徐州以北,及山东的黄河以南全境。东京沦陷后,为金人占据,改称山东路。

[4] 川陕:指今四川及陕西南部,当时受到金军的威胁。谋:计谋。

[5] 清光:清明的光辉。这里是对皇帝的敬词。

[6] 睿(ruì)旨:圣明的主意。这是颂扬皇帝的用语。

〔7〕不胜:不能克制。胜,克制。欣抃(biàn):欢欣。抃,鼓掌,表示欢欣。

〔8〕惓(quán)惓:同"拳拳",诚恳、深切的意思。

〔9〕窃见:犹言私见,表示个人意见的谦词。

〔10〕虏兵:指金兵。

〔11〕苛虐:指残酷暴虐的刑政。

〔12〕不堪:不能,不可。

〔13〕审:果真,确实。

〔14〕吊伐:吊民伐罪的略语,指慰问被压迫的百姓,讨伐有罪的统治者。

〔15〕众:多。

〔16〕偏师:部分军队。

〔17〕下:攻克。

〔18〕不世之功:不是每代都有的功勋。

〔19〕旅拒:聚众抗拒。

〔20〕遗民:指沦陷区的人民。自拔:指自己主动地从恶劣的环境中解脱出来。

〔21〕必:肯定。

〔22〕宿师于外:在外地驻扎军队。

〔23〕两淮:指淮南东路、淮南西路,约当今江苏、安徽两省长江以北、淮水以南的地区。荆襄:今湖北荆州、襄阳一带。

〔24〕戒敕(chì):指令。敕,自上命下之词,特指皇帝的诏书。宣抚司:宋代在准备对外作战时期临时组织的机构,长官称宣抚使。

〔25〕舟师:水军。江淮:长江、淮河流域。

〔26〕控扼:控制把守。扼,把守。

〔27〕遴选:审慎选拔。骁(xiāo)勇:勇猛矫健。

〔28〕更出迭入:轮流交替地出入。

〔29〕徐:徐州,故治在今江苏徐州。郓:郓州,宋代为东平府,故治在今山东郓城县东。宋:宋州,宋代为南京应天府,故治在今河南商丘。亳(bó):亳州,故治在今安徽亳县。徐、郓、宋、亳均为宋京东路地。抚定:安定。

〔30〕渐次:逐步。那:通"挪",移动。

〔31〕房巢:指金上京会宁府,其地在今黑龙江哈尔滨市阿城区南。

〔32〕畿甸:古代京城千里以内称王畿,其外方五百里称侯服,又其外五百里称甸服。南宋以临安为京城,因此淮南东路和淮南西路都在畿甸之内。

〔33〕"朝廷之忧"二句:指绍兴三十一年(1161)金主完颜亮发动战争,大军南侵,直至瓜洲及采石矶,准备渡江之事。

〔34〕夙夜:朝夕。

〔35〕瞑:闭目。

〔36〕贾(gǔ):作买卖。

〔37〕赀:同"资",财物。

〔38〕枢管:指国家重要的职位或机构。枢密院负责国家的军事计划,因此被称为枢管。枢,门户的转轴。管,钥匙。本文是陆游代陈康伯等所作,故文中自称"待罪枢管"。

〔39〕照:亮察。

〔40〕取进止:这是写给皇帝奏章的套语,意谓我的意见是否妥当、正确,请予裁决。

入蜀记(十一则)[1]

一

八月一日,过烽火矶[2]。南朝自武昌至京口[3],列置烽燧[4],此山当是其一也。自舟中望山,突兀而已[5]。及抛江过其下[6],嵌岩窦穴[7],怪奇万状,色泽莹润,亦与他石迥异[8]。又有一石,不附山,杰然特起[9],高百馀尺,丹藤翠蔓,罗络其上,如宝装屏风[10]。是日风静,舟行颇迟,又秋深潦缩[11],故得尽见,杜老所谓"幸有舟楫迟,得尽所历妙"也[12]。过澎浪矶、小孤山[13],二山东西相望。小孤属舒州宿松县[14],有戍兵[15]。凡江中独山,如金山、焦山、落星之类[16],皆名天下,然峭拔秀丽,皆不可与小孤比。自数十里外望之,碧峰巉然孤起[17],上干云霄[18],已非他山可拟。愈近愈秀,冬夏晴雨,姿态万变,信造化之尤物也[19]。但祠宇极于荒残,若稍饰以楼观亭榭,与江山相发挥,自当高出金山之上矣。庙在山之西麓[20],额曰惠济[21],神曰安济夫人[22]。绍兴初[23],张魏公自湖湘还[24],尝加营葺[25],有碑载其事。又有别祠在澎浪矶,属江州彭泽县[26],三面临江,倒影水中,亦占一山之胜。舟过矶,虽无风,亦浪涌,盖以此得名也。昔人诗有"舟中估客莫漫狂,小姑前年嫁澎浪"之句[27],传者因谓小孤庙有彭郎像,澎浪庙有小姑像,实不然也。晚泊沙夹,距小孤一里。微雨,复以小艇游庙中,南望彭泽、都昌诸山[28],烟雨空濛,鸥鹭灭没[29],极登临之胜,徙倚久之而归[30]。方立庙门,有俊鹘抟水禽[31],掠江东南去[32],甚可壮也。庙祝云[33]:"山有栖鹘甚多。"

二日,早行未二十里,忽风云腾涌,急系缆[34]。俄复开霁[35],遂行。泛彭蠡口[36],四望无际,乃知太白"开帆入天镜"之句为妙[37]。始见庐山及大孤[38]。大孤状类西梁[39],虽不可拟小孤之秀丽,然小孤之旁颇有沙洲葭苇[40],大孤则四际渺弥皆大江[41],望之如浮水面,亦一奇也。江自湖口分一支为南江[42],盖江西路也[43]。江水浑浊,每汲用,皆以杏仁澄之,过夕乃可饮[44]。南江则极清澈,合处如引绳[45],不相乱。晚抵江州,州治德化县,即唐之浔阳县,柴桑、栗里[46],皆其地也。南唐为奉化军节度[47],今为定江军。岸土赤而壁立,东坡先生所谓"舟人指点岸如赪"者也[48]。泊湓浦[49],水亦甚清,不与江水乱。自七月二十六日至是,首尾才六日,其间一日阻风不行,实以四日半溯流行七百里云。

〔1〕入蜀记:陆游所写的一部日记体游记,共六卷。乾道五年(1169)十二月,陆游被任命为夔州(今重庆奉节)通判。次年乾道六年(1170)闰五月十八日,他从山阴启程入蜀,于十月二十七日抵达夔州。这部日记就记述了陆游自山阴启程到达夔州任所的经历。作者对沿途的名胜古迹、风土人情,作了详尽的叙述和细致的描绘。文中写景物,记

古迹,叙风俗,作考证,抒感慨,笔法自由潇洒,不拘一格,很能代表笔记文的特点。这里选了卷三、卷六里的十一则。

〔2〕烽火矶:在江西马垱附近长江边。矶,水边突出的岩石。

〔3〕南朝:指宋、齐、梁、陈四朝。南北朝时,南北对峙,南朝以武昌为长江上游军事重镇,以京口(今江苏镇江)为下游军事重镇,沿江列置烽火。

〔4〕烽燧(suì):即烽火与燧烟。古代边防报警,白天燃薪以望其烟,称之为"燧",夜晚举火叫"烽"。

〔5〕突兀:高耸特出的样子。

〔6〕抛江:意为把船抛在江中,即舍舟岸行。

〔7〕嵌岩窦穴:指各种山石洞穴。窦,洞,孔穴。

〔8〕迥异:绝异,很不相同。迥,形容差得很远。

〔9〕杰然:特出的样子。

〔10〕宝装屏风:珠宝镶嵌的屏风。

〔11〕潦缩:指秋冬雨少,江湖水浅。潦,积水;又同"涝",指雨水过多。

〔12〕杜老:指唐代诗人杜甫。引诗出自杜甫《次空灵岸》。

〔13〕澎浪矶:在江西彭泽西北,长江南岸,隔江与小孤山相对。小孤山:在安徽宿松东南,孤峰巉立,挺峙中流,故称孤山,因区别于大孤山,故称小孤山。又因山形如髻,俗名髻山。"孤"与"姑"同音,故又讹转为小姑山,并由此产生小姑嫁彭郎的传说,称澎浪矶为彭郎矶。

〔14〕舒州:州治在今安徽安庆。宿松县时属舒州管辖。

〔15〕戍兵:即防守的军队。

〔16〕金山:在江苏镇江西北,原在大江中,江沙淤积,遂与南岸相连。焦山:在江苏镇江东北,孤峙大江中,与金山对峙,并称金焦。落星:在江苏南京东北,西接摄山,北临长江。相传有大星落于山上,故名。

〔17〕巉(chán)然:山势高峻的样子。

〔18〕干:触及。

〔19〕信:确实。造化:指大自然。尤物:指珍贵之物。

〔20〕庙:指小姑庙。

〔21〕额:门匾。

〔22〕安济夫人:指小姑神。

〔23〕绍兴:宋高宗赵构的年号(1131—1162)。

〔24〕张魏公:张浚,字德远,南宋主战抗金的大臣,曾任宰相,后封魏国公。自湖湘还:指绍兴七年(1137)张浚由宰相罢为观文殿大学士提举江州太平观。

〔25〕营葺(qì):修建。葺,原指用茅草覆盖房屋,这里指修理房屋。

〔26〕江州:州治在今江西九江。彭泽县:今江西彭泽,当时属江州管辖。

〔27〕昔人诗:指北宋诗人苏轼《李思训画长江绝岛图》诗。估客:贩货的商人。

〔28〕都昌:县名,今江西都昌,在鄱阳湖东。

〔29〕灭没:明灭出没,即时隐时现。

〔30〕徙倚:徘徊,流连不去。

〔31〕俊鹘(hú):鸷鸟。鹘,鸟纲隼科隼属部分种类的旧称。抟(tuán):这里指捕捉。

〔32〕掠:拂过,飞越。

〔33〕庙祝:旧称神庙里管理香火的人。

〔34〕系缆:即泊舟。

〔35〕俄:不久,旋即。开霁:天气放晴。

〔36〕彭蠡口:彭蠡湖口。鄱阳湖古称彭蠡、彭泽、彭湖。

〔37〕太白:唐代诗人李白的字。其《下浔阳城泛彭蠡寄黄判官》诗

中有"开帆入天镜,直向彭湖东"之句。

〔38〕大孤:大孤山,在江西九江东南鄱阳湖中,孤峰独起,横扼湖口,与小孤山遥遥相峙。

〔39〕西梁:山名,本名梁山,有东西梁山。东梁山在安徽当涂西南,西梁山在安徽和县北。两山隔江相对,形状如门,故又名天门山。

〔40〕葭(jiā)苇:芦苇。葭,初生的芦苇。

〔41〕渺弥:弥漫,水波辽阔的样子。

〔42〕湖口:县名,今江西湖口,在长江南岸,正当鄱阳湖流入长江之处。

〔43〕江西路:江南西路的简称。宋置,辖境相当现江西省和湖北省的部分地区,治所在洪州(今江西南昌)。陆游乘船入蜀,前所经历之处是淮南西路地区,湖口以南即入江西路地区。

〔44〕过夕:过夜。

〔45〕合处:指长江主流与其分支南江接合处。引绳:拉绳,这里形容合处一边浑浊,一边清澈,犹如一线划分。

〔46〕柴桑:旧县名,旧城在今九江西南,赤壁之战前诸葛亮于此会见孙权。栗里:地名,在今九江西南,与柴桑山相近,东晋诗人陶渊明曾居住于此。

〔47〕军:五代、宋时与府、州并行的行政区,隶属于路;又有与县同级的,隶属于府、州。节度:辖治。

〔48〕东坡:北宋诗人苏轼号东坡。苏轼诗:"家在庾公楼下泊,舟人遥指岸如赪。"不见今存《东坡集》,待考。

〔49〕湓(pén)浦:源出江西瑞昌清湓山,东流经九江北入大江。这里指九江的湓浦口。

二

九日[1]，微雪，过扇子峡[2]。重山相掩，政如屏风扇[3]，疑以此得名。登虾蟆碚，《水品》所载第四泉是也[4]。虾蟆在山麓，临江，头鼻吻颔绝类[5]，而背脊疱处尤逼真[6]，造物之巧有如此者。自背上深入，得一洞穴，石色绿润。泉泠泠有声[7]，自洞出，垂虾蟆口鼻间，成水帘入江。是日极寒，岩岭有积雪，而洞中温然有春。碚洞相对。稍西有一峰，孤起侵云[8]，名天柱峰。自此山势稍平，然江岸皆大石堆积弥望[9]，正如浚渠积土状[10]。晚次黄牛庙[11]，山复高峻。村人来卖茶菜者甚众。其中有妇人，皆以青斑布帕首[12]，然颇白晳[13]，语音亦颇正。茶则皆如柴枝草叶，苦不可入口。庙曰灵感[14]，神封嘉应保安侯，皆绍兴以来制书也[15]。其下即无义滩。乱石塞中流，望之可畏，然舟过乃不甚觉，盖操舟之妙也。传云：神佐夏禹治水有功，故食于此[16]。门左右各一石马，颇卑小，以小屋覆之。其右马无左耳，盖欧阳公所见也[17]。庙后丛木，似冬青而非，莫能名者。落叶有黑文[18]，类符篆[19]，叶叶不同，儿辈亦求得数叶。欧诗刻石庙中。又有张文忠一赞[20]，其词云："壮哉黄牛，有大神力。辇聚巨石[21]，百千万亿。剑戟齿牙[22]，磥砢江侧[23]。壅激波涛[24]，险不可测。威胁舟人，骇怖失色。刲羊酾酒[25]，千载庙食。"张公之意，似谓神聚石壅流以胁人求祭飨。使神之用心果如此，岂能巍然庙食千载乎？

盖过论也[26]。夜,舟人来告,请无击更鼓,云:"庙后山中多虎,闻鼓则出。"

十日,早以特豕壶酒祭灵感庙[27],遂行。过鹿角、虎头、史君诸滩,水缩已三之二,然湍险犹可畏[28]。泊城下,归州秭归县界也[29]。与儿曹步沙上[30],回望正见黄牛峡庙后山,如屏风叠,嵯峨插天。第四叠上,有若牛状,其色赤黄。前有一人,如著帽立者。昨日及今早,云冒山顶,至是始见之。因至白沙市慈济院,见主僧志坚,问地名城下之由。云:"院后有楚故城,今尚在。"因相与访之。城在一冈阜上[31],甚小,南北有门,前临江水,对黄牛峡。城西北一山,蜿蜒回抱[32],山上有伍子胥庙[33]。大抵自荆以西[34],子胥庙至多。城下多巧石,如灵壁、湖口之类[35]。

十一日,过达洞滩。滩恶[36],与骨肉皆乘轿陆行过滩[37]。滩际多奇石,五色粲然可爱[38],亦或有文成物象及符书者[39]。犹见黄牛峡庙后山。太白诗云:"三朝上黄牛,三暮行太迟。三朝又三暮,不觉鬓成丝。"[40]欧阳公云:"朝朝暮暮见黄牛,徒使行人过此愁。山高更远望犹见,不是黄牛滞客舟。"[41]盖谚谓:"朝见黄牛,暮见黄牛。一朝一暮,黄牛如故。"[42]故二公皆及之。欧阳公自荆渚赴夷陵[43],而有《下牢》、《三游》及《虾蟆碚》、《黄牛庙》诗者,盖在官时来游也。故《忆夷陵山》诗云:"忆昔祗吏役,巨细悉经觏。"[44]其后又云"荒烟下牢戍,百仞塞溪漱。虾蟆喷水帘,甘液胜饮酎。亦尝到黄牛,泊舟听猿狖"也[45]。晚泊马肝峡口,两山对立,修耸摩天[46],略如庐山。江岸多石,百丈萦绊[47],极难过。夜小雨。

十二日,早过东瀼滩,入马肝峡。石壁高绝处,有石下垂如肝,故以名峡。其傍又有狮子岩。岩中有一小石,蹲踞张颐[48],碧草被之[49],正如一青狮子。微泉泠泠,自岩中出,舟行急,不能取尝,当亦佳泉也。溪上又有一峰孤起,秀丽略如小孤山。晚抵新滩,登岸,宿新安驿。夜雪。

[1] 九日:乾道六年十月九日。

[2] 扇子峡:在今湖北宜昌西。

[3] 政如:正如。政,通"正"。

[4] 《水品》:指唐人张又新所著的《煎茶水记》。其中云:"峡州扇子山下有石突然,泄水独清冷,状如龟形,俗云虾蟆口水第四。"

[5] 头鼻吻颔(hàn)绝类:头、鼻、嘴、下巴都非常像虾蟆。

[6] 疱:皮肤上长的像水泡似的小疙瘩。

[7] 泠(líng)泠:形容水声清越。

[8] 孤起侵云:孤峰独起,高入云霄。

[9] 弥望:满眼。

[10] 正如浚(jùn)渠积土状:好像开掘水渠时堆在渠边的土堆一样。浚,疏浚,挖掘。

[11] 次:停留。

[12] 青斑布:黑底白花的布。帕(mò)首:裹头。

[13] 白晳(xī):白净,多指人的肤色。

[14] 庙曰灵感:灵感庙,即黄牛庙。

[15] 制书:皇帝的一种诏书。

〔16〕食:指享受祭祀。

〔17〕欧阳公:指北宋文学家欧阳修。苏轼《书欧阳公黄牛庙诗后》:"轼尝闻之于公:'予昔以西京留守推官为馆阁校勘,时同年丁宝臣元珍适来京师,梦与予同舟泝江,入一庙中,拜谒堂下。予班元珍后,元珍固辞,予不可。方拜时,神像为起,鞠躬堂上,且使人邀予上,耳语久之。……既出门,见一马只耳,觉而语予,固莫识也。不数日,元珍除峡州判官。已而,余亦贬夷陵令。……一日,与元珍泝峡谒黄牛庙,入门惘然,皆梦中所见。予为县令,固班元珍下,而门外镌石为马,缺一耳。相视大惊,乃留诗庙中,有"石马系祠门"之句,盖私识其事也。'"

〔18〕黑文:黑色的纹理。

〔19〕类符箓:像道士符箓上的文字一样。符箓,道士使用的一种相传是天神的文字,认为可用于驱使鬼神、祭祷和治病等。其笔画屈曲,类似篆字形状,所以也叫符篆。

〔20〕张文忠:指张商英,宋徽宗时曾官尚书右仆射(宰相),谥文忠。

〔21〕辇:指牛车。这里作动词用,指用车拉石来。

〔22〕剑戟齿牙:形容滩石形状险怪锐利。

〔23〕礧硊(lěi wēi):高耸重叠的样子。

〔24〕壅:阻塞。

〔25〕刲(kuī)羊酾(shī)酒:宰杀羊,斟下酒。刲,割杀。酾,斟酒。

〔26〕过论:过分、偏激的言论。

〔27〕特豕(shǐ):祭祀用的猪一头。特,牲一头。豕,猪。

〔28〕湍:水急流。

〔29〕归州:治所在今湖北秭归。秭归县时属归州管辖。

〔30〕儿曹:儿辈。

〔31〕冈阜(fù):土山。

〔32〕蜿蜒:曲折的样子。

〔33〕伍子胥:名员,字子胥,春秋时吴国大夫。曾劝吴王夫差拒绝越国求和,后被赐剑自杀。

〔34〕荆:荆州,州治江陵(今湖北江陵)。

〔35〕灵壁:今安徽灵璧县,以产磬石著名。湖口:今江西湖口县,有名胜石钟山,也产奇石。

〔36〕恶:指地势险恶。

〔37〕骨肉:至亲。

〔38〕粲然:鲜艳的样子。

〔39〕文:纹理,花纹。

〔40〕"三朝"四句:这是李白的《上三峡》诗。黄牛,黄牛山,在今湖北宜昌西。山上有巨石,像人牵牛的形状。由于山高和江流盘旋曲折,舟行途中,几天里总是能望见此山。

〔41〕"朝朝"四句:这是欧阳修的《黄牛峡祠》诗。滞,滞留。

〔42〕谚:谚语,见《水经注·江水》:"峡中有滩,名曰黄牛,岩石既高,江流纡回,虽途经信宿,犹望见之。故行者谣云:'朝见黄牛,暮见黄牛。三朝三暮,黄牛如故。'"欧阳修《黄牛峡祠》原注:"语曰:'朝见黄牛,暮见黄牛。一朝一暮,黄牛如故。'言江恶难行,久不能过也。"为陆游所本。

〔43〕荆渚:指江陵渚宫。夷陵:今湖北宜昌市东。欧阳修曾贬官峡州夷陵县令。

〔44〕《忆夷陵山》:欧阳修《居士集》题作《忆山示圣俞》。祇(zhī):恭敬。觏(gòu):遇见,阅历。

〔45〕下牢戍:指下牢关,在黄牛山附近。戍,戍守,这里作名词讲,指守望者的城堡。百仞:形容极高。仞,古时长度单位,周制为八尺。漱:水冲石上。酎(zhòu):经过多次复酿的醇酒。狖(yòu):黑色

的长尾猿。

〔46〕修耸摩天:高高耸起,好像碰到了天。

〔47〕百丈:指牵船的纤缆。萦绊:缠绕牵绊。

〔48〕蹲踞:屈膝如坐。张颐(yí):犹言张口。颐,下巴。

〔49〕被:覆盖。

三

二十三日[1],过巫山凝真观[2],谒妙用真人祠[3]。真人,即世所谓巫山神女也。祠正对巫山,峰峦上入霄汉[4],山脚直插江中。议者谓太华、衡、庐[5],皆无此奇。然十二峰者不可悉见[6],所见八九峰,惟神女峰最为纤丽奇峭,宜为仙真所托[7]。祝史云[8]:"每八月十五夜月明时,有丝竹之音[9],往来峰顶,山猿皆鸣,达旦方渐止[10]。"庙后,山半有石坛[11],平旷。传云:"夏禹见神女,授符书于此[12]。"坛上观十二峰,宛如屏障。是日,天宇晴霁,四顾无纤翳[13],惟神女峰上有白云数片,如鸾鹤翔舞徘徊,久之不散,亦可异也。祠旧有乌数百,送迎客舟。自唐夔州刺史李贻诗已云"群乌幸胙馀"矣[14]。近乾道元年[15],忽不至。今绝无一乌,不知其故。泊清水洞[16]。洞极深,后门自山后出,但黯暗[17],水流其中,鲜能入者[18]。岁旱祈雨,颇应[19]。权知巫山县左文林郎冉徽之、尉右迪功郎文庶几来[20]。

二十四日,早抵巫山县,在峡中亦壮县也[21]。市井胜归、峡二郡[22]。隔江南陵山极高大,有路如线,盘屈至绝顶,谓之一百八盘,盖施州正路[23]。黄鲁直诗云"一百八盘携手上,至今归梦绕羊肠"[24],即谓此也。县廨有故铁盆[25],底锐似半瓮状[26],极坚厚,铭在其中,盖汉永平中物也[27]。缺处铁色光黑如佳漆,字画淳质可爱玩。有石刻鲁直作《盆记》,大略言:"建中靖国元年[28],予弟叔向嗣直自涪陵尉摄县事[29]。予起戎州[30],来寓县廨。此盆旧以种莲,予洗涤乃见字云。"游楚故离宫,俗谓之细腰宫。有一池,亦当时宫中燕游之地,今湮没略尽矣[31]。三面皆荒山,南望江山奇丽。又有将军墓,东晋人也。一碑在墓后,跌陷入地[32],碑倾前欲压,字才半存。

二十五日,晡后至大溪口泊舟[33]。出美梨,大如升。

二十六日,发大溪口,入瞿唐峡。两壁对耸,上入霄汉,其平如削成。仰视天如匹练然[34]。水已落,峡中平如油盎[35]。过圣姥泉,盖石上一罅[36]。人大呼于旁则泉出,屡呼则屡出,可怪也。晚至瞿唐关,唐故夔州,与白帝城相连。杜诗云"白帝、夔州各异域"[37],盖言难辨也。关西门正对滟滪堆[38]。堆,碎石积成,出水数十丈。土人云:"方夏秋水涨时,水又高于堆数十丈。"肩舆入关[39],谒白帝庙,气象甚古,松柏皆数百年物。有数碑,皆孟蜀时所立[40]。庭中石笋,有黄鲁直建中靖国元年题字。又有越公堂,隋杨素所创[41]。少陵为赋诗者[42],已毁。今堂,近岁所筑,亦甚宏壮。自关而东,即东屯[43],少陵故居也。

二十七日,早至夔州。州在山麓沙上,所谓鱼复永安宫也[44]。宫今为州仓,而州治在宫西北、甘夫人墓西南[45],景德中转运使丁谓、薛颜所徙[46],比白帝颇平旷,然失关险,无复形势[47]。在瀼之西,故一曰瀼西。土人谓山间之流通江者曰"瀼"云。州东南有八阵碛[48],孔明之遗迹[49],碎石行列如引绳[50]。每岁江涨,碛上水数十丈,比退[51],阵石如故。

〔1〕二十三日:乾道六年十月二十三日。

〔2〕巫山:今重庆巫山县。凝真观:道教庙宇名,观内有巫山神女祠。

〔3〕妙用真人:即巫山神女。真人,道家称"修真得道"或成仙的人。

〔4〕峰峦:山峰。峦,泛指山。霄汉:指高空。霄,云霄。汉,本指银河。

〔5〕太华:即华山。衡:衡山。庐:庐山。

〔6〕悉:全,尽。

〔7〕仙真:神仙,这里指神女。托:寄居。

〔8〕祝史:古时司祝之官。此指祠中主持祭祀的人。

〔9〕丝竹:我国古代对弦乐器与竹制管乐器的总称。亦泛指音乐。

〔10〕达旦:到天明。旦,天亮,早晨。

〔11〕石坛:石筑的高台,用于祭祀。

〔12〕符书:即符箓,道士用来驱鬼治病等的文书。

〔13〕纤翳(yì):微云遮蔽。

〔14〕群乌幸胙(zuò)馀:大群乌鸦以啄食祭馀的食物为幸。胙,

祭祀用的肉。

〔15〕乾道元年:公元1165年。乾道,宋孝宗的年号(1165—1173)。

〔16〕洎(jì):及,到。

〔17〕黗(dǎn)暗:黑暗。黗,黑。

〔18〕鲜:少。

〔19〕应:灵验。

〔20〕权知:暂代职务。左文林郎、右迪功郎:均为官名。

〔21〕壮县:大县。

〔22〕市井:指做买卖的地方,即市面的意思。归、峡二郡:归、峡二州。峡州,治所在今湖北宜昌。

〔23〕施州:治所在今湖北恩施。

〔24〕黄鲁直:黄庭坚,字鲁直,北宋诗人。引诗出黄庭坚《新喻道中寄元明用觞字韵》诗。

〔25〕县廨(xiè):县署。廨,官署,旧时官吏办公处的通称。

〔26〕锐:物体下大上小。

〔27〕永平:汉明帝的年号(58—75)。

〔28〕建中靖国元年:公元1101年。建中靖国,宋徽宗的年号(1101)。

〔29〕叔向嗣直:黄庭坚从弟黄叔向,字嗣直。涪(fú)陵:今重庆涪陵。

〔30〕戎州:治所在今四川宜宾。

〔31〕湮(yān)没:埋没。

〔32〕跌(fū):碑下的石座。

〔33〕晡(bū):黄昏时。大溪口:在今重庆巫山县东。

〔34〕匹练:一匹白绢。练,洁白的熟绢。

〔35〕油盎:油瓶。盎,一种腹大口小的容器。

〔36〕罅(xià):裂缝。

〔37〕杜诗:杜甫诗。引诗出自杜甫《夔州歌十绝句》其二。

〔38〕滟滪堆:长江江心突起的巨石,在瞿唐峡口。

〔39〕肩舆:轿子。

〔40〕孟蜀:后蜀,五代十国之一。后唐应顺元年(934),孟知祥据四川称帝,传二世,共四十一年,后为宋所并。

〔41〕杨素:隋朝大臣,官至司徒,封越国公。

〔42〕少陵为赋诗者:杜甫有《陪诸公上白帝城头,宴越公堂之作》诗。少陵,在今陕西西安市南,杜甫曾在其附近居住,故自称"少陵野老",世称杜少陵。

〔43〕东屯:在今重庆奉节,离白帝城仅五里。东汉初年,公孙述曾在此垦田,号为东屯。

〔44〕鱼复:夔州汉代为鱼复县,三国时,刘备改为永安。永安宫:故址在今重庆奉节。刘备为东吴所败后,退守永安,死于永安宫。

〔45〕甘夫人:刘备之妻。

〔46〕景德:宋真宗的年号(1004—1007)。

〔47〕形势:指地形上的高下平险之势。

〔48〕八阵碛(qì):相传三国时诸葛亮聚石作成八阵图,以习兵事。碛,浅水中的沙石。

〔49〕孔明:诸葛亮字孔明。

〔50〕引绳:如绳之直。

〔51〕比退:等到水退。比,及,等到。

东屯高斋记[1]

少陵先生晚游夔州[2],爱其山川不忍去,三徙居皆名高斋。质于其诗:曰"次水门"者[3],白帝城之高斋也;曰"依药饵"者[4],瀼西之高斋也;曰"见一川"者[5],东屯之高斋也。故其诗又曰:"高斋非一处。"[6]予至夔数月,吊先生之遗迹,则白帝城已废为丘墟百有馀年,自城郭府寺,父老无知其处者,况所谓高斋乎?瀼西,盖今夔府治所,画为阡陌[7],裂为坊市[8],高斋尤不可识。独东屯有李氏者,居已数世,上距少陵,财三易主[9],大历中故券犹在[10],而高斋负山带溪,气象良是。李氏业进士[11],名襄,因郡博士雍君大椿属予记之[12]。

予太息曰:少陵,天下士也,早遇明皇、肃宗[13],官爵虽不尊显而见知实深,盖尝慨然以稷、卨自许[14]。及落魄巴蜀,感汉昭烈、诸葛丞相之事[15],屡见于诗,顿挫悲壮,反覆动人,其规模志意岂小哉?然去国浸久[16],诸公故人熟睨其穷[17],无肯出力。比至夔,客于柏中丞、严明府之间[18],如九尺丈夫俯首居小屋下,思一吐气而不可得。予读其诗,至"小臣议论绝,老病客殊方"之句[19],未尝不流涕也。嗟夫,辞之悲乃至是乎!荆卿之歌[20],阮嗣宗之哭[21],不加于此矣。少陵非区区于仕进者[22],不胜爱君忧国之心[23],思少出所学佐天子,兴正观、开元之治[24],而身愈老,命愈大谬[25],坎壈且死[26],则其悲至此,亦无足怪也。今李君初不践通塞荣辱之机[27],读书弦歌[28],忽焉忘老,无少陵之忧而有其高。少陵家东屯不浃岁[29],而君数世居之。使死者复生,予未知少陵自谓与君孰失得也。若予者,仕不能无愧于义,退又无地可耕,是直有慕于李君尔。故乐与为记。乾道七年四月十日,山阴陆某记[30]。

〔1〕东屯:在今重庆奉节。本文作于乾道七年(1171),时陆游任夔州通判。

〔2〕少陵先生:即杜甫。杜甫于唐大历元年(766)春自云安(今重庆云阳)移居夔州。在夔州,他先居白帝城,后迁居瀼西,又迁东屯,最后仍归瀼西。大历三年(768)正月,他离夔州,出峡东下。两年后,杜甫就病卒于行往岳阳的舟中。

〔3〕次水门:语出杜甫《宿江边阁》:"暝色延山径,高斋次水门。"

〔4〕依药饵:语出杜甫《暮春题瀼西新赁草屋五首》其四:"高斋依药饵,绝域改春华。"

〔5〕见一川:语出杜甫《自瀼西荆扉且移居东屯茅屋四首》其三:"道北冯都使,高斋见一川。"清人仇兆鳌《杜诗详注》指出:"今按'高斋见一川'紧接'道北冯都使',则高斋当属冯氏之居。"这与陆游认为高斋为杜甫之居不同,仇说较可信。

〔6〕高斋非一处:语出杜甫《云》:"高斋非一处,秀气豁烦襟。"

〔7〕画:划分。阡陌:田间的小路。

〔8〕裂:划分。坊市:街市。坊,市街村里的通称。市,集市。

〔9〕财:通"才"。

〔10〕大历:唐代宗的年号(766—779)。

〔11〕业进士:指以读书为业。

〔12〕郡博士:指夔州教官。

〔13〕"早遇"句:杜甫于唐玄宗天宝十载(751)四十岁时献《三大礼赋》,玄宗奇之,命待制集贤院。唐肃宗至德二载(757),杜甫奔凤翔谒肃宗,授左拾遗。明皇,即唐玄宗。

〔14〕以稷、卨(xiè)自许:杜甫《自京赴奉先县咏怀五百字》云:"杜陵有布衣,老大意转拙。许身一何愚,窃比稷与契。"卨,同"契"。

〔15〕汉昭烈:即三国时蜀汉昭烈帝刘备。诸葛丞相:即诸葛亮,为三国时蜀汉的丞相。刘备对诸葛亮极其信任,君臣相得。杜甫对此十分仰慕。

〔16〕浸(jìn)久:渐久。浸,渐。

〔17〕熟睨(nì):熟视。睨,斜视。

〔18〕柏中丞:柏茂琳,大历元年(766)为夔州都督兼御史中丞,待杜甫颇厚。严明府:指云安县令严某。明府,汉代对郡太守的尊称,即"明府君"的省称,唐以后则多用以称县令。

〔19〕"小臣"二句:语出杜甫《壮游》。

〔20〕荆卿之歌:指荆轲赴秦刺秦王前在易水所唱之歌:"风萧萧兮易水寒,壮士一去兮不复还。"荆卿,指荆轲。

〔21〕阮嗣宗之哭:三国时魏国诗人阮籍因见政治混乱,深感痛苦,有时驾车独行,每至穷途,辄恸哭而返。阮嗣宗,阮籍字嗣宗。

〔22〕区区:义同"姁(xǔ)姁",喜悦自得的样子。

〔23〕不胜:不能克制。胜,克制。

〔24〕正观:即贞观,唐太宗的年号(627—649)。开元:唐玄宗的年号(713—741)。贞观、开元年间是唐代繁荣、强盛的时期,史家称为"大治"。

〔25〕谬:错误,差错。

〔26〕坎壈(lǎn)：困顿,不得志。

〔27〕不践通塞荣辱之机：指李君以读书为业,不求仕进。通,处境顺利;塞,时运不通。

〔28〕弦歌：犹"弦诵",古代学校里读诗,有用琴瑟等弦乐器配合歌唱的,有只口诵而不用乐器的。也用以称学校教学。

〔29〕不浃岁：不满一年。浃,周匝。

〔30〕陆某：陆游自称。这是在草稿或文集里代替自己名字的。在正式的文章里,就要写上作者自己的姓名。

答王樵秀才书[1]

十一月二日,山阴陆某再拜复书先辈足下[2]：贡举之法[3],择进士入官者为考试官[4]。官以考试名,当日夜专心致志以去取士[5],不可兼莅他事[6]。则又为设一官,谓之监试。监试粗官不复择,盖夫人而可为也[7]。甚至法吏流外[8],平日不与清流齿者[9],亦得为之[10]。故又设法曰[11]：监试毋辄与考校[12]。则所以待监试可知矣。

某向佐洪州[13],适科举岁[14],当以七月到官,遂泊舟星子湾[15]。几月[16],闻已锁院[17],乃敢进。非独畏监试事烦,实亦羞为之。今年在夔府,府以四月试。试前尝白府帅[18],愿得移疾[19],已见许矣,会部使者难之[20]。某驽弱[21],畏以避事得罪,遂黾勉入院[22]。某与诸试官皆不相识,惴惴恐其以侵官犯律令见诟[23],自命题至揭榜,未尝敢一语及之。不但不与也,间偶见程文一二可爱者[24],往往遭涂抹疵诋[25],令人气涌如山。然归卧室中,才能向壁叹息。盖再三熟计,虽复强聒[26],彼护短者决不可回[27],但取诟耳。若可回,虽诟固不避也。

如足下之文,又不止可爱,诚可敬且畏者。而一旦以疑黜[28],此岂独足下不能无言,虽试官与拔解诸人[29],亦啧啧称屈[30]。某至是直欲以粗官不与考试自恕,其可乎[31]?将因绍介再拜请罪于门墙而未敢也[32]。不图足下容之察之[33],更辱赐书[34],讲修朋友之好,而以前者不能无言为悔[35]。方是时,使足下遂能无言,固大善。然士以功名自许,非得一官,则功名不可致。虽决当黜[36],尚悒悒不能已[37],况以疑黜乎?某往在朝,见达官贵人免去[38],不忧沮者盖寡[39]。彼已贵,虽免,贵固在,其所失孰与足下多,然忧如此。今乃责足下以不少动心[40],亦非人情矣。前辈有钱希白[41],少时试开封,得第二。希白豪迈,自谓当第一,乃诣阙上书诋主司[42]。当时不以为大过,希白卒为名臣。夫科举得失为重,高下细事耳[43],希白不能忍其细,而责足下默默于其重者,可不可耶?是皆已往事[44],不足复言。区区仰叹足下才气[45],思有以奉广[46],故详及之。

某吴人[47],凡吴之陆皆同谱[48],所谓四十九枝谱是也[49]。如龙图公虽差远[50],颇尚可纪,则于足下亦有瓜葛[51]。蒙敦笃[52],尤感。旦暮诣见[53],先此为谢。

〔1〕王樵:夔州(今重庆奉节)的一位秀才,生平不详。乾道七年(1171)四月,时任夔州通判的陆游为州考监试官。由于主试官的昏聩,王樵有才学而未被录取,遂投书陆游诉说,本文就是陆游于这年十一月给王樵的复信。陆游在信中对怀才不遇的王樵表示了深切同情,并对当时腐败的考试制度充满了蔑视和愤慨。

〔2〕先辈:对王樵的敬称。足下:称对方的敬辞。旧时下称上,或同辈相称,都可用"足下"。

〔3〕贡举:本指古时官吏向君主荐举人才。这里指当时的科举考试。

〔4〕进士入官者:因考中进士而做官的人。宋代制度,士子中进士后再由吏部考选授官。

〔5〕去取:黜落或录取。士:指应试的士子。

〔6〕莅(lì):临,管。

〔7〕"监试"二句:意谓监试官是一种"粗官",要求不高,无须再加选择,原是人人都可充当的。夫(fú)人,人人。夫,犹"凡"。

〔8〕法吏流外:泛指地位低下的官吏。法吏,指司法刑狱之吏。流外,指不入九品的职官。魏晋以后官制分为九品,九品至一品官称为流内,不入九品之内者称流外。

〔9〕不与清流齿者:即不与清流同列的人。不齿,不与同列,表示极端鄙视。

〔10〕亦得为之:意谓也能充当监试官。

〔11〕设法:制定法令制度。

〔12〕毋辄与:不要动辄参预。考校:考查评比,这里指阅卷定等第。

〔13〕向:从前。佐洪州:指陆游于乾道元年(1165)七月被任为隆兴府通判。隆兴府治洪州(今江西南昌),通判是州府长官的副手,故

称"佐洪州"。

〔14〕适科举岁:正逢举行科举考试的年份。宋代科举年限,初无定制,英宗时定为三年一次,此后成为制度。

〔15〕星子:县名,今属江西,在庐山南。星子湾,鄱阳湖北端港湾。

〔16〕几月:将近一个月。几,将近,几乎。

〔17〕锁院:宋代殿试前三日,试官到学士院锁院,然后陪同考生赴殿对策。州府举行考试时,亦封闭试院大门,隔绝内外,使考官与士子不得往来,以防作弊。

〔18〕白:告白,禀白,这里是请示的意思。府帅:指夔州府的长官。

〔19〕移疾:移书称病,即请病假的意思。陆游不愿充任监试官,故意称病回避。

〔20〕部使者:指朝廷临时派往各地主持或监督考试的官员。难:诘责,驳诘,这里是阻挠、驳回的意思。

〔21〕驽弱:懦弱无能。驽,比喻才能低劣。

〔22〕黾(mǐn)勉:勉力,尽力。

〔23〕惴(zhuì)惴:恐惧的样子。侵官:侵夺主持某项事务的官员的职权,指越职干预公事。见诟:被谴责、申斥。诟,骂,斥责。

〔24〕间:有时,间或。程文:应试的文章。程,程式,应试的文章有一定程式。

〔25〕疵诋:挑剔、贬损,这里指阅卷试官的乱加贬斥。

〔26〕强聒(guō):强作解说。聒,语声嘈杂。

〔27〕护短:掩饰错误。回:指改变主意。

〔28〕以疑黜:意谓由于不相信这文章是他本人写的或类似的怀疑而不加录取。

〔29〕拔解：唐宋科举制度，外府不试而直送礼部应试的士子称拔解。

〔30〕啧(zé)啧：赞叹声，这里表示惋惜。

〔31〕"某至是"二句：意谓我到这个时候，即使想以身为监试粗官无权干预考试评审作为宽恕自己的理由，难道可以这样吗？

〔32〕"将因"句：意谓打算请人介绍到您府上来请罪而终于未敢前来。绍介，介绍。门墙，原指师长之门，犹"师门"，这里尊称王樵的居处。

〔33〕不图：想不到。图，想。

〔34〕辱：谦词，犹言承蒙。

〔35〕"而以"句：指王樵以先前落选时据理力争，"不能无言"为悔。

〔36〕虽决当黜：虽然应当黜落。

〔37〕悒(yì)悒：忧闷不乐的样子。

〔38〕免去：罢官离职。

〔39〕忧沮：忧愁沮丧。

〔40〕责：责令，要求。不少动心：毫不介意。

〔41〕钱希白：钱易，字希白，北宋初人。真宗时举进士，官至翰林学士。钱易时以才藻知名。举进士时，先参加开封府试，得第二，不服，上书给皇帝，语含讥讽，被真宗降为第三。第二年，他以第二名中进士。

〔42〕诣阙上书：赴朝廷呈奏章。诣，前往。阙，古代宫殿前有双阙。这里指皇帝的宫殿。诋：毁谤，诬蔑。这里是批评、控告的意思。主司：主管部门的官员。这里指主持开封府试的官员。

〔43〕"夫科举"二句：意谓参加科举考试，得第落第是重要问题，名次高低相对来说是小事。

〔44〕是：这，这些。

〔45〕区区:小,这里指自己,是自谦之词。

〔46〕思有以奉广:打算对您有所宽慰。奉,敬辞。广,宽慰。

〔47〕吴:此处指古吴郡,包括今江苏南部及浙江北部一带。

〔48〕谱:族谱。

〔49〕四十九枝谱:陆游在为从兄陆洸写的墓志铭《奉直大夫陆公墓志铭》中曾提到自己的世系:"吴郡陆氏,方盛唐时,号四十九枝,太尉枝最盛。唐末,自吴之嘉兴,东徙钱塘。吴越王时,又徙山阴鲁墟。"

〔50〕龙图公:指龙图阁大学士,其人不详,是陆游的远族,当与王樵有亲戚关系。

〔51〕瓜葛:喻指辗转牵连的亲戚关系。

〔52〕敦笃:亲厚的意思。这里当指王樵给陆游的信上叙谈彼此的亲旧关系,相与加深情谊。

〔53〕旦暮:早晚,指很短的时间。诣见:来拜访。诣,前往。

跋岑嘉州诗集〔1〕

予自少时,绝好岑嘉州诗。往在山中,每醉归,倚胡床睡〔2〕,辄令儿曹诵之〔3〕,至酒醒,或睡熟,乃已。尝以为太白、子美之后〔4〕,一人而已。今年自唐安别驾来摄犍为〔5〕,既画公像斋壁,又杂取世所传公遗诗八十馀篇刻之,以传知诗律者,不独备此邦故事〔6〕,亦平生素意也〔7〕。乾道癸巳八月三日〔8〕,山阴陆某务观题。

〔1〕岑嘉州:唐代诗人岑参。他曾任嘉州(治所在今四川乐山)刺

史,故后人称他为岑嘉州。本文作于乾道九年(1173)秋,陆游时摄知嘉州事。

〔2〕胡床:亦称"交床"、"交椅"、"绳床",一种可以折叠的轻便坐具。

〔3〕儿曹:儿辈。曹,辈。

〔4〕太白:李白,字太白。子美:杜甫,字子美。

〔5〕唐安:即蜀州(今四川崇州)。别驾:官名,原为州刺史的佐吏。宋置诸州通判,其职近似古之别驾,世遂称通判为别驾。摄:摄官,临时代理某官。犍为:指嘉州,唐代为犍为郡。乾道九年夏,陆游由权蜀州通判摄知嘉州事。

〔6〕故事:典故。

〔7〕素意:平生的想法、志向。

〔8〕乾道癸巳:即乾道九年。

铜壶阁记[1]

天下郡国[2],自谯门而入[3],必有通逵达于侯牧治所[4],惟成都独否。自剑南、西川门以北,皆民庐、市区、军垒。折而西,道北为府[5],府又无台门[6],与他郡国异。考其始,盖自孟氏国除[7],矫霸国之僭侈而然[8]。至蒋公堂来为牧[9],乃南直剑南、西川门西北[10],距府五十步,筑大阁曰铜壶,事书于史。崇宁初[11],以火废。政和中[12],吴公拭因其矩[13],复侈大之,雄杰闳深[14],始与府称。

淳熙二年夏六月[15],今敷文阁直学士范公以制置使治此府[16]。始至,或以阁坏告,公曰:"夫今不营[17],后费益大。"于是躬自经画[18],趣令而缓期[19],广储而节用[20],急吏而宽役[21]。一旦崇成[22],人徒骇其山立翚飞[23],嵲然摩天[24],不知此阁已先成于公之胸中矣。夫岂独阁哉?天下之事,非先定素备[25],欲试为之,事已纷然[26],始狼狈四顾,经营劳弊,其不为天下笑者鲜矣。方阁之成也,公大合乐[27],与宾佐落之[28]。客或举觞寿公曰[29]:"天子神圣英武,荡清中原。公且以廊庙之重[30],出抚成师,北举燕、赵[31],西略司、并[32],挽天河之水以洗五六十年腥膻之污[33],登高大会,燕劳将士[34],勒铭奏凯[35],传示无极[36],则今日之事盖未足道。"识者以此知公举大事不难矣,其可阙书[37]!四年四月己卯,朝奉郎主管台州崇道观陆某记[38]。

〔1〕铜壶阁:故址在成都。本文作于淳熙四年(1177),陆游时任四川制置使司参议官。

〔2〕郡国:汉初分天下为郡和王国,同为地方高级行政区划。这里指州城及府城。

〔3〕谯(qiáo)门:即谯楼,古时建筑在城门上用以瞭望的楼。

〔4〕通逵(kuí):四通八达的大道。侯牧治所:指地方长官的公署。

〔5〕府:公署。

〔6〕台门:有高台的大门。

〔7〕孟氏:后唐应顺元年(934),孟知祥据成都称帝,是为后蜀,传至子孟昶,于宋乾德三年(965)亡国。

〔8〕矫:纠正。霸国:指割据一方者。僭(jiàn)侈:超越本分而张大

的行为。

〔9〕蒋公堂:蒋堂。宜兴人,宋真宗时知益州。

〔10〕直:通"值",当。

〔11〕崇宁:宋徽宗的年号(1102—1106)。

〔12〕政和:宋徽宗的年号(1111—1117)。

〔13〕吴公拭:拭,当作栻。吴栻,瓯宁人,徽宗时帅成都。因其矩:按照其法度。矩,法度。

〔14〕雄杰:威武超群。闳深:大而深。

〔15〕淳熙二年:公元1175年。淳熙,宋孝宗的年号(1174—1189)。

〔16〕范公:范成大,当时以敷文阁直学士知成都府权四川制置使。

〔17〕营:营建。

〔18〕躬自经画:亲自筹划。躬,身体,引申为自身,亲自。

〔19〕趣(cù)令而缓期:下令急促但是限期从容。趣,同"促"。

〔20〕广储而节用:准备充足但是用度节省。

〔21〕急吏而宽役:对官吏要求严格但是役使人民宽容。

〔22〕崇成:指高高地出现在地上。

〔23〕山立:形容阁的高耸。翚(huī)飞:形容阁的壮丽。翚,羽毛五彩的野鸡。

〔24〕嶪(yè)然:高耸的样子。

〔25〕先定素备:事先做好准备。

〔26〕纷然:杂乱的样子。

〔27〕大合乐:举行盛大的宴会。

〔28〕宾佐:幕宾辅佐。落之:指举行落成典礼。

〔29〕举觞寿公:举杯向范公敬酒。寿,用如动词,向人敬酒。

〔30〕廊庙之重:朝廷的重任。廊庙,庙堂,指朝廷。

〔31〕燕、赵:指今河北及山西的部分地区。

345

〔32〕司:司州,故治在今河南洛阳。并:并州,约当今山西省。

〔33〕五六十年腥膻之污:指被金人统治的五六十年。自靖康元年(1126)金军陷东京,至写本文时,已五十二年。

〔34〕燕劳:设宴犒劳。

〔35〕勒铭奏凯:指把战争胜利的铭文刻在石碑上。

〔36〕无极:无穷。

〔37〕阙书:缺少记载。阙,通"缺"。

〔38〕主管台州崇道观:陆游于淳熙三年(1176)领祠禄,主管台州桐柏山崇道观。

祭富池神文〔1〕

某去国八年〔2〕,浮家万里〔3〕,徒慕古人之大节,每遭天下之至穷。登揽江山,徘徊祠宇,九原孰起〔4〕,孤涕无从〔5〕。虽薄奠之不丰〔6〕,冀英魂之来举〔7〕。

〔1〕富池神:指富池昭勇庙所祀三国时东吴折冲将军甘宁。当地传说,此神有灵异,如虔诚祷告,能以顺风助舟之行。富池,在今湖北阳新东六十里长江西岸。本文作于淳熙五年(1178),作者时出川东归。

〔2〕去国八年:指作者自乾道六年(1170)离开临安到四川的前后八年。

〔3〕浮家:指离开家行踪无定。

〔4〕九原:春秋时晋国大夫的墓地。《礼记·檀弓下》:"赵文子与叔誉观乎九原,曰:'死者如可作也,吾谁与归?'"意为如死者复生,我应跟谁走?陆游在这里用此典故,有古人不可复见的沉痛意义。

〔5〕孤涕无从:意谓独自流泪,没有知音。从,随。

〔6〕奠:献给鬼神的祭品。

〔7〕冀:希望。举:享祀。

书巢记[1]

陆子既老且病,犹不置读书,名其室曰书巢。客有问曰:"鹊巢于木,巢之远人者;燕巢于梁,巢之袭人者[2]。凤之巢,人瑞之[3];枭之巢[4],人覆之。雀不能巢,或夺燕巢,巢之暴者也。鸠不能巢,伺鹊育雏而去,则居其巢,巢之拙者也。上古有有巢氏[5],是为未有宫室之巢。尧民之病水者[6],上而为巢,是为避害之巢。前世大山穷谷中,有学道之士,栖木若巢,是为隐居之巢。近时饮家者流[7],或登木杪[8],酣醉叫呼,则又为狂士之巢。今子幸有屋以居,牖户墙垣[9],犹之比屋也[10],而谓之巢,何耶?"陆子曰:"子之辞辩矣,顾未入吾室。吾室之内,或栖于椟[11],或陈于前,或枕藉于床[12],俯仰四顾,无非书者。吾饮食起居,疾痛呻吟,悲忧愤叹,未尝不与书俱。宾客不至,妻子不觌[13],而风雨雷雹之变有不知也。间有意欲起,而乱书围之,如积槁枝[14],或至不得行,则辄自笑曰:'此非吾所谓巢者耶?'"乃引客就观之。客始不能入,既入又不能出,乃亦大笑曰:"信乎其似巢也。"

客去,陆子叹曰:"天下之事,闻者不如见者知之为详,见者不如居者知之为尽。吾侪未造夫道之堂奥[15],自藩篱之外而妄议之[16],可乎?"因书以自警。淳熙九年九月三日,甫里陆某务观记[17]。

[1] 书巢:陆游对自己书室的命名。本文作于淳熙九年(1182),作者时居山阴。

[2] 袭:触及。

[3] 瑞之:把它当吉祥的征兆。

[4] 枭(xiāo):通"鸮",一种猛禽,古人视为不祥之鸟,故覆其巢。

[5] 有巢氏:传说中教民构木为巢,居住在树上的古代君主。

[6] 尧民之病水者:相传上古帝尧之时,天下大水。尧,传说中的上古部落联盟领袖。病水,为水患所害。

[7] 饮家者流:指好饮酒的一派人。

[8] 杪(miǎo):树木的末梢。

[9] 牖(yǒu)户:窗户。墙垣(yuán):墙壁。垣,矮墙,也泛指墙。

[10] 比屋:邻舍。

[11] 椟(dú):木柜,木匣。

[12] 枕藉:纵横相枕而卧。

[13] 觌(dí):见。

[14] 槁(gǎo)枝:枯枝。槁,枯干。

[15] 堂奥:指堂屋的深处。引申为深奥的道理。奥,屋的西北隅。

[16] 藩篱:用竹木编成的篱笆或围栅,为房舍外面的遮挡物,这里比喻没有进入学问境界。

[17] 甫里:今江苏苏州甪直镇,为陆游的祖籍。

跋傅正议至乐庵记[1]

伏波将军困于壶头[2],曳病足土室中以望夷贼[3],左右哀之,莫不为流涕。定远侯在西域三十年[4],年老思土,上书自言愿生入玉门关[5],词指甚哀[6]。彼封侯富贵矣,然戚戚无聊乃如此[7]。其他盈满骪脆[8],畏祸忧诛,愿为布衣不可得者[9],又何可胜叹。然则富贵不如贫贱之乐耶?曰:此自富贵言之耳。贫贱之士,仕则无路,处则无食[10],自非有道君子,其忧又有甚者矣。

正议傅公在学校二十年[11],声震京师,同舍生去为公卿者袂相属[12],而公始仅得一第。既仕矣,适时艰难,妄男子往往起闾巷[13],取美官,公又弃不用,则亦何自乐哉?及读所作《至乐庵记》,自道其胸中恢疏磊落[14],所以乐而忘忧者,文辞辩丽动人[15],有列御寇、庄周之遗风[16],然后知公盖有道者。或曰:"使天以富贵易公之乐,公其许之乎?"予曰:"公所以处贫贱者,则其所以处富贵也。颜回之箪瓢[17],周公之衮绣[18],一也。"观斯文者,盍以是求之[19]。淳熙十一年七月十六日,山阴陆某谨书。

〔1〕傅正议:名伫,字凝远,官至南剑州通判,卒后累赠正议大夫。陆游有《傅正议墓志铭》。本文作于淳熙十一年(1184),陆游时在山阴。
〔2〕伏波将军:指马援,东汉名将,曾任伏波将军。建武二十四年

(48),征武陵五溪蛮夷。次年进至壶头,中疫病死。壶头:山名,在今湖南沅陵东北。

〔3〕曳:拖。

〔4〕定远侯:指班超,东汉名将。曾任西域都护,封定远侯。在西域三十年,年老求还,还洛阳数月即死。

〔5〕玉门关:故址在今甘肃敦煌西北,和西南的阳关同为当时通往西域各地的交通门户。

〔6〕词指:词意。指,意指。

〔7〕戚戚:忧惧的样子。无聊:精神空虚,无所依托。

〔8〕臲卼(niè wù):动摇不安。

〔9〕布衣:平民。

〔10〕处:指隐居不仕。

〔11〕学校:指太学。陆游《傅正议墓志铭》载,傅伫"崇宁中甫年十八,入太学,声名籍甚,试中高等,然犹几二十年,乃以上舍登第,调沧州无棣县主簿"。

〔12〕袂(mèi):衣袖。

〔13〕妄男子:无知男子。闾巷:里巷。

〔14〕恢疏:宽阔。磊落:形容胸怀坦白。

〔15〕辩丽:指词锋巧捷而藻饰华丽。

〔16〕列御寇:相传为战国时道家,《列子》传为他所撰。庄周:战国时道家,著有《庄子》。

〔17〕颜回:孔子的高足弟子,安贫乐道。孔子称赞他曰:"贤哉,回也。一箪食,一瓢饮,在陋巷。人不堪其忧,回也不改其乐。"箪,竹制的盛器,常用以盛饭。

〔18〕周公:指姬旦,周文王之子,周武王之弟,曾助武王灭商。武王死后,成王年幼,由他摄政。相传他制礼作乐,建立典章制度。衮(gǔn)

绣:绣有团龙的衣服,古代皇帝及上公的礼服。《诗经·豳风·九罭》:"我觏之子,衮衣绣裳。"

〔19〕盍:何不。

跋李庄简公家书[1]

李丈参政罢政归乡里[2],时某年二十矣。时时来访先君[3],剧谈终日[4]。每曰秦氏[5],必曰"咸阳"[6],愤切慨慷,形于色辞。一日平旦来[7],共饭,谓先君曰:"闻赵相过岭[8],悲忧出涕。仆不然[9],谪命下[10],青鞋布袜行矣。岂能作儿女态耶?"方言此时,目如炬,声如钟,其英伟刚毅之气,使人兴起。

后四十年,偶读公家书,虽徙海表[11],气不少衰,叮咛训戒之语,皆足垂范百世[12],犹想见其道"青鞋布袜"时也。淳熙戊申五月己未[13],笠泽陆某题[14]。

〔1〕李庄简公:李光,字泰发,上虞(今属浙江)人。宋高宗时,曾任参知政事等职。因与秦桧政见不合,被罢职。后被贬谪藤州(今广西藤县)、琼州(今海南琼山)等地。居琼州八年,始北还。宋孝宗时赐谥庄简。本文作于淳熙十五年(1188),作者时知严州。

〔2〕丈:对长辈的尊称。参政:参知政事的简称。

〔3〕先君:称死去的父亲,这里指陆游的父亲陆宰。

〔4〕剧谈:畅谈。

〔5〕秦氏:指秦桧。

〔6〕咸阳:古代秦国的首都,在今陕西咸阳东北。这里用来借指秦桧。

〔7〕平旦:早晨。

〔8〕赵相:指赵鼎,字元镇,闻喜(今属山西)人。宋高宗时曾任宰相兼枢密使等职。因反对和议而与秦桧不合,被贬谪岭南,绝食而死。

〔9〕仆:自称的谦词。

〔10〕谪命:贬谪的命令。

〔11〕徙:指迁谪。海表:海外,这里指琼州,治所在今海南省海口市琼山区。

〔12〕垂范百世:作为后代的典范。

〔13〕淳熙戊申五月己未:淳熙十五年五月二十四日。

〔14〕笠泽:太湖的别名。陆游祖籍甫里(今江苏苏州甪直镇),地近太湖,故曾自称"笠泽渔隐"、"笠泽渔翁"等。

师伯浑文集序〔1〕

乾道癸巳〔2〕,予自成都适犍为〔3〕,识隐士师伯浑于眉山〔4〕。一见,知其为天下伟人。予既行,伯浑饯予于青衣江上〔5〕。酒酣浩歌,声摇江山,水鸟皆惊起。伯浑饮至斗许,予素不善饮,亦不觉大醉。夜且半,舟始发去。至平羌〔6〕,酒解〔7〕,得大轴于舟中〔8〕,则伯浑醉书,纸穷墨燥〔9〕,如春龙奋蛰〔10〕,奇鬼搏人〔11〕,何其壮也!后四年,伯浑得疾不起〔12〕,子怀祖集伯浑文章,移书走八千里〔13〕,乞予为序。

呜呼!伯浑自少时名震秦蜀〔14〕,东被吴楚〔15〕,一时高流皆尊慕之[16],愿与交。方宣抚使临边[17],图复中原,制置使并护梁益兵民[18],皆巨公大人,闻伯浑名,将闻于朝[19],而卒为忌者所沮[20]。夫伯浑既决不肯仕,即无沮者,不过有司岁时奉粟帛牛酒劳问[21],极则如孔旼、徐复辈[22],赐"散人"号[23],书其事于史而已[24],于伯浑何失得[25]?而忌已如此!向使伯浑出而事君,为卿为公,则忌者当益众,排击沮挠当不遗力[26],徙比景[27],输左校[28],殆未可知。安得如在眉山,躬耕妇织,放意山水,优游以终天年耶[29]?则伯浑不遇,未见可憾。或曰:"伯浑之才气,空海内无与比[30],其文章英发巨丽,歌之清庙[31],刻之彝器[32],然后为称[33];今一不得施[34],顾退而为山巅水涯娱忧纾悲之言[35],岂不可憾哉!"予曰:"是则有命。识者为时惜[36],不为伯浑叹也!"淳熙某月某日山阴陆某序。

[1] 师伯浑:陆游《老学庵笔记》卷三云:"师浑甫,本名某,字浑甫。既拔解,志高退,不赴省试。其弟乃冒其名以行,不以告浑甫也,俄遂登第。浑甫因以字为名而字伯浑。"师伯浑是当时一位未能施展抱负的有才能之士,陆游怀着为国家痛惜人才的心情,为他的文集写了这篇序。本文写于淳熙年间(1174—1189)。

[2] 乾道癸巳:即乾道九年(1173)。

[3] 犍为:今四川犍为县。

[4] 眉山:今四川眉山市。

[5] 青衣江:在四川中部。

[6] 平羌:在今四川乐山北。

〔7〕酒解:酒醒。

〔8〕大轴:条幅。

〔9〕纸穷墨燥:意谓用干枯的笔触写了满满一张纸。穷,尽。

〔10〕春龙奋蛰(zhé):冬眠的龙在春天奋醒。蛰,动物冬眠的状态。这里比喻书法字体的生机勃勃,遒劲有力。

〔11〕搏:击。以上两句形容伯浑醉书的笔势。

〔12〕不起:去世。

〔13〕"移书"句:意谓远在八千里外写信来。

〔14〕秦蜀:指今陕西、四川一带。

〔15〕东被吴楚:指名声向东传扬到吴楚之地。吴楚,指今江苏、安徽、浙江、湖南、湖北等地。

〔16〕高流:名望高的人。

〔17〕方:正当。宣抚使:统率军队、负责征战的长官。临边:到边境地区来。

〔18〕制置使:掌管边防军务的长官。并护梁益兵民:兼保护梁、益两州军民的职务。梁益,梁州和益州,在今陕西、四川一带。

〔19〕闻于朝:推荐到朝廷。

〔20〕卒:终于。沮:作梗。

〔21〕有司:负有专责的官吏。岁时:逢年过节。奉粟帛牛酒劳问:送些粮食衣酒等礼物作为慰问。

〔22〕极则如:充其量不过像。孔旼(mín):宋朝隐士,性情孤高,讲究礼法,闻名乡里,朝廷赐他粟帛,授予秘书省校书郎,后辞职。徐复:宋朝人,精通《易经》,隐居不仕。

〔23〕赐"散人"号:朝廷赐给"散人"的称号。散人,意为闲散清淡之人。

〔24〕史:指史书。

〔25〕失得:复合偏义词,就是"得"的意思。

〔26〕不遗力:尽全力。

〔27〕徙比景:泛指流放到遥远地方。语出《后汉书·阎皇后纪》。徙,流放。比景,古地名,在现在越南境内。

〔28〕输左校:贬为小官。左校,管理营建宫室工人的小官,汉朝官吏犯法,常贬为此职。

〔29〕以终天年:指善终。天年,天然的年寿。

〔30〕空:找遍,整个。

〔31〕清庙:宗庙。

〔32〕彝(yí)器:古代宗庙常用的礼器的总名,如钟、鼎、樽之类。

〔33〕称(chèn):相称。

〔34〕一不得施:没有能够施展到上述的任何一个方面去。

〔35〕娱忧纾(shū)悲之言:解除忧愁、发抒悲伤的文字。纾,解除。

〔36〕识者:有见识的人。时:指当时的社会。

姚平仲小传[1]

姚平仲,字希晏,世为西陲大将[2]。幼孤,从父古养为子[3]。年十八,与夏人战臧底河[4],斩获甚众,贼莫能枝梧[5]。宣抚使童贯召与语[6],平仲负气不少屈[7],贯不悦,抑其赏,然关中豪杰皆推之[8],号"小太尉"。睦州盗起[9],徽宗遣贯讨贼。贯虽恶平仲[10],心服其沉勇[11],复取以行。及贼平,平仲功冠军[12],乃见贯曰:"平仲不愿得赏,愿一见上耳。"贯愈忌之。他将王渊、刘光世皆得召见,平仲独不与[13]。钦宗在东宫知其名[14],及即位[15],金人入寇,都城受围,平仲适在京师,得召对福宁殿,厚赐金帛,许以殊赏[16]。于是平仲请出死士斫营擒虏帅以献[17]。及出,连破两寨,而虏已夜徙去[18]。平仲功不成,遂乘青骡亡命[19],一昼夜驰七百五十里,抵邓州[20],始得食。入武关[21],至长安[22],欲隐华山,顾以为浅[23],奔蜀,至青城山上清宫[24],人莫识也。留一日,复入大面山[25],行二百七十馀里,度采药者莫能至[26],乃解纵所乘骡[27],得石穴以居。朝廷数下诏物色求之[28],弗得也。乾道、淳熙之间始出[29],至丈人观道院,自言如此。时年八十馀,紫髯郁然[30],长数尺,面奕奕有光[31],行不择崖堑荆棘[32],其速若奔马,亦时为人作草书,颇奇伟,然秘不言得道之由云。

〔1〕姚平仲:宋代名将。这篇小传记载了他的生平事迹,充满了作者对这位传奇式的英雄人物的景仰之情,并揭露了上层统治集团的昏庸和腐朽。本文作年当在淳熙年间(1174—1189)或其后。

〔2〕世:世代。西陲(chuí):西部的边疆。陲,边疆。

〔3〕从父:伯父或叔父。古:姚古,北宋末名将。

〔4〕夏人:指西夏军队。臧底河:臧底河城,宋夏战场之一。宋徽宗政和六年(1116),宋将种师道率十万人马攻克此城。姚平仲当随种师道参加这次战斗。

〔5〕枝梧:抗拒。

〔6〕宣抚使:统率军队、负责征战的长官。童贯:北宋末年著名的奸恶宦官,曾任陕西、河东、河北宣抚使,负责西北和北部地区军事。

〔7〕负气：自恃意气，不肯屈居事人。

〔8〕关中：指今陕西一带地区。推：推崇。

〔9〕睦州盗：指方腊。宋徽宗宣和二年(1120)，方腊在睦州青溪(今浙江淳安)起义，次年战败被俘，在京师就义。睦州，治所在今浙江建德，宣和三年改名严州。

〔10〕恶(wù)：厌恶。

〔11〕沉勇：沉着勇敢。

〔12〕功冠军：是全军中功劳最大的。

〔13〕与：参与，参加。

〔14〕在东宫：指做太子的时候。东宫，太子所居的宫殿，常用来指太子。

〔15〕及即位：钦宗于公元1126年1月即位，在位一年四个月即被金人所俘，北宋灭亡。及，等到。

〔16〕殊赏：特别优厚的赏赐。

〔17〕死士：敢死的武士。斫营：袭击敌营。虏帅：指金军首领。

〔18〕徙去：转移而去。

〔19〕亡命：指改名换姓逃亡在外。

〔20〕邓州：故治在今河南邓县。

〔21〕武关：在今陕西商南县西北。

〔22〕长安：今陕西西安。

〔23〕顾：这里作"但"解。浅：指不够幽深，不便隐居。

〔24〕青城山：在今四川都江堰市西南。上清宫在青城山顶上。

〔25〕大面山：在青城山以西。

〔26〕度(duó)：推测，估计。

〔27〕解纵：解开释放。

〔28〕物色：指形貌。这里指按照形貌去寻找。

〔29〕乾道、淳熙之间：公元1165—1189年之间。乾道、淳熙，均为宋孝宗的年号。

〔30〕郁然：浓密的样子。

〔31〕奕奕：有神采的样子。

〔32〕崖堑（qiàn）：山崖山沟。

书渭桥事[1]

中大夫贾若思[2]，宣和中知京兆栎阳县[3]。夏夜，以事行三十里，至渭桥，夜漏欲尽[4]，忽见二三百人驰道上，衣帻鲜华[5]，最后车骑旌旄[6]，传呼甚盛。若思遽下马[7]，避于道傍民家，且使从吏询之，则曰："使者来按视都城基，汉唐故城王气已尽[8]，当求生地[9]。此十里内已得之，而水泉不壮[10]，今又舍之矣。"语毕，驰去如飞。时方承平[11]，若思大骇。明日还县，亟使人访诸府[12]，则初无是事也。若思，河朔人[13]，自栎阳从蔡靖辟[14]，为燕山安抚司管勾机宜文字[15]。靖康中[16]，自燕遁归[17]，入尚书省，为司封郎而卒[18]。

陆某曰：河渭之间[19]，奥区沃野[20]，周、秦、汉、唐之遗迹隐辚故在[21]。自唐昭宗东迁[22]，废不都者三百年矣。山川之气郁而不发[23]，艺祖、高宗皆尝慨然有意焉[24]，而群臣莫克奉承[25]。予得此事于若思之孙逸祖。岂关中将复为帝宅乎[26]？虏暴中原，积六七十年[27]，腥闻于天。王师一出,中原豪杰必将响应。决策入关,定万世之业,兹其时矣[28]。予老病垂死,惧不获见,故私识若思事以示同志[29]。安知士无脱挽辂以进说者乎[30]?

〔1〕渭桥:在陕西咸阳西南。本文约作于淳熙十六年(1189)陆游罢官回山阴之后。文中叙述了一个民间传说,从而阐述作者建都关中、收复失地的主张。

〔2〕中大夫:宋代官名,文散官,从四品。

〔3〕宣和:宋徽宗的年号(1119—1125)。京兆栎(yuè)阳:故治在今陕西临潼东北渭水北岸,宋时属京兆府。

〔4〕夜漏欲尽:指天将晓。漏,古代滴水计时的器具。

〔5〕帻(zé):包头发的巾。

〔6〕旌旆:旗帜。

〔7〕遽(jù):急。

〔8〕王气:古代指帝王兴起之处的祥光瑞气。

〔9〕生地:新地。

〔10〕不壮:不盛。

〔11〕承平:相承平安之意,即太平。

〔12〕访诸府:意谓访此事于京兆府。

〔13〕河朔:河北。

〔14〕从蔡靖辟:由蔡靖推举。蔡靖,宣和五年(1123)知燕山府。辟,举用。

〔15〕管勾机宜文字:幕僚官名。

〔16〕靖康:宋钦宗的年号(1126—1127)。

〔17〕遁归:逃回。

〔18〕司封郎:吏部官名。

〔19〕河渭:黄河和渭河。

〔20〕奥区:腹地。沃野:肥沃的田野。

〔21〕辚:车行声。

〔22〕唐昭宗东迁:唐天祐元年(904),唐昭宗迁都洛阳。

〔23〕郁而不发:郁结而不发舒。

〔24〕艺祖:指宋太祖。

〔25〕莫克:不能。克,能够。奉承:奉命执行。

〔26〕帝宅:皇帝居住的地方,即都城。

〔27〕"虏暴"二句:金兵于靖康二年(1127)灭北宋,自此中原陷落,至作者写本文时已六七十年。

〔28〕兹:此。

〔29〕识(zhì):通"志",记载。

〔30〕脱挽辂(lù)以进说者:用娄敬事。汉高祖五年(前202),娄敬脱挽辂,衣其羊裘,劝高祖建都关中。高祖从之,赐娄敬姓刘。脱挽辂,解除拖车的劳务。辂,绑在车辕上以备人牵挽的横木。

南园记[1]

庆元三年二月丙午[2],慈福有旨[3],以别园赐今少师平原郡王韩公[4]。其地实武林之东麓[5],而西湖之水汇于其下,天造地设,极湖山之美。公既受命,乃以禄入之馀,葺为南园[6],因其自然,辅以雅趣。

方公之始至也,前瞻却视[7],左顾右盼,而规模定;因高就下,通窒去蔽[8],而物象列。奇葩美木[9],争效于前[10];

清流秀石,若顾若揖[11]。于是飞观杰阁[12],虚堂广厅[13],上足以陈俎豆[14],下足以奏金石者[15],莫不毕备。高明显敞,如蜕尘垢而入窈窕[16],邃深疑于无穷[17]。既成,悉取先德魏忠献王之诗句而名之[18]。堂最大者曰"许闲",上为亲御翰墨以榜其颜[19]。其射厅曰"和容"[20],其台曰"寒碧",其门曰"藏春",其阁曰"凌风"。其积石为山,曰"西湖洞天";其潴水艺稻[21],为囷为场[22],为牧羊牛、畜雁鹜之地[23],曰"归耕之庄"。其它因其实而命之名,则曰"夹芳",曰"豁望",曰"鲜霞",曰"矜春",曰"岁寒",曰"忘机",曰"照香",曰"堆锦",曰"清芬",曰"红香"。亭之名则曰"远尘",曰"幽翠",曰"多稼"。

自绍兴以来[24],王公将相之园林相望,莫能及南园之仿佛者,公之志岂在于登临游观之美哉?始曰"许闲",终曰"归耕",是公之志也。公之为此名,皆取于忠献王之诗,则公之志,忠献之志也。与忠献同时,功名富贵略相埒者[25],岂无其人。今百四五十年,其后往往寂寥无闻。韩氏子孙,功足以铭彝鼎、被弦歌者[26],独相踵也[27]。逮至于公[28],勤劳王家,勋在社稷,复如忠献之盛,而又谦恭抑畏[29],拳拳志忠献之志[30],不忘如此。公之子孙,又将嗣公之志而不敢忘[31]。则韩氏之昌,将与宋无极[32],虽周之齐、鲁[33],尚何加哉!或曰:"上方倚公如济大川之舟[34],公虽欲遂其志,其可得哉?"是不然。知上之倚公而不知公之自处,知公之勋业而不知公之志,此南园之所以不可无述[35]。

　　游老病谢事[36]，居山阴泽中，公以手书来曰："子为我作南园记。"游窃伏思[37]，公之门才杰所萃也[38]，而顾以属游者[39]，岂谓其愚且老，又已挂衣冠而去[40]，则庶几其无谀辞[41]，无侈言[42]，而足以道公之志欤？此游所以承公之命而不获辞也[43]。中大夫直华文阁致仕、赐紫金鱼袋陆游谨记[44]。

　　[1] 本文是陆游应韩侂胄之请而作的。庆元五年（1199）九月，韩侂胄加少师，封平原郡王。次年，陆游致仕。据此，陆游此文当作于庆元六年，时作者在山阴。

　　[2] 庆元三年：公元1197年。

　　[3] 慈福：指高宗吴皇后。宁宗即位后，对她屡加尊号，为寿圣隆慈备福光佑太皇太后，居慈福宫。旨：帝王的诏谕。

　　[4] 韩公：指韩侂胄。韩侂胄本为北宋名臣韩琦的曾孙。宋宁宗即位，他以外戚执政，专权十四年，封平原郡王，官至平章军国事。以"伪学"之名，排斥异己，史称"庆元党禁"。又为巩固自己的地位，利用人民群众渴望统一的心理，提倡北伐抗战，做了不少筹划统一中原的准备工作，受到当时主战派中不少人的拥护。陆游就是在这一基础上与他有了交往，并受他的请托写了《南园记》和《阅古泉记》。开禧二年，韩侂胄发动北伐，兵败求和。次年，因金人欲罪首谋，被斩首函送至金。韩侂胄在南宋历史上为一般正直的人所不齿，陆游也因此受到当时一些人的非议，认为他"不能全其晚节"。从陆游生平事迹和这两篇文章的内容来看，前人的一些议论显然是有失公允的。

　　[5] 武林：杭州灵隐、天竺诸山的总名。麓（lù）：山脚。

〔6〕葺(qì):修理整治。

〔7〕却视:退后看。

〔8〕窒(zhì):阻塞。蔽:遮挡。

〔9〕葩(pā):花。

〔10〕争效:争相献出。形容花草树木的繁荣。

〔11〕揖:拱手为礼。

〔12〕飞观杰阁:高耸的观阁。

〔13〕虚堂广厅:宽阔的厅堂。虚,空阔,宽敞。

〔14〕陈:陈列。俎(zǔ)豆:古代祭祀用的器具。这句意谓园中有家庙,可以祭祖。

〔15〕奏:奏乐。金石:指乐器。这句意谓园中有厅堂,可以宴会奏乐。

〔16〕蜕(tuì)尘垢:退去尘埃污秽。蜕,脱去皮壳。窈窕:幽深之地。

〔17〕邃深:深远。

〔18〕先德:指有德行的前辈。魏忠献王:指韩侂胄的曾祖韩琦,官至司徒兼侍中,死后赠魏郡王,谥忠献。

〔19〕上:专指皇上。亲御翰墨:即亲笔题词。榜:匾额。这里用为动词,题署。颜:眉目之间,这里指堂的前面。

〔20〕射厅:考试讲武的地方。

〔21〕潴(zhū):水停聚的地方。艺:种植。

〔22〕囷(qūn):圆形的谷仓。

〔23〕畜:养。鹜(wù):鸭。

〔24〕绍兴:宋高宗的年号(1131—1162)。

〔25〕相埒(liè):相等。埒,等于,相等。

〔26〕铭彝鼎:商、周时代王朝对有功之臣赐以彝、鼎,并把他们的功

绩刻在器上。彝,盛酒之器;鼎,烹饪之器,均用青铜制作。被弦歌:将功绩以诗歌的形式流传下来。弦歌,能配乐的诗。

〔27〕相踵:脚跟相接,指连续不断。踵,脚跟。

〔28〕逮:及,到。

〔29〕谦恭抑畏:谦虚恭敬,谨慎克制。

〔30〕拳拳:牢握不舍的意思。志忠献之志:记住韩琦的志向。

〔31〕嗣:继承。

〔32〕将与宋无极:将要与宋代一起传至无穷。

〔33〕周之齐鲁:周朝初年,吕望封于齐,姬旦封于鲁,都立有大功,其后都传世数百年。

〔34〕倚:倚赖。济:渡。

〔35〕无述:没有记述。

〔36〕谢事:指退休。

〔37〕窃:私下。

〔38〕才杰所萃:英才人杰所会聚的地方。萃,聚集。

〔39〕属:通"嘱",托付。

〔40〕挂衣冠:古代称辞官为致仕、挂冠。陆游当时已致仕,故云。

〔41〕庶几:也许可以。表示希望。谀辞:阿谀之辞。

〔42〕侈言:浮夸之言。

〔43〕承:接受。辞:推辞。

〔44〕致仕:旧谓交还官职,即辞官。紫金鱼袋:唐宋制度,三品以上官服紫金鱼袋。鱼袋,以金银饰为鱼形,公服则系于带而垂于后,以为贵贱,因鱼符皆盛以袋,故谓之鱼袋。

祭朱元晦侍讲文[1]

某有捐百身起九原之心[2],有倾长河注东海之泪[3],

路修齿耄[4],神往形留。公殁不亡[5],尚其来飨[6]。

〔1〕朱元晦侍讲:朱熹(1130—1200),字元晦,南宋理学家,官至侍讲、宝文阁待制。本文作于庆元六年(1200),陆游时在山阴。

〔2〕捐百身:语本《诗经·秦风·黄鸟》:"如可赎兮,人百其身。"意谓如果可以赎他的命,愿死百次来作抵偿。捐,舍弃。起九原:意谓使死者复生。语本《礼记·檀弓下》:"赵文子与叔誉观乎九原,曰:'死者如可作也,吾谁与归?'"九原,春秋时晋国卿大夫的墓地。

〔3〕倾长河注东海:语本《世说新语·言语》:顾恺之拜桓温墓"声如震雷破山,泪如倾河注海"。

〔4〕路修齿耄:路远年老。修,长,远。耄,耄老,年老。

〔5〕公殁(mò)不亡:意谓朱熹身殁,精神不死。殁,死亡。

〔6〕尚其来飨:意谓希望死者来享用祭品。亦作"尚飨"、"尚享",旧时祭文常用作结语。

居室记[1]

陆子治室于所居堂之北,其南北二十有八尺,东西十有七尺。东、西、北皆为窗,窗皆设帘障,视晦明寒燠为舒卷启闭之节[2]。南为大门,西南为小门。冬则析堂与室为二[3],而通其小门以为奥室[4];夏则合二为一,而辟大门以受凉风。岁暮必易腐瓦,补罅隙[5],以避霜露之气。朝晡食饮[6],丰约惟其力,少饱则止,不必尽器;休息取调节气血,不必成寐;读书取畅适性灵,不必终卷。衣加损,视气候,或一日屡变。行不过数十步,意倦则止,虽有所期处[7],亦不复问。客至,或见或不能见。间与人论说古事,或共杯酒,倦则亟舍而起。四方书疏[8],略不复遣。有来者,或亟报,或守累日不能报[9],皆适逢其会,无贵贱疏戚之间[10]。足迹不至城市者率累年。少不治生事[11],旧食奉祠之禄[12],以自给。秩满[13],因不复敢请,缩衣节食而已。又二年,遂请老[14]。法当得分司禄[15],亦置不复言。舍后及旁,皆有隙地,莳花百馀本[16]。当敷荣时[17],或至其下,方羊坐起[18],亦或零落已尽,终不一往。有疾,亦不汲汲近药石[19],久多自平[20]。家世无年[21],自曾大父以降,三世皆不越一甲子[22],今独幸及七十有六,耳目手足未废,可谓过其分矣。然自计平昔,于方外养生之说[23],初无所闻,意者日用亦或默与养生者合。故悉自书之,将质于山林有道之士云[24]。庆元六年八月一日,山阴陆某务观记。

[1] 本文作于庆元六年(1200),陆游时居山阴。

[2] 晦明:黑夜和白昼;阴暗或晴朗。寒燠(yù):冷暖。燠,暖。

[3] 析:分开。

[4] 奥室:密室。

[5] 罅(xià)隙:缝隙。

[6] 朝晡(bū):早晚。晡,黄昏时。

[7] 期处:预期之处。

[8] 书疏:书札。

[9] "或守"句:意谓有时听候回信者坐待累日也没能复信。古代

通信,常有专人送达,待取得复信后方回。

〔10〕疏戚:关系疏远和密切。疏,疏远,不密切。戚,亲近。

〔11〕不治生事:不谋生计。

〔12〕奉祠之禄:宋代官员罢官后,多带某地某宫观的职衔,无职事,只是借名领取半俸,称为祠禄。每两年一任,任满可以连任。绍熙二年(1191),陆游在故乡领祠禄,以中奉大夫提举建宁府武夷山冲佑观。庆元四年(1198),祠禄将满,不再复请。

〔13〕秩满:官吏任期届满。

〔14〕请老:即致仕。陆游于庆元六年致仕,系衔中大夫直华文阁致仕、赐紫金鱼袋。

〔15〕分司禄:宋代官员致仕后仍有物质待遇,分司禄即指此。

〔16〕莳(shì):移栽。

〔17〕敷荣:开花。

〔18〕方羊:同"彷徉"。

〔19〕汲汲:心情急切的样子。药石:泛指药物。

〔20〕久多自平:日久自然痊愈。

〔21〕家世无年:意谓祖先没有长寿的。

〔22〕越一甲子:超过六十。

〔23〕方外:世外,谓超然于世俗礼教之外。这里指道家。

〔24〕质:通"诘",询问,质正。

何君墓表[1]

诗岂易言哉?一书之不见,一物之不识,一理之不穷,皆有憾焉。同此世也,而盛衰异;同此人也,而壮老殊。一卷之诗有淳漓[2]，一篇之诗有善病。至于一联一句，而有可玩者；有可疵者[3]；有一读再读，至十百读，乃见其妙者；有初悦可人意，熟味之使人不满者。大抵诗欲工，而工亦非诗之极也。锻炼之久[4]，乃失本指[5]；斫削之甚[6]，反伤正气。虽曰名不可幸得，以名求诗，又非知诗者。纤丽足以移人[7]，夸大足以盖众[8]，故论久而后公，名久而后定。呜呼艰哉！予固不足为知此道者，亦致其意久矣，顾每不敢易于品藻[9]。盖彼皆广求约取，极数十年之力，仅得其所谓自喜者以示人，而我乃欲一览而尽，其可乎？

何君名逮，字思顺，能诗，终身不自足而卒。卒后，予友人曾乐道、巩仲至[10]，始介思顺之子羡，以遗稿属予表墓，且言思顺平生欲见予而不果，故有斯请。予年近九十，病卧镜湖上，凡以文章来者，积架上不能省[11]。一日，取思顺诗读之，不觉起坐太息曰："今世岂无从事于此者，如思顺盖未易得也。不以字害其成句，不以句累其全篇，超然于世俗毁誉之外，予之恨不一见其人，甚于其人之愿见予也。"思顺曾大父讳粹中，大父讳汝能，父讳松，东阳东阳人[12]。以嘉泰三年九月十一日卒[13]，年五十有一。两娶郭氏，皆先卒，以开禧元年十一月二十日合葬于仁寿乡陂头山之原[14]。子一人。女长适进士郭概，次尚幼。开禧二年四月戊寅，太中大夫宝谟阁待制致仕、山阴县开国子、食邑五百户、赐紫金鱼袋陆某表。

〔1〕本文作于开禧二年(1206),陆游时在山阴。

〔2〕淳漓(lí):厚薄。漓,薄。

〔3〕可疵者:可以指出缺点的地方。疵,毛病,缺点。

〔4〕锻炼:比喻诗文的推敲锤炼。

〔5〕本指:本来面目。

〔6〕斫削:比喻诗文的刻意修改。斫,砍,斩。

〔7〕移人:改变人。移,改变,动摇。

〔8〕盖众:压倒众人。盖,压倒,胜过。

〔9〕易于品藻:轻于评论。品藻,评论,品题。

〔10〕曾乐道:曾槃,字乐道,河南洛阳人。曾几孙,曾官户部赡军乌盆酒库等。巩仲至:巩丰(1148—1217),字仲至,号栗斋,祖籍郓州须城(今山东东平),南渡后居婺州武义(今属浙江)。淳熙十一年(1184)进士,曾任汉阳军教授、临安知县等。著有《东平集》。

〔11〕省(xǐng):看。

〔12〕东阳东阳:东阳郡东阳县(今浙江东阳)。

〔13〕嘉泰三年:公元1203年。

〔14〕开禧元年:公元1205年。

跋曾文清公奏议稿[1]

绍兴末贼亮入塞[2],时茶山先生居会稽禹迹精舍[3]。某自敕局罢归[4],略无三日不进见,见必闻忧国之言。先生时年过七十,聚族百口[5],未尝以为忧,忧国而已。后四十七年,先生曾孙黯以当日疏稿示某[6]。于今某年过八十,仕忝近列^[7],又方王师讨残虏时^[8],乃不能以尘露求补山海^[9],真先生之罪人也。开禧二年岁在丙寅五月乙巳门生山阴陆某谨书。

〔1〕曾文清公:即曾几,世称茶山先生,官终权礼部侍郎,卒后谥文清。陆游曾从曾几学诗。奏议:古代臣下向帝王进言的文书,包括奏疏、对、状、札子、封事、弹事等。本文作于开禧二年(1206),陆游时在山阴。

〔2〕绍兴:宋高宗的年号(1131—1162)。贼亮入塞:指绍兴三十一年(1161)金主完颜亮率大军南下事。

〔3〕禹迹精舍:指禹迹寺,在今绍兴城南。精舍,指僧、道居住或讲道说法的地方。

〔4〕敕局:即敕令所。陆游于绍兴三十年(1160)任敕令所删定官,次年冬罢。

〔5〕聚族百口:意谓与家族百多人住在一起。

〔6〕曾孙黯:曾黯,曾几的曾孙。某:陆游自指。

〔7〕仕忝(tiǎn)近列:陆游官至宝谟阁待制,故有此言。忝,辱,有愧于,常用作谦词。

〔8〕方:正当。残虏:指金人。开禧二年五月,韩侂胄请下诏伐金,故陆游文中有此语。

〔9〕"不能"句:意谓自己不能如以尘补山、以露补海一样对国家有点滴贡献。

放翁自赞(四首选一)[1]

进无以显于时[2],退不能隐于酒[3],事刀笔不如小吏[4],把锄犁不如健妇。或问陈子何取而肖其像[5]?曰:"是翁也[6],腹容王导辈数百[7],胸吞云梦者八九也[8]。"

〔1〕本文作于开禧三年(1207),陆游时在山阴。作者自注:"陈伯予命画工为放翁记颜,且属作赞。时开禧丁卯,翁年八十三。"记颜,画肖像,绘容貌。开禧丁卯,即开禧三年。

〔2〕显:显达。

〔3〕隐于酒:指安心隐居,忘怀国事。

〔4〕事刀笔:指从事文书的工作。刀笔,写字的工具,古代用笔在竹简上写字,有误则用刀刮去重写,所以连称"刀笔"。这里指文书。

〔5〕陈子:对陈伯予的尊称。何取:有何可取。

〔6〕是翁:此翁,指陆游。

〔7〕"腹容"句:典出《世说新语·排调》:"王丞相枕周伯仁膝,指其腹曰:'卿此中何所有?'答曰:'此中空洞无物,然容卿辈数百人。'"王丞相,即王导,东晋名相。周伯仁,即周𫖮,字伯仁,东晋大臣。东晋王敦叛乱,其族弟王导率宗族待罪,请周𫖮代他解释,𫖮不应,见帝则言导忠。后王敦杀周𫖮,王导不知𫖮曾救己,不加劝阻。

〔8〕"胸吞"句:典出司马相如《子虚赋》:"吞若云梦者八九于其胸中,曾不蒂芥。"云梦,古代楚国大泽之名,在今湖北省长江两岸。蒂芥,同"芥蒂",细小的梗塞物。

跋傅给事帖[1]

绍兴初[2],某甫成童[3],亲见当时士大夫相与言及国事,或裂眦嚼齿[4],或流涕痛哭,人人自期以杀身翊戴王室[5]。虽丑裔方张[6],视之蔑如也[7]。卒能使虏消沮退缩[8],自遣行人请盟[9]。会秦丞相桧用事[10],掠以为功,变恢复为和戎[11],非复诸公初意矣。志士仁人抱愤入地者,可胜数哉!今观傅给事与吕尚书遗帖[12],死者可作,吾谁与归[13]?嘉定二年七月癸丑,陆某谨识。

〔1〕傅给事:傅崧卿,字子骏,山阴人,宋高宗时官至给事中,未及大用而卒。本文作于嘉定二年(1209),陆游时在山阴。

〔2〕绍兴:宋高宗的年号(1131—1162)。

〔3〕成童:长到一定年龄的儿童。《礼记·内则》:"成童,舞象,学射御。"郑玄注:"成童,十五以上。"

〔4〕裂眦(zì):形容忿怒到极点。眦,眼眶。

〔5〕翊(yì)戴:辅助拥护。翊,辅助。

〔6〕丑裔:丑恶的夷狄,这里指金兵。

〔7〕蔑如:渺小不足称道,表示轻视的意思。

〔8〕卒:终于。

〔9〕行人:使者的通称。请盟:指绍兴九年(1139),宋金签订和约,宋对金称臣,年贡岁币银、绢等。

〔10〕用事:指当权。秦桧于绍兴元年(1131)为相,次年罢相;绍

兴八年(1138)再相,从此专权至死。

〔11〕和戎:这是南宋初年对金人屈服的替代词。

〔12〕吕尚书:名祉,绍兴七年(1137),迁兵部尚书。

〔13〕"死者"二句:语本《礼记·檀弓下》:"死者如可作也,吾谁与归?"意谓倘使死者复生,我应当跟哪一位走?作者这里意谓以傅给事作为榜样。

书通鉴后(二首选一)〔1〕

周世宗既服江南〔2〕,谕使修守备。《通鉴》以为近于"大邦畏其力,小邦怀其德"〔3〕,是比之文王也。方是时,世宗将有事于燕、晋〔4〕,其谋以为若南方有变,虽不能为大害,然北伐之师,势亦不得不还。故先思有以安江南之心,又疲其力于大役,使不得动。比北伐成功〔5〕,江南折简可致矣〔6〕。此世宗本谋也。遽谓之近于文王,岂不过哉〔7〕!然世宗之谋,则诚奇谋也。盖先取淮南〔8〕,去腹心之患,不乘胜取吴、蜀、楚、粤〔9〕,而取胜兵以取幽州〔10〕。使幽州遂平,四方何足定哉!甫得三关〔11〕,而以疾归,则天也〔12〕。其后中国先取蜀、南粤、江南、吴越、太原〔13〕,最后取幽州,则兵已弊于四方〔14〕,而幽州之功卒不成〔15〕。故虽得诸国,而中国之势终弱,然后知世宗之本谋为善也。

〔1〕通鉴:即《资治通鉴》,北宋司马光所著的一部编年体通史,记

从三家分晋至五代末一千三百六十二年的史事。本文是陆游读《资治通鉴》所载五代后周世宗柴荣的事迹后所写的感想,作年不详。作者通过对周世宗和宋太祖不同的战略思想的比较,阐明了自己对历史的看法,表现了自己的爱国热情。

〔2〕周世宗:即五代后周世宗柴荣(954—959年在位)。江南:指南唐。958年,南唐中主李璟与周世宗战败后求和,割江北十四州,去国号,称"江南国主"。

〔3〕"大邦"二句:语出《伪古文尚书·周书·武成》,是赞扬周文王成就的。

〔4〕燕:指辽,当时据有燕、云十六州,即今河北省北部及山西省部分地区。晋:指北汉。公元951年,后汉河东节度使刘崇在太原称帝,是为北汉。公元979年,为宋所灭。

〔5〕比:及,等到。

〔6〕折简:裁纸写信。这句意谓等北伐成功,江南只要发出通知书,就可到手。

〔7〕"遽谓之"二句:意谓《通鉴》称颂周世宗允许南唐割地求和的行为近于周文王,这样说是错误的。陆游认为,周世宗的本意在于先在南方解除后顾之忧,然后集中兵力北上攻伐,这是战略上的考虑,并非所谓"以德服人"。遽,遂,就。

〔8〕淮南:淮河以南地区,本为南唐所有,南唐败于后周后,遂割让于周。

〔9〕吴:指南唐。蜀:指后蜀。楚:公元907年,后梁封马殷楚王,至公元951年为南唐所灭。当时割据楚地(今湖南一带)的是周行逢。粤:指南汉。公元917年,刘岩在广州称帝,国号大越,次年改国号为汉,史称南汉。公元971年,为宋所灭。

〔10〕幽州:指辽人所据地。

〔11〕三关:指瓦桥关、益津关、高阳关。瓦桥关在今河北雄县西南,益津关在今河北霸州市,高阳关在今河北高阳县东。三关之北为辽地,关南为宋地。后周显德六年(959),周世宗率大军征辽,攻克三关,后因病还师,不久即去世。

〔12〕天:指天意。

〔13〕中国:指北宋。陆游身为宋人,无指斥宋太祖之理,故不明说太祖,而有所避讳。吴越:公元907年后梁封钱镠吴越王,传七十二年,至公元978年,吴越国主钱俶以地归宋。太原:指北汉。

〔14〕弊:疲困。

〔15〕"而幽州"句:指北宋太祖、太宗最终未能收复幽州等地。

书浮屠事〔1〕

浮屠师宗杲〔2〕,宛陵人〔3〕;法一,汴人〔4〕,相与为友,资皆豪杰〔5〕,负气好游〔6〕,出入市里自若〔7〕。已乃折节〔8〕,同师蜀僧克勤〔9〕,相与磨砻浸灌〔10〕,至忘寝食。遇中原乱,同舟下汴〔11〕。杲数视其笠。一怪之,伺杲起去〔12〕,亟视笠中,果有一金钗,取投水中。杲还,亡金,色颇动〔13〕。一叱之曰:"吾期汝了生死〔14〕,乃为一金动耶?吾已投之水矣。"杲起,整衣作礼曰:"兄真宗杲师也。"交益密。

於呼!世多诋浮屠者〔15〕,然今之士有如一之能规其友者乎〔16〕?藉有之〔17〕,有如杲之能受者乎!公卿贵人,谋进退于其客〔18〕,客之贤者不敢对,其不肖者则劝之进,公卿亦以适中其意而喜。谋于子弟,亦然。一旦得祸,其客其子弟则曰:"使吾公早退,可不至是。"而公卿亦叹曰:"向有一人劝吾退[19],岂至是哉!"然亦晚矣。

〔1〕浮屠:梵文佛教徒的旧译。本文作年不详。作者通过记叙两个佛教徒的交友故事,指出朋友之间的相处之道在于能直言劝谏和能接受意见,并含蓄地讽刺了那些热衷于功名利禄之徒。

〔2〕宗杲(gǎo):宋代著名临济宗禅师,生卒年为公元1089—1163年。字昙晦,号妙喜,俗姓奚,宣州宁国(今安徽宁国市)人。著有《正法眼藏》等。

〔3〕宛陵:今安徽宣城。

〔4〕法一:宋代著名临济宗禅师,生卒年为公元1084—1158年。字贯道,号雪巢,俗姓李,开封祥符(今河南开封)人。汴:今河南开封。

〔5〕资皆豪杰:都具有豪杰的资质。

〔6〕负气:恃其意气,不肯屈居人下。

〔7〕"出入"句:意谓出入居民聚集的地方毫不在意。佛教徒本应该是远离市里的。自若,如常,毫不在意的样子。

〔8〕折节:指改变平日的志向和行为。

〔9〕克勤:宋代中期著名的临济宗禅师,生卒年为公元1063—1135年。字无著,号佛果、圆悟,俗姓骆,彭州崇宁(今四川彭州市)人。曾师从临济宗法演禅师,著有《佛杲圆悟禅师碧岩录》、《圆悟佛杲禅师语录》等著作。

〔10〕磨砻(lóng):琢磨。砻,磨。浸灌:灌输。

〔11〕下汴:沿汴水东下。下,去到,常指由北往南,由上游往下游。

〔12〕伺:守候。

〔13〕色颇动：意谓呆见金钗没了，脸上露出惊疑的神色。
〔14〕"吾期汝"句：意谓我期待你把生死之理彻底了悟。
〔15〕诋：毁谤，诬蔑。
〔16〕规：规劝，劝谏。
〔17〕藉：假使。
〔18〕客：门客，指寄食于豪门的人。
〔19〕向：从前，往昔。

老学庵笔记(七则)〔1〕

一

李庄简公泰发奉祠还里〔2〕，居于新河。先君筑小亭曰千岩亭〔3〕，尽见南山〔4〕。公来必终日，尝赋诗曰："家山好处寻难遍，日日当门只卧龙〔5〕。欲尽南山岩壑胜，须来亭上少从容。"每言及时事，往往愤切兴叹，谓秦相曰"咸阳"〔6〕。一日来坐亭上，举酒属先君曰〔7〕："某行且远谪矣〔8〕。'咸阳'尤忌者，某与赵元镇耳〔9〕。赵既过岭〔10〕，某何可免？然闻赵之闻命也，涕泣别子弟；某则不然，青鞋布袜即日行矣。"后十馀日，果有藤州之命〔11〕。先君送至诸暨〔12〕，归而言曰："泰发谈笑慷慨，一如平日。问其得罪之由，曰：'不足问，但"咸阳"终误国家耳。'"

〔1〕老学庵笔记:陆游所著的笔记,共十卷。绍熙二年(1191)夏,陆游命名自己的书室为"老学庵",自言"予取师旷'老而学如秉烛夜行'之语命庵"。这部笔记就是在这里写成的。书中所记内容,大多是作者所耳闻目睹的,内容十分丰富。每条记载少则二三十字,多至三四百字,文笔简练,语言隽永,耐人寻味。这里选了卷一、卷二、卷七、卷八、卷十中的七则。

〔2〕李庄简公:李光,字泰发。参见本书所选《跋李庄简公家书》。奉祠:指李光罢参知政事后,支取祠禄。还里:还乡。

〔3〕先君:称死去的父亲,这里指陆游的父亲陆宰。

〔4〕南山:在山阴南。

〔5〕卧龙:山名,在山阴县治后面。

〔6〕秦相:指秦桧。咸阳:古代秦国的首都,在今陕西咸阳东北,这里用来借指秦桧。

〔7〕属(zhǔ):通"嘱",托付,请托。

〔8〕行:不久。远谪:贬窜远方。

〔9〕赵元镇:赵鼎,字元镇,宋高宗时曾任宰相等职,因与秦桧不合,被贬谪岭南,绝食而死。

〔10〕过峤(qiáo):过岭,指赵鼎被贬谪岭南事。峤,尖而高的山。

〔11〕藤州之命:指绍兴十一年(1141)李光被责授建宁军节度副使,藤州安置,即被贬窜藤州。

〔12〕诸暨:今属浙江。

二

叶相梦锡尝守常州[1]。民有比屋居者忽作高屋[2],屋山覆盖邻家[3]。邻家讼之,谓他日且占地。叶判曰:"东家屋被西家盖,仔细思量无利害。他时拆屋别陈词[4],如今且以壁为界。"

〔1〕叶相:指叶衡,字梦锡,官至右丞相。
〔2〕比屋:隔壁、紧邻。
〔3〕屋山:屋脊。
〔4〕别陈词:另行起诉。

三

赵广,合肥人[1],本李伯时家小史[2]。伯时作画,每使侍左右[3],久之遂善画,尤工作马,几能乱真[4]。建炎中陷贼[5]。贼闻其善画,使图所掳妇人[6],广毅然辞以实不能画。胁以白刃[7],不从,遂断右手拇指遣去[8]。而广平生实用左手。乱定惟画观音大士而已。又数年乃死。今士大夫所藏伯时观音,多广笔也[9]。

〔1〕合肥:今属安徽。
〔2〕李伯时:李公麟(1049—1106),字伯时,号龙眠居士,舒城(今属安徽)人,北宋画家,善画山水、人物、鞍马、佛像。小史:书僮。旧时未成年而侍候富家子弟读书并做杂事的人。
〔3〕每:时常,往往。
〔4〕几能乱真:意谓所画的马几乎与李伯时所画难以分辨。
〔5〕建炎:宋高宗赵构的年号(1127—1130)。贼:指金兵。

〔6〕图:画。

〔7〕胁以白刃:指金兵用刀威胁赵广。

〔8〕"遂断"句:意谓金兵斩断赵广右手的拇指然后放他走。

〔9〕"今士大夫"二句:意谓如今士大夫所珍藏的李伯时画的观音大士像,大多是赵广的手笔。

四

故都李和爊栗[1],名闻四方,他人百计效之,终不可及。绍兴中[2],陈福公及钱上阁恺出使虏廷[3],至燕山[4],忽有两人持爊栗各十裹来献[5]。三节人亦人得一裹[6]。自赞曰:"李和儿也。"挥涕而去。

〔1〕故都:指北宋都城汴京(今河南开封)。为金人所陷,故称故都。爊:同"炒"。

〔2〕绍兴:宋高宗赵构的年号(1131—1162)。

〔3〕陈福公:陈康伯(1097—1165),字长卿,弋阳(今属江西)人,官至左仆射,封福国公。钱上阁恺:上阁门官员钱恺。上阁,宋代有东上阁门、西上阁门使各三人,副使各二人,负责朝会、宴幸、供奉、赞相礼仪之事。

〔4〕燕山:辽代置燕京,入宋改为燕山府,后陷于金。其地即现在的北京。

〔5〕裹:包。

〔6〕三节人:指当时出使金国使者的随从人员。

五

今人解杜诗[1],但寻出处,不知少陵之意[2],初不如是。且如岳阳楼诗:"昔闻洞庭水,今上岳阳楼。吴楚东南坼,乾坤日夜浮。亲朋无一字,老病有孤舟。戎马关山北,凭轩涕泗流。"[3]此岂可以出处求哉?纵使字字寻得出处,去少陵之意益远矣。盖后人元不知杜诗所以妙绝古今者在何处,但以一字亦有出处为工。如《西昆酬倡集》中诗[4],何曾有一字无出处者,便以为追配少陵,可乎?且今人作诗,亦未尝无出处,渠自不知[5],若为之笺注[6],亦字字有出处,但不妨其为恶诗耳[7]。

[1] 解:解释。杜诗:杜甫诗歌。
[2] 少陵:指杜甫。杜甫曾自称"少陵野老"。
[3] 岳阳楼诗:原题为《登岳阳楼》。岳阳楼,在湖南岳阳城西,面对洞庭湖,遥望君山,相传是唐朝初年建筑的。吴楚东南坼(chè):指洞庭湖在古代吴国之南,楚国之东。坼,分裂,裂开。凭轩:靠着窗台。凭,靠着。轩,有窗槛的长廊或小室。
[4] 《西昆酬倡集》:北宋初年诗人杨亿、刘筠、钱惟演等十七人唱和的诗集,由杨亿所编。诗以五、七言为主,形式上追求词藻华丽,堆砌典故,号"西昆体"。倡,亦作"唱"。
[5] 渠:他。
[6] 笺注:注释。笺,注释的一种,表明原作文意,记识其事。
[7] 恶诗:坏诗。

六

东坡先生省试《刑赏忠厚之至论》有云[1]:"皋陶为士[2],将杀人。皋陶曰'杀之!'三[3]。尧曰'宥之!'三。[4]"梅圣俞为小试官[5],得之以示欧阳公[6]。公曰:"此出何书?"圣俞曰:"何须出处?"公以为皆偶忘之,然亦大称叹。初欲以为魁[7],终以此不果[8]。及揭榜,见东坡姓名,始谓圣俞曰:"此郎必有所据,更恨吾辈不能记耳。"及谒谢[9],首问之,东坡亦对曰:"何须出处?"乃与圣俞语合。公赏其豪迈,太息不已。

〔1〕东坡先生:即苏轼。嘉祐二年(1057),苏轼参加省试,时翰林学士欧阳修权知贡举,为主试官。省试,宋代在尚书省试贡士,由礼部负责,称为省试。

〔2〕皋陶(gāo yáo):传说为舜时掌管刑法之官。苏轼误为帝尧之臣。士:古代掌刑狱之官。

〔3〕三:连续三次。

〔4〕宥(yòu):赦免。

〔5〕梅圣俞:梅尧臣(1002—1060),字圣俞,宣城(今属安徽)人,北宋著名诗人。时以国子监直讲为参详官,又称小试官。

〔6〕欧阳公:指欧阳修。

〔7〕魁:第一名。

〔8〕不果:没有实现。果,结局,结果。

〔9〕谒谢:拜谢。

七

绍圣、元符之间[1],有马从一者,监南京排岸司[2]。适漕使至[3],随众迎谒。漕一见怒甚,即叱之曰:"闻汝不职[4],本欲按汝[5],何以不亟去?尚敢来见我耶!"从一皇恐[6],自陈湖湘人[7],迎亲窃禄[8],求哀不已。漕察其语,南音也,乃稍霁威云[9]:"湖南亦有司马氏乎?"从一答曰:"某姓马,监排岸司耳。"漕乃微笑曰:"然则,勉力职事可也。"初盖误认为温公族人[10],故欲害之。自是从一刺谒[11],但称监南京排岸而已。传者皆以为笑。

〔1〕绍圣、元符:均为宋哲宗的年号。绍圣,公元1094—1097年;元符,公元1098—1100年。绍圣、元符年间,章惇为相,新党执政,贬窜旧党,追夺司马光等赠谥。

〔2〕南京:北宋以归德府(今河南商丘)为南京。排岸司:主持水运的公署。

〔3〕漕使:即转运使,负责一路或数路财赋,并负有督察地方官吏的职责,实际上是府州以上的行政长官。

〔4〕不职:不称职。

〔5〕按:按治,审察处理。

〔6〕皇恐:惶恐。

〔7〕湖湘:指洞庭湖和湘水流域一带。

〔8〕迎亲:迎养父母。窃禄:滥取俸禄,这里是自谦之辞。

〔9〕霁威:收威。霁,本指雨止,这里喻指平息威风,消释怒气。

〔10〕温公:指司马光,字君实,陕州夏县(今属山西)人。哲宗即位初年为相,尽废新法。为相八个月病死,追封温国公。因马从一名帖原作"监南京排岸司马从一",故漕使误认为司马从一,以为他是司马光的族人。

〔11〕刺谒:投名帖进见。刺,名帖。